KB012597

애정역전 ⓒ이노 / Pepper ⓟ예원북스

해정혁전

해정혁전

초판 1쇄 찍은 날 | 2017년 3월 3일
초판 1쇄 펴낸 날 | 2017년 3월 15일

지은이 | 이노
펴낸이 | 예경원

편집 | 유경화

펴낸곳 | 예원북스
등록번호 | 제396-2012-000132호
등록일자 | 2012. 7. 25
YRN | 제1-0179호

주소 | 경기도 고양시 일산동구 호수로 646-24 위너스 21-Ⅱ 206A호 (우) 10401
전화 | 031-819-9431 팩스 | 031-817-9432
http://cafe.naver.com/yewonromance
E-mail | yewonbooks@naver.com

ⓒ 이노, 2017

ISBN 979-11-6098-091-2 03810

※ 파본은 구입하신 서점에서 교환하여 드립니다.
※ 저자와 협의하여 인지를 붙이지 않습니다.
※ 이 책은 예원북스와 저작자의 계약에 의해 출판된 것이므로 무단 전재 및 유포, 공유를 금합니다.
※ 이 도서의 국립중앙도서관 출판시도서목록(CIP)은 서지정보유통지원시스템 홈페이지(http://seoji.
nl.go.kr)와 국가자료공동목록시스템(http://www.nl.go.kr/kolisnet)에서 이용하실 수 있습니다.

이노 장편 소설

애정별곡전

Goldline - Romance - Story   LINE GOLD

C · O · N · T · E · N · T · S

프롤로그

　새해가 밝았다. 얼마 전까지만 해도 거리를 예쁘게 장식했던 크리스마스트리는 이제 모두 사라져 흔적조차 찾아볼 수 없었고, 새해 덕담을 빙자한 광고 메시지가 연이어 휴대전화에 쏟아져 내렸다. 지겹지도 않은 건지 또 한 차례 띠링— 울리는 알림음에 태훈은 휴대전화를 아예 무음으로 돌려놓았다.

　잠잠해진 휴대전화 알림음 대신 이번에는 익숙한 음악이 그의 귓가에 전해졌다. 재생 리스트를 한 바퀴 돌아 처음으로 돌아간 모양인지 카페에 처음 들어섰을 때 들었던 노래가 다시 흘러나오고 있었다. 그 긴 시간 동안 태훈은 카페의 가장 구석진 자리에 앉아 있었다. 모자를 푹 눌러쓴 것으로도 모자라 마스크까지 착용해 얼굴이 거의 보이지 않을 정도로 꽁꽁 싸맨 모습이었다. 조금 수상하다 여겨질 차림이었지만 다행히 카페가 한산한 탓인지 그를 신경 쓰는 사람은 아무도 없었다.

"미치겠네, 진짜."

한숨 섞인 음성이 태훈의 입에서 나지막이 흘러나왔다. 그늘진 얼굴에는 수심이 가득했고 테이블 위를 불안정하게 두드리는 손가락은 초조함을 드러내고 있었다. 손을 들어 이마를 짚은 채 긴 한숨을 내쉬다 곧 절망한 얼굴로 고개를 숙였다. 머리가 지끈거리다 못해 금방이라도 폭발할 것 같았다.

"이거 마셔요."

탁— 무언가를 내려놓는 소리와 동시에 비워진 맞은편 자리에 누군가가 앉는 기척이 느껴졌다. 손을 떼어내고 고개를 살짝 든 태훈이 테이블 위를 확인했다. 마스크 안에 가려져 있는 그의 입매가 비틀리듯 위로 올라갔다. 지금 태훈에게 필요한 것은 피로회복제가 아니었다. 차라리 청심환을 먹는 게 더 나을 것이다.

피로회복제를 저 멀리 밀어둔 태훈은 마스크를 살짝 내리고는 맞은편에 앉은 애정의 얼굴을 바라봤다. 나쁜 의도라고는 조금도 찾아볼 수 없는, 순수해 보이는 앳된 얼굴이 눈앞에 있었다. 시선이 마주친 게 좋은 건지 미소를 머금은 얼굴이 살짝 홍조를 띠었다. 태훈은 웃을 수도, 그렇다고 울 수도 없는 얼굴로 다시 고개를 숙였다.

새해가 밝았으니 그는 이제 서른넷이 됐다. 이 나이 먹도록 살아오면서 하늘에 맹세코 나쁜 짓은 하지 않았다. 단 한 번, 회사를 이으라는 아버지의 뜻을 따르지 않고 단식투쟁까지 해가며 야구선수로 진로를 정하면서 부친의 가슴에 대못을 박았던 일을 제외한다면 나름 성실하고 착하게 살았다고 자부할 수도 있었다. 특히 여자 문제는 단 한 번도 일으키지 않았던 그였다. 오죽하면 주변에서 '너 혹시 게이 아니냐. 연애 좀 해라.'라는 소리를 입에 달고 살았을까. 그런데 왜, 하필 이 시점에서 문제가 터진 걸까.

"아직 고민 중이에요?"

다시 한 번 들려온 청아한 음성에 태훈이 고개를 들었다. 어쩐지 입안이 바짝 마르는 것 같아 냉수를 한 모금 마신 뒤 긴 숨을 한 차례 토해냈다.

혹시 이 모든 게 꿈은 아닐까. 아직 잠에서 깨지 않은 거지. 그리 생각하며 눈을 한 차례 질끈 감았다가 떴다. 하지만 눈앞의 현실은 바뀌지 않았다.

그는 테이블 위를 다시 내려다봤다. 조금 전까지 보지 못했던 것이 앞에 놓여 있었다. 시야에 들어온 것은 나란히 놓인 새하얀 종이 두 장. 그 종이에는 빼곡하지는 않지만 충분히 기함할 만한 내용이 담겨 있었다.

―약속이행각서.

그중에서도 가장 상단에 적힌 굵은 글자가 태훈의 눈에 박히듯 들어섰다.

"이게 뭐야?"

"각서요. 오빠도 확실한 게 좋을 거 아니에요."

계약서는 써봤지만 이런 건 처음이었다. 태훈은 자신이 이런 걸 쓰게 될 날이 오리라고는 상상조차 하지 않았다.

"마지막으로 딱 한 번만 물을게. 꼭 이렇게까지 해야겠나?"

"얘기 다 끝났잖아요. 처음부터 다시 얘기해요?"

애정은 만년필을 태훈의 앞에 놓아주는 것으로도 모자라 가방에서 인주까지 꺼내어 그 옆에 나란히 놓아주었다. 인주는 대체 왜 꺼내놓은 건가 싶어 의아한 얼굴을 한 것도 잠시, 또 한 차례 기함할 말이 그의 귓가에 전해졌다.

"사인 귀찮으면 지장 찍어도 괜찮아요."

말갛게 웃어 보이고는 참으로 친절하게도 인주 뚜껑까지 열어주었다. 태훈은 그 순간, 약속이행각서가 신체포기각서라도 된 듯한 느낌을 받았다. 모골이 송연해졌고 머릿속은 이미 백지 상태였다. 제대로 된 사고를 할 수 없었다.

"뭐 해요?"

그리고 그 혼란 속에 절대 물러서지 않겠다는 듯 다짐한 듯한 음성이 재차 들려왔다.

"찍어요."

1월 1일, 새해 첫날.

순정으로 가장한 스토커가 마침내 완전하게 본색을 드러냈다.

3년 전, 태훈의 아버지가 여러 지인을 집으로 초대한 날이었다. 전지훈련을 마치고 오랜만에 집에 돌아간 태훈은 그곳에서 애정을 처음 보게 되었다.

"안녕하세요."

부친에게 인사를 건넬 겨를도 없이 교복을 입은 애정이 불쑥 튀어나와 반갑게 인사를 건네었다. 해맑게 웃는 얼굴에 대고 네가 누군데, 라고 물으려던 태훈은 집 안이 소란스럽다는 것을 깨닫고는 그녀의 어깨너머를 확인했다. 집 안에 손님들이 있었고 조금 전 인사를 건넨 이가 그 일행 중 한 명이라는 것을 알아챘다. 태훈은 그제야 인사에 답하듯 애정을 향해 살짝 고개를 끄덕였다.

"다녀왔습니다."

아버지에게 먼저 인사를 건넨 태훈은 다른 손님들에게도 일일이 깍듯하게 인사를 건네었다. 식사를 마치고 이미 술자리로 넘어간 상황인 건지 테이블 위에는 술병들이 가득했다.

'이럴 줄 알았다면 오늘은 호텔에서 자고 집에는 내일 들렀을 텐데.'

프로야구선수인 태훈은 애리조나에서 진행한 1차 스프링캠프 일정을 마치고 한국으로 막 돌아온 참이었다. 애리조나에서 하루의 휴식을 더 보내고 돌아왔다고는 해도 그간의 훈련으로 인해 아직 피로감이 남아 있는 상태라 푹 쉬고 싶은 마음이 들었다. 하지만 아버지가 초대한 손님들의 얼굴을 보자마자 그게 어려운 일이 되리라는 걸 짐작할 수 있었다.

"태훈이 많이 피곤하냐?"

"아니요. 괜찮아요."

아버지의 질문에 태훈은 조금의 피로감도 내색하지 않은 채 짐을 내려 두고 자리에 앉았다. 그는 훈련과 시합으로 인해 집을 자주 비우게 됐고, 이 커다란 집에는 아버지와 여동생인 해솔만이 남겨지는 일이 많았다. 그래서 늘 조용하고 적적하기만 했던 집이 오늘은 오랜만에 시끌벅적 활기를 띠고 있었다. 조금 피곤하긴 했지만 아버지가 즐거워하시는 게 눈에 보이니 그대로 방을 향해 걸음을 옮길 수 없었다.

"태훈이 이 녀석이 날 닮아서 무슨 일이든 열심히 해."

태훈의 아버지는 취기가 살짝 오른 얼굴로 아들 자랑을 늘어놓았다. 아내와 사별한 뒤 제 자식들에게 좀 더 엄하게 대했고 겉으로는 애정을 잘 표현하지 않았지만, 그는 제 아들과 딸을 무척이나 자랑스러워했다. 그래서 이렇게 가끔 술에 취하면 조금 풀어진 모습으로 태훈과 해솔의 칭찬을 늘어놓았다.

"작년에는 아깝게 준우승 했는데, 올해는 우승 노려야지."

"그나저나 결혼도 해야지. 언제 할 예정이야? 만나는 사람은 있어?"

태훈은 쏟아지는 술잔과 함께 질문 공세를 받아야 했다. 늘 그렇듯 질문 대부분은 야구와 결혼 이야기였다. 나이를 먹어갈수록 결혼 이야기의 비중이 높아졌고, 오늘도 역시 예상과 다르지 않은 질문이 쏟아졌다.

"야구도 잘하고, 얼굴도 이렇게 잘생겼는데 좋다는 여자 없어? 없으면 내가 중매 설 테니 언제든 말해."

태훈은 조금 난감한 기색을 담은 미소를 입가에 머금었다. 그는 아버지를 닮아 눈썹이 짙고 이목구비가 또렷했다. 선이 굵은 얼굴은 조금 단호한 인상을 주고 있었고, 운동을 해서 어깨가 넓은 데다 체격도 좋아 남성미까지 갖췄다. 야구 실력도 실력이지만, 그런 외모와 이미지 때문에 그를 좋아하는 팬도 적지 않았다.

결혼 이야기가 나오자마자 태훈은 한시라도 빨리 자리를 뜨고 싶어졌다. 일어설 타이밍을 재던 그는 주변을 한 차례 더 둘러보고는 뒤늦게 여동생인 해솔을 찾았다.

"아버지, 해솔이는요?"

"2층에 있지. 이번 주 내내 야근해서 좀 피곤한 모양이더라. 일찍 올라가서 쉬라고 했다. 너도 피곤할 텐데 그만 들어가서 쉬어."

그대로 자리에서 일어서고 싶은 마음이야 굴뚝같았지만, 태훈의 얘기를 하며 칭찬을 건네는 아버지의 손님들을 앞에 두고 자리에서 먼저 일어서기가 쉬운 일이 아니었다. 태훈은 괜찮다며 웃어 보이고는 그대로 자리를 지켰다.

한동안 화기애애한 분위기로 태훈에 관한 이야기를 나누던 손님들은 이제 다들 사업에 관련된 이야기를 하고 있었다. 태훈은 대화를 듣는 둥 마는 둥 하다가 문득 뺨에 닿는 누군가의 시선을 느끼고는 고개를 돌렸다. 맞은편 자리에 앉은 애정이 그의 얼굴을 바라보고 있었다.

많은 손님 중 여자는 애정 한 명뿐이었다. 해솔이라도 있으면 괜찮겠지만 그마저도 없으니 혼자 심심할 것이 분명했다. 거기다 지금 이 자리는 술을 마시고 있는 자리였다. 꿔다놓은 보릿자루도 아니고 이럴 거면 얘는 대체 왜 데려다 놓은 건가 싶었다.

"너."

"네."

기다렸다는 듯 1초의 망설임도 없이 씩씩한 대답이 돌아왔다. 커다란 눈으로 자신을 바라보고 있는 모습이 꼭 어릴 때 키운 강아지를 연상시켜 태훈은 저도 모르게 가볍게 웃음을 흘리고 말았다. 그는 애정의 앞에 놓여 있던 빈 술병 두 개를 치워내고 2층으로 올라가는 계단을 눈짓으로 가리켰다.

"2층에 올라가서 놀아. 올라가서 왼쪽 방에 들어가면 언니 한 명 있어. 책 읽고 싶은 거 있으면 읽고 심심하면 같이 놀아달라고 해."

잠시 멍한 얼굴을 한 애정은 조금 전 태훈이 치워낸 술병을 한 차례 내려다보고는 그가 무슨 생각을 한 건지 짐작하고는 작게 웃었다.

"저 오늘 졸업했어요."

교복을 입고 있어 당연히 미성년자라 생각했는데 생각지 못한 대답이 돌아왔다.

"그리고 지금은 여기 있는 게 좋아요."

딱히 할 말이 없어진 태훈은 그러냐며 심드렁하니 대답하고는 애정에게서 관심을 거두었다. 본인이 있고 싶다면야 딱히 관여할 이유가 없었다. 하지만 그는 얼마 버티지 못하고 다시 애정을 바라볼 수밖에 없었다. 얼굴이 뚫리겠다 싶을 정도로 집요하게 따라붙는 시선 때문이었다. 미간을 살짝 좁힌 태훈은 눈싸움이라도 하듯 그 시선을 피하지 않았다. 보통 이런 상황이면 상대방이 태훈의 기세에 눌려 시선을 피하고는 했지만 애정은 뭐가 좋은 건지 입가에 미소까지 머금고 있었다.

'얘는 아까부터 왜 내 얼굴만 보면 실실 쪼개는 거야?'

대체 이 상황에 웃을 포인트가 어디 있는 건지. 그 이유를 물으려던 찰나였다.

"내 딸이 자네 팬이야. 어찌나 좋아하는지 자네 경기는 하나도 빼놓지 않고 본다니까."

애정의 아버지가 그 이유를 짐작할 수 있는 답을 대신 건네었다. 태훈은 프로야구선수였고 현재 LX 히어로즈의 투수로 활약하고 있었다. 의도를 알 수 없다 생각했던 집요한 시선이 순수하게 팬으로서의 호감을 담고 있는 것이라 생각하니 별다르게 문제가 되지 않았다. 태훈은 그제야 애정을 바라보고 있던 시선을 거둬냈다.

"그래서 나도 자네 경기는 자주 봤네."

"감사합니다."

"이따 사인이라도 해주게."

"네."

애정의 아버지는 다시 대화에 섞여들었고 일어날 타이밍을 재던 태훈은 적절한 때에 인사를 건네고 자리를 빠져나왔다. 샤워를 하고 나와 휴식을 취하려던 그는 사인을 부탁받은 것을 뒤늦게 기억해 내고는 여분으로 놔둔 야구공을 꺼내어 사인했다.

"뭐야. 그냥 갔나 보네."

공을 가지고 거실로 나갔지만 애정은 이미 돌아간 뒤였다. 아버지에게 대신 전해달라 말씀드릴까 잠시 고민하던 그는 그렇게까지 해야 할 일인가 싶어 다시 발걸음을 돌렸다. 사인한 공은 결국 전해주지 못했고 방 안 어딘가에 그대로 방치하듯 놓아두었다.

그로부터 4주 뒤, 2차 스프링캠프 일정을 마치고 한국으로 돌아온 태훈은 돌아가신 어머니가 생전에 가장 좋아했던 푸른 안개꽃을 사 들고 어머니를 모신 곳에 다녀왔다. 오늘은 태훈의 생일이었고, 그는 매해 자신의 생일이 돌아올 때면 어머니를 모신 곳에 찾아갔다.

어머니에게 인사를 드리고 돌아선 그는 곧장 집으로 향했다. 저녁 식사는 가족들과 함께하기로 했기 때문이었다. 집이 시야에 보이기 시작할 때쯤, 뭘 본 건지 미간을 좁힌 태훈이 급하게 차를 한쪽에 세웠다.

"뭐야, 저건."

대문 앞에 키가 작은 아담한 체구의 여자 한 명이 기웃거리고 있었다. 그의 집은 담도, 대문도 높은 편이라 키가 큰 태훈조차도 밖에서는 안을 잘 들여다볼 수 없는 구조였다. 근데 저 작은 키로 담치기라도 하려는 건지 제자리에서 깡충깡충 뛰다가 까치발을 들고 안을 들여다보려 안간힘을 쓰고 있었다. 태훈이 빠르게 차에서 내려 집을 향해 걸음을 옮겼다.

"너 뭐야?"

날이 선 음성에 행동을 멈춘 여자는 고개를 숙인 채 뒤를 힐끗 바라봤다. 지척에 다가선 태훈의 운동화 끝을 물끄러미 내려다보다 천천히 고개를 들었다. 야구 모자 아래로 보이는 동글동글한 앳된 얼굴이 이상하게 낯이 익다. 태훈은 기억을 더듬었다.

"너, 전에 우리 집에서 봤던 애 맞지? 이름이 뭐더라."

"애정이요. 김애정."

나쁜 짓을 하려던 건 아니었는지 애정은 순순히 자신의 이름을 말하고는 태훈을 향해 완전하게 돌아섰다. 그녀는 태훈의 흉흉한 기세에 눌리지 않고 해맑은 얼굴을 하고 있었다. 눈앞의 높은 담과 애정의 얼굴을 번갈아 쳐다본 태훈이 그녀를 향해 한 걸음 더 가깝게 다가섰다. 골목이 워낙 조용한 탓인지 발걸음 소리가 유독 크게 느껴졌다.

"우리 집에 털어갈 만한 게 많긴 한데. 저기, 저거 안 보여?"

태훈이 눈짓으로 경비업체에서 설치한 카메라를 가리켰다. 무단침입을 할 시에는 보안 센서도 울리도록 설치되어 있었다. 애정은 커다란 눈을 두어 번 깜빡이다 힐끗 시선을 들어 카메라를 올려다봤다.

"저 담 넘으려던 거 아닌데요."

"그 키로 가능이나 하겠나?"

태훈의 말에 표정을 찌푸리며 입을 삐죽인 애정은 모자를 벗어버렸다. 살짝 눌려 있던 긴 머리카락을 손으로 한 차례 흐트러트리고는 태훈을 똑바로 올려다봤다. 움츠러드는 기세 없이 당당한 모습이었다.

"저 수상한 사람 아니에요."

그 말이 떨어지기가 무섭게 태훈의 입술 끝이 비틀리듯 위로 올라갔다. 그는 검지로 애정이 조금 전 딛고 서 있던 바닥을 가리켰다.

"너 조금 전에 저기서 깡충깡충 뛰었지?"

태훈의 손가락이 가리키는 방향으로 힐끗 시선을 돌린 애정의 눈동자가 조금 전과는 달리 불안하게 흔들렸다.

"……그걸 봤어요?"

"그거로도 모자라 까치발 들고 안에 들여다보려고 했고?"

"그건……."

"이게 안 수상해?"

애정의 입이 꾹 다물어졌다. 스스로 생각해 봐도 수상한 행동이긴 했다.

"진짜 담 넘으려던 건 아닐 거고, 여기서 대체 뭐 한 건데?"

"그냥 지나가는 길에 정원이 예뻐서 구경 좀 했어요."

지금의 계절이 완연한 봄이나 여름이었다면 애정의 말을 믿었을지도 모른다. 하지만 지금은 초봄이라기에는 조금 이른 겨울이었다. 정원은 휑한 느낌만 들 뿐 구경할 만한 것이 없었다. 수상한 대답에 태훈의 눈이 조금 가늘어진 순간이었다.

"지난번에 사인해 준다고 했는데 그거 못 받은 것도 있고요."

덧붙인 말에 그는 입을 꾹 다물고는 잠시 가늠하듯 애정의 얼굴을 내려다봤다. 정말로 담을 넘으려고 한 것은 아닌 것 같았고 그럴 이유도 없어 보였다.

"잠깐 기다려."

어차피 주려고 한 사인볼이니 그거나 주고 돌려보내자는 생각으로 태훈은 그녀를 지나쳐 집 안으로 들어섰다. 곧장 방으로 들어가 사인을 해둔 공을 찾아봤지만 어디에 뒀는지 아무리 찾아봐도 사인볼은 보이지 않았다.

"분명 여기에 둔 것 같은데. 대체 어디 있는 거야?"

10분 정도 공을 찾다 지친 태훈은 할 수 없이 새로 야구공을 꺼내어 사인했고 그것을 들고 집 앞으로 나갔다. 하지만 애정은 없었고 빈 골목만이 태훈을 반겼다.

"아, 이게 진짜 누구 놀리나."

전해주지 못한 두 번째 사인볼을 손에 든 채 태훈은 차를 세워둔 곳으로 다시 걸음을 옮겼다. 임시로 세워둔 차를 제대로 주차해 두고 집 안으로 들어선 그는 사인한 공을 방 안에 아무렇게나 놓아두었다.

"태훈 군 벌써 왔어?"

물을 마시기 위해 부엌으로 향하려던 태훈이 목소리를 듣고는 곧장 현관으로 발걸음을 돌렸다. 생일상을 준비하려 장을 봐온 건지 두 손 가득 짐을 들고 들어선 아주머니를 본 그는 빠르게 다가서서 짐을 대신 손에 들었다.

"뭘 이렇게 많이 사셨어요? 그냥 평소 먹던 대로 먹어도 되는데요."

"그래도 태훈 군 생일인데 어떻게 그래?"

태훈이 어릴 때부터 집안일을 도맡아 해주셨던 아주머니는 매해 태훈의 생일이 돌아오면 과할 만큼의 생일상을 차려주셨다. 그건 여동생인 해솔의 생일에도 마찬가지였다. 봉투 안에 담긴 식료품들을 꺼내놓은 아주머니가 앞치마를 매며 시간을 한 차례 확인했다.

"저녁 준비하려면 시간 좀 걸릴 텐데, 뭐라도 좀 해줄까?"

"아니에요. 오면서 간단하게 먹고 왔어요. 제가 도울 일은 없어요?"

"돕긴 뭘 도와. 얼른 들어가서 쉬어."

웃으며 등을 떠미는 행동에 태훈은 어쩔 수 없이 물 한 잔만 손에 쥔 채로 부엌을 나섰다. 그래도 혹시 도울 일이 생기지 않을까 싶어 방으로 들어가지 않고 거실 소파에 앉아 리모컨을 손에 들었다. 하지만 그는 전원 버튼은 누르지 못했다. 잠시 움직임을 멈춘 태훈은 리모컨을 던지듯 소파 위에 내려두고는 몸을 일으켜 세웠다.

"저건 왜 또 왔어?"

태훈은 순식간에 창가로 다가섰다. 잘못 본 것이 아니었다. 애정이 다시 집 앞을 기웃거리고 있었다.

"어머, 애정 양이네."

등 뒤에서 들려온 음성에 태훈이 뒤를 확인했다. 괜찮다고 했는데도 그가 먹을 과일과 차를 내어온 아주머니가 테이블 앞에 서 있었다.

"아주머니도 저 애 아세요?"

"그럼. 해영식품 대표님이 어르신 뵈러 가끔 집에 오시잖아. 그때마다 따라오고는 했거든."

"그래요?"

"어린 아가씨가 어찌나 싹싹하고 예의 바른지. 인사성도 밝고 애교도 넘치더라고. 막내딸이라 그런가? 그나저나 요즘 이 동네에서 자주 보게 되네."

"자주요?"

"응. 어제도 집 앞에서 만났거든."

차와 과일을 내려놓은 아주머니는 부엌으로 모습을 감췄고 태훈은 다시 창밖으로 시선을 돌렸다. 하지만 이미 애정의 모습은 사라진 뒤였다.

"조그만 게 진짜 신출귀몰하네."

왜 자꾸 집 근처를 기웃거리는 건지 수상하긴 했지만 태훈은 그만 관심을 끄기로 했다. 남의 일에 원래 관심이 많은 편도 아니었고, 알아내 봐야 별 시답잖은 이유일 것이 분명하다는 생각이 들어서였다.

'무슨 생각인지는 모르겠지만, 잠깐 저러다 말겠지.'

태훈의 그런 생각과는 달리 애정은 그 뒤로도 태훈의 앞에 자주 모습을 드러냈다. 마트에 갔다가 오는 길에 우연히 마주칠 때도 있었고 훈련장 근처에서도 자주 마주쳤다. 또 시즌이 시작된 뒤로는 태훈이 선발로 나오는 경기에 빠짐없이 경기장을 찾았다. 처음에는 그런 애정의 행동을 조금 수상하다고 생각할 뿐 별다르게 신경 쓰지는 않았다. 태훈에게 애정은 특별하게 기억된 존재도 아니었고 그저 아버지 지인분의 딸이자 많은 팬 중 하나였을 뿐이었다.

하지만 애정의 그런 행동은 3년이나 이어졌다. 우연한 만남이라는 것이 어느 순간부터 우연이라고 보기 힘들어졌고 태훈은 점차 껄끄러움을 느끼기 시작했다. 애정은 순수한 팬보다는 조금 많이, 아니, 지나치게 태훈을 좋아하는 팬이라는 생각이 들었다. 그리고 그 생각마저 잘못된 것이라는 걸 깨닫는 데는 그리 오래 걸리지 않았다.

휴일임에도 이른 시간 집을 나선 태훈은 평소처럼 헬스장으로 향했다. 비시즌에는 공식적인 팀 훈련이 금지되어 있는 기간이 있었고, 태훈은 이맘때쯤 팀 훈련을 대신해 웨이트 트레이닝 양을 늘리고 있어 헬스장에 가는 것이 거의 일과나 다름없었다.

이른 시간이라 그런지 조금 한산해 보이는 헬스장에는 태훈과 같은 구단에 속해 있는 얼굴들이 몇몇 보였다. 인사를 건네고 스트레칭으로 가볍게 몸을 푼 그는 덤벨을 손에 들었다. 리스트 컬과 원핸드 프레스 위주의 웨이트 트레이닝을 한참이나 이어가다 덤벨을 내려놓고 러닝머신 기계에 발을 디뎠다.

수건으로 땀을 한 차례 닦아내고 기계의 버튼을 눌러 적당한 속도를 맞춘 뒤 달리기 시작했다. 음악을 들을까 했지만 다시 기계를 멈추고 이어폰을 가지러 가는 것이 어쩐지 조금 귀찮은 일처럼 느껴졌다. 오늘은 그저 아무 생각 없이 달리는 게 좋을 것 같아 음악 듣는 것은 포기한 채 그렇게 정면을 응시하며 달리고 있던 순간이었다.

"안녕하세요, 오빠."

인사를 건네는 또랑또랑한 음성에 놀란 태훈은 하마터면 달리던 속도를 맞추지 못하고 발을 헛디딜 뻔했다. 간신히 중심을 잡고 버튼을 연달아 눌러 속도를 늦춘 뒤에야 고개를 돌려 옆을 확인했다. 낯익은 얼굴이 그곳에 서 있었다. 애정이었다. 태훈은 웨이트 트레이닝을 하기 위해 이곳에 오는 날이면 거의 매일같이 그녀의 얼굴을 볼 수 있었다.

"넌 왜 또 여기 있어?"

"헬스장에 뭐 하러 왔겠어요? 운동하러 왔지. 이거 마셔요."

애정이 그에게 내민 것은 스포츠음료였다. 태훈이 뭐라 하기도 전에 음료수를 쥐여 주고 돌아선 그녀는 그대로 멀어져 갔다. 인사를 하고, 음료를 건네주고, 운동을 하며 태훈을 틈틈이 보고는 했다. 매번 같은 패턴이었다. 피해를 준다거나 하는 것은 아니었지만 끈덕지게 따라붙는 시선에 태훈은 어쩐지 조금 곤란한 얼굴을 하고는 했다. 오늘도 역시 마찬가지였다.

'설마 매일 오는 건가?'

만약 애정이 운동을 하기 위해 매일 이곳에 오는 것이라면 이리 마주치는 것이 이상한 일은 아니었다.

'우연이겠지.'

태훈은 애써 그리 생각하며 상념을 떨쳐내고는 다시 운동에 집중했다. 한 시간 정도 러닝을 한 뒤 샤워를 하고 헬스장을 나선 그는 절친 민건과 평소 자주 가던 설렁탕 집에서 함께 점심을 먹기로 했다. 약속 장소는 차로 30분 정도 이동해야 하는 곳이었다. 태훈이 가게에 들어섰을 때는 이미 주문까지 마쳐놓은 민건이 그를 기다리고 있었다.

태훈뿐만이 아니라 민건 역시 프로야구선수로 활동하고 있었다. 민건은 팀의 주포로 많은 활약을 했고 작년에는 팀을 우승으로 이끌기도 했다. 두 사람은 만나기만 하면 대화의 80% 이상이 야구 이야기라고 해도 과언이 아니었다. 질리도록 하는 것이 야구임에도 대화 내내 조금도 지루해하지 않았다. 그날도 역시 평소와 다르지 않게 야구 이야기를 나누고 있던 태훈은 문득 뺨에 닿는 시선을 느끼고는 고개를 들어 우측 창밖을 바라봤다. 얼마 지나지 않아 그의 손에 쥐여져 있던 젓가락이 떨어져 내리며 둔탁한 소리를 냈다.

"운동을 너무 열심히 해서 손에 힘 풀렸냐?"

바닥에 떨어진 젓가락을 대신 주워 들고 새 젓가락을 꺼내놓은 민건이 이어진 침묵에 의아하다는 얼굴을 했다. 태훈의 굳어진 표정을 보고는 창밖을 확인했다.

"왜? 뭐 있어?"

태훈의 목울대가 크게 한 차례 움직였다. 2차선 도로 건너편의 카페에 익숙한 얼굴이 앉아 있었다. 애정이었다.

태훈은 마치 보지 못한 척 최대한 자연스럽게 시선을 돌리고는 식사를 이어나갔다. 그때부터 현저하게 말수가 적어졌다. 머릿속이 온통 김애정에 관한 생각으로 가득 들어차서 밥이 입으로 넘어가는지 코로 넘어가는지 모를 정도였다. 식사를 마치고 그가 다시 고개를 들었을 때, 애정이 앉아 있던 자리에는 대학생으로 보이는 서너 명의 다른 일행이 앉아 있었다. 찝찝한 기분을 떨쳐내지 못한 채 자리에서 일어선 태훈은 가게를 나서자마자 주변부터 둘러봤다. 하지만 애정은 없었다.

'설마. 우연이었겠지.'

이번에도 그리 생각하며 상념을 떨쳐내려 했지만 아무리 생각해도 찝찝하기 그지없는 우연이었다.

"주태훈! 안 오고 뭐 해?"

민건의 부름에 그는 멈췄던 걸음을 움직였다. 오후에 다른 일정이 잡힌 것이 없어 민건의 집에 가기로 했지만, 차를 타고 이동하던 중에 다른 친구에게 연락을 받은 두 사람은 그대로 다시 차를 돌려야 했다. 주말인데 약속이 없어 심심하다는 이야기로 시작된 통화는 다른 친구들을 하나둘씩 불러 모으기 시작하더니만 생각보다 많은 인원을 불러내는 지경에 이르렀고, 결국 함께 모여 내기 야구 시합을 하기로 결정이 났기 때문이었다. 그것도 속전속결로 한 시간 뒤에 바로 모이기로 했다.

"주태훈 넌 오늘 반응이 왜 그러냐? 내기라면 승부욕을 불태우고도 남을 놈이."

민건의 말대로였다. 평소라면 열을 올리며 의지를 불태웠을 태훈이 오늘은 그러거나 말거나 심드렁한 반응을 보였다. 자꾸만 눈앞에 나타나는 애정의 정체가 그의 마음을 심란하게 만들었기 때문이었다.

"진 팀이 술 사는 거다."

인원이 모두 모이자마자 내기의 조건까지 정해졌다. 프로야구선수로 활동하는 태훈과 민건을 중심으로 각각 나뉘어 팀을 짜고는 시합 준비를 하기 시작했다. 가볍게 스트레칭을 하고는 모자를 고쳐 쓴 태훈이 주변을 한 차례 둘러봤다. 겨울이라 해가 짧아 주변은 이미 어둑어둑해져 가고 있었지만 운동장에 커다란 조명이 설치되어 있어 늦은 시간까지 시합하는 것에는 무리가 없어 보였다.

곧 시합이 시작될 것 같아 글러브를 가지러 가기 위해 걸음을 옮기던 태훈은 문득 기시감을 느끼고는 뒤를 휙 돌아봤다. 요즘 들어 자꾸만 이상하게 뒤통수가 따갑고 누군가에게 감시를 받는 듯한 기분이 들었는데 지금도 그랬다. 그리고 그런 태훈의 감은 틀리지 않았다.

스탠드에 애정이 앉아 있었다. 그는 마치 얼어버린 것처럼 그 자리에서 잠시 움직이지 못했다. 지금 하려는 시합은 미리 예정되어 있던 것이 아닌, 한 시간 전에 급하게 잡힌 약속이었다. 그런데 대체 왜, 어째서, 김애정이 여기 있는 것인가.

가만히 위를 바라보는 그의 한쪽 입매가 이내 비틀리듯 위로 올라갔다. 그간 긴가민가하며 아니겠지, 우연일 거다, 라고 생각했던 것들이 단번에 무너져 내렸다. 오늘의 상황으로 인해 태훈은 이제 애정의 정체에 대해 어느 정도 확신이 섰다. 우연? 이게 우연이라니.

"웃기고 있네."

야구 모자챙을 매만진 그는 일행들에게 잠시 기다리라고 말하고는 애정의 앞으로 걸어갔다. 앞을 막아선 태훈으로 인해 그녀의 얼굴 위로 그늘이 드리워졌다. 당황해할 법도 한데 앳된 얼굴은 여전히 태연해 보였다. 고개를 든 애정이 태훈을 마주하고는 옅게 미소 지었지만, 태훈은 더이상 눈앞의 이 어린 여자를 향해 웃어줄 수가 없었다.

"야."

"네."

여전히 당황한 기색 하나 없이 목소리 한 번 또랑또랑하다. 태훈이 잠시 미간을 좁혔다.

"내 딸이 자네 팬이야. 어찌나 좋아하는지 자네 경기는 하나도 빼놓지 않고 본다니까."

처음 만났을 때 애정의 부친에게 들었던 말이 그 순간 태훈의 머릿속에 떠올랐다. 사람의 얼굴이나 이름을 잘 기억하지 못하는 태훈이 정확하게 얼굴과 이름을 기억하고 있을 정도로 그의 주변을 어슬렁거리는 여자였다. 하지만 좀처럼 거리는 좁혀오지 않았다. 피해를 주는 일도, 폐를 끼치는 일도 없었다. 그저 조금 집요하게, 그리고 신출귀몰하게 나타나 가까운 곳에서 태훈을 지켜보기만 할 뿐이다.

'팬?'

아니다. 3년간 긴가민가하던 태훈의 생각은 이제 한쪽으로 기울어졌다.

"너."

아무래도 눈앞의 이 어린 여자는,

"스토커냐?"

자신의 스토커인 듯싶다.

발끈하거나, 아니라고 부정하거나, 그것도 아니면 도망치거나. 셋 중 하나의 반응을 보일 거라 생각한 것과 달리 애정은 미동조차 없었다. 두 사람 사이에 잠시의 침묵이 흘렀다. 대답을 기다리는 그 짧은 기다림조차 지루하다는 얼굴을 한 태훈이 모자를 한 차례 벗었다가 다시 꾹 눌러쓰고는 심각한 얼굴로 애정을 내려다본 순간이었다.

"스토커?"

그녀는 커다란 눈동자를 좌우로 한 차례 굴리고는 고개를 가로저었다.

"아닌데요."

"아니라고?"

"그거 막 좋아하는 사람 괴롭히고 피해 주고 그런 거잖아요. 제가 오빠 괴롭혔어요?"

아니다.

"아니면 피해 줬어요?"

그것도 아니다.

"전 그냥 오빠 좋아하는 건데요."

아무것도 모른다는 순진한 얼굴로 애정은 반박할 수 없는 말들을 늘어놓았다. 그 얼굴에 악의는 조금도 없어 보였다. 차라리 뭔가 피해를 주거나 악의를 보였다면 화를 내서라도 떼어놓을 텐데 애정은 그러지 않았다. 그저 태훈이 있는 장소에 빠짐없이 나타날 뿐이었다. 그래서 더 미칠 지경이었다.

태훈은 상당히 곤란하다는 얼굴을 했다. 그는 남의 눈치를 보는 사람이 아니었지만 눈앞의 이 어린 여자를 대하는 것에는 조금 어려움이 있었다. 애정은 그의 아버지와도 관련이 있는 사람이었다. 아버지 지인분의 아끼는 고명딸이 아닌가. 평소 성격대로 화를 내거나 소리치기에는 걸리는 점들이 몇 가지 있었다. 태훈은 깊은 한숨을 내쉬었다.

"대체 여긴 어떻게 알았어?"

"우연히 여기 앞에 지나가다가 봤어요."

우연이라니. 조금도 믿을 수 없는 말에 태훈이 다시 흉흉한 기세를 드러낸 순간이었다.

"안 가봐도 괜찮아요? 다들 되게 기다리는 거 같은데요."

애정이 턱짓으로 어딘가를 가리켰고 그는 자연스럽게 뒤를 향해 시선을 돌렸다. 무슨 무리라도 지은 것처럼 한곳에 모여 있는 친구들의 모습이 눈에 들어왔다. 호기심 가득 담긴 시선이 이곳을 향해 있었다.

"저것들은 왜 저렇게 남의 일에 관심이 많아?"

귀찮은 일은 딱 질색이었다. 애정이 말한 대로 그녀의 행동은 자신에게 피해를 준 것도 아니었고, 괴롭힌 것도 아니었다. 얼굴 좀 본다고 해서 닳는 것도 아니니 자신에게 피해만 주지 않는다면야 사실 얼마든지 봐도 상관없다는 결론을 내렸다. 애정은 늘 그 거리를 유지했고 정말 태훈을 바라보는 것만으로도 만족하는 것 같았으니까 말이다. 그리 결론 내리고 보니 이런 행동에 딱히 제재를 가할 필요를 느끼지 못했다. 태훈은 미련 없이 걸음을 돌려 일행이 있는 곳으로 향했다.

"누군데? 아는 애야?"

예상대로 민건이 가장 먼저 태훈에게 다가서서 애정에 관해 물었다. 등 뒤에 닿는 시선을 알아챘으면서도 태훈은 그쪽으로 시선조차 주지 않았다.

"몰라."

"모르기는. 지금도 너만 쳐다보고 있는데?"

태훈은 대꾸하지 않았다. 재미없는 반응에 쩝— 입맛을 다신 민건은
조금 미련이 남은 얼굴로 애정이 앉은 방향을 한 차례 응시하고는 태훈을
따라 걸음을 옮겼다.

곧 시합이 시작되었다. 경기하는 내내 태훈은 단 한 번도 애정이 앉은
방향으로는 시선을 주지 않았다.

술 내기가 걸린 시합은 태훈이 속한 팀의 2점 차 승리로 끝이 났다. 시
합을 끝내고 주변을 정리하던 그는 뒤늦게 애정의 존재를 다시 떠올리고
는 슬쩍 스탠드 위를 응시했다. 하지만 그 자리는 이미 비어 있었다.

"진짜 신출귀몰하네."

애정은 늘 이런 식으로 소리 없이 나타났다가 소리 없이 사라졌다. 도
무지 의도를 알 수 없는 행동이었다.

"멍하니 서서 뭐 해?"

태훈의 짐을 대신 챙긴 석영이 그의 짐을 바닥에 내려놓으며 의아하다
는 얼굴로 물었다. 태훈은 고개를 가로젓고는 바닥에 내려놓은 자신의 가
방을 손에 들었다.

"아니야. 그나저나 장소는 정했어?"

"지난번에 마신 곳으로 가자는데. 술값은 민건이가 대표로 낸다네."

"혼자?"

"응."

멀리 떨어지지 않은 곳에 민건이 서 있었다. 주장을 맡았는데 팀이 졌
으니 책임감을 느낀다며 헛소리를 지껄이고 있는 그의 모습에 태훈은 기

가 차다는 얼굴을 했다.

"누가 보면 저 새끼 혼자 벌써 술 마신 줄 알겠다."

"글쎄. 그것보다는 아까 사구 맞은 게 잘못된 거 아니냐?"

석영의 말에 태훈이 짧게 웃음을 터트렸다. 내일은 헬스장도 가지 않을 생각이었다. 집에서 푹 쉴 예정이었는데 다른 사람도 아닌 민건이 술값을 낸다고 하니 오늘만큼은 자제 없이 마셔야 할 것 같았다.

"나 이따 정신 못 차리면 오늘은 네가 좀 택시 태워서 보내라."

석영이 잠시 미간을 좁혔다. 태훈은 주사가 없었다. 술자리에서도 깔끔하게 노는 편이었고 주량이 센 편이라 먼저 취한 사람들을 돌려보내고 가장 마지막에 집에 돌아가고는 했다. 의미를 알 수 없는 말에 곰곰이 생각에 잠긴 석영은 곧 태훈이 왜 이런 말을 했는지에 대해 짐작 가는 바가 있는 건지 난감한 웃음을 입가에 머금었다.

내기 시합은 이번이 처음이 아니었다. 지난번 내기 시합에서 지금과는 반대로 태훈이 술을 산 적이 있었는데 그때 당시 민건이 엄청난 주량을 선보이며 태훈의 자금을 거덜 낸 적이 있었다.

"복수냐? 엄청 마실 생각인가 보다?"

"오늘 내 최고 주량 경신 좀 해보자."

안 그래도 태훈의 주량은 그곳에 있는 모두가 알아줄 만큼 센 편이었다. 석영은 착잡한 얼굴로 민건의 뒷모습을 바라봤고 태훈은 속으로 칼을 갈았다. 그날 자신의 그런 생각과 행동이 후에 얼마나 뼈저린 후회를 가져올지 그는 미처 알지 못했다.

머리가 깨질 것처럼 아팠다. 숙취였다. 민건이 미친놈이라 욕하며 술병을 빼앗았던 것까지는 기억이 나는데 그 뒤의 일은 잘 기억이 나지 않았다. 필름이 끊겨 버린 것이다. 몸 상태가 말이 아닌 걸 보니 태훈은 어젯밤 자신이 어마어마한 양의 술을 마셨다는 것을 짐작할 수 있었다. 유민건은 아마 지금쯤 카드 영수증을 보며 땅을 파고 있을 것이 분명했다.

북엇국으로 아침을 해결한 태훈은 한 시간 정도 휴식을 취했다. 하지만 딱 한 시간이 한계였다. 매일 하던 운동을 안 하려니 좀이 쑤셨다. 그는 가볍게 동네 조깅이라도 하기 위해 옷을 갈아입고 방을 나섰다.

"어디 가?"

"운동."

거실 소파에 앉아 TV를 보고 있던 해솔이 질렸다는 얼굴로 혀를 찼다.

"와, 오빠는 진짜 뇌도 근육으로 이루어진 거 아니야? 어제 그렇게 마시고 들어왔으면서 그 상태로 오늘 또 운동을 나가?"

태훈은 대꾸 없이 집을 나서려다 말고 갑자기 돌아서서 해솔의 머리를 헝클어트렸다. 장난이라기에는 조금 거친 손길이었다. 순식간에 머리가 산발이 된 해솔이 뒤에서 빼액 소리를 질렀지만 태훈은 돌아보지 않고 유유히 집을 나섰다.

"한 시간만 돌자."

몸 상태가 썩 좋은 편은 아니니 장시간 운동하는 것은 안 될 것 같았다. 집에서 떨어져 있는 두 개의 공원을 모두 돌면 대략 한 시간 정도의 코스가 나올 것이다. 머릿속으로 대충 계산을 끝낸 그는 가볍게 걸음을 옮겼다.

공원의 자전거 도로를 따라 뛰기 시작한 그는 한 코스를 끝내고 집에서 조금 더 멀리 떨어진 공원으로 향했다. 숨을 내쉴 때마다 입김이 흩어지는 추운 날씨에도 얼굴에는 땀이 흥건했다.

"물을 안 챙겨 왔네."

생수병을 하나 챙겨 왔어야 했는데 빈손으로 나왔다는 것을 깨달은 태훈이 잠시 걸음을 멈추고는 편의점이 있는 곳으로 시선을 돌린 순간이었다.

"아씨, 깜짝이야!"

언제부터 있던 건지 애정이 그의 지척에 서 있었다. 숨이 조금 거친 걸 보면 태훈을 따라 함께 뛴 모양이었다. 놀란 가슴을 쓸어내린 태훈은 미간을 좁히고는 화를 내듯 높아진 언성으로 물었다.

"넌 왜 또 여기 있어?"

살벌한 얼굴을 했지만 애정은 눈 하나 깜짝 안 했다. 되레 배시시 웃으며 태훈의 속을 있는 대로 긁어놓았다.

"오빠 어제 잘 들어갔나 보러 왔어요."

"뭐?"

"속은 괜찮아요?"

애정은 코트 주머니에서 숙취 해소제 하나를 꺼내어 앞으로 내밀었다. 태훈이 조금 불안한 시선으로 그것을 내려다봤다. 시합이 끝났을 때 애정은 분명 돌아간 뒤였다. 한데, 어떻게 자신이 술을 마신 걸 아는 걸까?

"너 진짜 내 주위에 사람 심어놨냐?"

"사람 살 돈 없어요."

"그런데 내가 술 마신 걸 네가 어떻게 알아?"

애정은 잠시 말이 없었다. 뭔가 알 수 없는 기묘한 표정을 한 채 태훈을 올려다보다 씨익 웃었다.

"치료 좀 제대로 하지. 그러고 나왔어요?"

알 수 없는 애정의 말에 그는 미간을 좁혔다. 태훈에게 한 걸음 더 가깝게 다가선 애정이 뒤꿈치를 살짝 들어 까치발을 하고는 그에게로 손을 내밀었다.

"여기. 입술 터졌잖아요."

입술 끝에 스치듯 손이 닿았다. 태훈이 인상을 찌푸리며 애정의 손을 치워내고는 제 손으로 입술을 만져보았다. 따끔거리는 느낌에 미간의 주름이 좀 더 깊어졌다. 애정은 가방 안에서 작은 손거울을 꺼내어 태훈에게 상처를 보여주었다. 눈에 확 띌 정도는 아니었지만 자세히 보니 정말로 입술이 살짝 터져 있었다.

"뭐야, 이거 왜 이래?"

"어제 너무 격했나 봐요."

격해? 뭐가?

태훈이 영문을 모르겠다는 얼굴을 하고 있자 애정이 다시금 배시시 웃어 보였다.

"어제 오빠가 저한테 키스했잖아요."

안 그래도 썰렁한 거리에 싸늘한 침묵이 내려앉았다. 태훈은 마치 '내일 지구 멸망이 온대요.'라는 말을 들은 것 같은 얼굴을 했다. 황당하다는 기색을 드러낸 그가 곧 헛웃음을 터트렸다.

"내가 뭘 해?"

"키스요."

"누구랑? 너랑?"

"네."

태훈은 잠시 가늠하듯 애정의 얼굴을 내려다봤다. 필름이 끊긴 건 사실이다. 하지만 태훈은 확신할 수 있었다. 이건 김애정의 거짓말이다. 아무리 술에 취했더라도 자신이 애정에게 손을 댈 리 없었다. 눈앞에 서 있는 여자는 그보다 무려 열한 살이나 어렸다. 취향이 아닐뿐더러 아버지

지인분의 금지옥엽 고명딸에게 손을 댈 만큼 외롭지도 않았다. 그에게는 야구보다 중요한 게 없었고, 지금은 누굴 만나 연애하는 것에 생각이 없었다. 그 많은 소개팅과 선 자리를 거절하는 것조차 고역이었던 태훈에게는 절대로 있을 수 없는 일이라는 결론이 내려졌다.

"이게 어디서 얼굴색 하나 안 변하고 거짓말을."

"진짜인데."

"진짜는 무슨. 저리 안 가!"

태훈이 화를 내듯 소리쳤지만 애정은 입을 삐죽 내밀어 보일 뿐 조금도 물러서지 않았다. 무슨 여자애가 이리 겁이 없을까? 한숨을 내쉰 태훈은 결국 먼저 걸음을 돌렸다. 두 번째 공원에 가는 것을 포기하고 집으로 돌아가려 걸음을 서두르는데 등 뒤에서 애정의 외침이 들려왔다.

"진짜라니까요!"

"아오, 진짜. 저 스토커."

해가 되는 일은 없을 것 같아 무관심으로 일관하면 괜찮을 거라 생각했지만 차라리 화를 내서라도 떼어낼 걸 그랬나 하는 후회가 뒤늦게 밀려들었다. 태훈은 집에 도착할 때까지 단 한 번도 뒤를 돌아보지 않았다. 이럴 때 작은 관심이라도 주는 것이 후에 얼마나 귀찮은 일을 만들어낼지 충분히 예상됐기 때문이었다.

예정보다 일찍 운동을 마치고 집으로 돌아온 그는 샤워를 한 뒤 방으로 돌아와 휴대전화부터 확인했다. 민건에게 두고 보자는 문자가 한 통와 있었고 몇 통의 부재중 전화가 찍혀 있는 것이 눈에 들어왔다. 모두 석영에게서 온 것이었다.

"이 자식은 무슨 전화를 이렇게 많이 했어?"

태훈만큼이나 귀찮은 일을 싫어하는 석영이 무려 일곱 통이나 전화했다. 대체 무슨 일이기에 이렇게까지 전화를 했을까. 태훈은 의아하다는 얼굴로 그의 번호를 찾아 전화를 걸었다. 신호음이 한 차례 울리자마자 마치 전화를 기다렸다는 듯이 석영의 목소리가 들려왔다.

[야, 주태훈. 넌 왜 이렇게 전화를 안 받아?]

"왜? 길에서 얼어 죽기라도 했을까 봐?"

[네가 길바닥에 두고 간다고 얼어 죽을 놈이긴 하나?]

태훈은 아직 상반신에 아무것도 입지 않은 상태였다. 젖은 수건을 세탁 바구니에 대충 놓아두고 옷장 문을 열어 편하게 입을 셔츠 하나를 꺼내어 들었다.

"왜 전화했는데?"

[어제 누구야?]

"누구?"

[누구긴. 어제 너랑 같이 있던 여자.]

어제 모임에는 남자뿐이었다. 중간에 합류한 일행도 없었으니 태훈의 기억이 맞다면 그 자리에 여자는 없었다.

"여자가 있었어?"

[어쭈, 이 새끼 보게? 오리발이냐? 내가 다 봤는데.]

"아침부터 뭐 잘못 먹었냐? 아까부터 대체 뭐라는 거야?"

[너 설마, 어제 일 기억 안 나?]

"무슨 일?"

휴대전화를 어깨와 뺨 사이에 가져다 댄 태훈이 셔츠에 한쪽 팔을 끼워 넣은 순간이었다. 그의 눈동자가 불안정하게 흔들렸다. 한쪽 팔에만 걸쳐진 셔츠를 아무렇게나 바닥에 던져 버린 태훈은 휴대전화를 다시 제대로 귓가에 가져다 댔다.

"너 지금 뭐라고 했어? 다시 말해봐."

[벤치에 앉아서 너 부축하고 있던 여자 말이야.]

"아니. 그 뒤에."

[뭐?]

"그 뒤에 한 말 말이야!"

[아, 이 새끼. 갑자기 왜 소리는 지르고 그래?]

"내가 뭘 했다고?"

[뭘 하긴. 키스했잖아. 아주 열렬하게 입 맞추던데.]

태훈의 얼굴은 점차 흙빛이 되어갔다. 눈가에 작은 경련이 일어났고 이를 살짝 악문 상태에서도 실없는 웃음이 입술 사이로 터져 나왔다.

"어제 오빠가 저한테 키스했잖아요."

애정의 말을 떠올리자마자 그 실없는 웃음마저 사라졌다. 조금도 웃을 수가 없었다. 태훈의 목울대가 한 차례 크게 움직였다. 휴대전화를 쥔 손을 천천히 아래로 내린 그는 다시 두 손을 들어 머리를 감싸 쥐었다. 곧 신음과도 같은 갈라진 음성이 그의 입술 사이에서 흘러나왔다.

"이 미친 새끼야."

술을 먹고 처음으로 사고를 쳤다. 근데 그게 하필 여자 문제였다. 그 여자는 다른 누구도 아닌 태훈이 세상에서 가장 어려워하는 아버지 지인 분의 금지옥엽 고명딸이다. 그것도 그보다 열한 살이나 어린. 태훈의 인생에서 역대급이라 꼽을 수 있는 대형사고였다.

제2장 저랑 만나요, 딱 6개월만

왼쪽으로 세 걸음, 다시 오른쪽으로 세 걸음. 불안한 모습으로 방 안을 이리저리 서성이던 태훈이 작게 욕을 내뱉고는 침대에 그대로 누워버렸다. 그는 벌써 이 행동만 일곱 번째 반복하고 있었다.

술에 취한 태훈이 자신과 키스했다. 그게 애정의 주장이었다. 몇 시간 전까지만 해도 태훈은 그 말을 믿지 않았고 거짓말을 한다며 화까지 냈지만 그 일의 목격자가 나타났다. 결국 애정의 말을 믿지 않을 수가 없었다.

"제발 생각해 내라."

석영과의 통화 후 태훈은 어제 일에 대해 기억해 내려 갖은 애를 썼다. 하지만 끊긴 필름은 다시 붙지 않았다. 민건이 자신의 손에 들려 있던 술병을 빼앗았던 일까지는 기억이 났지만 그 뒤의 일은 마치 지우개로 깨끗하게 지워낸 것처럼 백지 상태였다.

고요한 침묵이 휩싸인 방에 그 순간 띠링— 짧은 알림 소리가 울려 퍼졌다. 고개를 돌린 태훈은 조금 떨어진 곳에 놓인 휴대전화를 지친 얼굴로 응시하다 느릿한 행동으로 그것을 손에 쥐었다.

발신인은 모르는 번호였다. 스팸인가 싶어 메시지를 삭제하려던 그는 액정에 나타난 내용을 보자마자 스프링 튀어 오르듯 벌떡 몸을 일으켜 세웠다.

「어제 일, 증인 있어요. 증거도 있는데. 오빠가 못 믿겠으면 제가 직접 증명할 수 있어요.」

저장되어 있지 않은 번호임에도 그 내용으로 발신인이 누구인지 충분히 짐작할 수 있었다. 애정이었다. 태훈은 몇 줄 되지 않는 짧은 메시지를 한참이나 내려다보며 마른침을 삼켜냈다. 증인은 석영을 말하는 것 같다. 그럼 증거는 뭐지? 심각한 얼굴로 액정을 내려다보고 있는데 또 한 통의 메시지가 연이어 도착했다.

「다시 얘기하고 싶어지면 이 번호로 연락해요.」

애정의 문자에서는 서두르는 기색이 조금도 느껴지지 않았다. 마치 '지금쯤이면 이제 너도 무언가 알았겠지.' 라는 반응이었다. 두 통의 짧은 문자만으로도 그는 애정이 이 일을 쉽게 넘길 생각이 없다는 것을 짐작할 수 있었다. 복잡한 심경이 담긴 얼굴로 다시 문자의 내용을 확인한 태훈은 문득 이 상황에 또 다른 문제점이 있다는 것을 깨달았다. 그는 애정에게 번호를 알려준 적이 없었다.

"내 번호는 어떻게 안 건데?"

태훈이 생각하는 것보다 애정이 지닌 정보력은 더 대단한 모양이었다.

피로감이 최대치에 달했다. 무거운 몸을 이끌고 차에 올라탄 태훈은 잠시 시동을 걸지 못한 채 핸들에 이마를 기대고 숨을 몰아쉬었다. 침대에 누우면 바로 곯아떨어지던 그가 최근 들어서는 깊은 잠을 잘 수 없었고 새벽에 깨기 일쑤였다. 원인은 잘 알고 있었다. 불안감 때문이었다. 해결하지 못한 문제를 떠안고 사는 것은 태훈에게 어마어마한 스트레스를 가져다줬다.

"잠깐 담배 피우러 나왔을 때 봤어. 이미 키스하고 있었고, 때마침 민건이 녀석이 담배 피우러 나오길래 보면 시끄러워질까 봐 데리고 들어가느라 그 뒤에는 못 봤어. 나중에 나와 보니 둘 다 사라져 있었고."

태훈은 그 일의 목격자인 석영을 붙들고 그날의 일에 대해 자세하게 물었지만, 그 역시 과정이 생략된 결과만을 내어놓았을 뿐 원하는 답을 들을 수는 없었다.

손을 들어 마른 얼굴을 쓸어내린 태훈은 시간을 한 차례 확인하고는 시동을 걸고 차를 출발시켰다. 운전대를 잡은 그의 얼굴에는 여전히 초조한 기색이 드러나 있었다. 차는 집에서 얼마 떨어지지 않은 버스 정류장에 잠시 멈춰 섰다. 아이보리 색상의 코트를 입은 낯익은 얼굴이 그곳에 서 있었다. 애정이었다. 그는 결국 애정에게 나흘 만에 연락했고 오늘 얼굴을 보기로 했다. 차를 세우자마자 자연스럽게 보조석에 올라탄 애정이 화색이 도는 얼굴로 인사를 건네었다.

"오빠, 안녕하세요."

반가워하는 애정과 달리 태훈은 웃으며 인사를 건넬 기분이 아니었다. 그간 받아온 스트레스가 차곡차곡 쌓여 있다가 그 순간 폭발할 것 같은 기분이 들었다. 발끈해 소리치려던 그는 지금 있는 장소가 차 안이긴 해도 시내 한복판이라는 것을 깨닫고는 최대한의 인내심을 발휘해 일단 차를 출발시켰다. 차는 카페 거리에 진입했고 인적이 드문 주차장 쪽에서 멈춰 섰다.

휴일이라 거리에는 사람이 많았다. 프로야구선수로 활동하는 태훈을 알아보는 사람들이 있을 것이 분명했다. 조용히 대화한다면야 모르겠지만 애정이 어디로 튈지 알 수 없어 태훈은 카페 안에 들어서기보다는 차라리 차 안에서 대화하는 것을 택했다.

"잠깐 있어."

차에서 내린 그는 가까운 카페로 가서 커피 두 잔을 사 왔다. 그중 하나를 애정에게 건네주고는 운전석에 기대어 앉아 잠시 생각을 정리했다. 태훈은 정면을 바라보고 있었고 애정은 그런 태훈을 바라보고 있었다. 커피를 반 정도 마시는 동안 얼굴에 머무는 시선은 집요하다 못해 얼굴이 뚫릴 것 같다는 착각마저 줄 정도였다.

"그만 좀 보지?"

"본다고 닳는 것도 아닌데요, 뭐."

뻔뻔하리만큼 태연자약한 대답에 태훈의 눈가에 작은 경련이 일어났다. 그 역시 며칠 전까지는 그리 생각했었다. 하지만 지금은 아니었다. 닳는 것이 문제가 아니라 수명이 줄어들 것 같았다. 짧게 한숨을 내쉰 그는 커피를 내려두고 두 손을 들어 얼굴을 감쌌다. 해영식품 대표이자 애정의 아버지가 3년 전쯤 건넸던 말이 마치 어제 일처럼 그의 머릿속에 맴돌았다.

"내 딸이 자네 팬이야."

팬은 무슨.

태훈은 애써 웃으며 이를 꽉 악물고는 잠시 가늠하듯 애정의 얼굴을 바라봤다. 화를 낼까, 달랠까, 아니면 무시할까. 태훈이 준비해 온 대안은 그 세 가지뿐이었다. 일단 달래보자. 결정을 내린 그가 무겁게 닫혀 있던 입을 열었다.

"저기, 그때 일은……."

"그때 일?"

애정은 뭘 말하는 건지 모르겠다는 순진무구한 얼굴로 쳐다보고 있었다.

"그러니까 그때……."

"아, 오빠 술 취해서 인사불성 된 날이요? 5일밖에 안 된 일인데 뭘 그렇게 오래된 것처럼 말해요."

태훈에게는 폭탄과도 같은 문제인데 애정은 가벼운 문제인 것처럼 굴었다. 늘 당당하고 위축되는 일 없던 그가 지금만큼은 어찌할 바를 모르겠다는 얼굴을 하고 있었다. 필름이 끊겼으니 인사불성이라는 말에 딱히 반박할 수 없었다.

"그래, 닷새 전."

태훈은 친구들과의 모임에 자주 나가는 편이긴 해도 술을 그렇게 좋아하는 건 아니었다. 인사불성이 될 정도로 마신 적은 없었다. 다만, 애정이 말한 닷새 전의 술자리는 민건에 대한 작은 복수가 포함된 자리라 뒷일 생각지 않고 자제 없이 마신 자리라는 것이 문제였다.

"네가 말한 것 외에는 아무 일 없었다며."

애정은 담담하게 고개를 끄덕였다. 그는 운동하느라 여자 보기를 돌같이 했다. 여태 한 번도 그쪽으로는 문제를 일으킨 적이 없었지만, 하필이면 지금 그 문제가 일어나려 하고 있었다. 그것도 만만치 않은 상대를 골랐다.

"오빠가 저한테 키스한 거 외에는 별일 없었어요."

"그렇지? 그러니까……."

"제 동의가 없었다는 게 좀 문제였죠."

잠시 풀어졌던 태훈의 얼굴이 급격하게 굳어졌다.

"……뭐?"

"쌍방이 아니라 일방적이었는데요."

키스했다는 얘기만으로도 머리가 아픈데 조금 더 기함할 만한 살이 덧붙여졌다. 차 안에 무거운 침묵이 흘렀다. 지금 자신이 뭘 들은 건가? 태훈의 입술 끝이 비틀리듯 위로 올라갔다.

"야, 그게 말이 돼? 내가 억지로 했다고?"

"억지로는 아니지만. 아무튼, 제 동의는 안 구했어요. 갑자기 한 거니까요."

"그걸 나보고 믿으라고?"

"오빠는 내가 무슨 말을 해도 안 믿을 거잖아요? 키스했다는 말도 안 믿었으면서. 근데 지금 봐요. 제가 거짓말했어요?"

처음에는 거짓이라고 생각했지만 석영의 증언으로 애정의 말은 사실인 것으로 판명났다. 그녀는 거짓을 말하지 않았다. 그걸 떠올리고 나니 이 말이 진실인지 거짓인지, 제대로 된 판단이 서지 않았다.

'정말 내가 그랬다는 건가? 이 어린애를 상대로 내가 먼저?'

갑작스레 갈증이 났다. 태훈은 초조한 기색을 감추지 못한 채 남은 커피를 단번에 마셔 버렸고 다시 한 번 머릿속으로 상황을 정리했다. 술에 취한 태훈이 애정에게 입을 맞췄다. 그것도 동의 없이 일방적으로.

한참의 침묵이 이어졌다. 애정은 재촉하지 않고 태훈이 먼저 입을 열기를 기다렸다. 그리고 10분의 시간이 더 흐르고 나서야, 긴 침묵을 깨는 그의 목소리가 들려왔다.

"미안하다."

그는 결국 사과를 했다. 어떤 이유가 있다 해도 분명 자신의 실수였다. 상대방은 태훈보다 열한 살이나 어린 여자애였다. 그뿐인가. 아버지 지인 분의 눈에 넣어도 아프지 않을 고명딸이었다.

"진짜 미안하다."

재차 건네어진 사과에 애정은 별일 아니라는 것처럼 웃었다.

"괜찮다니까요."

하지만 태훈은 조금도 웃지 못했다. 눈치가 빠른 그는 괜찮다는 애정의 대답에 다른 의도가 있다는 것을 알아챘다. 그녀는 이 문제를 빌미로 태훈을 쥐락펴락하려는 낌새를 보였고, 태훈은 웬만하면 이 문제에 대해 오늘 완벽하게 끝을 내고 돌아가고 싶었다. 그러기 위해서는 애정을 잘 달래야 했다.

"너 몇 살이랬지?"

"스물둘이요. 이제 보름만 있으면 새해니까 스물셋이에요."

"그래. 스물둘이든 셋이든, 너도 성인이고 나도 성인이잖아."

평소 성격대로 하자니 애정이 어떻게 나올지 감이 잡히지 않아 태훈은 최대한 타이르는 목소리를 냈다. 타이르다니. 친동생인 해솔에게도 해보지 않은 행동이었다. 상냥이라는 단어와 거리가 먼 태훈이었지만 지금만큼은 최대한 상냥하게 굴기 위해 애썼다.

"그렇죠, 성인."

"그래, 성인."

"성인이니까."

입에 문 빨대를 잘근 씹어대던 애정이 커피를 손에서 내려놓았다. 조금 전과 달리 웃음기 싹 거둬낸 얼굴로 태훈을 바라봤다.

"본인 행동에 책임을 져야죠."

고작 입 맞춘 거로?

순간 성질대로 소리를 지를 뻔했다. 태훈은 다시 한 번 최대한의 인내심을 발휘해 숨을 한 차례 고르고는 화를 억눌렀다. 더는 마실 커피도 남아 있지 않은데 또 입안이 바짝 마르는 느낌이 들었다.

"저기, 애정아."

"오늘은 여기까지만 해요. 이따 집에 들어가면 해솔 언니한테 저에 대해서 좀 물어보세요."

"뭐?"

"오빠 동생이요. 해솔 언니."

"네가 주해솔을 어떻게 알아?"

"어떻게 알긴요. 저 오빠 아버지도 자주 뵀지만, 언니랑도 친해요. 3년 동안 제가 오빠 집에 얼마나 자주 놀러 갔는데요."

처음 듣는 이야기였다. 집을 비우는 일이 잦았던 태훈은 애정이 자신의 집에 드나들었다는 사실에 대해 전혀 알지 못했다.

"네가 우리 집에 왔었다고?"

"네. 계속 갔었는데. 아, 그리고 그때 그 일 사진 있어요. 오빠가 끝까지 안 믿으면 보여주려고 했는데. 뭐, 이제는 제 말 믿는 거 같으니까 그건 그냥 둘게요."

안전띠를 풀어낸 애정이 또 한 번 폭탄을 던졌다. 생각지도 못한 말에 그의 얼굴은 사색이 됐다. 증거라는 게 사진인 모양이었다.

"오빠 몸 상태도 안 좋은 것 같으니까 일단 오늘은 이만 돌아갈게요.

며칠 내로 다시 연락할 테니까 그때까지 우리 일에 대해 잘 생각해 봐
요."

우리 일? 그게 대체 무슨 일인데?

대화는 끝나지도 않았는데 짐을 챙겨 들고 차에서 내린 애정이 손을
흔들었다. 한쪽은 한없이 기쁜 얼굴로, 한쪽은 지구 멸망이 다가온 듯한
얼굴로 서로를 마주하고 있었다. 극명하게 대비되는 표정이었다.

"오빠 내일 친구들이랑 족구 시합하죠? 내기시합 같던데, 열심히 해
요."

뭐라 할 새도 없이 쾅— 소리를 내며 문이 닫혔다. 애정은 때마침 바뀐
신호를 확인하고는 빠르게 달려가 횡단보도를 건너 멀어져 갔다. 태훈은
뒤늦게 그녀가 사라진 방향을 응시했다.

"그걸 어떻게……."

애정이 말한 족구 시합은 지금으로부터 약 4시간 전쯤 잡아놓은 약속
이었다. 한데, 그걸 김애정이 어떻게 알고 있단 말인가.

"쟤 진짜 뭐야."

태훈이 자조적인 웃음과 함께 중얼거렸다. 그는 이제 100% 확신했다.
저 순진무구해 보이는 여자는 분명 자신의 스토커다.

"그나저나 사진이라니."

키스 도중 셀카를 찍지는 않았을 것이고, 석영이 찍어준 것도 아닐 것
이다. 그럼 목격자가 한 명 더 있다는 소리였다. 태훈이 고뇌하다 끙 앓는
소리를 내며 핸들에 이마를 두어 번 박았다. 사진이 있다는 애정의 말이
사실이라면 문제는 더 복잡해진다. 그 사진을 어떻게 이용할지 감이 잡히
지 않았고, 애정이 어떤 요구를 해올지, 무슨 행동을 할지, 조금도 예측할
수가 없었다.

"아버지가 아시면 날 죽이려고 드실 텐데."

태훈은 신경질적으로 머리를 헝클어트렸다. 그로부터 30분의 시간이 지나고 나서야 차를 출발시켜 집으로 돌아간 그는 일단 해솔부터 찾았다. 밖에서 점심을 먹고 때마침 귀가한 해솔을 마주하게 된 태훈은 인사도 없이 다짜고짜 그녀를 자신의 방으로 데리고 들어섰다.

"뭐야? 갑자기 왜 이래?"

"너, 김애정 알지?"

"애정이?"

"그래, 김애정."

"알기야 아는데. 오빠가 말하는 김애정이 내가 아는 애정이가 맞는지 는 모르겠는데?"

"해영식품 김 대표님 딸."

"그럼 맞네."

태훈이 의자를 끌어와 해솔을 억지로 앉히고 자신은 침대 위에 걸터앉았다.

"걔에 대해서 아는 거 있으면 좀 말해봐."

"오빠가 갑자기 애정이에 대해서 왜 물어?"

평소 다른 사람 일에 특별히 관심을 가지지 않던 사람이 주태훈이었다. 별다른 접점이 없는 애정에 관해 물으니 해솔은 그 이유가 궁금할 수밖에 없었다.

"이유는 알 거 없고. 아무튼, 아는 거 있어?"

"뭐, 알기야 하는데. 뭘 말해달라는 건데?"

"그냥, 네가 아는 거 전부."

"밑도 끝도 없이 대체 뭔 소리를 하는 거야?"

"일단 아는 거 다 말해봐."

"아는 거라니."

잠시 생각에 잠긴 해솔이 곧 간단명료한 답을 내놓았다.

"애정이 착하고 싹싹해."

태훈의 눈에 작은 경련이 일어났다. 그 착하고 싹싹한 김애정이 지금 네 오빠 스토킹을 하고 있다고, 그거로도 모자라 협박을 하고 있다고 소리치려다 간신히 이를 악물었다. 하지만 흉흉한 기세만큼은 감추지 못했고 해솔은 대체 왜 이러냐며 태훈을 이상하게 쳐다봤다.

"그런 거 말고."

"그럼 뭐?"

"다른 사람이랑 다른 점이나 특이한 점들 없어?"

해솔이 다시 생각에 잠겼다. 동생이 없는 해솔에게 만약 동생이 생긴다면 애정이 같은 애였으면 좋겠다는 생각이 들 정도로 애교도 많고 착한 성격이었다. 하지만 지금 상황을 보니 그런 것들은 태훈이 원하는 답이 아닌 것 같았다. 턱을 괸 채로 생각에 잠겨 있던 그녀는 뭔가 떠오른 건지 다시 태훈과 시선을 맞췄다.

"애정이네 집이 좀 특이해."

"특이하다고?"

"진짜 유별나거든. 애정이가 김 대표님 댁 고명딸인 건 알아?"

"그건 들었어. 딸 하나라며."

"사촌 통틀어서 딸이 애정이 하나일걸?"

"뭐?"

"그래서 진짜 귀염 받고 자란 모양이더라고. 애정이 위로도 오빠가 셋 있는데 애정이 일이라면 물불 가리지 않고 나서는데다 엄청 위한다더라.

사실 남매라는 게 원래 싸우면서 크다가 남이 공격하면 그때야 제 핏줄이라며 의기투합하여 한편이 되는 게 보통이잖아? 오빠랑 나도 그렇고. 근데 애정이네 집은 안 그래. 애정이한테 무슨 일 생기면 온 집안에 비상이 걸릴 정도라던데."

그 뒤로 이어진 이야기 대부분은 애정의 집에 관한 것이었다. 해솔의 입을 통해 전해 듣게 된 몇 가지의 일화만으로도 그는 그녀가 집에서 얼마나 귀하고 소중한 존재인지, 또 얼마나 사랑받고 자랐는지, 충분히 짐작할 수 있었다.

"그만 됐어."

태훈은 몇 분 사이 수척해진 얼굴로 한숨을 내쉬었다. 더는 듣고 싶지 않았다. 손까지 내젓는 행동에 해솔은 하던 말을 멈추고 입을 꾹 다물었다. 갑자기 애정에 대한 것은 왜 묻는 건지 그 이유를 묻고 싶었지만 태훈의 기세가 심상치 않다는 것을 느낀 그녀는 조용히 자리에서 일어서기로 했다.

"왜 묻는지는 모르겠지만, 아무튼 결론은 이거야. 만약에 누가 애정이 다치게 하거나 울게 하지?"

해솔은 느릿한 움직임으로 손을 들어 목을 긋는 시늉을 했다.

"그 새끼는 인생 종 치는 거야."

속도 모르고 건넨 말에 태훈은 망연자실한 얼굴로 웃었다. 그래. 네 오빠 인생 종 치게 생겼다.

기온이 뚝 떨어졌다. 매서운 바람까지 불어 어깨가 절로 움츠러들 만큼 추운 날이었다. 그 시린 날씨보다 더 차갑게 굳은 얼굴로 헬스장을 빠져나온 태훈은 점차 속도를 늦추다 어중간한 위치에서 걸음을 멈췄다. 한숨을 내쉬며 손으로 이마를 짚는 그의 모습에서 엄청난 고뇌가 느껴졌다. 그는 여전히 불면에 시달리고 있었고 그간 쌓인 스트레스로 며칠 내내 엉망인 컨디션을 유지하고 있었다.

"너 오늘 컨디션 별로인가 보다? 안색도 안 좋고."

같은 팀의 동료 창원이 친근하게 어깨 위로 손을 올리며 태훈에게 말을 걸었다. 평소 태훈에게서 자주 볼 수 없는 고개 숙인 모습에 그는 측은한 기색까지 보이며 어깨를 두드렸다.

"무슨 일인지는 모르겠지만 힘내라. 너만큼 긍정적으로 사는 놈이 또 어디 있다고, 의기소침한 모습을 보이고 그래?"

의기소침 같은 소리 하고 있네. 태훈이 다 귀찮다는 얼굴로 어깨 위의 손을 치워내고는 걸음을 옮겼다. 하지만 얼마 가지 못하고 다시 멈춰 선 그는 하마터면 어깨에 걸치듯 메고 있던 가방을 그대로 놓칠 뻔했다.

"어? 쟤 걔 아니냐? 우리 훈련할 때 너 보러 자주 오던 애."

베이비 핑크 색상의 코트를 입은 애정이 눈앞에 서 있었다. 태훈이 느릿하게 눈을 한 차례 깜빡였다.

"설마 여기까지 너 보러 온 거야? 완전 열혈 팬이네."

눈썰미 좋은 창원이 애정을 알아보고는 태훈의 뒤에서 작게 중얼거렸다. 애정은 거의 매일같이 이곳에 왔지만 창원은 헬스장에 오랜만에 걸음했던지라 애정이 오늘 이곳에 처음 왔다고 생각하는 모양이었다.

꾸벅 고개를 숙여 인사를 건넨 그녀는 옅게 미소를 머금은 얼굴로 태훈을 바라보고 있었다. 그래도 보름의 시간은 줄 거라 생각했는데 일주일 만에 다시 애정이 눈앞에 나타났다. 그는 차라리 다시 헬스장으로 돌아가고 싶어졌다. 몸은 힘들어도 딴생각은 못 하게 될 테니 그편이 나을 것 같았다.

"너 먼저 좀 가라."

"왜?"

"좀 가."

태훈이 화가 나면 어느 정도로 성격이 나빠지는지 알고 있는 창원은 고개를 끄덕이고는 순순히 걸음을 옮겼다. 창원의 모습이 시야에서 사라지자 태훈은 성큼 걸음을 옮겨 애정에게 다가섰고 주변을 한 차례 둘러봤다. 다행히 두 사람 근처에는 아무도 없었다.

"너, 대학생이라고 하지 않았어? 학교는? 안 바빠?"

"맞아요. 근데 지금 방학이에요."

"그럼 친구들이나 만나지 여긴 어쩐 일이야?"

타이르듯 말하던 일주일 전과 달리 무척이나 퉁명스러운 목소리였다. 하지만 애정은 조금도 신경 쓰지 않는 건지 그저 태훈을 봐서 좋다는 얼굴을 하고 있었다.

"오빠 보러 왔죠."

두통이 확 밀려들었다. 안 그래도 복잡한 생각들로 머리가 아픈데, 그 원인이 눈앞에 서 있었다. 태훈은 분노를 억누르며 애써 담담한 얼굴로 물었다.

"네가 날 왜 보러 와?"

"보고 싶어서요. 그리고 우리 얘기, 아직 안 끝났잖아요."

순간 욱해서 소리를 지를 뻔했지만 태훈은 가까스로 화를 참아내고 이를 악물었다. 눈앞에 있는 김애정은 해영 회장님이 애지중지 아끼는 고명딸이었고, 그 회장님은 아버지의 지인이신 분이다. 거기다 지금은 자신의 약점이 될 만한 것까지 손에 쥐고 있었다. 그 사실을 몇 번이나 되새긴 그는 호흡을 한 차례 고르며 침착하려 애썼다. 무서울 것 없는 태훈이 단 한 명 어려워하는 상대가 바로 아버지였다.

아버지는 태훈과 해솔이 칭찬받을 일을 하면 앞에서는 칭찬을 아끼고 뒤에서는 다른 이들에게 자식자랑을 했다. 하지만 잘못한 일에는 앞에서도 뒤에서도 불같이 화를 냈다. 태훈은 아버지를 위하는 마음이 컸고 늘 존경해 오고 있지만, 그 때문에 아버지가 어렵기도 했다. 어머니가 돌아가신 뒤로 더더욱 제 자식들이 조금이라도 엇나갈까 싶어 엄하게 키운 탓도 있었다.

이게 알려지면 죽음이다.

"일단 나가자. 나가서 얘기해."

태훈은 결국 또 한발 물러섰다. 걸음을 옮기는 내내 관자놀이가 다 지끈거렸다. 열한 살이나 어린, 이 만만치 않은 여자를 어떻게 구슬리고 설득해야 할지 도무지 감이 잡히질 않았다.

"밥 먹으면서 얘기해요."

"뭐?"

"오빠 운동하고 나와서 배고프지 않아요?"

평소였다면 운동 뒤에 밥부터 먹었겠지만, 지금은 골치 아픈 문제 때문에 밥 생각이 없었다. 그래서 태훈은 간단하게 차나 마시며 이야기를 하려 했다. 하지만 애정은 재차 밥을 먹자고 고집을 부렸다. 일단 원하는 대로 해줘야 할 것 같아 결국 가까운 식당가로 향했다.

"매운탕 먹어요."

이십대 초반의 여자애가 좋아한다며 고백한 남자와 함께 먹을 만한 메뉴가 아닌 것 같았다. 의외라는 생각이 들어 매운탕을 좋아하냐 물으니 애정은 태연한 얼굴로 태훈을 향해 폭탄을 날렸다.

"오빠가 좋아하잖아요."

그러니까 그걸 네가 대체 어떻게 알고 있느냐가 문제야!

굳어진 태훈을 마주하고도 애정은 개의치 않는 얼굴로 저 집이 맛있다며 한 식당을 가리켰다. 태훈의 단골집이었다. 그는 떨떠름한 얼굴로 차를 주차하고 애정과 함께 식당 안으로 들어섰다. 다행히 시간대가 애매해서 그런지 사람이 많지 않았다.

"너."

식당에 들어와 주문을 하고, 주문한 매운탕이 나오고 그로부터 또 10여 분의 시간이 흘렀다. 긴 침묵을 깬 한마디에 젓가락을 놓아주던 애정이 고개를 들어 그와 시선을 맞췄다.

"왜요?"

"그때 일, 아직 아무한테도 말 안 한 거 맞지?"

"네."

고개까지 끄덕이며 태연하게 답한 애정은 국자를 손에 들어 양념이 잘 배도록 국물을 떠서 위에 뿌리는 행동을 반복했다.

"이리 내놔."

태훈이 애정의 손에 들린 국자를 빼앗듯이 가져가서는 그 행동을 대신했다. 시킨 일도 아니고 본인이 하겠다고 나섰으면서 얼굴에 불만이 가득했다. 애정이 그 모습을 보고 가늘게 웃음을 흘렸다. 불을 약하게 줄이고 국자를 손에서 내려놓은 태훈은 다시 애정의 얼굴을 마주했다. 더는 시간을 끌고 싶지 않았다.

"어쩔 셈이야?"

"뭐가요?"

"네가 이러는 의도가 있을 거 아니야."

태훈은 그날 일에 대해 실수한 걸 인정했고, 진심으로 사과도 했다. 할 수 있는 건 다 했으니 차라리 콕 집어 무언가의 보상을 요구했다면 했을 것이다. 하지만 애정이 원하는 것은 돈도 아니었고, 그 일에 대한 보상도 아니었다.

"설마 그 일로 협박이라도 하겠다는 거야?"

자신에게 고백한 여자는 분명 다른 것을 원하고 있었다. 빙빙 돌려 말해봐야 방긋방긋 웃으며 속만 뒤집어놓을 것 같아 직구로 건넨 질문에 애정은 소리 없이 미소 지었다.

"나한테 대체 무슨 억하심정이 있어서……."

"반은 맞고, 반은 틀려요."

애정은 그를 향해 살짝 고개를 숙이며 거리를 좁힌 채 말했다.

"억하심정이 아니라 좋아하는 거고, 협박까지는 아니지만 이용은 할 거예요."

"뭐?"

그녀는 태훈의 앞에 놓여 있는 국자를 다시 가져가서는 그릇에 매운탕을 담아내며 계속해서 태훈의 속을 뒤집어놓았다.

"막무가내에 제멋대로인 거, 저도 알아요. 제가 좀 오냐오냐 컸어요. 근데 저 이러는 거, 오빠 한정이에요. 다른 곳에서는 안 그래요."

그러니까 왜 주태훈 한정인 걸까. 그게 가장 문제였지만 애정은 여전히 문제 될 게 없다는 얼굴을 하고 있었다. 태훈이 또 한 번 욱해서 소리를 지르려다 애정을 울리면 그 새끼는 인생 종 치는 거라던 해솔의 말을 떠올리고는 간신히 참아냈다. 갑작스레 입안이 바짝 마르며 갈증이 밀려들었다. 그가 냉수를 따른 컵을 입에 가져다 댄 순간이었다.

"그래도 어쩔 수 없어요. 열여덟 살 때부터 오빠 좋아했는걸요."

"콜록!"

물을 마시려다 사레가 들려 연신 기침을 한 태훈이 가슴을 두어 차례 두드리고는 고개를 들었다.

"뭐? 너 지금 뭐라고……."

"열여덟 살 때부터 좋아했다고요."

"그 나이에 뭘 안다고!"

저도 모르게 소리친 태훈이 깜짝 놀라 주변을 둘러봤다. 식당에서 일하는 종업원이 무슨 일이라도 있느냐는 표정으로 두 사람을 바라보고 있었다.

"아무 일도 아닙니다. 소란스럽게 해서 죄송합니다."

사과를 건넨 태훈이 쓰고 있던 모자를 좀 더 깊게 눌러쓰고는 숨을 한 차례 토해냈다. 종업원의 관심이 멀어진 것을 확인한 그는 목소리를 낮춰 대화를 이어나갔다.

"말이 되는 소리를 해."

"진짜예요. 왜 이렇게 사람 말을 못 믿어요?"

"네가 날 언제 봤다고 열여덟 때부터 좋아했다는 거야? 우리 집에서 나 처음 봤을 때 너 졸업했다며? 그런데 무슨 열여덟?"

"열여덟에 봤으니까 열여덟 살 때부터 좋아했죠. 그전에 오빠 본 적 있어요."

그전에 얼굴을 본 적이 있다는 소리에 태훈은 잠시 말이 없어졌다. 기억을 더듬어봤지만 아무리 생각해 봐도 애정을 본 기억이 떠오르지 않다.

"그저 팬으로 좋아한 거겠지."

"설마. 그 정도도 구분 못 할까."

"야, 너 열여덟 교복 입고 다닐 때 나 스물아홉이었어. 네 연령대의 여자애가 보기에는 아저씨라고."

"아저씨는 무슨."

애정이 코웃음을 쳤다. 물을 한 모금 마시고는 여유로운 얼굴로 태훈을 마주했다.

"어쨌든 이건 나한테 두 번 다시 안 올 기회예요."

굳은 표정의 태훈을 향해 애정이 쐐기를 박듯이 말했다. 천천히 웃음기를 거둬낸 그녀는 제법 진지한 얼굴을 했다.

"저는 아무 시도도 안 해보고 포기하는 거 정말 싫거든요."

"아무 시도도 안 해보고 포기하는 거보다 이게 더 나빠. 약점을 잡고 상황을 이용하려는 거잖아."

"알아요. 아는데, 못됐다는 소리 들어도 저는 이번 일 이용할 수 있는 만큼 최대한 이용할 거예요."

"뭐?"

"고백해 봤자 야구밖에 모르는 오빠는 분명 거절할 거고, 제 나이가 어려서 어차피 진심으로 생각해 주지도 않을 거잖아요."

틀린 말이 아니었기에 태훈은 딱히 반박하지 않았다. 그 사고만 아니었다면 태훈은 자신보다 열한 살이나 어린 애정의 고백을 한순간의 장난처럼 받아들였을 것이고, 이렇게 애정과 마주 앉아 있을 일조차 만들지 않았을 것이다.

"아무래도 이건 신이 저를 가엾게 여겨서 준 기회 같아요."

태훈은 이제 거의 넋을 놓은 얼굴을 하고 있었다. 애정은 다시 예쁘게 미소 지으며 매운탕을 덜어낸 그릇을 앞으로 내밀었다.

"먹어요, 오빠."

태훈은 테이블 위에 놓인 그릇을 내려다보고는 뒤늦게 헛웃음을 터트렸다. 그런 소리를 바로 앞에서 듣고 이게 목으로 넘어가겠냐 싶었다. 적당히 몇 숟갈 뜨는 척하다 자리에서 일어설 생각이었다.

"음식 남기면 벌 받아요. 다 먹고 가요, 우리."

그의 머릿속을 훤히 들여다보기라도 한 듯 애정이 말했다. 그 말이 마치 '다 먹기 전엔 절대 못 가요.'라는 말처럼 들려서 태훈은 억지로 숟가락을 손에 들 수밖에 없었다. 밥이 목으로 넘어가는지 코로 넘어가는지 모를 상황에서 그의 머릿속에는 이제 단 하나의 고민만이 자리를 잡게 됐다.

열여덟 살 때부터 자신을 좋아했다던, 이 순정으로 위장한 스토커를 대체 어떻게 떼어내야 하나.

태훈이 끙 앓는 소리를 냈다. 웬만한 것으로는 애정을 설득할 수 없을 것 같았고 아무리 생각해 봐도 좋은 방법이 떠오르지 않았다. 태훈은 결국 몇 숟갈 뜨지 못하고 숟가락을 내려놓았다.

"야, 나 말 돌려 하는 거 진짜 싫어해."

"알아요. 그리고 오빠는 돌려 말한 적도 없으면서."

한마디를 안 진다. 태연한 얼굴로 사람 속을 긁으니 더 미칠 노릇이었다.

"그래. 내가 실수한 것도 알겠고, 너희 집에서 네가 애지중지 컸다는 것도 알겠고, 아버지한테 이 일 알려지면 내가 곤란해진다는 것도 알겠어. 너도 그거 알고 나한테 이러는 거 아니야."

"네."

설령 그게 맞더라도 겉으로는 아니라고 해야 하는 거 아닌가. 솔직한 대답에 태훈은 황당하다는 얼굴을 했다.

"그리고 또 있어요."

"뭐가 또 있어?"

"신문사랑 인터넷."

"뭐?"

"오빠 유명하잖아요. 인터넷에 이름만 쳐도 사진이랑 프로필 뜨는 유명 프로야구선수."

"근데?"

"열한 살이나 어린 여자한테 동의도 없이 일방적으로 키스했다는 기사 터지면 괜찮겠어요? 증거도 있는데, 큰일이잖아요."

애정은 기함할 말을 아무렇지도 않게 했다. 태훈은 말문이 막힌 건지 아무 소리도 내지 못하고 입을 반쯤 벌렸다. 물론 애정은 거기까지 갈 생각이 없었다. 태훈에게 피해가 갈 행동은 조금도 하지 않을 것이다. 그저 지금의 상황을 유리하게 사용하려는 것뿐이었다.

"협박 맞네."

칼만 안 들었지 이건 분명 협박이었다. 태훈이 손을 들어 사색이 된 얼굴을 쓸어내렸다.

"앞으로 제가 어떻게 나올지는 오빠 하기 나름이에요."

"그래서 이제 어떻게 할 건데? 미리 알고나 있자. 원하는 게 대체 뭐야? 빙빙 돌리지 말고 그냥 말해."

애정이 가만히 태훈의 두 눈을 마주 봤다. 저 작은 입에서 무슨 말이 나올지 짐작조차 되지 않아 긴장하고 있던 순간이었다.

"저랑 만나요."

제안을 가장한 협박에 태훈의 표정이 천천히 구겨졌다. 그는 마치 들지 말아야 할 말을 들었다는 얼굴을 했다.

"뭐?"

"저랑 만나자고요. 딱 6개월만. 그 뒤에도 싫다고 하면 깨끗하게 포기할게요."

갑작스레 모골이 송연해지며 식은땀이 났다. 긴장으로 인해 태훈의 목울대가 크게 한 차례 움직였다.

"시간 좀 줄게요. 잘 생각해 봐요."

애정이 제 생각보다 더 만만한 상대가 아니라는 것을, 태훈은 그 순간 깨달았다. 상당히 위험한 게 달라붙었다. 주태훈 인생, 최대의 위기였다.

식사를 함께한 것을 끝으로 애정과 헤어진 태훈은 집으로 돌아오는 길에 약국에 들러 소화제를 하나 구매했다. 몇 숟갈 뜨지도 않았는데 체증이 있었다. 손을 따고 약까지 챙겨 먹은 뒤 침대에 누웠지만 잠은 오지 않았다. 저녁 생각이 없다며 식사까지 거른 태훈은 어둑어둑한 저녁이 되고 나서야 아버지의 부름에 거실로 나섰다.

"넌 뭘 하느라 집에 있으면서 코빼기도 안 보여?"

"그냥 쉬고 있었어요."

"저녁도 안 먹었다던데. 어디 아픈 거야?"

"좀 체했나 봐요. 약 먹어서 지금은 괜찮아요."

"그럼 와서 과일 좀 먹어."

이 상태로 뭘 먹으면 또 체할 것 같았지만 태훈은 일단 별다른 말 없이 소파에 앉았다. 과일보다는 차가 나을 것 같아 아주머니에게 차를 부탁했다. TV에서는 최근 시청률이 잘 나오는 드라마가 방영되고 있었다. 내어 준 홍차를 한 모금 마신 태훈은 드라마를 시청하고 있는 아버지의 안색을 살폈다.

"열한 살이나 어린 여자한테 동의도 없이 일방적으로 키스했다는 기사 터지면 괜찮겠어요? 증거도 있는데, 큰일이잖아요."

애정의 말을 떠올린 그는 입 안쪽의 여린 살을 꾹 깨물었다. 미디어 문제를 언급하긴 했지만 설마 그렇게까지 하려나 싶었다. 그냥 아버지에게 사실대로 말하고 한소리 들은 뒤에 김 대표님을 통해 애정을 설득하면 되지 않을까. 그리 생각하며 태훈은 갈등했다. 평평하게 균형을 이루고 있는 저울이 사실대로 말하는 쪽으로 살짝 기울어진 순간이었다.

"저런 나쁜 놈."

갑작스러운 아버지의 호통에 움찔한 그는 뒤늦게 TV 화면으로 시선을 돌렸다. 드라마는 클라이맥스를 향해 달려가고 있었다. 바람기 있는 남자가 순진한 어린 여자를 꼬드겼고, 가차 없이 버리는 장면이 나오고 있었다.

"저 어린애한테 저게 무슨 짓이야? 저런, 저 천하의 죽일 놈."

말을 하는 쪽으로 살짝 기울어졌던 저울이 단번에 반대로 기울어졌다. 태훈은 그 어느 때보다 세게 이를 악물고는 입을 굳게 다물었다. 그 순간, 아버지와 눈이 마주쳤다.

"태훈이 넌 여태 한 번도 여자 문제 일으킨 적도 없고, 어디 가서 저런 짓 할 놈이 아니라 다행이긴 한데. 그래도 명심해라. 여자 문제 일으키지 마. 내 자식 귀하듯 남의 자식도 귀한 거다. 그 집에선 세상에 둘도 없는 소중한 딸일 텐데."

"……."

"이놈이. 왜 대답이 없어?"

"……네. 명심할게요."

혹여 목소리가 떨리지는 않았을까. 어색하게 입매를 끌어 올리며 웃어 보인 태훈을 향해 그의 아버지는 절대로 여자 문제는 일으키지 말라며 재차 당부했다. 시간이 조금 더 흘렀고 찻잔은 이제 거의 비워낸 상태였지만 태훈은 선뜻 자리에서 일어서지 못했다.

'그래도 사실대로 말하는 게 낫지 않을까?'

태훈은 다시 한 번 같은 고민을 하며 아버지를 바라봤다. 그 순간, TV 화면을 응시하고 있던 아버지가 노기 어린 음성으로 중얼거린 말에 그는 하마터면 손에 들고 있던 찻잔을 떨어트릴 뻔했다.

"내 딸한테 저러면 가죽을 다 벗겨놓을 텐데."

태훈은 그 뒤로 아버지를 쳐다보지 못했다. 어째서인지 앉아 있는 내내 등가죽이 따끔거렸다.

제3장 약속 이행 각서

태훈에게는 최근 들어 주변을 두리번거리는 습관이 생겼다. 매번 여기저기서 불쑥 모습을 드러내는 애정 때문이었다. 하지만 매운탕 집에서 점심을 함께한 뒤로 애정은 그의 앞에 거짓말처럼 모습을 드러내지 않았다. 태훈은 그것이 더 불안했다. 발톱을 감추고 어디선가 유유자적한 모습으로 자신을 지켜보고 있을 것만 같았다.

"넌 급할 게 없다. 이거지?"

홀로 중얼거린 그는 입가에 쓴 웃음을 머금었다. 지금 제 모습이 마치 궁지에 몰린 쥐처럼 느껴졌기 때문이었다. 밀려드는 피로감에 두 눈은 뻑뻑했고 복잡한 머릿속은 여전히 답을 내어놓지 못한 문제로 인해 전쟁 중이었다. 태훈은 고개를 뒤로 젖히고는 감은 두 눈 위를 매만졌다. 하루라도 빨리 결단을 내리지 않으면 자신의 남은 수명이 절반으로 줄어들 것만 같았다.

며칠째 잠을 제대로 자지 못한 탓인지 졸음이 쏟아져 내렸다. 그는 의자에 앉은 상태 그대로 잠을 청했다. 그렇게 점차 의식이 멀어져 가고 있을 때였다. 조용한 방 안에 휴대전화 벨소리가 울려 퍼졌다. 깜짝 놀란 그는 다급하게 휴대전화를 손에 쥐고는 음소거 버튼을 눌렀다. 소리는 사라지고 액정에는 전화를 건 발신인의 정보만이 남게 되었다.

"아, 놀래라."

전화를 건 사람은 민건이었다. 혹여 애정에게 전화가 온 건가 싶어 놀란 태훈은 그제야 안도의 숨을 한 차례 토해내고는 전화를 받았다.

"왜?"

[주태훈, 너 요즘 연락 뜸하다?]

"언제부터 연락 자주 했다고."

[다른 때는 몰라도 연말에는 자주 했지.]

민건의 말에 태훈의 시선이 책상 위에 놓여 있는 작은 달력으로 향했다. 날짜 가는 줄도 몰랐는데 벌써 12월 31일이었다. 한 해를 마감하는 날이었지만 태훈은 오늘 아침 눈을 뜨자마자 반나절이 지날 때까지 애정과의 문제에 대해 고민하며 시간을 허비하고 말았다. 평소라면 가장 먼저 연락을 하고도 남았을 주태훈이 말이다.

[약속 없지? 애들이 얼굴 보자는데 술 한잔해야지.]

술이라는 말에 태훈은 진저리를 쳤다. 적어도 당분간은 술을 입에 대고 싶지도, 쳐다보고 싶지도 않았다.

"너희끼리 마셔라."

[왜? 무슨 일 있어?]

"일은 무슨. 올해는 그냥 조용히 집에서 가족과 보내련다."

[뭐래냐.]

민건은 못 들을 말을 들었다는 반응을 보였다. 하지만 태훈은 꿋꿋했다. 술자리에 김애정이 나타나지 않는다는 보장이 없었다. 오늘만큼은 절대로 나가지 않을 것이다.

"아무튼, 난 못 나가니까 그렇게 알아."

[진짜 안 나오려고?]

"그래, 끊는다. 새해 복 많이 받아라."

태훈은 단칼에 술자리를 거절하고 전화를 끊었다. 민건에게 두어 차례 더 전화가 왔지만 그는 꿋꿋하게 거절의 말을 전했고 집에서 가족과 함께 방송으로 나오는 제야의 종소리를 들었다. 새해에는 지금보다 야구에 더 매진하며 착하게 살 테니 제발 김애정의 심경에 변화가 있기를 기도하며 그는 그 어느 때보다 조용히 한 해를 마감했다. 하지만 신은 그의 기도를 들어주지 않았다. 다음 날 눈을 뜬 태훈은 공포스러운 하루의 시작을 맞이하게 되었다.

「오늘 좀 봐요.」

애정에게 연락이 왔다. 새해의 첫날이었다.

애정과 헤어진 뒤로 일주일의 시간이 흘렀지만 아직 확실하게 마음의 결정을 내리지 못한 태훈은 문자를 확인하고도 한참이나 답을 하지 못했다. 바쁜 일이 있다는 핑계를 대고 시간을 좀 벌어볼까 했지만 그마저도 여의치 않았다. 애정은 자신의 일정을 다 파악하고 있을 것이 분명했다. 어디로 튈지 짐작조차 가지 않는 상황에서 괜히 애정의 심기를 건드릴 필요는 없었다. 태훈은 결국 애정을 만나기로 했고 혼란스러운 마음을 안고 약속 장소로 향했다.

"잠 못 잤어요? 되게 피곤해 보이는데."

불면의 원인 제공자가 걱정스러운 얼굴로 물으니 태훈은 쓰게 웃을 수밖에 없었다. 치즈 케이크를 포크로 작게 잘라내어 입에 넣은 그녀는 태훈 몫으로 주문한 티라미수 케이크를 그의 앞에 놓아주었다.

"이거 먹어요, 오빠. 커피도 마시고요."

애정은 커피까지 챙겨 태훈의 앞에 놓아주었다. 겉으로만 보면 살갑기 그지없었다. 누가 이 순수한 얼굴로 그런 협박을 할 거라 생각이나 할까. 짙은 한숨이 그의 입에서 터져 나왔다.

"생각은 많이 해봤어요?"

많이 하다 뿐인가. 태훈은 일주일간 온종일 이 문제에 대해서만 생각했다.

"얼굴 보니까 생각 많이 한 모양이네요."

아무런 답을 하지 않았음에도 애정은 그가 일주일간 어떻게 생활했을지 들여다보기라도 한 것처럼 반응했다. 아주 머리 꼭대기에 앉아 있다. 태훈은 웃지도, 그렇다고 울지도 못하는 얼굴로 잠시 생각에 잠겼다.

애정의 제안을 들어주는 것 외에는 방법이 없는 것 같았다. 사진까지 가지고 있다 했으니 애정의 협박대로 신문사나 인터넷에 이 일이 알려지는 것도 곤란했고, 특히 그는 자신의 아버지가 이 일에 대해 알게 되는 일이 가장 두려웠다.

"그리 어려운 부탁은 아닌 거 같은데. 평생 만나자는 것도 아니고, 기간도 정해줬잖아요."

"협박 때문에 사람을 사귀다니. 사람 진심으로 대하지 않는 거, 정말 싫어해. 상대방한테 못할 짓이기도 하고."

"지금의 경우는 제가 먼저 제안한 건데 왜 못할 짓이에요?"

"네가 어리니까. 어려서 뭘 모르니까. 사람과의 관계는 이런 식으로 시작하는 게 아니야."

애정이 지금 하는 행동들까지는 백번 이해해서 귀엽게 봐줄 수 있다고 생각했다. 태훈의 잘못도 있으니 그럴 수 있다고 이해하기로 했다. 하지만 태훈이 이 일을 쉽게 생각해서 애정의 제안을 선뜻 받아들인다면, 그로 인해 애정이 상처받게 되는 일이 생길 수도 있었다. 그럼 태훈은 지금의 결정을 두고두고 후회할 것이 분명했다.

여동생인 해솔이 생각나 이 제안을 받아들이는 것이 더욱 망설여졌다. 만일 해솔이 어디선가 이런 짓을 하고 다닌다면 태훈은 해솔을 혼내는 것으로도 모자라 그걸 받아들인 녀석까지 가만두지 않을 것이다.

"오빠 지금 제 걱정해요?"

애정의 질문에 그는 답하지 않았다. 태훈은 살아오면서 자신이 지켜왔던 도덕적 가치관과 애정에 대한 걱정이 더해져 이 문제에 대해 선뜻 답을 내리지 못하고 있었다. 그걸 알아챈 애정은 그와 눈이 마주친 순간, 예쁘게 웃어 보였다.

"내가 이래서 오빠 좋아하는 거예요."

태훈은 난감하다는 얼굴을 했다. 고백을 듣자고 한 말이 아니었다. 그런 태훈의 속을 아는 건지 모르는 건지, 케이크를 한 입 더 입에 넣은 애정이 그를 보고 재차 싱긋 웃어 보였다. 애정은 그 뒤로 조용히 케이크만을 먹었다. 태훈이 먼저 말을 꺼내기까지 재촉하지 않고 답을 기다릴 생각이었다. 오래 기다릴 것도 없이 그가 먼저 입을 열었다.

"내가 이렇게까지 얘기했는데도 넌 절대로 생각 바꾸지 않을 거라 이거지?"

"네."

1초의 망설임도 없이 애정은 고개를 끄덕였다. 확고한 대답이었다. 아무리 설득하고 달래봐도 애정은 생각을 바꾸지 않을 것이고 시간을 끌어봐야 빨리 지나가야 할 반년이라는 기간이 더 길어지기만 할 것이다. 그는 결단을 내렸다.

"그래. 네 말대로 하자. 단."

"단?"

"몇 가지 조건이 있어."

"저도 있어요."

"뭐?"

태훈이 황당하다는 기색을 얼굴에 드러냈다.

"내가 오케이 하는 게 어딘데, 너도 조건이 있다고?"

"공평해야죠. 서로 원하는 조건 딱 세 개씩만 말하는 거로 해요."

손가락 세 개를 펼쳐 보인 애정은 옆자리에 놔둔 가방을 열더니 펜과 종이를 꺼내었다.

"오빠부터 말해요."

속이 답답했다. 앞에 놓여 있는 커피를 손에 들어 절반 가까운 양을 한 번에 마시고 잔을 내려놓은 태훈이 심각하게 고민한 조건이라는 것을 입 밖으로 꺼내기 시작했다.

"일단 가족들한테는 비밀로. 아버지도, 주해솔한테도 말하면 안 돼. 물론 너희 가족들한테도 마찬가지야."

"알겠어요."

"두 번째는 훈련에 방해 안 되는 정도로만 만날 거야. 그건 나한테 1순위니까."

"오케이. 그다음은요?"

"미안하다."

태훈이 말하는 조건을 종이에 메모하던 애정이 고개를 들었다. 그는 손을 들어 얼굴을 한 차례 쓸어내리고는 다시금 말을 이었다.

"어찌 됐든 그날 일은 내가 실수한 거니까."

그녀는 신문사와 인터넷까지 언급하며 협박에 가까운 제안을 했다. 그런데도 태훈은 다시 한 번 사과했다. 평소의 그는 목소리도 크고 성격도 조금 거친 점이 있었다. 어른들에게는 깍듯했지만 평소에는 막무가내에 야구밖에 모르는 바보였다. 그래도 애정은 태훈의 이런 점들을 알고 있었고 그게 너무 좋았다.

"그건 조건 아니잖아요."

"두 개가 다야. 더는 없어."

"저는 세 개 다 말할 건데, 후회 안 하겠어요?"

"말해. 조건이 뭔데?"

손에 쥔 펜을 내려놓은 애정이 손가락 하나를 펼쳤다.

"하루에 한 번 통화는 꼭 해요."

"매일?"

"네. 오빠 바쁜 거 알아요. 운동하느라 피곤한 것도 알지만, 짧은 통화라도 좋으니까 밤늦게라도 오빠가 먼저 전화해요. 꼭이요."

귀찮다. 아직 시작도 안 했는데 첫 번째 조건부터가 귀찮았다.

"계속해."

"두 번째는, 일주일에 적어도 두 번은 만나요. 시즌 시작되고 오빠가 바빠지면 정말 잠깐 얼굴 보는 것도 괜찮아요. 최소 두 번이니까 당연히 그 이상 만날 수도 있어요. 한 번은 제가 오빠 있는 곳으로 갈 테니까 한 번은 오빠가 저 있는 곳으로 와요."

이것도 귀찮다. 더 귀찮은 조건에 태훈이 미간을 좁혔다. 어쩐지 세 번째는 더 귀찮은 조건이 나올 것 같았다.

"마지막은?"

"최선을 다해요."

"뭐?"

"야구에 최선을 다하는 것처럼 저한테도 최선을 다하라고요. 적어도 반년 그 기간은."

마지막까지 듣고 나니 조금 억울해졌다. 자신도 조건 하나를 더 말할 걸 그랬나 싶어 후회했지만 딱히 떠오르는 게 없어 관두었다.

"좋아."

"그럼 이제 된 거죠?"

"그래."

"그럼 저 잠깐 나갔다 올 테니까 케이크랑 커피 마시면서 기다려요. 한 30분만."

뭐라 말할 새도 없이 애정은 종이와 펜, 그리고 지갑을 챙겨 들고 카페를 벗어났다. 태훈은 애정의 모습이 시야에서 사라지자마자 두 손으로 머리를 감싸 쥐며 고개를 숙였다.

"이 미친놈아."

술이 원수지. 태훈은 기억나지도 않는 그날의 자신을 욕하며 이마를 테이블 위에 두어 번 박았다. 이미 결정 난 일이었고 다시 되돌릴 수 없음에도 그는 이 문제에 대해 고뇌하고 또 고뇌했다.

"이거 마셔요."

정확히 25분 만에 카페로 돌아온 애정이 피로회복제를 내려놓고는 그의 맞은편 자리에 앉았다. 손에는 정체를 알 수 없는 종이 두 장이 들려 있었다. 태훈이 잠시 눈을 감은 사이, 그녀는 그 종이를 테이블 위에 내려놓았다.

"이게 뭐야?"

"각서요."

"이걸 쓰자고?"

"네. 오빠도 확실한 게 좋을 거 아니에요."

가까운 피시방에 들어가 각서를 출력해 온 모양이었다. 눈앞에 놓인 황당하기 그지없는 약속이행각서를 내려다본 태훈이 씨알도 안 먹힐 것을 알면서도 혹시나 하는 마음으로 물었다.

"마지막으로 딱 한 번만 물을게. 꼭 이렇게까지 해야겠냐?"

"얘기 다 끝났잖아요. 처음부터 다시 해요?"

역시 애정에게는 씨알도 안 먹힐 소리였다. 그녀는 만년필과 인주를 태훈의 앞에 나란히 놓아주었다.

"사인 귀찮으면 지장 찍어도 괜찮아요."

말갛게 웃어 보이고는 참으로 친절하게 인주 뚜껑까지 열어주었다. 태훈은 그 순간, 약속이행각서가 신체포기각서라도 된 듯한 느낌을 받았다. 모골이 송연해졌고 머릿속은 백지 상태였다. 제대로 된 사고를 할 수 없었다.

"뭐 해요?"

소리가 들려온 방향으로 태훈의 시선이 움직였다. 애정은 눈짓으로 종이 두 장을 가리키며 말했다.

"찍어요."

잠시 망설이듯 종이를 내려다본 태훈은 결국 인주 대신 만년필을 손에 쥐었다. 지장은 정말 신체포기각서를 쓰는 듯한 기분이 들어서 인주는 저 멀리 치워 버렸다. 태훈이 심호흡을 하듯 숨을 한 차례 고르고 애정의 두 눈을 마주했다.

"너, 약속한 건 꼭 지켜. 알았어?"

"알았어요."

"반년이야, 딱 6개월."

"약속한 내용은 전부 써놨으니까 오빠가 확인하면 되잖아요."

그는 약속이행각서를 눈으로 빠르게 훑었다. 서로가 말한 조건과 기간, 그리고 계약이 완전히 종결되었을 때 애정이 그에게 약속한 사항까지 기재된 것을 확인하고는 펜을 쥔 손에 힘을 주었다. 애정의 이름 옆에는 이미 사인이 되어 있었다.

"거기, 오빠 이름 옆에 사인하면 돼요."

그는 사인하기 전 고개를 들어 애정을 물끄러미 바라봤다. 내키지 않지만 어쩔 수 없다. 딱 반년이다. 기간도 정해줬겠다 그 뒤에는 깨끗하게 포기한다고 자기 입으로 약속까지 했으니 차라리 잘된 일일지도 모른다. 순정으로 위장한 스토커를 떼어낼 방법은 이것뿐인 것 같았다.

'어차피 마음 받아줄 생각이 없으니 이 기회에 확실하게 떼어내자.'

태훈은 펜을 쥔 손을 움직였다. 스슥— 종이 위를 스치는 펜 소리가 유난히 크게 느껴졌다.

"자, 됐지?"

고개를 든 그가 펜을 내려놓았다. 주태훈이라는 이름 옆에 유려한 사인이 남겨졌다. 그는 사인을 마친 두 장의 종이를 마치 유서라도 보는 것처럼 창백한 얼굴로 내려다봤다. 애정은 번복할 시간조차 주지 않으려는 것처럼 그 종이를 가져가 한 장은 자신의 가방에, 나머지 한 장은 태훈에게 내밀었다. 가벼운 종이일 뿐인데 그 무게가 상당히 무겁게 느껴졌다. 태훈은 그것을 아무도 보지 못하게 감추려는 것처럼 접고 또 접어 주머니에 넣어두었다.

반도 남지 않은 커피는 이제 다 식었고 케이크는 처음부터 먹을 생각이 없었다. 태훈은 멀리 치워둔 피로회복제를 단숨에 마셔 버리고는 시간을 확인했다.

"그럼 이제 그만 일어날……."

"저녁 같이 먹어요."

당연히 집으로 돌아가리라 생각했지만 애정의 생각은 다른 모양이었다. 테이블 위에 내려둔 휴대전화를 집어 들고 자리에서 일어서려던 태훈은 곤란한 기색을 얼굴에 드러냈다. 오늘 하루 사이에 한 일이라고는 고작 이 말도 안 되는 계약 하나를 한 것뿐인데도 피로감이 극에 달했다. 태훈은 이제 1초도 여기에 머물고 싶지 않았다.

"저녁은 집에 가서 가족과 함께 먹는 게 좋겠다고 생각하는 바인데."

"오늘 집에 아무도 없어서요. 그리고 오빠도 집에 가서 저녁 먹을 거 아니잖아요?"

이대로 집에 돌아가기에는 마음이 심란한 것이 사실이었다. 그래서 민건을 불러낼까 하던 참이었는데 애정은 그의 머릿속을 들여다보기라도 한 것처럼 말했다. 얘는 대체 모르는 게 뭘까? 눈치가 너무 빨라서 탈이다. 태훈은 다른 핑계를 대서라도 자리를 피하려 했지만 이번에도 애정이 조금 더 빨랐다.

"최선을 다한다고 했잖아요?"

그랬지. 분명 그랬다.

"사인한 지 십 분도 안 지났어요. 십 분이 뭐야, 이 분은 지났나?"

애정은 계약서를 다시 꺼내어 보여줄 기세였다. 가방 지퍼에 손을 가져다 대자 태훈이 급하게 그 손을 붙들었다.

"알았어, 알았다고! 저녁 먹는 게 뭐 어렵다고."

저녁을 함께 먹겠다는 대답이 떨어지고 나서야 애정은 가방 지퍼에서 손을 떼어냈다. 그녀의 얼굴에 화사한 웃음이 번졌다.

"그럼 우리 뭐 먹을까요?"

그녀는 턱을 괸 채로 잠시 고민하는 얼굴을 했다. 태훈은 간단하고 빠르게 먹을 수 있는 메뉴를 떠올리기 위해 애썼다. 때마침 멀지 않은 곳에 유명 햄버거집이 보였다. 짧은 시간 안에 충분히 먹을 수 있는 음식이었다. 그의 입맛과는 거리가 먼 메뉴였지만 애정은 아직 어리니 좋아하지 않을까 싶어 권해보려는 순간이었다.

"저녁이니까 패스트푸드는 좀 그렇고."

그는 반쯤 벌린 입을 다시 꾹 다물었다.

"오빠는 양식 그다지 좋아하지 않으니까 체력 보충할 겸 고기 먹을까요? 내일도 헬스장 나갈 거잖아요."

태훈은 진심으로 궁금해졌다. 애정은 대체 어떻게 제 스케줄을 다 파악하고 있는 걸까? 정말 자신의 근처에 사람이라도 심어놓은 것이 아닌가 하는 의심이 커져만 갔다. 그럴 만한 사람이 누가 있는지 한 사람, 한 사람 얼굴을 떠올리고 있을 때였다.

"오빠, 나는 오빠에 대해 모르는 게 없어요."

턱을 괸 채로 웃어 보인 애정이 남은 커피를 마저 마시고는 그의 두 눈을 마주했다. 얼굴을 빤히 바라보는 행동에 태훈이 움찔했다.

"표정만 봐도 그날 기분이 나쁜지 좋은지 알 수 있고, 눈빛이나 작은 행동만 봐도 오빠가 지금 무슨 생각하는지 짐작할 수 있어요."

그런 게 어디 있나 싶었다. 태훈은 당연히 생각은 말로 전해야 하는 것이라 생각했다. 헛웃음을 터트린 그가 애정을 향해 고개를 살짝 숙이며 물었다.

"그래서 내가 지금 무슨 생각 하는데?"

"사인 괜히 했나."

애정은 조금의 망설임도 없이 답을 건네었다. 뜨끔한 얼굴로 애정을 바라본 그는 먼저 시선을 피해 버렸다. 가방을 챙겨 들며 자리에서 일어선 애정은 컵과 접시를 쟁반에 차례로 담았다.

"밥 먹으러 가요."

"이리 내놔."

퉁명스러운 말과 동시에 빼앗듯이 쟁반을 가져간 태훈은 애정을 대신해 컵과 그릇을 정리했다. 그러고는 뒤도 한 번 안 돌아보고 먼저 걸음을 옮겼다. 앞서 걷는 태훈의 넓은 등을 바라보며 애정이 웃었다. 다정함과는 거리가 멀고, 짓궂고, 자기 좋을 대로 행동하면서도 자세히 보면 태훈은 기본적으로 남을 배려하며 행동했다. 그게 잘 티가 나지 않아서 문제였지만.

"같이 가요."

하지만 애정은 작은 행동이든, 큰 행동이든, 그런 태훈의 배려를 알고 있었다. 그리고 태훈의 그런 점이 좋았다.

카페를 나선 두 사람은 차를 타고 10분 거리를 이동했다. 근처에도 고깃집이 몇 군데 있었지만 애정이 맛있는 집을 안다며 꼭 그리 가자 고집을 부렸기 때문이었다. 맛있는 집은 유명할 것이고 거긴 사람이 많을 것이 분명했다. 태훈은 반대했고 애정은 물러서지 않았다. 한참 승강이를 벌이다 애정이 꽤 고집이 세다는 것을 깨달은 태훈은 결국 그녀의 의견에 따르기로 했다.

예상대로 식당에는 사람이 많았다. 두 사람은 그나마 사람이 없는 편인 가장 구석진 자리에 앉았다. 태훈은 최대한 빨리 식사를 마치고 돌아갈 생각으로 빠르게 젓가락을 쥔 손을 움직였다. 그러다 움직임을 멈추고는 미간을 좁힌 채 애정을 바라봤다.

"야, 너 먹어. 너."

태훈이 앞에 놓인 고기 몇 점을 한 번에 집어 들어 애정의 앞에 놓아주었다. 아무리 먹어도 눈앞의 고기가 줄지 않아 이상하다 생각한 태훈은 곧 그 원인을 알아챘다. 애정이 불판 위의 고기가 익으면 그걸 먹기보다는 태훈의 앞에 놓아주기에 바빴기 때문이었다. 그녀는 태훈의 말에 그저 배시시 웃어 보이고는 계속해서 같은 행동을 반복했다.

"너 내 말 안 들리냐?"

"먹고 있어요. 제가 원래 입이 좀 짧아요. 오빠는 운동하느라 많이 먹잖아요. 어서 먹어요."

말이야 고맙긴 하다. 하지만 태훈은 좋지 않은 표정으로 한숨을 내쉬었다. 애정과 작성한 약속이행각서 때문인지 어쩐지 이런 배려하는 행동마저 사육당하는 기분이 들었다. 젓가락을 내려놓고 물을 한 모금 마신 그는 맞은편에 앉은 애정의 얼굴을 가만히 바라봤다.

애정은 좋은 집안에서 태어나 부족한 거 없이 잘 자랐을 것이다. 얼굴도 예쁘장하게 생겼다. 듣기로는 대학도 좋은 곳을 다닌다고 했다. 해솔과 아버지의 말에 따르면 애교도 있는 편이고 성격도 괜찮다. 한데, 뭐가 아쉬워서 저 어린 나이에 이런 식으로 연애를 해야만 하는 건지.

"네 아버지가 이 일 아시면 참도 좋아하시겠다, 인마."

갑작스럽게 툭 던진 말이었지만 애정은 그가 하는 말이 무슨 의미인지 금세 알아챘다.

"모르게 할 건데요."

"말이 그렇다는 거지."

"나중에 오빠가 많이 좋아해 주면 되잖아요."

"넌 이 상황에서 그게 가능하다고 보냐?"

"오빠는 경기하면서 불가능하다 생각했던 일이 가능해지는 순간, 본적 없어요?"

태훈은 답하지 않았다. 아마 그녀는 9회 말 상황에 모두가 졌다고 생각한 경기에서 역전이 일어난 순간을 말하고 있는 것이 분명했다. 말은 청산유수지. 태훈이 픽 웃고 말았다.

"그래도 난 여전히, 이게 대체 무슨 의미가 있는 건지 모르겠는데."

"적어도 저한텐 큰 의미가 있어요."

"무슨 의미?"

"앞으로가 무궁무진하게 달라질 수 있으니까요."

고개를 든 애정이 태훈을 빤히 바라봤다. 아무 시도도 하지 않는다면 태훈에게 자신은 접점 하나 없이 아무런 사이가 아닌 타인이 될 것이 분명했다. 그나마 자주 얼굴을 비쳤기에 알아주는 것이지 그렇게라도 하지 않았다면 얼마 못 가 김애정이라는 이름조차 잊을 것이다. 하지만 사람과 사람 사이에 있어 일단 관계가 맺어지는 것은 분명 다르다.

일방적으로 맺은 관계라도 그것은 분명 변화의 시작이 된다. 태훈은 어쩔 수 없이 앞으로 애정을 신경 써야 할 것이고, 얼굴을 마주해야 할 것이다. 태훈의 성격상 약속은 지켜야 하니 아마 무시하지도 못할 것이다. 그것이 반복되다 보면 어느 순간 변화는 시작될 것이다. 애정은 그리 생각했고 그 시작을 위해 기회를 잡았다.

남녀관계에 있어 더 많이 좋아하는 사람을 약자라 말한다. 두 사람의 관계에서 애정은 확연하게 약자였다. 그러니 방법이 조금 이기적이라도 어떠한가. 지금 주태훈에게 김애정은 한없이 약자인 것을.

"6개월은 생각보다 많은 일을 할 수 있는 시간이고, 그로 인해 많은 것들이 바뀔 수 있어요. 작은 변화가 모이면, 그게 꽤 무서운 결과를 만들어 낼 수 있거든요."

태훈은 여전히 모르겠다는 얼굴을 했다. 그는 눈앞의 어린 여자로 인해 자신이 변하게 될 일은 없다고 확신했다.

"지금 내 귀에는 그거 다 궤변이야."

"어째서요?"

"네가 바라는 일은 절대 일어나지 않을 테니까."

그는 확신에 찬 얼굴로 말했다. 6개월 뒤에도 태훈에게 있어 애정의 위치는 변화가 없을 것이다.

"혹시 중간에라도 무르고 싶으면 말해. 바로 없던 일로 해줄게."

그럴 수야 없지. 냉정한 태훈의 말에도 애정은 꿈쩍하지 않았다.

"무를래?"

냉정했던 조금 전의 음성과는 달랐다. 지금은 목에 꿀이라도 바른 모양이었다. 주태훈치고는 꽤 다정하게 건네어진 목소리에 그녀는 소리 없이 입가에 미소를 머금었다.

"좋아해요, 오빠."

그 말이 지닌 진짜 의미는 싫다는 것이었다. 단호한 답에 그의 표정이 확 구겨졌다. 두 사람 사이의 계약은 여전히 유효했다.

식사를 마치고 식당을 나선 태훈은 애정과 약속이행각서를 작성한 카페로 다시 돌아갔다. 커피는 집에 가서 마시라고 달래도 보고 설득도 해봤지만 애정은 듣지 않았다. 사이좋게 저녁을 먹은 것으로도 모자라 후식으로 커피를 마셨고, 책을 살 게 있다는 애정의 말에 서점까지 함께 가준 뒤에야 태훈은 그만 집으로 돌아가자는 말을 다시 꺼낼 수 있었다.

"그래요. 시간도 늦었으니까 그만 가요."

말이 떨어지기가 무섭게 태훈은 스마트키의 버튼을 눌렀다. 당연히 그 자리에서 헤어질 거라 생각한 것과 달리, 그녀는 자연스럽게 태훈의 차에 올라탔다. 그가 멍하니 서 있자 보조석에 앉은 상태로 다시 차 문을 연 애정이 눈짓으로 운전석을 가리켰다.

"안 타요?"

"집에 가자며."

"네. 집에 가요."

"그런데 왜……."

"데려다줘야죠."

아, 끝난 게 아니구나.

끝날 때까지 끝난 게 아니라는 말을 항상 마음속 깊이 품어 안고 살아 왔는데 이 순간만큼은 잠시 잊고 싶었다.

"너 차 없어?"

"네."

태훈은 시간을 확인했다. 차를 카페 근처에 세워둬서 다시 이곳으로 돌아온 거라 생각했는데 그게 아닌 모양이었다. 대중교통을 타고 돌아가야 한다면 늦은 시간에 애정을 혼자 돌려보내기에도 찜찜하긴 했다. 결국 태훈은 애정을 데려다주기로 했다. 운전석에 올라타 시동을 건 그는 애정이 알려준 주소를 내비게이션에 입력했다.

"학교 다닐 때는 뭐 타고 다녀?"

"지하철이나 버스요."

"차는? 집에서 사주고도 남을 거 아니야."

"아직 필요 없는 거 같아서요. 면허는 미리 따뒀는데 차는 졸업하고 돈 벌면 제 힘으로 산다고 했어요."

좌회전 신호를 받기 위해 대기하고 있던 태훈이 의외의 대답에 잠시 애정에게 시선을 주었다. 흘러나오는 음악을 다음 곡으로 넘기며 계속해서 화면을 터치하고 있던 애정은 이내 그의 눈을 마주하고는 왜 그렇게 보냐는 얼굴을 했다.

"왜요?"

"의외라서."

"오빠도 대학 졸업할 때까지는 차 안 샀잖아요."

"그거야 나도 내 힘으로……."

말끝을 흐린 태훈은 잠시 입을 꾹 다물었다. 저도 모르게 자연스럽게 대화를 이어나갔지만 상당히 이상한 대화가 아닌가. 애정의 말대로 태훈은 대학을 졸업할 때까지 차를 사지 않았었다. 문제는 애정이 그걸 어떻게 알았느냐는 것이었다. 생각지도 못한 답에 태훈은 떨떠름한 얼굴을 했다.

"너 진짜 내 주변에 사람 심어놓은 거 아니지?"

원하는 곡을 찾은 건지 화면에서 손을 떼어낸 그녀가 작게 웃음을 터트렸다.

"아니라고 몇 번을 말해요. 오빠 영화나 드라마 너무 많이 본 거 아니에요?"

이건 틀렸다. 태훈은 영화나 드라마를 좋아하지 않았다. 애정이 자신에 대해 모르는 것도 있긴 있구나 싶어 태훈이 안도하려는 찰나였다.

"그냥 해본 말이에요. 영화는 가끔 보지만, 드라마 안 좋아하는 거 나도 알아요."

역시 마음을 놓을 수가 없다. 그 뒤로는 오가는 대화 없이 애정이 틀어
놓은 음악만이 차 안에 울려 퍼졌다. 그 선곡이 하필 태훈이 즐겨 듣는 음
악이었다는 것이 문제라면 조금 문제였다. 그는 이것만큼은 절대 우연이
라고 믿고 싶었다.

"여기야?"

"네."

약속 장소에서 애정의 집은 그리 멀지 않았다. 목적지에 도착했다는
안내에 맞춰 태훈은 차를 세웠다. 높은 담으로 둘러싸인 커다란 집이었
다. 태훈의 집도 작은 편이 아닌데, 애정의 집은 더 어마어마했다. 핸들에
기댄 채로 집을 올려다보던 태훈은 얼굴에 닿는 시선을 느끼고는 고개를
돌렸다.

"왜?"

그녀는 대답 없이 그저 웃기만 했다. 집에 도착했는데 내리지 않고 뭐
하는 걸까.

"설마 내려서 차 문이라도 열어달라는 건 아니지?"

"오빠한테 그런 것까지 안 바라거든요?"

그제야 가방을 챙겨 들고 차에서 내린 애정이 문을 닫기 전 그를 향해
고개를 쏙 내밀었다.

"약속 잊지 마요."

약속? 태훈은 의아한 얼굴을 했지만 애정은 이미 작은 손을 두어 번 흔
들고는 문을 닫고 멀어져 갔다. 초인종을 누르고 안으로 들어서는 모습까
지 지켜본 뒤에야 그는 차를 출발시켰다.

"아, 더럽게 피곤하네."

체감상 어깨에 곰 한 마리가 올라탄 기분이었다. 돌이켜 보니 오늘 하루가 어떻게 흘러갔는지 모르겠다. 그의 인생에 있어 가장 파란만장한 하루가 아니었을까 싶을 정도였다.

집에 도착한 태훈은 아버지에게 다녀왔다는 인사를 드리고 곧장 방으로 들어섰다. 어깨를 주무르다 벗어둔 코트를 걸어두려 옷장으로 걸음을 옮겼을 때였다.

"아, 각서."

그는 방 안에 아무도 없는 것을 확인했으면서도 주변을 경계하며 애정과 함께 작성한 약속이행각서를 빠르게 꺼내 들었다. 이건 주태훈 인생에서 꼽을 수 있는 최대의 굴욕과도 같았다. 아무에게도 보여주지 않을 것이고 계약이 끝나는 대로 태워 버릴 생각이었다. 그는 고이 접어놓은 계약서를 책상 서랍 깊은 곳에 넣어두었다. 정확히 반년 후에 태우자. 그리 생각하며 안 쓰던 열쇠까지 찾아내 서랍 문을 잠가두었다. 평소 꼼꼼하지 못한 성격인데도 오늘만큼은 열쇠를 보이지 않는 곳에 숨겨두는 철두철미함까지 보였다.

"그래 까짓것 반년인데. 금방 지나갈 거야."

샤워까지 마치고 침대에 누운 태훈은 세뇌하듯 몇 차례나 그 말을 중얼거리다 눈을 감고 잠을 청했다. 그렇게 파란만장한 하루가 끝나가는 것 같았다. 하지만 그는 얼마 지나지 않아 다시 눈을 떠야 했다.

"누구야, 대체."

휴대전화 진동이 계속해서 울리고 있었다. 무시하고 자려 했지만 진동은 끊이지 않았고 태훈은 결국 신경질적으로 몸을 일으켜 세워 휴대전화를 손에 들었다. 발신인을 확인하자마자 잠이 확 달아났다. 액정에 애정의 번호가 떠 있었다.

"또 왜?"

[약속 지키라고 했죠?]

"약속?"

[오늘 사인해 놓고 벌써 다 잊었어요? 왜 전화 안 해요?]

태훈이 눈동자를 굴렸다. 굳게 잠가놓은 서랍 문에 그의 시선이 닿았다. 그래, 그런 조항이 있었다. 그는 앞으로 애정에게 매일 전화를 해야 했다.

"하려고 했어."

뻔뻔하게 바로 말을 바꾸는 태훈의 행동에 전화기 너머에서 웃는 기척이 느껴졌다.

[아무리 늦게까지 기다린다고 해도 12시 넘어가면 다음 날인 거 알죠?]

태훈이 손을 들어 머리카락을 있는 대로 헝클어트렸다. 까짓것 반년이라니. 금방 지나갈 거라니. 아니다. 그건 자신의 착각이었다.

[왜 대답 안 해요? 알았죠?]

"알았어, 알았다고!"

아무래도 아주 기나긴 6개월이 될 것 같았다.

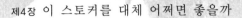

제4장 이 스토커를 대체 어쩌면 좋을까

태훈은 오랜만에 아버지와 단둘이 아침을 먹게 됐다. 식기와 젓가락이 부딪치는 작은 소리만 드문드문 들려올 정도로 조용하고 평화로운 식사 시간이었다. 식사를 먼저 마친 아버지가 물을 마시고는 가만히 태훈을 바라봤다. 할 이야기가 있는 모양이었다.

"뭐, 하실 말씀 있으세요?"

"다른 게 아니라, 지난번에 저녁 식사 초대했을 때 봤던 정 이사가 이번 골프 모임에 너 좀 데리고 오라더구나."

젓가락으로 갈치조림을 집으려던 태훈의 행동이 그대로 멈췄다. 웬만한 운동은 모두 좋아하는 태훈이지만 그래도 몇 가지 즐기지 않는 스포츠가 있었다. 그중 하나가 골프였다.

"아버지, 그날은 제가 일이 좀……."

"아직 언제라고 날짜도 말 안 했다, 이놈아."

안 하셨구나—

태훈이 입을 꾹 다물고는 어색하게 입매를 끌어 올렸다. 그런 자리에 가봐야 뻔하다. 혼기가 찬 태훈을 두고 자연스럽게 맞선 이야기가 나올 것이다. 그리고 아버지가 말씀하신 정 이사라는 분께는 태훈과 마찬가지로 혼기가 찬 딸이 있었다. 그 의도가 다분히 보이는 자리였다.

지금은 운동에만 전념하고 싶다, 결혼 생각이 아직 없다는 이유로 거절해 봐야 몇 시간 내내 시달릴 것이 분명했다. 아버지가 이런 말씀을 자주 하시는 것도 아니니 웬만하면 함께 가겠지만, 그래도 지금은 아니었다. 당분간은 절대 가고 싶지 않았다. 태훈은 지금 다른 문제만으로도 머리가 터질 지경이었다.

"죄송해요, 아버지. 당분간은 좀 그래요. 저 요즘 정말 정신이 없어서요."

"뭔 일이 있는 게야? 요즘 왜 이리 바빠?"

태훈은 비시즌에 스프링캠프 일정과 개인적으로 트레이닝을 하는 것 외에는 시간 대부분을 친구들과 보내거나 집에서 보내고는 했다. 그리고 아버지와 자선 모임이나 봉사활동에 참여하기도 했다. 그런 태훈이 요즘 들어서는 집을 비우는 경우가 많았다. 늦은 귀가는 말할 것도 없었다. 하지만 태훈은 그 이유를 말할 수 없었다. '아버지 아들에게 스토커 비슷한 게 붙었어요.'라고 말할 수는 없지 않은가.

"그냥, 몇 개월만 좀 바쁠 거 같아요. 별일 아니니까 신경 쓰지 마세요."

6개월이면 끝날 테니까요. 태훈은 꾹 참아낸 뒷말을 속으로 삼켰다. 짧다면 짧고, 길다면 길다 할 수 있는 그 애매한 기간을 다시 한 번 떠올렸다. 그리고 시간을 확인했다. 외출 준비를 해야 했다. 오늘은 김애정을 만나러 가야 하는 날이니까.

태훈의 차가 세워져 있는 방향으로 뛰어온 애정이 똑똑— 창문을 두드렸다. 그는 창문을 반 정도만 내렸다.

"진짜 왔네요?"

"오라며."

계약서상의 약속대로 한 번은 애정이 그를 만나러 왔고, 이번에는 태훈이 애정을 만나기 위해 그녀를 찾아갔다. 창문 위에 두 손을 올린 애정은 그의 모습을 가만히 바라보다 싱긋 웃어 보였다.

"오늘 햇빛 안 강한데."

"근데?"

"웬 선글라스?"

"누가 알아보면 어쩌라고."

날은 춥고 살짝 흐리기까지 했다. 이런 날에 선글라스를 왜 썼나 했더니 다른 사람들을 의식한 모양이었다. 애정이 입을 살짝 삐죽였다.

"오빠 그렇게까지 유명하지는 않아요. 야구 안 좋아하는 사람들은 잘 모르더라고요."

"야."

"그리고 누가 물어도 아는 동생이라고 하면 될 텐데. 일반인 가지고 기사 낼 일도 거의 없긴 하겠지만요."

"그래도. 너한테 피해가 갈 수도 있잖아."

본인에게 피해가 가는 게 아니라 애정에게 피해가 갈 것을 염려한 모양이었다. 애정이 눈을 반으로 접으며 웃었다. 아, 역시 좋다.

"빨리 타."

고개를 끄덕인 그녀가 빠르게 보조석 쪽으로 달려갔다. 가방을 한쪽에 내려놓고 꼼꼼하게 안전띠까지 매는 모습을 바라보고 있던 태훈이 미간을 좁혔다. 애정의 옷차림 때문이었다. 이 추운 날씨에 짧은 치마에 부츠를 신었다.

"안 춥냐?"

"추워요."

"근데 옷차림이 그게 뭐야?"

"오빠 만나는 날이니까요."

"별 말 같지도 않은 이유를."

퉁명스러운 목소리로 그리 말한 태훈은 뒷좌석을 확인했다. 곧 그의 손에 얇은 담요 하나가 딸려왔고 그것을 애정에게 툭 던져주었다.

"덮고 있든가."

애정이 담요를 펼쳐 다리를 덮고는 태훈을 빤히 바라봤다.

"왜?"

"오빠 오늘 너무 다정해서요."

다정하다니. 태훈이 34년을 살면서 처음 듣는 얘기였다.

"너 눈에 콩깍지가 너무 두껍게 씌인 거 아니냐?"

"뭐 어때요. 평생 안 벗겨질 텐데."

안 된다. 그건 반드시 벗겨져야 해.

태훈이 어색하게 입매를 끌어 올렸다가 이내 관두고는 지친 목소리로 물었다.

"어디 갈 거야?"

"제가 가고 싶은 데 가도 괜찮아요?"

딱히 가고 싶은 곳을 생각해 온 것도 아니었고, 생각하기도 귀찮았다.

고개를 끄덕이자 애정은 생각해 온 곳이 있는 건지 망설임 없이 대답했다.

"아쿠아리움."

"뭐? 어디?"

"아쿠아리움이요. 거기 가요."

"야, 대체 돈 내고 생선 구경을 왜 해?"

생선 구경이라니. 태훈의 외침에 애정이 크게 웃음을 터트렸다.

"그럼 오빠 가고 싶은 곳 가든가요. 생각해 온 곳 있어요?"

"……."

"없죠? 그럼 어쩔 수 없잖아요. 아쿠아리움 가요."

그는 툴툴거리면서도 가까운 아쿠아리움의 주소를 검색해 내비게이션에 입력했다. 애정은 가는 내내 차 안에 흘러나오는 노래를 작게 따라 불렀다. 평소의 태훈이라면 운전하는데 신경 쓰이니 조용히 있으라 말했겠지만, 희미하게 들려오는 목소리가 제법 듣기 좋아 그냥 두기로 했다. 차는 곧 아쿠아리움에 도착했다.

'다행이다. 그나마 사람이 적어서.'

평일 낮 시간대의 아쿠아리움은 생각보다 사람이 많지 않았다. 그 점이 마음에 들긴 했지만, 태훈은 여전히 돈을 주고 물고기 구경을 해야 하는 것을 이해할 수 없다는 얼굴을 했다.

"오빠 이거 봐요."

그리고 눈앞에서 연신 이거 봐라, 저거 봐라, 외치며 눈에 보이는 모든 것을 신기해하는 저 작은 생물체도 이해할 수 없기는 마찬가지였다.

"또 뭐?"

"얼른 와봐요."

그와는 반대로 신이 난 애정은 유리에 딱 붙어 서서 울프 피쉬를 가리켰다. 관심 없다는 얼굴로 가까이 다가선 그는 물고기를 보자마자 단번에 인상을 구겼다.

"뭐 이렇게 못생겼어?"

"울프 피쉬래요. 늑대 같은 생김새랑 사나운 성질 때문에 붙여진 이름이라는데."

물고기와 태훈을 번갈아 바라본 애정이 무슨 생각을 한 건지 짧게 웃음을 터트렸다.

"왜 웃어?"

"오빠랑 비슷한 것 같아서요."

"뭐?"

"생김새 말고요."

생김새 빼면 남는 것은 사나운 성질뿐인데.

기분 나쁜 결론에 도달한 그는 떨떠름한 얼굴을 했다. 유리를 손끝으로 스치듯 매만지며 걸음을 옮기던 애정이 뒤를 따르는 태훈의 모습을 확인하고는 천천히 걸음을 멈췄다. 뭔가 마음에 들지 않는 건지 내내 웃고 있던 애정이 지금은 얼굴을 찌푸리고 있었다.

"오빠."

"왜?"

"그거 안 답답해요? 어두워서 안 보일 것 같은데."

모자를 푹 눌러쓴 것만으로도 얼굴을 알아보기가 힘들었다. 실내에 들어섰음에도 선글라스를 벗지 않은 모습에 그녀는 짧게 한숨을 내쉬었다.

"그게 더 튀어요. 실내에서 선글라스 쓰고 있는 사람 오빠밖에 없잖아요."

주변을 둘러본 태훈은 자신도 이상하다는 것을 느낀 듯 결국 선글라스를 벗었다.

"여기 악어도 있다는데. 그거 보러 가요."

애정의 기분도 그와 동시에 풀렸다. 그녀는 태훈의 팔에 아주 자연스럽게 팔짱을 끼고는 그를 끌어당겼다. 어린 나이답게 체력이 좋아서 참 잘도 돌아다녔다.

"와, 오빠 이거 봐요."

"넌 대체 뭐가 그렇게 다 신기해?"

"저 아쿠아리움 처음 와보거든요."

"그래 봐야 물고기지."

눈에 보이는 모든 것이 신기한 모양인지 애정은 여러 물고기와 바다악어, 까치상어를 비롯해 아쿠아리움에서 볼 수 있는 것들을 하나씩 볼 때마다 감탄사를 뱉어냈다. 무지개라운지와 산호미술관을 구경하는 것을 끝으로 태훈은 그만 돌아가려 했지만 애정의 생각은 달랐다.

"펭귄 공연 보고 가요."

"뭐? 야, 그거 보러 가면 사람이 얼마나 많은데."

"그래도 여기까지 왔는데 보고 가요."

"그만 가자. 밥도 먹어야 할 거 아니야."

"보고 가자니까요."

"넌 지치지도 않냐? 조그만 게 왜 이렇게 체력이 좋아?"

"오빠야말로 체력이 이것밖에 안 돼요? 운동은 왜 해요?"

태훈은 기가 막힌다는 얼굴을 했다. 체력 가지고 설마 한 소리 듣는 날이 올 줄이야. 그는 체력이 약한 것이 아니라 물고기 구경에 지쳤을 뿐이다. 이제 그만 이곳을 벗어나고 싶었지만 애정은 꿈쩍도 하지 않았다. 끝까지 버틸 생각인 모양이었다.

"야. 집에 가자는 것도 아니고 여기만 나가자니까?"

"그래도 보고 가고 싶은데."

"제발 좀 가자. 대신 다른 거 들어줄게."

태훈답지 않게 달래듯이 건넨 말에 그녀는 잠시 생각에 잠겼다. 서운한 기색을 담아내고 있던 애정의 얼굴이 점차 풀려가는 것 같더니 곧 눈앞의 선물상점을 가만히 바라봤다. 기념품을 판매하는 곳이었다.

"그럼 저거 사줘요."

애정이 가리킨 곳으로 시선을 돌린 그는 단번에 표정을 구겼다. 똑같이 생긴 여러 마리의 돌고래 인형이 한곳에 모여 방긋 웃고 있었다. 그 수가 어마어마했다.

"저거면 돼?"

"네."

잠시 망설이던 태훈은 기념품 상점 쪽으로 걸음을 움직였다. 그는 결국 돌고래 인형을 사주는 것으로 펭귄 공연관람을 대신하기로 했다.

"아쉽지만 그래도 뭐, 오빠가 이거 사줬으니까."

"그렇게 좋냐?"

"이 돌고래 너무 부들부들해요."

입이 아주 귀에 걸렸다. 애정은 분홍색 돌고래 인형을 품에서 내려놓지를 않았다. 차에 올라탄 태훈은 시간을 확인하고는 히터 온도를 높였다.

"벨트 매."

이제 밥을 먹으러 가야 했다. 날이 추워서인지 매콤한 게 먹고 싶었지만 일단 애정의 의견을 물어봐야 할 것 같았다.

"뭐 먹을래?"

"닭볶음탕 먹어요. 아니면 매운 짬뽕."

통했다. 입맛이 비슷한 모양이라고 생각하며 시동을 건 태훈이 멈칫했다.

통해? 진짜 통한 건가? 알고 대답한 게 아니라?

"너 설마…… 그것도 내가 좋아해서 먹자는 거야?"

애정이 품에 안은 돌고래 인형의 머리를 쓰다듬으며 싱긋 웃었다. 뭘 그런 말 같지도 않은 당연한 질문을 하냐는 얼굴이었다.

"오빠 날 추워지면 매운 거 잘 먹잖아요."

아놔, 이 스토커를 대체 어쩌면 좋을까.

태훈은 울지도, 웃지도 못하는 애매한 얼굴을 한 채 조용히 차를 출발시켰다. 아무래도 김애정이 가진 정보력의 근원부터 찾아내야 할 것 같았다.

조금 늦은 점심을 매운탕으로 해결한 그는 차를 한 잔 마신 뒤 애정에게 이끌려 오락실까지 함께 갔다. 애정은 내기를 걸고 게임을 하자 했다. 평소 승부욕이 강한 편이었기에 다른 사람이었다면 무조건 콜을 외쳤을 테지만 김애정에 대해 한 번 더 생각한 태훈은 그 제안을 수상하게 여겨 거절했다. 그리고 자신의 선택이 옳았다는 것을 깨달았다. 무슨 게임을 그리 잘하는지 애정의 실력에 태훈의 입이 떡 벌어졌다.

"아쉽다. 내기했으면 좋았을 텐데."

애정의 중얼거림에 태훈은 입가에 쓴 웃음을 그려냈다. 꼬드김에 넘어가 정말 내기라도 했다면 큰일이 날 뻔했다.

"이제 뭐 할 거야?"

시간을 확인한 애정은 조금 아쉽다는 얼굴로 답했다.

"집에 가야죠."

평소보다 이른 귀가였다. 태훈은 의외라는 얼굴을 하면서도 기쁜 마음을 감추지 못했다. 그의 입매가 살짝 풀어진 것을 본 애정은 심술이 났는지 두 시간만 더 붙잡고 있을까, 라는 생각을 잠시 했다. 하지만 곧 마음을 바꿨다. 최근 태훈은 휴일 대부분을 애정을 만나는 일에 쓰고 있었고, 그가 피곤할 것이라는 생각이 들었기 때문이었다.

"그럼 타. 데려다줄 테니까."

"오늘은 버스 타고 갈게요."

"뭐?"

"시간 별로 안 늦었으니까 괜찮아요. 오빠 피곤할 텐데 얼른 가서 쉬어요."

차로 이동하면 애정의 집에 들렀다가 가도 그리 오랜 시간이 걸리지 않는다. 태훈이 됐다며 애정을 잡으려는데 재빠른 애정은 이미 돌아서서 서너 걸음 멀어진 상태로 손을 흔들었다.

"그럼 이번 주 금요일에 또 봐요. 열두 시에 여기서 보는 거로 해요!"

"저러다 넘어지지."

뒤로 걸으며 손을 흔들던 애정은 태훈의 말이 끝나기가 무섭게 균형을 잃고 비틀거렸다. 다행히 넘어지지 않고 바로 몸의 균형을 잡았지만 놀란 태훈은 그대로 애정을 향해 달려 나갈 뻔했다. 아무 일도 없었다는 듯이 해맑게 웃는 얼굴로 다시 손을 흔드는 애정의 모습에 그는 버럭 소리를 질렀다.

"똑바로 걸어!"

태훈의 외침에도 애정은 꿋꿋하게 손을 흔들었다. 그것도 이번에는 양

손이다. 도무지 이겨 먹을 수가 없다.

애정은 곧 버스 정류장 벤치에 앉았고 걸음을 돌린 태훈은 건물 안의 주차장으로 들어서서 차에 올라탔다. 주차장을 빠져나온 차가 버스 정류장과 조금 떨어진 곳에서 멈춰 섰다. 비상등을 켜둔 태훈은 벤치에 앉은 애정의 모습을 가만히 바라봤다.

애정은 휴대전화를 만지고 있었다. 조금 전의 해맑던 얼굴은 어디 갔는지 조금 시무룩한 모습이었다. 그 모습을 바라보고 있던 태훈은 아무렇게나 던지듯 놓아둔 자신의 휴대전화를 한 차례 내려다보고는 작게 한숨을 내쉬었다.

두 사람이 한 계약에는 매일 전화를 해야 한다는 조항이 있었다. 태훈이 전화할 때마다 애정은 신호음이 몇 번 울리지 않았음에도 마치 기다렸다는 듯이 전화를 받고는 했다. 늘 저런 식으로 휴대전화를 손에 쥔 채 전화를 기다리는 건가, 하는 생각이 그 순간 들었다. 곧 버스가 왔다. 애정이 타는 모습을 확인하고 버스가 시야에서 멀어진 뒤에야 그는 차를 출발시켰다.

점심을 늦게 먹은 탓에 밥 생각이 없던 태훈은 집으로 가는 길에 편의점에 들러 캔 맥주와 마른안주를 샀다. 아버지와 해솔은 모두 늦은 귀가를 하는 건지 집은 조용하기만 했다. 넓은 거실에 홀로 앉아 스포츠 중계 채널을 보다가 맥주 한 캔을 비워낸 뒤에야 자리에서 일어나 욕실로 향했다.

"한 것도 없이 피곤하네."

목을 좌우로 움직이며 가볍게 풀어준 태훈은 휴대전화를 찾아 침대에 앉았다. 하루의 일과를 모두 마치고 잠들기 전, 그는 약속을 이행하기 위해 습관처럼 애정에게 전화를 걸었다. 이제 태훈의 휴대전화 통화 목록에서 가장 많은 양을 차지하고 있는 것은 애정의 번호였다. 신호음이 채 두 번을 울리기 전에 상대방이 전화를 받았다. 오늘도 역시나 전화를 기다리고 있던 모양이었다.

[오빠!]

반갑게 자신을 부르는 음성에 태훈의 입매가 저도 모르게 살짝 풀어지고 말았다. 앤 대체 매일 뭐가 이렇게 신나고 기분이 좋은 걸까.

"귀청 떨어져."

그리 말하며 침대에 풀썩 누워버린 태훈이 벽시계를 응시했다. 시간이 언제 이렇게 흘렀는지 자정이 되기 30분 정도 남은 시간이 눈에 들어왔다.

막연하게 전화를 기다리기에는 너무 늦은 시간이었다. 그걸 깨닫자마자 어깨를 축 늘어트린 채 버스 정류장에 앉아 휴대전화를 매만지던 애정의 얼굴이 떠올랐다. 그는 잠시 입을 꾹 다물었다. 평소 수다스럽던 애정도 지금은 조용하기만 했다. 아, 조그만 게 되게 신경 쓰이게 한다. 태훈이 잠시 갈등하는 얼굴로 벽시계를 응시하다 다시 몸을 일으켜 세웠다.

"야."

[네.]

"내일부터 10시 전에는 전화할 테니까 일찍 자."

어차피 해야 할 일이라면 시간을 조금 당긴다고 해서 손해될 것은 없었다.

"듣고 있냐? 왜 말이 없어?"

좋아하리라 생각했다. 하지만 태훈이 예상한 것과는 달리 애정은 조용했다. 설마 말을 잇지 못할 정도로 감동이라도 한 건가. 그리 생각한 찰나였다.

[오빠.]

"왜?"

[시간은 상관없으니까, 까먹지나 마요. 몇 번 잊어버려 놓고선.]

애정의 말처럼 태훈은 서너 번 정도 전화를 하는 일을 깜빡한 적이 있었다. 상습범은 입을 꾹 다물었다. 이어진 무거운 침묵 속에 애정은 혼잣말처럼 중얼거렸다.

[불이행했을 시에 적용할 페널티도 각서에 넣을 걸 그랬어.]

진심으로 안타깝다는 목소리였다.

"너 요즘 얼굴 보기 힘들다?"

태훈은 오랜만에 민건을 만났다. 그간 바쁘다며 이런저런 모임에 나가지 않고 술자리에는 아예 참석하지 않았더니 '너 여자 생겼냐?' 라는 의심이 민건의 입에서 흘러나왔다. 의심의 싹은 미리 잘라내는 것이 좋다. 오늘 하루는 집에서 쉬고 싶었지만, 그런 이유로 태훈은 지친 몸을 이끌고 민건을 만나기 위해 집을 나설 수밖에 없었다.

"아버지랑 여기저기 다니면서 얼굴 비치느라 좀 바빴어. 시즌 중에는 바빠서 그런 자리 몇 번 못 나가니까."

"그런 자리 좋아하지도 않고 사업에는 관심도 없는 놈이 무슨."

민건의 말대로였다. 태훈에게는 야구뿐이었고 사업에는 도통 관심이 없었다. 아버지가 경영하는 회사는 여동생인 해솔이 물려받으면 될 일이었다. 이미 해솔은 아버지가 경영하는 AK 건축에 입사해 지금은 팀장의 자리까지 올라갔을 정도로 열심히 하고 있었다. 매일 싸우고 티격태격하는 것 같아도 태훈은 해솔을 제대로 봐주고 있었다. 그가 신경 쓰지 않아도 될 정도로 제대로 제 할 일을 해내고 있었고 앞으로도 잘해낼 것이 분명했다.

"일단 자리 좀 옮기자. 지난번에 갔던 선술집 괜찮던데, 거기 갈까?"

"그냥 너희 집에서 가볍게 마시자."

"우리 집에서? 집 못 치워서 지금 지저분한데."

"언제부터 그런 거 신경 썼다고."

"뭐, 그러든가. 그럼 석영이도 부를까?"

인원이 많아지면 술자리는 조금도 가벼워지지 못할 것이 분명했다. 1차로 끝나지 않고 잘하면 2차, 길면 3차까지 가겠지. 거기까지 생각이 미친 태훈은 고개를 가로저었다.

"유부남은 주말에 가족과 함께 보내게 놔둬라."

"웬일이냐. 네가 먼저 그런 걸 다 신경 쓰고."

평소라면 먼저 부르자고 했을 태훈이 반대하고 나서자 민건은 잠시 의아하다는 기색을 보였다. 하지만 딱히 이상한 낌새를 느끼지는 못했는지 철들었냐는 말을 중얼거리고는 앞서 걷기 시작했다.

민건의 집에 도착한 태훈은 캔 맥주와 소주 몇 병을 꺼내두었다. 안주는 배달 책자를 뒤져 아귀찜 하나를 주문했다. 보지도 않을 TV를 스포츠 중계 채널로 돌려놓고 두 사람은 식탁 앞에 마주 앉았다. 소주를 두 병 정도 비워냈을 때쯤, 주문한 아귀찜이 도착했다.

"야, 그만 줘."

"왜 이래? 지난번에는 내 지갑 거덜 낼 것처럼 마시더니."

유민건의 지갑을 거덜 내려다 엉뚱한 스토커에게 발목을 잡혔다. 그때의 기억을 떠올린 태훈이 끙 앓는 소리를 내다 잔을 비워냈다. 한 잔, 두 잔. 넘어가는 술잔의 수가 많아졌다. 분명 가볍게 마시려 했는데 오늘따라 민건은 그에게 계속 술을 권했다. 그리고 태훈은 계속 마셨다. 이상하리만큼 평소보다 술이 잘 넘어갔다. 그간 강제로 금주한 것 때문에 저도 모르게 스트레스를 받은 모양이었다. 결국 생각보다 많은 술을 마시게 됐고 시간이 늦은 것을 확인한 태훈은 집에 연락해 민건의 집에서 하루 묵고 가기로 했다. 두 사람은 새벽 3시가 넘어서야 잠이 들었다.

살인적인 햇살이 창을 통해 쏟아져 내렸다. 푹신한 이불에 얼굴을 파묻고는 몸을 반대로 뒤척인 태훈은 곧 억지로 힘겹게 눈을 뜰 수밖에 없었다. 드르륵— 창문 열리는 소리가 들리더니만 시리다 못해 칼날 같은 겨울바람이 피부 위에 닿았다.

"벌써 한 시다. 그만 일어나라."

민건은 이미 일어나 샤워까지 마친 뒤였다. 침대에서 일어난 태훈이 늘어지게 하품을 하고는 기지개를 켰다. 누구한테 두드려 맞기라도 한 것처럼 몸이 여기저기 쑤셨다.

"얼른 씻어. 해장부터 하러 가자."

옷장에서 갈아입을 옷을 꺼낸 민건이 그것을 태훈에게 건네었다. 그는 5분 정도 침대에 앉아 있다가 정신을 차리고는 욕실로 향했다. 숙취 때문에 움직일 때마다 골이 울리는 느낌이었다. 샤워를 하고 나온 그는 밀려드는 갈증에 냉수부터 벌컥 들이켰다.

"아, 죽겠다."

이제 나이도 있으니 조절해서 마시자 그리 다짐했건만. 너무 오랜만에 마신 술이 꿀맛 같아 주체하지 못하고 마신 탓에 속이 다 쓰렸다. 머리도 아프고 몰려드는 피로감에 다시 눕고 싶었다. 하지만 이럴 때 누우면 후

유증이 더 크다는 것을 그는 알고 있기에 그것을 실천으로 옮기지는 않았다.

"얼른 나가자."

민건의 등을 툭 한 대 건드린 그가 뒤늦게 자신의 휴대전화를 찾았다. 민건의 책상 위에 뒤집혀 있는 휴대전화가 눈에 들어왔다. 배터리가 다 됐는지 그새 전원이 꺼져 있었다.

"충전기 좀 줘봐. 이거 충전부터 하고 나가야……."

말끝을 흐린 태훈이 천천히 표정을 굳혔다. 그사이 태훈의 앞으로 충전기가 내밀어졌다. 소리 없이 눈동자를 좌에서 우로 굴린 그는 차마 그 것을 손에 쥘 생각도 하지 못하고 잔뜩 긴장한 얼굴로 민건을 향해 물었다.

"오늘 무슨 요일이야?"

"금요일."

답이 돌아오기가 무섭게 그는 벽에 걸린 시계를 쳐다봤다.

"씨발."

낮게 중얼거린 욕설에 민건은 왜 그러냐는 얼굴로 태훈을 바라봤다. 그는 다급한 얼굴로 모자와 스마트키를 챙겨 들고 방을 나섰다. 민건이 화들짝 놀라 그를 따라나섰다.

"뭐야, 왜 그래?"

"나 먼저 좀 간다."

"왜 그러는데? 무슨 사고라도 났어?"

"나중에 연락할게."

"뭐? 야! 주태훈!"

민건의 부름에 답하지 못한 채 태훈은 서둘러 집을 나섰다. 운동화를 제대로 신지도 못하고 뒤축을 구겨 신은 채였다. 다급한 그 모습에 민건은 의아하다는 기색을 가득 드러낸 얼굴로 서 있다가 곧 창밖을 내다봤다. 얼마나 빠른지 태훈의 차는 이미 시야에서 사라지고 난 뒤였다.

올해는 술만 먹으면 사고를 치는 해인가 보다. 어쩐지 원망이 가득 담긴 두 눈을 마주한 태훈은 끙― 하고 앓는 소리를 냈다.

"오늘 이렇게 추운데, 밖에서 두 시간 넘게 기다렸어요."

안에서 기다리면 되잖아. 그 말이 목 끝까지 차올랐지만 차마 입 밖으로는 나오지 않았다. 금요일은 애정을 만나기로 한 날이었다. 12시에 만나자 약속을 했지만 태훈이 민건의 집을 나섰을 때 이미 시간은 1시를 넘긴 상태였다.

하필이면 배터리가 떨어진 휴대전화는 전원까지 나가 있었다. 평소라면 애정이 전화하고도 남았을 테지만 당연하게도 전원이 나간 전화는 울리지 않았다. 덕분에 애정은 이 추운 날 두 시간 넘게 태훈을 기다려야 했다.

"일부러 그런 거예요?"

"그건 아니고."

"그럼요?"

"진짜 깜빡했어."

거짓을 말하는 얼굴은 아니었다. 이런 거로 거짓말을 할 사람도 아니었으니 태훈은 정말 깜빡한 것이 분명했다. 의심스러운 시선을 거둔 애정은 곧 고개를 끄덕였다.

"이해할게요. 오빠 나이가 있으니까."

태훈은 웃어야 할지, 말아야 할지 모르겠다는 어중간한 얼굴을 하다가 결국 억지웃음을 지었다.

"그래. 이해해 줘서 고맙다."

"하나도 안 고마운 얼굴인데요."

그 말에 대해 부정하지 않았다. 정말 하나도 안 고마우니까.

"근데 너는 안 바쁘냐? 아무리 방학 중이라도 다른 애들은 스펙 쌓느라 이것저것 많이 하잖아."

"안 그래도 요즘 되게 바빠요. 근데 아무리 바빠도 오빠 만날 시간은 있어요."

그 시간도 없었으면 했는데 그것참 유감이구나. 태훈은 차마 말로는 하지 못하고 속으로 안타까워하며 앞에 놓인 커피를 마셨다.

"너 무슨 과랬지?"

"호텔조리학과요."

의외다. 그리 생각하며 입에 물고 있는 빨대를 잘근 씹었는데 그의 머릿속을 들여다보기라도 한 것처럼 애정이 웃으며 말했다.

"의외라고 생각했죠? 요리 겁나 못하게 생겼는데. 그 생각 했죠?"

"무슨."

"아니라고는 또 안 하네."

애는 돗자리를 깔아야 하는 거 아닐까.

애정은 눈치가 정말 빨랐다. 거짓말도 함부로 못 하겠다고 생각하며 큼— 목을 한 차례 가다듬은 그는 자연스럽게 화제를 돌렸다.

"경영 쪽으로는 안 가려나 보네? 아버지 회사 들어갈 줄 알았더니."

"오빠들 있잖아요. 저까지 굳이 그쪽 사업에 뛰어들 이유는 없어요. 아버지도 제가 하고 싶은 일 하라고 하셨고요. 뭘 하든 제 결정 존중해 주시고 응원해 주세요."

그러냐― 무성의하게 답을 건넨 그는 고개를 돌려 창밖을 바라봤다. 길을 오가는 사람들의 걸음걸이가 유난히 빠르다는 느낌이 들었다. 날이 춥다 보니 다들 걸음을 서두르는 모양이었다. 이런 날은 집에서 쉬는 게 딱인데. 그리 생각하며 아이스 아메리카노를 한 모금 마셨다. 숙취 때문에 따뜻한 음료는 도저히 넘어갈 거 같지 않아 이 추운 겨울에 찬 음료를 주문했다. 그마저도 반 이상은 먹지 못할 것 같았다.

컵을 내려놓은 태훈이 끈덕지게 따라붙는 시선을 느끼고는 고개를 들었다. 아직 화난 건가? 그가 곤란하다는 얼굴로 애정을 바라봤다.

"왜?"

"잠깐만 여기 있어요."

갑자기 자리에서 일어난 애정이 카페를 빠져나갔다. 왜 저러나 싶었지만 어디로 튈지 알 수 없는 애정의 속을 자신이 어떻게 알겠나 싶어 생각하기를 관두었다. 얼마 지나지 않아 자리로 돌아온 그녀는 맞은편 자리가 아닌 태훈의 옆에 앉았다.

"왜 여기 앉아?"

애정은 말없이 분주하게 손을 움직이더니만 태훈의 턱을 잡아 힘을 주었다. 억지로 고개가 위로 들어 올려졌다. 태훈이 당황한 사이, 애정은 그의 목을 들여다보다 무언가를 조심스레 목에 가져다 댔다.

"오빠 목에 상처 났어요. 운동하다 다쳤나 봐요?"

테이블 위에 놓여 있는 작은 상자에 눈길이 갔다. 연고를 바르지 않고 붙여도 되는 밴드가 담긴 상자였다. 아무래도 저걸 목에 붙여준 모양이었다.

"이런 건 바로 치료해요. 그냥 두지 말고."

아주 작은 상처였다. 조금 따끔거리긴 했지만 별거 아니라 그냥 뒀는데 애정은 그걸 놓치지 않고 발견했다.

눈썰미가 좋은 건지, 무서우리만큼 자신에게 관심이 있는 건지. 태훈이 작게 한숨을 내쉬었다. 아마 둘 다인 것 같았다.

"야, 말이나 하고 붙이던가. 턱부터 덥석 잡아 올려서 깜짝 놀랐잖아."

"붙이라고 주면 귀찮다고 안 붙일 거잖아요. 이건 오빠 줄 테니까 집에 가서 저녁에 샤워하고 밴드 다시 붙여요. 이것도 마시고요."

대답도 안 했는데 억지로 태훈의 주머니에 밴드 상자를 넣어준 애정은 숙취해소제의 뚜껑을 열어 그것을 건네었다. 그가 숙취해소제를 마시고 빈 병을 내려놓자 애정은 다시 맞은편 자리로 조용히 돌아갔다.

"웬일이냐? 옆에 계속 버티고 앉아 있을 줄 알았더니."

"여기 앉아야 정면에서 오빠 얼굴 편하게 보죠."

그녀는 항상 태훈이 생각한 것보다 한 단계 위에 있거나 생각지도 못한 답을 내어놓고는 했다. 지금도 그랬다. 애정은 자신의 말을 그대로 실천하려는 것처럼 정말 편하게 태훈의 얼굴을 바라봤다. 두 눈이 마주치자마자 배시시 웃어 보이는 모습에 태훈까지 픽 웃고 말았다.

"밥이나 먹으러 가자."

태훈이 스마트키를 챙겨 들고 자리에서 일어서자 애정은 순순히 그를 따라나섰다. 함께 점심을 먹고 차를 한 잔 더 마시자는 말에 애정이 자주 간다는 디저트 카페에 가서 커피를 마셨다. 태훈의 앞에서 애정은 꽤 수다스러웠다. 재잘재잘 어찌나 쉬지 않고 이야기를 하는지 신기할 정도였다. 그리고 그 얘기는 생각보다 지루하지 않았다.

"조심해서 들어가라."

오후 5시가 되어서야 태훈은 애정을 집에 데려다줬다. 하루의 일과가 드디어 끝난다는 생각에 안도의 한숨마저 새어 나왔다. 차를 한쪽에 세우고 애정이 내리기를 기다리는데 그녀는 아무런 반응을 보이지 않았다. 차에서 내릴 기미조차 없었다.

"왜 안 내려?"

"오빠 많이 피곤해요?"

"왜?"

"오늘 아빠는 모임 가셨고 큰오빠는 새언니랑 여행 갔고, 작은오빠들은 모임 있다고 해서 집에 저 혼자 있어요."

"근데?"

"저녁 혼자 먹어야 하는데."

"그래서?"

애정이 태훈의 옷깃을 잡았다. 머릿속에 적색경보가 울렸다. 김애정이 아무래도 무언가를 하려는 모양이다.

"오빠."

"또 왜?"

"치킨 먹고 가요."

태훈이 표정을 확 구겼다가 손을 들어 이마를 짚었다.

와, 진짜 미쳐 버리겠네.

"치킨 같은 소리 하고 있네."

그의 반응에 애정은 정말로 즐겁다는 듯이 웃음을 터트렸다. 당연히 농담으로 한 말이었다. 집 안으로 들어가자고 해도 태훈이 절대 들어가지 않으리라는 걸 애정은 이미 알고 있었다.

"그럼 저녁까지 같이 있다가 밥 사줘요."

아직 오후 5시다. 태훈이 애정을 늦게 데리러 가는 바람에 평소보다 늦은 점심을 먹었고 저녁을 먹기에는 조금 이른 시간이었다. 그럼 최소한 두세 시간은 함께 있다가 저녁을 먹어야 했다.

"야, 내가 오늘 몸 상태가 좀……."

"아까 두 시간 넘게 추운 데서 기다렸더니 몸도 으슬으슬하고."

"……뭐?"

"근데 오늘 집에 아무도 없으니까 밥도 혼자 먹어야 하는데. 이러다가 몸까지 안 좋아지면 돌봐줄 사람도 없고."

"알았어."

"아니에요. 오빠 바쁘면……."

"알았다고!"

결국 애정은 차에서 내리지 않았고, 태훈은 그대로 다시 차를 출발시켰다. 골목을 빠져나간 차가 큰 도로에 진입했다. 운전하는 태훈의 모습을 확인한 애정은 휴대전화를 꺼내어 급하게 문자를 한 통 보냈다.

「저 오늘 저녁은 먹고 들어갈게요. 기다리지 마시고 먼저 드세요.」

휴대전화를 진동으로 바꾼 뒤 가방 안에 넣어두었다. 집에 아무도 없다는 말은 거짓이었다. 아마 오늘은 애정을 뺀 모든 식구가 한자리에 모여 저녁 식사를 할 것이다.

때마침 신호에 걸린 차가 멈춰 섰다. 태훈이 자신을 빤히 바라보는 애정의 시선을 느끼고는 그녀의 두 눈을 마주했다.

"왜?"

"아무것도 아니에요. 우리 맛있는 거 먹어요."

싱긋 웃어 보이는 애정의 머릿속을 태훈은 알 수 없었다. 아마, 영영 알 수 없을 것이 분명했다.

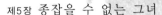

제5장 종잡을 수 없는 그녀

태훈은 오늘 평소보다 좀 더 이른 시간에 헬스장으로 향했다. 트레이
닝을 마치고 헬스장을 벗어나며 습관적으로 휴대전화부터 꺼내어 들었
다. 얼마 전까지만 해도 그는 휴대전화를 장식으로 가지고 다니느냐는 말
을 자주 들었었다. 그만큼 문자를 몇 시간 뒤에 확인하거나, 전화를 받지
못하는 일이 잦았기 때문이었다. 그런 태훈이 최근 들어서는 틈틈이 휴대
전화를 확인했다. 애정으로 인해 생긴 습관이었다.

그는 곧 의아함에 고개를 기울였다. 약속이행각서를 쓴 뒤로 애정은
헬스장에 발길을 거의 끊었지만, 오늘은 애정이 그를 만나기 위해 헬스장
에 오기로 한 날이었다. 예상했던 것보다 30분 정도 늦게 끝났음에도 휴
대전화에는 부재중 전화는커녕 문자 한 통도 도착해 있지 않았다.

"밖에 와 있나."

건물 밖으로 나서 주변을 살폈지만 태훈이 찾는 이의 모습은 보이지

않았다. 갑자기 툭 튀어나와 '오빠 오늘 운동 잘했어요?' 라든가, 전화를 걸어 '끝났어요?' 라든가, '또 약속 시각보다 늦었어요.' 라며 말하고도 남았어야 할 김애정이 보이지 않았다. 태훈은 오늘이 무슨 요일인가를 다시 떠올렸다.

"오늘 보기로 한 거 맞는데."

이런 일은 처음이라 태훈은 애정을 기다려야 건지 잠시 고민했다. 그리고 얼마 지나지 않아 결론을 내렸다.

"나는 분명히 기다렸어."

원래 약속했던 시간보다 30분의 시간이 더 흐르긴 했지만 그가 헬스장을 빠져나와 애정을 기다린 시간은 이제 고작 3분이 채 지나지 않았다. 그런데도 기다렸다는 표현을 쓴 태훈은 애정이 늦었다는 것을 핑계로 돌아가려 했다. 마지막으로 시간을 한 차례 더 확인하고는 돌아서서 걸음을 옮겼다.

"아, 그래도 좀 그러네."

하지만 차에 올라탄 그는 선뜻 시동을 걸지 못했고 다시 휴대전화를 꺼내어 들었다. 매일같이 일과를 보고하듯 의무감으로 하는 전화 외에는 태훈이 먼저 애정에게 전화를 거는 일이 드물었다. 잠시 고민하던 그는 결국 애정에게 전화를 걸었다. 매번 기다린 것처럼 곧장 전화를 받던 것과 달리 오늘은 끝내 전화를 받지 않았다.

"진짜 무슨 일 있나."

조금 전과 달리 괜스레 걱정되기 시작했다. 이 스토커가 이럴 애가 아닌데. 어디서든 튀어나와 인사를 건네고도 남아야 할 상황인데. 까만 어둠이 들어찬 액정을 엄지로 쓸어내리는 그의 얼굴이 조금 심각해 보였다.

"친구들 번호도 모르니 물어볼 만한 상황도 아니고."

애정에 대해서는 별로 아는 것이 없었다. 집과 학교를 알고 있긴 하지만 태훈이 집이나 학교로 찾아갈 수는 없었다. 친구 한 명만 알아놨어도 전화해서 물어볼 수 있었을 텐데. 지금으로서는 알아볼 방법이 없었다.

"일단 집에 가자."

포기하고 집으로 돌아가려 시동을 건 순간, 잠잠하던 휴대전화가 울렸다. 애정이었다. 그럼 그렇지, 하는 표정으로 태훈은 전화를 받았다.

"여보세요."

[오빠.]

울먹이는 애정의 목소리가 들려왔다. 그의 표정이 다시 굳어졌다.

"목소리가 왜 그래?"

[저 오늘 못 가요.]

큰일이라도 난 줄 알았는데 그저 여기에 못 올 상황이 생겨 우울한 모양이었다. 참으로 김애정답다. 태훈이 허탈한 웃음을 터트리고는 차를 출발시켰다.

"왜? 바쁜 일 있어? 그럼 바쁜 일 봐야지. 나 신경 쓸 거 없어."

[그게 아니라, 저 다쳤어요.]

"뭐?"

[계단에서 좀 굴러서 깁스했어요.]

태훈의 차가 급하게 멈춰 섰다. 다행히 뒤를 따르는 차는 없어 사고는 나지 않았다. 그는 갓길에 다시 차를 세우고는 애정을 향해 소리쳤다.

"야, 이 멍청아. 나이가 몇 개인데 넘어지고 다녀?"

[멀쩡히 잘 걸어가고 있었는데 뒤에서 앞을 안 보고 달려온 애가 부딪쳤단 말이에요.]

"어디서?"

[학교요.]

"방학이잖아. 학교를 왜 나갔어?"

[대회 나가야 하거든요. 그거 준비 때문에 연습하느라 실습실 좀 쓰려고요.]

"그래서 지금은 어딘데?"

[병원이요. 이제 집에 가긴 할 건데, 오늘은 오빠한테 가는 거 무리일 거 같아요. 억울해요.]

애정은 자신이 다친 것보다 태훈의 얼굴을 보지 못하는 것이 억울한 모양이었다.

[오늘은 얼굴 못 봤으니까 그냥 전화 말고, 영상통화 해줘요.]

이어진 요구에 태훈은 어처구니없다는 얼굴로 웃음을 흘렸다.

"넌 지금 그게 중요해?"

[완전 중요해요.]

"많이 다쳤어?"

[팔에 깁스만 했어요. 많이 다친 건 아니에요.]

"그럼 깁스한 김에 당분간은 집에 얌전히 있어. 나 만나러 올 생각 하지 말고."

[그런 게 어디 있어요!]

"그럼 깁스하고 날 만나러 오겠다고?"

[다리도 아니고 팔에 한 건데요 뭘. 아무튼, 오늘 연락도 없이 못 가서 미안해요. 먼저 전화하려고 했는데 마침 배터리가 또 나갔어요. 급하게 충전해서 오빠한테 전화부터 한 거예요.]

"그럴 땐 집에 먼저 연락해야 하는 거 아니냐."

[그냥 조용히 집에 갈래요. 지금 연락해서 병원으로 부르면 아마 난리

날 거예요.]

애정의 집에 대해서는 이미 해솔을 통해 들은 이야기가 있었다. 직접 본 적은 없지만 어쩐지 놀라 뛰쳐올 그림이 눈에 그려져 그는 보는 사람이 없음에도 고개를 끄덕였다.

[머리는 안 다쳤는데, 혹시 몰라서 무슨 검사 하나 더 받아야 한대요. 전화 끊을게요.]

아쉬움이 묻어난 음성으로 인사를 건넨 애정이 전화를 끊었다. 띠링— 종료음이 울렸고 통화를 마친 태훈은 휴대전화를 툭 던지듯이 내려놓았다.

"어떻게 넘어졌기에 팔에 깁스까지 해?"

히터를 세게 틀어놓은 탓인지 목이 건조했다. 미리 사두었던 생수를 따서 목을 축였지만, 건조해진 목은 모래라도 걸린 것 마냥 답답하기만 했다. 그는 시간을 확인했다. 애정 때문에 따로 약속을 잡아둔 것도 없었고 이대로 집에 가봐야 할 일도 없었다.

"아, 진짜."

신경질적으로 머리카락을 헝클어트린 그는 휴대전화를 집어 들어 다시 애정의 번호를 찾았다. 얼마 지나지 않아 애정의 목소리가 들려왔다.

[오빠, 저 지금 검사받아야 해서 전화 꺼놓아야 하는…….]

"어디야."

[네?]

"병원."

답이 돌아오기도 전에 일단 차를 출발시켰다.

"너 지금 있는 병원 어디냐니까."

다시 한 번 답을 재촉하는 목소리에 애정은 병원 이름을 말했다. 병원은 태훈도 아는 곳이었다. 내비게이션에 입력할 필요도 없이 그는 차의 속력을 높였다.

얼마나 밟았는지 태훈은 최단 시간으로 병원에 도착했다. 주차장에 차를 세워두고 곧장 애정에게 전화를 걸었다. 검사는 다 끝난 모양인지 금세 전화를 받은 애정에게 주차장으로 내려오라고 말했다. 모자에 선글라스까지 꼼꼼하게 챙겨 쓴 뒤에야 차에서 내린 그는 운전석 문에 기대어 서서 애정을 기다렸다. 곧 애정이 모습을 드러냈다.

"야, 많이 안 다쳤다며."

태훈이 미간을 좁힌 채 애정의 모습을 바라보다 입을 반쯤 벌렸다. 이마와 턱에는 밴드가 서너 개 붙어 있었고 팔에는 깁스를 했다. 그뿐만이 아니라 발도 아픈 건지 살짝 쩔뚝이며 걷는 걸음걸이가 불안하기 짝이 없었다.

"많이 안 다쳤어요."

"눈에 보이는 게 있는데 이게 어디서 사기를 쳐. 이게 많이 안 다친 거면 병원에 한 삼 주 누워 있을 정도는 되어야 많이 다친 거냐?"

애정이 배시시 웃어 보였다. 말은 예쁘게 해주지 않아도 태훈이 여기까지 와준 것이 고마웠기 때문이었다.

"왜 웃어?"

"오빠 얼굴 보니까 좋아서요."

"착각 마. 영상통화 하기 싫어서 온 거야."

태훈의 말에 애정은 이유 같은 건 상관없다는 얼굴로 고개를 끄덕였다.

"타. 데려다줄 테니까."

"정말요? 아, 잠깐만요."

"왜?"

"친구가 같이 병원에 와줬는데 저 대신 약 받아서 가져다준다고 했어요."

그리 말한 애정은 조금 전 자신이 걸어 나왔던 방향을 응시했다.

"오빠 기다릴까 봐 저 먼저 내려온 건데, 어차피 친구도 차를 여기에 세워놔서 이리로 올 거예요. 인사만 하고 갈게요."

"그럼 먼저 차에 타 있을 테니까 인사하고 오든가."

애정이 고개를 끄덕였고 차에 올라탄 태훈은 애정의 모습을 바라보며 뒤늦게 한숨을 내쉬었다.

"그냥 집에 가서 쉴 걸 그랬나."

괜한 오지랖을 부린 모양이었다. 혼자 있는 것이 아니라 친구가 함께 있고, 그 친구에게 차가 있는 것까지 알았다면 태훈은 여기에 오지 않았을 것이다.

"근데 쟤는 대체 어떻게 굴렀기에 저 모양으로 다쳤어?"

애정의 상태를 다시 한 번 살핀 태훈은 쯧― 짧게 혀를 찼다. 얼마 지나지 않아 한 손에 약 봉투를 챙겨 든 사람이 이쪽을 향해 걸어왔다. 애정이 그 사람을 향해 손을 흔들었다.

"남자였어?"

당연히 여자일 거라고 생각했다. 하지만 애정이 말한 친구는 백팔십 정도 되어 보이는 키에 훈훈한 외모를 가진 남자였다. 딱 보니 옷도 잘 입는 것 같고 인기깨나 있을 얼굴이었는데, 멀리서 봐도 알 수 있을 정도로 애정을 대하는 태도나 표정에서 상냥함과 배려가 넘쳐났다. 태훈과는 정반대의 타입 같았다.

"얼굴에는 밴드를 덕지덕지 붙여서는, 뭐 저렇게 신났어?"

무슨 대화를 나누는 건지 애정의 얼굴에 화사한 미소가 그려졌다. 사방이 막혀 있어 대화하는 목소리는 들리지 않았다. 태훈은 창문을 2cm 정도 내렸다.

"자, 약 챙겨야지."

"오늘 진짜 고마워. 병원까지 데려다주고."

"괜찮아. 그 사람은 만났어?"

"응."

"그럼 가자. 데려다줄게."

"아, 그게……."

애정의 시선이 태훈의 차에 닿았다.

"잠깐 들른 건 줄 알았는데, 집까지 태워다 준다고 해서 같이 가려고."

"그래?"

"응. 방향이 같아. 넌 방향도 다른데 나 데려다주고 다시 가기 번거롭잖아."

방향이 같기는. 태훈과 애정의 집은 같은 방향이 아니었다. 애정의 거짓말에 속으로는 그리 생각하면서도 태훈의 입가에는 살짝 미소가 그려졌다. 이 상황에서 저 남자를 쫄래쫄래 따라가지 않는 애정이 어쩐지 기특하기까지 했다.

"그래? 그럼 뭐 할 수 없지."

남자가 고개를 숙이고는 손을 뻗었다. 밴드가 붙은 이마를 조심스레 살피더니 손을 들어 머리를 토닥여 줬다.

"그래도 이 정도라 다행이다. 크게 다친 줄 알고 놀랐는데."

상냥한 얼굴로 대화를 나누던 남자가 힐끗 태훈의 차를 바라봤다. 차는 진하게 선팅이 되어 있었고 밖에서는 태훈의 모습이 잘 보이지 않을 것이 분명했다. 그럼에도 그는 정확히 태훈이 있는 쪽을 바라보고 있었다. 그 시선이 꽤 곱지 않아서 그는 미묘하게 표정을 구겼다.

"어쭈, 이거 봐라?"

시선은 곧 태훈에게서 멀어졌다. 인사를 끝내고 손을 흔든 애정이 돌아서서 차를 세워둔 곳으로 다가섰다. 보조석 문을 열었지만 깁스한 팔과 다리가 아픈 건지 바로 올라타지 못하고 낑낑거리는 모습에 태훈이 웃음을 터트렸다.

"웃지 말고 도와줘요."

그 말에 태훈은 웃음을 멈추고 차에서 내리려 했다. 하지만 그는 곧 모든 행동을 멈췄다.

"어?"

"자."

그가 내릴 필요가 없었다. 어느새 애정의 뒤로 다가선 남자는 그녀가 차에 쉽게 올라탈 수 있도록 도움을 줬다. 애정의 어깨너머로 남자와 눈이 마주쳤다. 그는 태훈을 보며 작게 고개를 숙였다.

"안녕하세요."

태훈은 모자에 선글라스까지 챙겨 쓰고 있었다. 빛 하나 들어오지 않는 지하에서 왜 저러고 있나 의아해할 법한데도 남자는 그저 웃어 보이고는 가볍게 고개를 숙여 인사를 건넬 뿐이었다. 태훈이 억지로 입매를 끌어 올렸다. 그는 저런 얼굴을 안다. 분명 웃는 얼굴이지만, 눈은 웃지 않는 얼굴.

사람은 누구나 자신이 하고 싶은 대로만 하고 살 수는 없다. 마음에 들지 않은 상황이 생겨도 참아야 할 때가 있고 사람을 대할 때도 적당히 감정을 드러내지 말아야 할 때가 있을 것이다. 지금 태훈이 눈앞에 마주한 얼굴은 그것을 보여주고 있었다.

마음에 들지 않는 사람을 마주했을 때, 겉으로는 모나게 굴지 않아야 하는 상대에게 그 감정을 감춰야 할 때, 그 상황에서 좋은 사람인 척해야 할 때, 보여주는 얼굴이었다.

"이해준입니다."

제멋대로 자신의 이름을 소개한 해준은 태훈을 향해 다시 한 번 친절하게 웃어 보였다. 하지만 그 웃음은 태훈의 눈에 조금도 친절해 보이지 않았다.

잠시의 침묵이 감돌았다. 태훈은 그의 인사에 어떤 반응도 보이지 않았다. 하지만 해준은 마치 그에게서 인사를 받을 생각이 처음부터 없었던 것처럼 조금도 기분 나빠하는 기색 없이 태연하게 행동했다. 눈치를 살핀 애정이 조심스럽게 두 사람 사이에 끼어들었다.

"오늘 진짜 고마웠어, 해준아. 바쁠 텐데 얼른 가봐."

"이 정도로 뭘. 손이 그래서 당분간 실습실에는 안 나오겠네?"

"아니. 그래도 나가야지."

"그럼 혹시라도 학교 나오기 불편하면 말해. 내가 데려다줄 테니까."

"다리도 아니고 팔에 깁스한 건데 뭐."

"너 대중교통 타고 통학하잖아. 혹시라도 버스 탔는데 자리 없으면 어쩌려고. 서서 가려면 짐까지 들고 그 팔로는 당연히 불편……."

"내가 데려다줄게."

둘의 대화를 잠자코 듣고 있던 태훈이 해준의 말을 중간에서 자르고 대화에 끼어들었다. 애정이 휙 고개를 돌렸다. 그 행동이 어찌나 빠른지 태훈이 순간 움찔했을 정도였다. 그녀는 바로 옆에서 들어놓고도 믿을 수 없다는 얼굴을 했다. 태훈은 자신이 왜 그런 말을 했을까 싶으면서도 해준이 이상하리만큼 마음에 들지 않아 말을 번복하지는 않았다.

"문제가 되면 내가 데려다줄 테니까 그만 그 문 좀 닫지그래? 지금 좀 많이 바쁜데."

해준을 대하는 태훈의 태도는 호의적이지 못했다. 그게 분명하게 말과 행동에서 드러나고 있었지만 해준은 여전히 기분 나빠하는 기색 하나 없이 그를 향해 답했다.

"많이 바쁘시면 제가 데려다줘도 괜찮을 거 같은데요. 제가 지금 마침 한가해서요. "

표면적으로는 마치 '배려' 라는 것을 하듯이 말하고 있다. 하지만 태훈은 알고 있었다. 예쁘게 포장했지만 결국 방해되니 네가 빠지란 소리다. 태훈의 입술 끝이 비틀어지듯 위로 살짝 올라갔다.

"말귀 참 못 알아듣네. 나 혼자 바쁘다는 게 아니라……."

말끝을 흐린 그는 애정을 한 차례 내려다보고는 태연하게 받아쳤다.

"같이 바쁘다는 말이었는데."

그 순간, 웃고 있던 해준의 얼굴이 단번에 굳어졌다. 태훈이 픽— 실없는 웃음을 흘렸다. 그러니까 이제 넌 그만 빠져, 라는 말을 그도 나름대로 돌려 말했다. 더는 고집을 부릴 생각이 없는 건지 해준은 고개를 끄덕이고는 애정에게로 시선을 돌렸다.

"그럼 조심해서 가."

애정의 머리를 다시 한 번 토닥이며 인사를 건넨 해준은 몸을 살짝 숙여 운전석에 앉은 태훈을 바라봤다.

"조심해서 가세요. 지난 시즌에 준우승 아쉬웠는데 올해는 꼭 우승하셨으면 좋겠네요. 기대하겠습니다."

해준은 태훈을 그대로 얼어붙게 하는 인사를 남긴 채 문을 쾅 닫았다.

"저 새끼 뭐야. 나 알아본 거야?"

지하에다 차 안이었고 어두워서 얼굴이 잘 보이지 않았을 것이다. 거기다 태훈은 모자에 선글라스까지 쓰고 있었다. 대체 어떻게 알아본 건가 싶어 혼란에 빠진 그를 향해 애정은 간단하게 답을 내려주었다.

"제가 미리 얘기했어요."

"뭐?"

"오빠 얘기했다고요."

"야, 너 그걸 얘기하면 어떻게 해?"

"문제없을 거예요. 이런 거 여기저기 말하고 다닐 애 아니에요. 그리고 사귄다고만 했지, 계약 얘기는 안 했어요."

그는 애정을 가만히 내려다봤다. 이 순정 스토커는 집요하고 종잡을 수 없는 거로도 모자라 참으로 이상한 걸 달고 다녔다. 거기다 그 이상한 걸 신임까지 하고 있었다. 딱 봐도 속을 알 수 없는 시커먼 놈이던데.

"넌 사람 보는 눈이 그렇게 없냐?"

"왜 그렇게 삐딱해요? 해준이 좋은 애예요."

"그럼 같이 가든가. 내려서 저 차 타고 가."

애정은 싫다는 대답 대신 빠르게 안전띠를 매려 했다. 하지만 한 손으로 하려다 보니 쉽지 않아 자꾸만 헛손질을 했다. 보다 못한 태훈이 손을 뻗어 대신 그것을 매주었다. 말은 그렇게 해도 차에서 내쫓을 생각이 없는 모양이었다.

"너 쟤 엄청 신임하나 보다?"

"저 친구 별로 없거든요. 몇 안 되는 친구 중에 하나라서요."

"친구 별로 없는 게 자랑이냐?"

"오빠도 별로 없잖아요?"

"내가 왜 친구가 없어?"

"그래 봐야 다 야구 하는 사람들이면서."

애정의 말에 발끈해 야구를 하지 않는 친구들의 이름을 나열하려다 관두었다. 뭐 하는 짓인가 싶어 그냥 입을 다물고는 차를 출발시켰다.

"근데 오빠."

"왜?"

"아까 그 말, 진짜예요?"

"뭐가?"

"학교 데려다줄 거예요?"

태훈은 순간적으로 답을 하지 못하고 눈치를 봤다. 해준이 마음에 들지 않아 일단 내뱉고 본 말이었는데 애정은 역시나 그냥 넘어가 주질 않았다.

"별로 안 불편하다며."

"아까까지는 그랬는데, 지금 생각하니까 완전 불편할 것 같아요. 팔도 아프고, 가방 들고 버스 탔는데 자리 없으면 이 팔로 어떻게 서서 가요? 막 급정거도 하고 그럴 텐데. 그러다 넘어져서 더 다치면 어떻게 해요."

"야, 요즘 버스 기사분들이 운전을 얼마나 안전하게 하는데."

"오빠는 버스도 안 타고 다니면서 그걸 어떻게 확신해요?"

차를 산 뒤로는 구단에서 운영하는 버스를 제외하고 따로 돈을 내고 버스를 타본 일이 언제인지 기억조차 나지 않았다. 그는 애정의 말을 반박할 수 없었다.

"조금 전에 혼자 안전띠도 못 하는 거 봤죠? 진짜 너무 아픈 거 같아요. 깁스 풀 때까지만 데려다주면 되니까 딱 이 주면 되는데. 그것도 학교 데려다주는 건 일주일에 세 번, 다 해도 총 여섯 번밖에 안 되는데."

갑자기 엄살을 부리는 애정을 보며 태훈이 작게 웃음을 터트렸다. 그녀는 기어들어가는 목소리로 끄응 앓는 소리까지 냈다.

"너 호텔조리학과가 아니라 연극영화과 다니는 거 아니야?"

"진짜 아픈데."

"알았으니까 정말 필요할 때만 불러."

"진짜죠? 알겠어요."

"정말 필요할 때, 라고 했다?"

"알았다니까요."

"그리고 좀 있으면 스프링캠프 참가해야 해서 3주간 계속 데려다주는 건 무리야."

"아, 맞다. 오빠 전지훈련 있죠? 뭐야. 그럼 한 달 넘게 날리는 거잖아. 계약 한 달 연장해 줘요."

"뭐?"

"계약 위반이죠. 일주일에 최소 두 번은 얼굴 꼭 보기로 했는데. 오빠가 한국에 없으면 못 보잖아요."

"연장은 무슨. 네가 아까 부르짖던 영상통화 있잖아. 그거로 대체하면 되겠네."

애정이 입을 삐죽 내밀었다가 갑자기 휴대전화를 꺼내었다. 뭔가를 하느라 분주해 보였는데 때마침 태훈의 휴대전화에도 알림음이 울렸고 그역시 휴대전화를 꺼내어 들었다. 애정에게 온 메시지가 액정에 떠 있었다.

"뭐야? 옆에 있으면서 말로 하지 뭘 보냈어?"

"일정표요."

"뭐?"

그녀는 일정표를 찍어둔 사진을 그에게 보냈다.

"내일은 오전에 가야 해요."

"근데?"

"근데는 무슨. 오라고요."

"야, 내가 분명히 필요할 때만 부르라고 했지?"

애정은 천진난만한 얼굴로 고개를 끄덕이고는 답했다. 아무런 문제가 없다는 태도였다.

"내일 필요해요."

신호에 차가 걸리자마자 태훈은 한숨을 내쉬며 손을 들어 이마를 짚었다. 아무래도 또 제 무덤을 판 듯싶었다.

이른 아침 집을 나선 태훈은 애정의 집으로 향했다. 평소라면 헬스장으로 곧장 향했겠지만 약속은 약속이니 오전에 애정을 학교까지 데려다주기 위해서였다. 대문이 보이는 위치에 차를 세워두고 집 앞에 도착했다는 문자를 보냈다. 곧 나가겠다는 답문이 도착했지만 어째서인지 대문이 열릴 기미가 보이지 않았다.

"왜 이렇게 안 나와?"

시간을 확인한 그는 커다란 대문을 물끄러미 응시했다. 그 대문 앞에는 검은색의 고급 세단이 한 대 세워져 있었다. 생각해 보니 애정의 집은 운전기사도 있을 것이고 통학용으로 차를 한 대 내어줄 능력도 되는 집이었다. 그럼 팔 나을 때까지만 그 차를 타고 다녀도 되는 것이 아닌가.

"역시 괜한 짓을 했어."

기왕 여기까지 왔으니 오늘만 데려다주고 다음부터는 집에 얘기해서 차를 타고 다니라고 딱 잘라 말해야겠다는 결론을 내렸다. 그리 생각하며 다시 한 번 시간을 확인하는데, 대문이 열리고 애정이 모습을 드러냈다.

"안녕하세요."

차를 닦고 있던 기사에게 인사를 한 애정이 주변을 두리번거리다 태훈의 차를 발견했다. 아직 다리가 아픈 건지 조금 쩔뚝거리며 나오는 모습에 그는 미간을 살짝 좁혔다. 뭐가 그리 좋은 건지 태훈을 보자마자 그녀의 입이 귀에 걸렸다.

"오빠. 일찍 왔네요?"

딱 잘라 말할 거라 다짐한 마음이 그 순간 흔들렸다. 쩔뚝이며 걸어오는 모습을 보니 돌덩이를 얹어놓은 것처럼 마음이 편치 않았다. 태훈은 결국 생각을 바꿨다.

"얼른 타."

약속은 약속이니 스프링캠프 참가 전까지는 지키기로 마음먹었다. 차에 올라탄 애정이 가방을 뒤적여 캔 커피 하나를 꺼내더니 그에게 내밀었다.

"오빠 이거 마셔요. 따뜻한 거예요."

"추운데 너나 마셔."

"저 마실 것도 있어요."

태훈은 건네받은 캔 커피를 한 번에 비워내고는 곧장 차를 출발시켰다. 애정은 그가 내려놓은 빈 캔을 손에 들어 좌우로 흔들어봤다. 찰랑이는 소리도 무게감도 느껴지지 않았다. 그걸 한 번에 마시는 게 신기해 태훈을 쳐다봤는데 한 번 보기 시작하니 태훈이 너무 좋아 시선을 떼어낼 수가 없었다.

"그만 좀 쳐다봐라. 그렇게 보고 질리지도 않냐?"

운전하는 내내 뺨에 와 닿는 시선을 느낀 그가 헛웃음을 터트리며 물었다.

"안 질리는데요? 나는 하루종일 봤으면 좋겠는데."

뻔뻔하리만큼 당당한 대답이 돌아왔다. 애정과 함께 보내는 시간이 길어지다 보니 이제 이런 솔직한 점도 놀랍지 않았다. 그냥 김애정답다는 생각이 들 뿐이었다. '좋아 죽겠는데요. 가둬두고 저만 보고 싶어요.' 라고 대답 안 한 것이 어딘가.

"몇 시에 갈 거야?"

"네?"

"집에는 몇 시에 갈 거냐고."

"좀 늦어요. 일곱 시쯤 갈 거 같아요."

대충 끝날 시간을 가늠하며 대답을 하던 애정이 갑작스레 눈을 빛냈다. 태훈이 이런 걸 괜히 물어볼 리는 없었다.

"왜요? 설마 이따 또 데리러 와줄 거예요?"

"그 팔로 퇴근 시간에 버스를 어떻게 타려고? 앉을 자리는커녕 사람으로 미어터질 텐데."

귀찮다는 얼굴로 말했지만, 결국 애정을 데리러 온다는 뜻이었다. 배시시 웃어 보인 애정이 고개를 끄덕였다.

"이따 끝나는 시간에 맞춰서 미리 전화할게요."

"그러던가."

차는 금세 학교 앞에 도착했다. 불편한 팔로 가방을 챙겨 들고 차에서 내리는 애정을 보며 학교 안까지 데려다줘야 하나 잠시 고민했다. 하지만 그는 곧 고개를 가로저었다. 거기까지는 오버다. 보는 눈도 많을 테고.

"오빠, 조심해서 가요."

손을 두어 번 흔들어 보인 애정이 문을 닫고 돌아섰다. 그대로 차를 출발시키려는데 마개를 따지 않은 캔 커피가 눈에 들어왔다. 애정이 마실 커피였는데 두고 내린 모양이었다. 창문을 내리고 애정을 부르려는 순간이었다.

"오빠. 나 오늘 박 기사님 안 보내줘도 돼."

태훈이 입을 꾹 다물었다. 다친 다리 때문에 보폭이 좁아서인지 차와 애정의 거리는 아직 가까웠고 통화를 하는 목소리가 그대로 전해지고 있었다. 문제는 그 통화가 태훈의 입장에서 듣기에 참으로 기함할 만한 내용이라는 것이었다.

"응, 아는 사람이 데려다준다고 해서. 아니야. 절대 오지 마."

애정이 우뚝 걸음을 멈춰 섰다. 조금 더 단호해진 음성으로 상대방의 말에 선을 그었다.

"오지 말라니까? 무조건 그 차 타고 갈 거야. 오빠도 올 거 없어. 절대, 절대, 절대로 오지 마. 아침에도 마찬가지야. 박 기사님 괜히 귀찮게 만들지 말고 통학은 내가 알아서 할게."

짧은 통화의 내용만으로 태훈은 지금의 상황을 충분히 짐작할 수 있었다. 그러니까 집에서는 차도 보내준다고 했고, 기사도 보내준다고 했는데 결국 김애정이 그걸 거부한 거다. 태훈이 그대로 창문을 올렸다.

"별로 안 불편하다며."

"아까까지는 그랬는데, 지금 생각하니까 완전 불편할 것 같아요. 팔도 아프고, 가방 들고 버스 탔는데 자리 없으면 이 팔로 어떻게 서서 가요? 막 급정거도 하고 그럴 텐데, 그러다 넘어져서 더 다치면 어떻게 해요."

바로 어제 나눈 대화였다. 그리 말하며 울먹이던 애정의 모습이 떠올랐다. 그가 통화 내용을 들었다는 것을 모르는 애정은 뒤를 돌아보고는 아직 돌아가지 않은 그를 향해 크게 손을 흔들었다. 미간을 좁힌 채 헛웃음을 터트린 그는 애정의 모습이 시야에서 완전하게 사라지고 나서야 차를 출발시켰다.

"어휴, 저 스토커."

이제 저런 모습을 보고도 웃음이 나왔다. 태훈이 고개를 가로젓고는 다시 한 번 웃음을 터트렸다.

정말 마가 낀 게 분명하다. 아니라면 운이 없어도 이렇게 없을 수가 있을까. 태훈은 예정대로 스프링캠프에 참여하기 위해 애리조나로 떠났다. 애정과 한 달 조금 넘는 시간을 떨어져 있게 되는 기회가 생겨 기쁜 마음으로 스프링캠프에 참여하기 위해 한국을 떠났지만 불과 일주일 만에 다시 한국으로 돌아오고 말았다.

훈련을 마치고 숙소로 돌아가던 중에 자전거를 타고 돌진하는 아이를 피하려다 돌에 걸려 넘어져 발가락을 다쳤다. 단순 염좌였고 태훈은 남아서 훈련에 참가하기를 바랐지만, 팀에서는 혹시 모를 상황이 있으니 쉬라는 판단을 내린 것이다. 태훈은 결국 홀로 한국으로 돌아와야만 했다.

'김애정의 저주인가.'

웃기지도 않은 생각을 떠올리고는 픽 웃고 말았다. 하지만 그 실없는 웃음마저도 얼마 가지 못했다.

"아, 진짜 죽겠네."

평소라면 진작 일어났을 태훈이었지만 오늘은 늦은 시간까지 침대와

한 몸을 이루고 있었다. 누군가에게 두드려 맞기라도 한 것처럼 온몸이 쑤셨다. 어제 한국으로 돌아온 뒤 이상하게 몸이 무거운 데다 으슬으슬하다는 느낌이 들었는데 아침에 일어나니 꼼짝도 할 수 없을 만큼 아팠다. 발가락 염좌로도 모자라 생전 걸리지도 않던 몸살까지 겹친 것이다.

"몇 년 동안 그 흔한 감기 한 번 안 걸렸는데."

작게 중얼거린 태훈이 몸을 뒤척이고는 이불을 목까지 끌어 올렸다. 목은 붓고 마른기침도 계속해서 나왔다. 흐릿해진 시야를 바로 잡으려 눈에 힘을 주고는 벽에 걸린 시계를 응시했다. 일단 병원에 다녀와야 할 것 같아 태훈은 억지로 몸을 일으켜 세웠다.

"진짜 죽겠네."

일어나서 옷 하나 꺼내는 일에도 현기증이 일어났다. 잠시 눈을 감은 채 어지럼증이 사라지길 기다렸다가 다시 옷을 갈아입었다. 차로 움직이면 좋겠지만 이 정신으로는 운전할 수 없을 것이 분명해 택시를 부르기로 했다. 태훈은 대충 모자 하나를 눌러쓰고 집 앞에 도착한 택시에 올라탔다.

'아, 엄청 기다려야겠네.'

감기가 유행인 건지 병원은 사람으로 넘쳐났다. 태훈은 예상대로 한 시간을 기다리고 나서야 진료를 받을 수 있었다. 진료를 받고 처방된 약을 받아 약국을 나설 때쯤에는 열이 어느 정도 내려가 있었다. 주사를 맞은 것이 꽤 빠르게 효과가 나타난 모양이었다.

"그나저나 더럽게 춥네."

칼날 같은 겨울바람에 태훈이 몸을 잠시 움츠렸다. 나으려던 감기도 다시 찾아올 것 같은 날씨에 그는 걸음을 서둘렀다. 택시를 잡아타고 다시 집으로 향하는 길에 잠시 눈을 붙이려 했지만, 주머니에 넣어둔 휴대 전화에서 진동이 느껴졌다. 애정에게 걸려온 전화였다.

태훈은 발가락 염좌로 훈련에 참가하지 못하고 한국으로 돌아왔다는 사실을 아직 애정에게 말하지 않았다.

"야, 이 멍청아. 나이가 몇 개인데 넘어지고 다녀?"

애정에게 그리 소리친 것이 얼마 전의 일이 아닌가. 그래 놓고 본인이 넘어져 발가락을 다쳤으니 그 사실을 말하기가 창피했다. 하지만 애정은 이미 알고 전화를 한 것 같았다. 지금쯤이면 어딘가에 작게라도 기사가 나갔을 것 같았고, 태훈에 관해 모르는 게 없는 애정은 그 기사를 찾아보았을 것이다.

태훈은 잠시 전화를 받을까 말까 망설였다. 병원에 다녀와 몸 상태가 좀 나아졌다고는 해도 아직 목은 꽉 잠겨 있는 상태였다. 눈치 빠른 김애정이 그걸 알아채지 못할 리 없었다. 그사이, 전화는 끊겼다. 그리고 5초도 지나지 않아 다시 울리기 시작했다. 그리고 또 한 차례 반복되었다. 아무래도 받을 때까지 할 기세였다.

"아, 이 스토커."

때마침 집 앞에 도착한 택시가 멈춰 섰다. 돈을 지급하고 차에서 내린 태훈은 택시기사에게 인사를 건네고는 돌아서며 전화를 받았다.

"왜?"

오빠, 하고 신나게 외쳐야 할 목소리 대신 무거운 침묵이 감돌았다. 전화가 끊어진 건가 싶었는데 통화 시간은 계속해서 흐르고 있었다. 애정의 이름을 부르려는 순간, 긴 침묵을 깨는 목소리가 들려왔다.

[오빠 목소리가 왜 그래요? 어디 아파요? 기사에는 단순 염좌라고만 나와 있는데 심각한 거예요?]

역시. 애정은 이미 기사를 찾아본 모양이었다. 그는 애정이 건넨 질문을 다시 한 번 머릿속으로 곱씹었다. 발가락 염좌가 심각하면 목이 아프다고 생각할 수도 있는 건가? 한 시간 전까지만 해도 몸이 아파 죽을 것 같았는데, 애정의 별거 아닌 저 질문 하나에 그는 웃고 말았다. 물론 실없는 웃음에 가까웠지만, 태훈은 저도 모르게 풀어진 입매를 손을 들어 가렸다. 애정이 이리 자신을 걱정해 주는 것이 나쁘지 않다 여겨지다 못해 고맙게 느껴졌다.

"그냥 감기야. 발가락은 단순 염좌고."

[말도 안 돼. 염좌야 그렇다 치고, 오빠가 얼마나 튼튼한 사람인데 그냥 감기로 목이 그렇게 잠겨요?]

"집에서 쉬면 되니까 시끄럽게 굴지 말고 오늘은 얌전히 있어. 이따 밤에 전화는 할 테니까."

[지금 전화가 중요해요?]

화가 난 듯 조금 높아진 음성이 돌아왔다. 정원을 가로질러 올라가던 태훈이 걸음을 멈췄다. 얼마 전까지만 해도 전화하는 걸 까먹으면 계약서를 손에 쥐고 금방이라도 달려올 것 같은 기세를 보인 사람이 바로 애정이었다. 한데, 이 반응은 뭔가.

"언제는 전화 안 하면 잡아먹을 것처럼 굴더니."

[예외도 있는 법이잖아요.]

"그럼 오늘은 생략하자."

[알겠어요.]

생각보다 쉽게 답이 돌아왔다. 태훈이 멈춘 걸음을 다시 떼어낸 순간이었다.

[대신, 제가 지금 집으로 갈게요.]

"뭐?"

[금방 가요.]

"야, 오지 마! 너 오면……."

띠링— 태훈이 말을 마치기도 전에 통화 종료음이 귓가에 전해졌다. 그는 황망한 얼굴로 액정을 내려다봤다.

"차라리 전화를 해, 이 스토커야."

지친 음성으로 중얼거린 태훈은 현관으로 들어서서 조용한 집 안을 둘러봤다. 다행히 집에는 일을 해주시는 아주머니 한 분밖에 없다. 이미 안면이 있으니 애정이 와도 크게 문제는 없을 것이다.

"말린다고 들을 것 같지도 않고."

무슨 말을 한다 해도 김애정은 올 것이다. 그러니 일단 오게 한 뒤에 최대한 빨리 돌려보내는 편이 좋을 것 같았다. 그리 생각한 태훈은 애정에게 다시 전화하는 것 대신 운동화를 벗고 조용히 집 안으로 들어섰다.

　　　　　　　　　　　　　·

태훈이 아프다는 말에 애정은 결국 집까지 찾아갔다. 침대 위에서 휴식을 취하고 있던 태훈은 두어 번의 노크 소리에 이어 문이 벌컥 열린 것을 보고는 놀란 얼굴을 했다. 도착하면 자신에게 전화할 거라 생각했지만 애정은 이미 집 안에 들어와 있었다.

"야, 너 어떻게 들어왔어?"

"아주머니가 문 열어주셨어요."

문을 닫고 쪼르르 달려온 애정은 가방을 한쪽에 내려두고 의자를 끌어와 앉았다. 태훈이 문을 열어주지도 않았는데 애정은 너무도 쉽게 집 안으로 들어섰다. 태훈이 없을 때 이 집에 몇 번이나 놀러 와 해솔과도 친분을 쌓고 아주머니에게도 열심히 얼굴을 보인 결과였다.

"야, 그냥 가. 오지 마라니까 왜 왔어?"

"아프다면서요. 어디가 어떻게 아파요?"

"됐어. 별거 아니니까 그냥 가."

"싫어요. 아플 때 혼자 있는 게 얼마나 서러운데."

난 그게 편해. 라고 말하려다 관두었다. 뛰어온 건지 이 추운 겨울에 애정의 이마에 땀이 송골송골 맺혀 있었고 숨소리도 거칠었다. 추위에 질린 손은 빨개졌고 훌쩍이는 코끝도 조금 붉었다. 그걸 보니 목까지 차오른 말이 끝내 나오지 않았다.

"대체 어디가 어떻게 아픈 거예요?"

"몸살."

"병원은 갔다 왔어요? 발은 괜찮고요?"

"병원은 갔다 왔고 발은 쉬면 2주에서 3주 정도 쉬면 괜찮을 거야. 움직이는 데도 별 무리는 없고."

"정말이죠?"

"그래."

"그럼 쉬고 있어요."

코트를 벗어 한쪽에 놓아둔 애정은 그대로 방을 나섰고 마치 제집처럼 편하게 부엌으로 향했다. 방에 홀로 남겨진 태훈은 닫힌 문을 가만히 바라봤다.

'쉬고 있으라니. 네가 무슨 사고를 칠 줄 알고.'

밖의 상황이 신경 쓰여 조금도 편한 마음으로 쉴 수 없었다. 태훈은 문을 살짝 열고는 밖의 상황을 살폈다. 애정은 아주머니에게 양해를 구한 뒤 부엌에서 무언가를 하고 있었다. 별다르게 문제는 없을 것 같아 조용히 문을 닫은 그는 다시 침대에 누웠다.

애정이 방으로 돌아온 뒤로는 지극정성 간호가 이어졌다. 보리차를 끓여 따뜻한 물을 몇 차례나 떠다 주고, 배를 갈아서 먹이고, 야채죽까지 만들어다 바쳤다. 태훈도 그사이 안정을 찾은 건지 처음보다 안색이 더 나아져 있었다. 그게 약 기운이 돌아서인지 애정의 지극한 간호 때문인지는 알 수 없었다.

"맛 괜찮아요?"

야채죽을 먹는 태훈을 보며 애정이 물었다. 그는 당연한 걸 왜 묻냐는 듯이 미간을 좁힌 채 고개를 끄덕였다.

"아주머니 원래 요리 잘하셔."

"그거 제가 만든 건데요."

숟가락을 쥔 손이 허공에서 멈췄다.

"네가?"

"네."

"그 팔을 하고?"

"좀 불편하긴 한데, 그래도 다친 건 왼손이니까요. 평소보다 시간이 오래 걸리긴 해도 어렵지는 않았어요."

"야, 아무리 그래도 그렇지."

"할 만하니까 한 거예요."

"그럼 이걸 진짜 네가 만든 거라고?"

"그렇다니까요."

그는 의외라는 얼굴을 했다. 곱게 자라 칼 한 번 안 들어보고, 손에 물도 안 묻혀봤을 것처럼 생겼는데. 태훈은 야채죽을 한 차례 내려다보고는 다시 애정의 눈을 마주했다. 불시에 툭 던지듯 칭찬을 했다.

"요리 잘하네."

"고작 야채죽 가지고 뭘요. 제 전공이 뭔지 말해줬잖아요. 그새 또 까먹었죠? 그리고 저 취미가 요리예요. 뭐 더 먹고 싶은 거 없어요? 이왕 온 김에 만들어줄게요."

"됐어. 이것만 먹고 잘 거니까 정신 사납게 하지 말고 얌전히 있어."

"그럼 나중에 제가 도시락 싸줄게요. 아, 그리고 이건 이따 먹어요."

애정이 가방에서 뭔가를 주섬주섬 꺼내더니 그걸 침대 옆의 탁자 위에 쏟아냈다. 비타민부터 시작해 영양제, 따뜻하게 우려먹을 수 있는 티백 차를 비롯한 식품들이 한 아름 쌓였다. 감기에 걸린 태훈이 챙겨 먹기에 좋은 것들이었다.

"약국이라도 털었냐?"

"다 두고 갈 테니까 꼭 챙겨 먹어요."

애정은 다 먹은 죽 그릇을 치워내고는 이불을 끌어당겨 태훈의 몸 위에 덮어주었다.

"이게 아주 중환자 취급이네."

"아픈 김에 오늘은 아예 푹 쉬어요. 오빠는 몸을 너무 막 써요."

막 쓰다니. 태훈에게 몸은 재산이나 다름없었다.

"운동하는 것도 포함해서 말하는 거예요. 사람이 좀 쉴 줄도 알아야지."

태훈이 뭐라 한소리 하려다가 관두었다. 반박해 봐야 김애정은 저 작은 입으로 한마디도 지지 않고 맞받아칠 것이 분명했다. 빈 죽 그릇을 부엌에 가져다 둔 애정은 작은 주전자에 따뜻한 물을 담아 탁자 위에 놓아두었다. 누워 있는 태훈이 손을 뻗으면 닿을 위치였다.

혼자 뭐가 그리 바쁜지 분주하게 움직이는 애정의 모습을 그는 가만히 바라봤다. 어머니가 일찍 돌아가시기도 했고, 워낙 건강한 편이라 태훈은 이렇게까지 아플 일이 거의 없었다. 그런데 한참 어린 애정에게 지극정성으로 간호를 받고 있으니 기분이 이상했다.

"언제 갈 거야?"

"그렇게 가라고 눈치 안 줘도 지금 갈 거예요."

딱히 가라는 소리는 아니었는데. 애정의 입이 삐죽 앞으로 나왔다. 더 있을 거라 생각했지만 그녀는 고집을 부리는 일 없이 자리에서 일어나 코트를 챙겨 입었다.

"가려고?"

"네. 더는 귀찮게 안 할 테니까 푹 쉬어요."

벽에 걸린 시계를 힐끗 올려다본 태훈이 그대로 몸을 일으켜 세웠다. 애정이 놀란 토끼 눈으로 그를 올려다봤다.

"왜 일어나요?"

"시간 늦었잖아. 데려다줄게."

"됐어요. 오빠 아프잖아요."

"운전할 힘은 있어."

"발은요?"

"중환자 취급하지 마. 움직이는 데 무리 없고, 다친 건 왼발이라 운전도 할 수 있어."

옷장에서 코트를 챙겨 입고 그대로 문을 닫으려던 그는 아래쪽의 서랍 안에서 장갑을 꺼내었다.

"넌 이 추위에 장갑도 없이 다니냐."

불퉁하게 말하며 장갑을 툭 던지듯 건네줬다. 애정이 장갑을 가만히 내려다보다 한 손에 착용하고는 크게 웃음을 터트렸다. 깁스를 한 손에는 장갑을 낄 수 없어 나머지 한쪽은 주머니에 넣어둔 채였다.

"이게 뭐야. 너무 크잖아요."

작은 꼬마가 아버지 장갑이라도 빼앗아 낀 듯 한 모습이었다. 태훈은 장갑을 다시 빼앗으려다 추위에 붉어진 손을 떠올리고는 관두었다. 그래도 추운 것보다는 낫지. 그리 생각하며 스마트키를 챙겨 들었다.

"너 근데 대회 준비 때문에 바쁜 거 아니었어?"

"바쁘긴 한데, 오빠 기사 보고 나니까 신경 쓰여서 집중 못 하겠더라고요."

"그냥 오지 말라니까, 바쁜데 괜히 와서는."

"또 그런다. 오빠가 지금 좋아하는 사람이 없어서 그렇지, 나중에 생겨 봐요. 아프다는 소리에 다른 일이 손에 잡히나."

애정은 하나도 이상한 일이 아니라는 반응을 보이며 웃었다. 좋아하는 사람이라니. 부끄러운 기색 하나 없이 잘도 이런 말을 한다. 쪼그만 게 정말 못 하는 소리가 없다. 태훈이 모자를 푹 눌러썼다.

"얼른 와."

그리 말하며 앞서 걷는 그의 귓불이 조금 붉어져 있었다.

"진짜 안 데려다줘도 괜찮은데, 오빠는 이상한데서 고집을 부려요."

운전에 집중하고 있던 태훈이 힐끗 시선을 돌려 애정의 모습을 확인했다. 말과 행동이 이렇게까지 일치하지 않는 사람은 처음 보는 것 같았다. 좋아 죽겠다는 얼굴로 입만 투덜거리는 모습에 태훈은 목 안으로 웃음을 삼켜냈다.

"고집 센 거로 치면 너만 하겠냐."

얼마 지나지 않아 차가 멈춰 섰고 애정은 뒤늦게 고개를 돌려 창밖을 확인했다. 태훈의 집에서 자신의 집까지 꽤 거리가 있다고 생각했는데 오늘따라 그 거리가 참으로 짧게 느껴졌다. 애정은 아쉽다는 얼굴로 안전띠를 풀고는 태훈을 바라봤다. 뭔가 또 할 말이 있는 건가 싶어 가만히 쳐다보고 있자 불쑥 뻗어온 애정의 작은 손이 그의 이마에 닿았다. 틀어놓은 히터로 인해 차 안은 따뜻했지만 애정의 손은 아직 조금 서늘한 느낌이 들었다.

"음, 열은 이제 정말 내린 거 같아요."

손이 원래 찬 편인가? 태훈은 멀어지려는 손을 붙들었다. 예상치 못한 태훈의 행동에 애정도 잠시 움직임을 멈췄고 차 안에는 5초간의 무거운 침묵이 감돌았다. 손안에 잡힌 작은 손을 가만히 내려다보던 태훈은 뒤늦게 놀란 얼굴로 애정의 손을 놓았다.

"왜요?"

손을 잡은 것은 무의식적으로 한 행동이었다. 딱히 이유가 없었다. 그는 조금 당황한 얼굴로 애정의 두 눈을 마주하다 눈짓으로 그녀의 어깨너머를 가리켰다.

"얼른 내려."

할 말 있는 것처럼 붙잡을 때는 언제고.

애정이 입을 한 차례 삐죽이고는 그대로 차에서 내렸다. 가방을 한 차례 고쳐 멘 애정이 문을 닫기 전 태훈을 향해 고개를 쏙 내밀었다. 열린 문을 통해 들어서는 찬 공기와 잔뜩 움츠린 작은 어깨가 밖의 추운 날씨를 절로 짐작케 했다.

"얼른 집에 들어가지 뭐 해?"

"오빠. 다쳤다고 너무 의기소침하지 말아요. 단순 염좌라면서요. 푹 쉬면 금방 나을 거고, 한 번 쉬어가는 거로 생각해요."

"알았으니까 쓸데없는 걱정 하지 마."

"아, 그리고 저 이틀 뒤에 깁스 풀어요."

"근데?"

"도시락 싸줄게요."

"됐다니까."

"싫어요. 싸줄래요."

애정은 하고 싶은 건 기필코 해야만 하는 모양이었다. 뭐라 할 새도 없이 쾅— 소리를 내며 문이 닫혔다. 이거 봐라. 누가 누구한테 고집을 부린다는 건지. 어처구니없다는 얼굴을 한 태훈이 애정의 뒷모습을 바라보다 창문을 내렸다.

"야, 김애정!"

얼마 멀어지지 않은 애정이 뒤를 돌아봤다.

"왜요?"

"오늘 피곤해서 일찍 잘 거야."

그래서, 뭐, 어쩌라고.

뜬금없는 말에 담긴 의도를 전혀 파악하지 못한 애정의 얼굴은 그리 말하고 있었다. 태훈이 괜스레 큼— 목을 가다듬고는 조금 전보다 현저하게 작아진 목소리로 말했다.

"전화 한 시간 일찍 할 테니까 그렇게 알라고. 한 번에 안 받으면 그대로 잘 거야."

좋아할 줄 알았던 애정은 알 수 없는 얼굴로 태훈을 바라보고 있었다. 스르륵 창문이 올라갔고 그것이 완전하게 닫히기 전, 한숨과 함께 중얼거린 목소리가 태훈의 귓가에 전해졌다.

"오늘은 그냥 쉬라니까 거 말 되게 안 듣네."

태훈이 억지로 입매를 끌어 올렸다. 도무지 종잡을 수 없는 스토커였다.

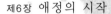

제6장 애정의 시작

태훈은 오랜만에 친구들과 만났다. 족구 시합을 하기로 했는데 발가락 염좌로 치료를 받고 있는 태훈은 시합에 참가하지 못하고 관람만 해야 했지만, 집에 가만히 있기에는 좀이 쑤셔 함께 나왔다. 경기를 마치자마자 친구들은 약속이라도 한 것처럼 그의 주변으로 몰려들었다.

"와, 주태훈. 도시락 싸왔냐? 누구 솜씨야? 여자가 만들어준 거 같은데."

"이거 봐. 이 새끼 연애하는 거 같다니까."

4단 찬합으로 3개나 되는 도시락이 그의 앞에 놓여 있었다. 도시락이 어찌나 화려하고 예쁜지 딱 봐도 여자가 만들어줬다는 티를 팍팍 내고 있었다.

"아무래도 오빠가 제 요리 실력을 무시하는 거 같아서 한 번 만들어봤어요. 친구들이랑 같이 먹어요."

　아침에 집 앞까지 찾아온 애정이 건네주고 간 도시락이었다. 돌려주지 못하고 일단 받아오긴 했는데, 뒤늦게 도시락을 열어본 그는 화려한 내용물을 보고는 입을 다물지 못했다. 애정이 태훈의 집을 찾은 시간은 오전 9시였다. 이 정도 양이라면 새벽부터 일어나 도시락을 싸야 했을 것이다.

　"혼자 먹기에는 많아 보이는데. 같이 먹으라고 싸준 거지?"

　그의 주변에 몰려든 친구들이 각자 자리를 잡고 앉았다. 도시락을 먹으며 맛있다는 칭찬이 여기저기서 들려왔다. 태훈 역시 입에 잘 맞는지 별말 없이 잘 먹었고, 남김없이 도시락을 싹 비워냈다.

　"잘 먹었다. 야, 근데 진짜 누가 싸준 거야?"

　"누구긴 누구야. 일하는 아주머니가 싸주셨지."

　퉁명스러운 태훈의 대답에 친구들 중 한 명이 코웃음을 쳤다.

　"야, 그러기엔 도시락이 너무 화려하다고 생각 안 하냐? 알록달록. 딱 봐도 여자친구 도시락인데."

　"아니라니까."

　"아무튼, 잘 먹었다고 전해주라."

　원래대로라면 시합 후에 가까운 식당으로 가서 점심을 함께 먹었겠지만 오늘은 도시락을 먹은지라 다들 배가 불러 그대로 헤어지기로 했다. 가장 마지막까지 남아 빈 도시락통을 다시 쇼핑백 안에 담고 짐을 챙기던 그는 시간을 확인했다.

　"오늘은 오빠 친구들이랑 놀다가 집에 가서 푹 쉬어요. 대신 전화는 꼭 하고요."

애정이 매번 고집을 부리고 무리한 요구를 하는 것은 아니었다. 최근 들어서는 태훈을 배려해 주고 있었다.

'어찌 됐든 도시락까지 받아놓고 고맙다는 소리도 못 했는데.'

잠시 무언가를 고민하는 기색이 그의 얼굴이 드러났다. 짐을 챙겨 차에 올라탄 그는 집이 아닌 애정의 학교로 향했다. 최근 애정은 대회에 나갈 준비를 하고 있었고 실습실을 이용하려 학교에 자주 나가고 있었다. 다친 팔로도 나갔으니 깁스를 푼 오늘은 학교에 있을 것이 분명했다.

연락도 없이 찾아가면 놀랄 애정의 모습이 떠올랐다. 또 오빠! 하고 달려오겠지. 창을 반쯤 열어주면 거기에 매달려 세상 다 가진 사람처럼 웃을 것이다. 엇갈릴 수도 있겠지만 태훈은 일단 무작정 애정을 만나러 가기로 했다.

차는 곧 학교 앞에 도착했다. 차를 세워두고 애정에게 연락할까 하다가 그냥 기다리기로 했다. 오래 걸리게 되면 전화를 할 생각으로 시간을 보내고 있을 때였다.

똑똑— 창을 두드리는 소리가 들려왔다. 의아한 얼굴로 고개를 돌린 그는 곧 창을 두드린 사람이 누구인지 알아보고는 창문을 반쯤 내렸다.

"안녕하세요."

해준이었다. 애정이야 주태훈 감지기라도 설치된 것처럼 워낙 잘 알아보기야 한다지만 해준은 태훈과 단 한 번 주차장에서 만난 것이 다였다. 짙게 선팅이 되어 있어 밖에서는 안이 제대로 보이지도 않았을 텐데 대체 어떻게 알았을까.

"지난번에 본 차가 서 있어서 혹시나 했는데, 맞네요."

세상에 같은 차가 얼마나 많은데. 태훈이 기가 차다는 반응을 보였다.

"도로만 나가도 깔린 게 이 차인데."

"뭐, 차는 같아도 똑같은 차량 번호 가진 차는 없잖아요."

와, 애도 무섭네. 눈썰미도 좋다. 아니면 머리가 좋은 건가? 한 번 본 차를 번호까지 외웠단 말이야? 태훈이 질렸다는 얼굴로 해준을 바라보다 퉁명스럽게 물었다.

"왜?"

"잠깐 내리시면 안 돼요? 아니면 제가 타든가요."

"둘 다 썩 내키지 않는데."

"애정이 만나러 오신 거 아니에요? 아마 한 시간 정도 있어야 나올 거예요. 그때까지 혼자 뭐 하시게요?"

역시 안 하던 짓을 하면 안 되는 건데. 차라리 미리 연락하고 올 걸 그랬다며 후회를 했다. 태훈은 시간을 확인했다. 이왕 여기까지 왔으니 한 시간 정도야 기다릴 수 있었다. 다만, 옆에 붙은 이 자식은 한시라도 빨리 떼어내고 싶었다. 자신에게 피해를 준 게 없는데도 태훈은 해준이 묘하게 불편했다.

"내가 혼자 뭐 할지는 관심 끄고, 할 얘기 있으면 여기서 얘기해."

"뭐, 그래도 되고요."

태연하게 고개를 끄덕인 해준이 창에 팔을 기대고는 상냥하게 미소 지었다. 누가 보면 태훈과 엄청 친한 사이처럼 보일 것이다.

"형."

형? 거리를 두고 싶은 사람이 거리를 확 좁혀오려 했다. 친근한 호칭에 태훈은 떨떠름한 얼굴을 했다.

"저 좀 도와주세요."

이어진 말에 그는 여지없이 표정을 구겼다. 이제 딱 두 번 얼굴 본 사이에 뜬금없이 도움 요청이라니.

"싫어."

"에이, 뭔지 들어보지도 않고요?"

"들어도, 안 들어도 내 답은 안 변할 거 같은데."

그냥 쫓아낼 것을 괜히 상대해 준 모양이었다. 태훈은 귀찮다는 기색이 역력한 얼굴로 그를 바라보다 창문을 올리려 버튼에 손을 가져다 댔다. 하지만 버튼을 당기지 못했다.

"저랑 애정이랑 잘되게 형이 좀 도와주세요."

가만히 해준을 바라보던 그의 입매가 절로 비틀려 위로 올라갔다.

"넌 나랑 김애정이 사귀는 걸 알고도 나한테 도와달라는 말이 나와?"

"어차피 계약이잖아요."

태훈의 입가에서 웃음이 싹 사라졌다. 대체 어디까지 알고 있는 걸까. 티를 내면 안 된다고 생각했는데 저도 모르게 감정을 얼굴에 드러내고 말았다. 자신에게로 향하고 있는 살벌한 시선에 해준은 난감하다는 얼굴로 웃었다.

"오해하지 마세요. 애정이가 말해준 건 아니니까."

"그럼?"

"그냥 우연히 보게 됐어요. 그 사인한 종이 같은 거."

계약서를 봤다는 거다. 하지만 절대 우연은 아닐 것이다. 해준의 웃음을 보고 태훈은 확신했다. 속 안에 능구렁이가 아흔아홉 마리쯤은 들어있을 것 같은 얼굴이었다. 태훈이 좌석에 몸을 기대고는 억지로 미소 지었다. 두 눈에 불쾌한 기색이 가득했다. 애정으로도 모자라 다른 놈까지 자신을 쥐고 흔들려는 상황에 그는 무척이나 심기가 불편해졌다.

"그걸로 협박이라도 하려는 거야?"

"협박은 무슨. 부탁하고 있잖아요."

"내 눈에는 그렇게 안 보이는데."

"어차피 형도 귀찮을 거 아니에요. 상황 보니까 애정이가 우겨서 한 계약 같은데요."

"그래서?"

"형이 좀 도와주세요. 저 진짜 애정이 좋아하거든요."

"그게 나랑 무슨 상관인데?"

"형한테도 도움 되는 일이잖아요. 저랑 애정이랑 잘 되면 이 계약도 그냥 끝날 거 같은데요. 거절할 다른 이유가 있어요?"

없다. 해준의 말은 틀리지 않았다. 그에게는 도움 되는 일이었고 애정을 떼어낼 기회였다. 이 말도 안 되는 계약을 금방 끝낼 수 있었다. 며칠 전까지만 해도 모든 것이 귀찮았고 할 수만 있다면 시간을 되돌리고 싶을 지경이었다.

"싫다면?"

그런데도 지금은 내키지 않았다. 아무리 좋게 포장해도 해준은 지금 태훈을 협박하고 있는 것이나 다름없었다. 애정에게도 말도 안 되는 협박을 받긴 했지만 그때 애정의 얼굴에서는 악의가 느껴지지 않았다. 하지만 해준은 달랐다.

진심으로 불쾌했고, 그는 딱 잘라 거절의 의미를 보였다. 예상 못 한 대답은 아니었던 건지 고개를 두어 번 끄덕인 해준은 담담하게 반응했다.

"뭐, 그럼 할 수 없죠."

"좋아하는 여자 마음 얻는 데 누군가에게 도움을 받아야 할 정도라면 그냥 포기하는 게……."

"저도 그건 싫은데요."

말을 자른 해준이 짧게 미소 짓고는 다시 창에 기대어 섰다. 역시 마음에 들지 않았다. 사람을 대할 때 가식으로 대하는 사람들이 있다. 눈앞의 해준이 그랬다. 지금 보이는 얼굴은 진심으로 웃는 얼굴이 아니었다. 웃는 얼굴 뒤에 나쁜 생각을 감추고 있는 것만 같았다.

"사실 도움 같은 건 필요 없었는데, 지금은 방해되니까 드리는 말씀이에요. 그런 계약을 해주니까 김애정이 정신 못 차리고 형한테 매달리는 거잖아요."

이거 봐라. 웃는 얼굴로 대놓고 방해라고 하는 거. 태훈은 더 해보라는 듯이 그를 바라보며 침묵을 유지하고 있었다.

"어차피 끝이 있는 계약인데, 그 끝이 좋겠어요? 결국 약속한 기간이 끝나면 상처받는 게 누구일 거라 생각해요? 장담해요. 김애정만 상처받을 거예요."

틀린 말은 아니지. 하나하나 따져보면 전부 맞는 말만 하고 있었다. 태훈은 뒷좌석으로 시선을 돌렸다. 빈 도시락통이 담긴 쇼핑백이 그곳에 놓여 있었다.

아프다는 말에 대회 준비로 요리 연습을 하던 것도 미루고, 추운 날씨에 땀이 맺힐 정도로 숨차게 뛰어왔던 애정의 모습이 그 순간 떠올랐다. 깁스한 팔로 죽을 만들고, 팔이 낫자마자 새벽에 일어나 도시락을 쌌다. 밥을 먹을 때면 늘 태훈의 식성에 맞춰 메뉴를 정했고, 약속 역시 태훈의 일정에 맞춰서 잡았다. 말도 안 되는 요구를 하는 것 같으면서도 애정은 결국 모든 것을 태훈에 맞춰 행동하고 있었다.

"야."

태훈은 생각했다. 귀찮다. 매일 전화를 해야 하는 것도, 일주일에 두 번 이상 만나야 하는 것도 모두 귀찮았다. 제멋대로, 하고 싶은 대로, 자기 좋은 일만 하다가 남한테 맞춰서 시간을 쓸 일이 생겼으니 그게 싫을 때도 있었다. 그래도.

"너는 안 돼."

이놈은 아니다. 사람을 진심으로 대하지 않는, 속을 모를 시커먼 놈에게는 김애정이 아까웠다. 말도 안 되는 짓을 가끔 해서 그렇지 태훈은 그런 애정이 이제 밉지 않았다.

"적어도 나랑 같이 있는 동안, 너랑 김애정이 이어질 일은 없어. 그 뒤에는 너 하기에 달렸겠지만 적어도 그 기간은 절대로 그럴 일 없을 거다."

태훈이 정면을 바라봤다. 멀리서 애정이 걸어오는 모습이 보였다. 한 시간은 걸릴 거라더니 그것도 아니었나 보다. 아니면 이해준이 거짓말을 했을 수도.

애정이 고개를 들었다. 안 좋은 일이 있던 건지 어깨를 축 늘어트린 모습으로 걷고 있었는데 태훈의 차를 보고는 금세 안색이 바뀌어 뛰기 시작했다.

"저러다 넘어지지."

아무래도 김애정 역시 차량 번호를 외운 모양이었다. 태훈이 소리 없이 짧게 미소 지었다. 그리고 해준을 향해 말했다.

"그리고 넌 사람 일이 어떻게 될 줄 알고, 그렇게 장담을 하냐."

굳어진 해준의 얼굴을 바라보며 버튼에 손을 가져다 댔다.

"당장 내일 일어날 일도 잘 모르겠는데, 하물며 몇 달 뒤에 일어날 일을."

그 말을 끝으로 더는 대화하고 싶지 않다는 의사를 나타내듯 창문이 천천히 올라갔다.

"나도 이제 어떻게 될지 잘 모르겠는데."

웃음기를 완전히 거둬낸 해준의 두 눈을 보며 태훈은 반대로 웃었다. 차라리 아무것도 감추지 않은 그 얼굴이 되레 낫다는 생각이 들었다. 더는 대화를 나눌 이유가 없었다. 해준은 그대로 돌아서서 멀어져 갔고 애정은 그를 보지 못한 건지 보조석 쪽으로 빠르게 다가섰다. 그는 보조석 쪽 창문을 반쯤 내렸다.

"오빠!"

창문에 고개를 바짝 가져다 댄 애정이 환하게 웃음 지었다. 두 뺨과 코끝은 추위에 붉어졌으면서도 뭐가 그리 좋은 건지 얼굴에 웃음꽃이 피었다. 애정은 빠르게 문을 열고 차에 올라탔다.

"통했나 봐요."

"뭐가?"

"안 그래도 오빠 보고 싶어서 몰래 훔쳐보러 갈까 생각했는데."

훔쳐보다니. 태훈이 손을 뻗어 이마를 쥐어박았다.

"이 스토커야. 아침에 봤잖아. 오늘은 푹 쉬라며?"

"안 그래도 그 말 괜히 했다 싶었어요."

애정은 늘 솔직하고 거침이 없었다.

"아침에 봤는데도 보고 싶더라고요."

주태훈에 관해서만은 정말 한결같았다.

"사실 난 매일매일 보고 싶은데."

그리 말하며 배시시 웃는 얼굴은 감정을 숨김없이 드러내고 있었다. 태훈이 이렇게 먼저 찾아와 준 것이 정말로 기쁜 얼굴이었다.

"결국 약속한 기간이 끝나면 상처받는 게 누구일 거라 생각해요? 장담해요. 김애정만 상처받을 거예요."

　설령 그리된다 해도 본인이 자초한 일이다. 그렇게 거절했음에도 고집을 부린 것은 애정이었다. 그걸 알고 있기에 태훈은 해준에게 당당히 말할 수 있었다. 하지만 애정의 얼굴을 마주하고 나서야, 해준의 말이 뒤늦게 가시가 된 것처럼 박혔다.

　애정은 보조석에 앉아 흘러나오는 노래를 흥얼거리며 따라 부르고 있었다. 그런 애정을 힐끗 내려다본 태훈은 뭔가 말하려다 말고 입을 꾹 다물었다. 분명 눈이 마주치지는 않았는데 애정은 그런 태훈의 상태를 금세 눈치챘다.

　"뭐 할 말 있어요?"

　귀신이다. 그녀는 태훈에 관해서 만큼은 눈치가 무척이나 빨랐다.

　"왜요? 빨리 말해봐요. 뭐 말하려고 했는데요?"

　애정은 아예 몸을 돌리고 운전 중인 태훈의 얼굴을 집요하게 바라봤다. 별거 아닌데 왜 이리 기대에 찬 얼굴을 하는 건지. 큼— 목을 한 차례 가다듬은 태훈이 시선을 돌리며 답했다.

　"다들 잘 먹었다고 전해달라더라."

　"뭘요?"

　"도시락."

　"아, 도시락. 오빠는요?"

　어느새 애정의 집 앞에 도착해 차를 세운 태훈은 대답 없이 뚫어져라 정면만 응시했다. 어서 내리라는 신호였지만 입을 삐죽 내민 애정은 모르는 척 다시 한 번 물었다.

　"오빠 먹으라고 싸준 도시락인데, 설마 다른 사람들만 주고 오빠는 안 먹은 건 아니죠?"

애정은 몸을 틀어 뒷좌석에 놓아둔 쇼핑백을 손에 들어봤다. 다 비워낸 건지 도시락통은 무게가 가벼웠다. 애정이 다시 한 번 얼굴을 빤히 쳐다보자 태훈은 마지못해 답을 건네었다.

"먹었어."

"감상은요?"

"뭐가?"

"어땠냐고요."

"먹을 만했어."

"그게 다예요?"

"그럼 뭐가 더 있어야 하는데? 먹을 만했다니까."

퉁명스러운 대답에 애정이 작게 웃음을 터트렸다. 마음에 쏙 드는 대답은 아니어도 태훈이 저리 말하는 건 맛있다는 말과 다름없었다.

"다음에 한 번 더 싸줄게요."

"됐어. 새벽에 일어나서 그런 거 만들 시간 있으면 대회 준비나 열심히 해. 대회 참가한다며?"

"오빠 도시락 만들 시간 정도는 있어요. 그리고 제가 좋아서 하는 건데요 뭐."

"아무튼. 꼭 해야겠다면 대회 끝나고 하든가 해."

퉁명스럽게 말했지만 다 애정을 걱정해서 하는 소리였다. 애정은 고개를 끄덕였다.

"그럼 들어갈게요. 운전 조심해서 해요."

안전띠를 풀고 차에서 내리려 반쯤 문을 열었던 애정이 갑작스레 당황한 얼굴로 다시 문을 닫았다. 태훈은 영문을 모르겠다는 얼굴을 했다.

"왜 안 내려?"

애정은 대답 없이 한곳을 주시하고 있었다. 태훈은 자연스럽게 그녀의 시선이 향한 방향으로 고개를 돌렸다. 정장을 입은 한 남자가 이쪽을 주시하고 있었다. 거리도 좀 있는데다 선팅이 되어 있어 안이 잘 보이지 않을 것이다. 그런데도 남자는 이쪽을 뚫어져라 바라보고 있었다. 애정은 어느새 고개를 돌리고 후드 모자까지 뒤집어쓴 채로 태훈의 옷깃을 붙들고 있었다.

"아는 사람이야?"

"네."

"누군데?"

"오빠요."

"뭐?"

"우리 큰오빠예요. 아, 이 시간에 왜 집에 왔지?"

애정이 풀었던 안전띠를 그대로 다시 잡아당겨 매고는 작게 속삭였다.

"출발해요."

"뭐?"

"빨리요."

"왜?"

"오빠를 위해서예요. 얼른."

태훈은 이유를 알 수 없지만 일단 차를 출발시키려 했다. 이쪽을 주시하고 있던 애정의 오빠가 어느새 걸음을 옮기기 시작했고 태훈은 도망치듯 속력을 높여 애정의 집에서 멀어졌다. 사이드미러를 통해 굳어진 듯서 있는 남자의 모습이 눈에 들어왔다.

"야, 근데 왜 도망을 가야 돼? 그냥 내리면 되잖아."

"같이 있는 사람 누구냐면서 인사시켜 달라고 할 걸요?"

"인사야 하면 되는 거고."

"뭐라고 말할 건데요?"

네 동생과 계약서 쓰고 사귀는 남자.

그는 순간적으로 머릿속에 떠오른 답을 입 밖으로 낼 수 없었다. 아는 오빠, 라고 하기에도 좀 이상했다. 태훈은 애정의 오빠라는 사람의 얼굴을 기억하지 못했지만 상대방은 태훈의 얼굴을 기억하고 있을 수도 있었다. 아버지를 따라 모임에 몇 번 참석했으니 말이다. 마땅히 할 말을 찾지 못한 태훈이 입을 다물었다.

"그거 봐요. 그리고 큰오빠는 좀 별나단 말이에요."

"별나다고?"

"제가 남자랑 같이 있는 거 보면 좀 유별나게 굴어요. 나이 차이가 많이 나서 그런지 오빠한테는 제가 항상 애 같은가 봐요."

그리 답한 애정은 작게 한숨을 내쉬었다. 차가 집에서 어느 정도 멀어지자 벨트를 풀어낸 애정은 가방을 고쳐 메며 멀지 않은 곳에 있는 버스 정류장을 가리켰다.

"저기 앞에서 세워주세요."

"왜?"

"오빠 이제 집에 가야죠. 여기서 걸어갈게요."

이곳은 애정의 집에서 거리가 꽤 있었다. 그런데 걸어서 가겠다니. 추운 날씨에 또 손이 빨개지도록 떨고 갈 것을 생각하니 이곳에서 애정을 내려주는 일이 썩 내키지 않았다. 태훈은 차를 세우지 않고 그녀가 가리킨 정류장을 그대로 지나쳤다.

"어?"

"기왕 이렇게 된 거, 차나 마시고 가. 이따 다시 데려다줄 테니까."

애정이 조금 놀란 듯 두 눈을 크게 떴다. 태훈과 조금 더 함께 있을 수 있게 된 상황이 기쁘긴 했지만, 그답지 않아서 조금 의아하기도 했다. 두 사람은 근처의 카페로 향했고 테이블에 앉자마자 그녀는 뜬금없이 태훈의 이마에 손을 올렸다.

"왜 이래?"

"아픈 거 아니죠?"

"뭐?"

"오빠가 너무 상냥해서요."

이제 잘해줘도 뭐라 한다. 태훈은 기가 막힌다는 얼굴을 하고 있었고 애정은 상당히 의심스러운 시선을 그에게 보내고 있었다.

"너 그냥 여기서부터 집까지 걸어갈래?"

그의 말에 애정이 울상을 지었다가 고개를 가로저었다. 그게 조금 귀엽다는 생각이 들어 태훈은 저도 모르게 시선을 피했다. 큼— 하고 목을 한 차례 가다듬은 그는 카운터 위의 커다란 메뉴판을 응시했다.

"뭐 먹을 거야."

"커피요. 아메리카노."

아예 처음부터 정해져 있었다는 듯 조금의 망설임 없이 돌아온 대답에 메뉴를 훑어보던 태훈이 미간을 좁혔다. 그는 평소 카페 같은 곳을 자주 다니지 않았다. 애정과 만나기 시작하면서부터 유독 자주 왔는데 그녀는 올 때마다 커피를 시켰다.

"야. 다른 거 먹어."

다른 마실 것도 많은데, 왜 매번 커피만 마시는지. 그것도 그 쓴 걸 애정은 늘 시럽도 넣지 않고 먹었다.

"싫어요. 아메리카노 먹을래요."

"과일 주스 있잖아. 차도 있고."

"그럼 오빠는 야구 말고, 농구도 있고 축구도 있는데 왜 야구 했어요?"

애정의 질문에 태훈이 멍한 얼굴을 하다 헛웃음을 터트렸다.

"갖다 붙일 걸 갖다 붙여야지. 이게 그 정도의 일이야? 고작 커피 못 마시는 게?"

"주스는 싫고, 차도 싫어요. 커피 마실래요."

커피광이라도 되는 건지 애정은 고집을 꺾지 않았다. 태훈은 결국 네 마음대로 하라며 아메리카노 한 잔과 고구마라떼를 주문했다.

"그 쓴 게 뭐가 좋아? 시럽도 안 넣고."

애정은 개인의 취향이라 답하고는 배시시 웃었다. 그 얼굴을 마주 보며 태훈은 고개를 기울였다. 생각해 보니 자신은 애정에 대해 아는 게 별로 없었다. 카페에 오면 늘 커피를 마신다는 것도 지금 막 깨달았을 정도로 관심이 없던 것이다. 주태훈에 대해 말해보라고 한다면 눈앞의 애정은 아마 줄줄이 그에 대한 정보를 말할 것이 분명한데, 너무 극과 극의 차이였다.

"김애정."

"왜요?"

"네 얘기 좀 해봐."

"무슨 얘기요?"

"그냥, 너에 대한 거. 기본적인 것들."

뜬금없는 말에 애정은 잠시 눈동자를 굴렸다가 태훈에게 자신의 이야기를 하는 것이 뭐 어떠냐 싶어 고개를 끄덕였다.

"이름 김애정, 정원대학교 호텔조리학과 재학 중. 아버지는 식품회사를 운영하시고 어머니는 초등학교 교사를 하시다가 현재는 퇴직 후 전업 주부 생활을 하고 계세요. 음, 위로 오빠가 셋이나 있어요. 3남 1녀 중 제가 막내예요."

"그리고?"

"큰오빠랑 작은오빠는 아빠 회사에서 일하고 있어요. 셋째 오빠는 아직 공부 중이에요. 공무원 시험 준비하고 있거든요. 아, 결혼은 셋째 오빠 빼고는 다 했어요."

가족들에 관해 이야기하는 애정의 얼굴은 즐거워 보였다. 하지만 태훈이 알고 싶은 것은 그런 것들이 아니었다.

"가족 설명은 그쯤 하고. 다른 거 말해봐."

"뭐가 알고 싶은데요?"

"가족 설명 말고 다른 거, 아무거나."

"음, 그럼 뭘 말하지? 아. 저는 영화 보는 거 좋아하고, 노래 부르는 거 좋아해요. 좋아하는 음식은 오빠가 좋아하는 음식들 대부분 좋아할 거예요."

"뭐?"

"오빠 따라서 먹다 보니까 입맛이 그렇게 변했어요."

"야, 너랑 나랑 밥을 얼마나 같이 먹었다고……."

"꽤 오래전부터 오빠가 좋아하는 음식 많이 먹었어요. 저 처음에는 닭발 이런 거 아예 못 먹었거든요. 그런데 오빠가 좋아하니까 직접 요리해 보려고 연습도 했고, 자주 먹어도 보고, 그러다 보니 어느 순간부터 좋아졌어요."

태훈은 잠시 할 말을 잊은 얼굴을 했다. 요즘 들어 자꾸 잊을 때가 있었다. 애정이 스토커에 가까울 정도로 자신에 대해 알고 있다는 것을.

"취미는 요리고, 특기도 요리예요. 계절 중에서는 봄이 가장 좋고 오빠처럼 드라마는 잘 안 보지만 아까 말했듯이 영화는 좋아해요."

거기까지 듣고 보니 태훈은 자신과 애정의 취향이 비슷하다는 생각을 했다. 조금 더 깊게 생각해 보니 처음부터 좋아했던 게 아니라 태훈이 좋아하는 것을 따라 좋아하다 보니 그렇게 된 것이라는 걸 깨달았다. 애정은 태훈의 눈을 가만히 바라봤다. 또 왜 이러나 싶어 태훈이 잠시 흠칫하며 몸을 뒤로 물리려는 순간이었다.

"그리고 가장 좋아하는 사람은 주태훈이고요."

그래, 이럴 줄 알았지.

태훈이 픽 작게 웃음을 흘렸고 애정은 뭐가 그리 좋은지 싱글벙글 웃는 얼굴로 계속해서 그를 마주했다. 이 스토커는 좋아하는 감정을 표현하는 일에 있어서는 진짜 부끄러워할 줄은 모른다.

"이제 그만해."

"왜요? 아직 반도 못 했는데."

"됐어."

태훈이 좋아하는 것들 대부분이 애정이 좋아하는 것들과 겹칠 것이다. 물론 커피 취향만큼은 조금 다른 것 같았지만 말이다.

"너 전화 오는 거 아니야?"

지이잉― 어디선가 진동 소리가 계속해서 울렸다. 태훈의 말에 애정은 뒤늦게 자신의 전화가 울리고 있다는 것을 알아채고는 휴대전화를 꺼내어 들었다.

"어? 해준이다."

태훈의 표정이 순간적으로 구겨졌지만 애정은 그걸 보지 못한 채 전화를 받았다.

"여보세요."

그는 잠시 고민했다. 전화를 뺏을까 말까. 이 상황에서 자신이 애정의 휴대전화를 뺏는 일이 얼마나 웃기는 일인지 인지하고 있었다. 연인이라고는 해도 계약이다. 그러니 눈앞에서 딴 남자 전화를 받든 말든 신경 쓸 거 없었다.

'신경 쓸 거 없는데.'

생각과 달리 온 신경이 애정의 손에 들린 휴대전화에 집중된 기분이었다. 웃는 얼굴로 전화를 받은 애정의 얼굴이 무슨 이유에서인지 조금 굳어지더니만 잠시 태훈의 눈치를 봤다.

"진짜? 어, 그래. 알았어."

가방을 챙겨 든 그녀가 갑자기 자리에서 일어섰다.

"왜?"

"해준이가 많이 아픈가 봐요."

생각지도 못한 답이 돌아왔다. 태훈은 확신했다. 분명 거짓말이다. 아까 학교 앞에서 만났을 때만 해도 멀쩡하던 놈이 갑자기 아프다며 전화를 하다니. 태훈이 심기 불편한 기색을 팍팍 드러내며 삐딱하게 물었다.

"근데?"

"해준이 가족들 다 외국에 살아서 혼자거든요."

"그래서?"

"제가 가봐야 할 거 같아요."

"네가 왜?"

"저 다쳤을 때도 해준이가 병원까지 데려다주고 같이 있어 줬잖아요."

그건 맞는 말이었다. 하지만 해준이 아프다는 말조차 믿을 수 없는 태훈은 여전히 불편한 기색을 드러내고 있었다.

"어디로 가는데?"

"해준이네 집이요."

억지로 끌어 올린 입매가 흉흉한 기세의 정점을 찍었다.

"야, 너 지금 남자 혼자 있는 집에 가겠다고?"

"해준이가 무슨 남자예요?"

"그럼 걔가 남자가 아니면 뭐야?"

"남사친."

태훈이 잠시 할 말을 잊은 얼굴을 했다. 애정은 그 표정이 자신의 말을 이해하지 못해서 나온 표정이라 생각했는지 친절하게 풀이까지 해줬다.

"아, 오빠 줄임말 모르겠구나. 남자사람친구요. 성만 남자인 친구."

"남녀 사이에 친구가 어디 있어?"

얘가 큰일 날 소리 하네. 심각해진 태훈의 얼굴을 확인하지 못한 애정은 그저 작게 웃어 보이고는 자리에서 일어섰다.

"왜 괜히 심술이에요? 차라리 잘됐잖아요. 오빠도 집에 가서 쉬어야 할 텐데. 저 그만 갈게요. 이따 저녁에 전화해요, 오빠."

"뭐? 야, 김애정!"

뭐라 할 새도 없이 애정은 빠르게 카페를 빠져나갔다. 뒤 한 번 돌아보지 않았다.

"하."

헛웃음이 터져 나왔다. 다른 사람도 아니고 김애정이, 주태훈이 가장 좋다던 그 김애정이, 태훈이 부르는 목소리에 대답도 안 하고 돌아서서 멀어졌다. 그는 멍하니 애정이 빠져나간 카페 입구를 바라보다 미간을 좁혔다.

"뭐야, 이 버려진 기분은."

기분 나빠야 할 이유는 하나도 없는 것 같은데, 엄청나게 기분이 나빴다.

태훈은 결국 홀로 집에 돌아왔다. 샤워 후 젖은 머리카락을 수건으로 대충 털어낸 그는 휴대전화를 찾아 애정에게 전화를 걸었다. 이맘때쯤 전화를 거는 일이 이제는 하루의 일과나 마찬가지였다. 신호음이 흘러나오는 것을 들으며 침대에 걸터앉은 그는 곧 미간을 좁히고 말았다.

[연결이 되지 않아 삐 소리 후 소리샘으로 연결됩니다. 연결 후에는 통화료가 부과됩니다. 삐—]

귀에서 휴대전화를 떼어낸 태훈이 얼빠진 얼굴을 했다. 지난번 애정이 계단에서 굴러 병원 치료를 받았던 날을 제외하면 그녀가 태훈의 전화를 받지 않았던 적은 없었다. 대부분 전화를 기다리고 있던 것처럼 빠르게 받고는 했다.

"또 무슨 사고 치고 있는 거 아니야?"

이제 막 팔의 깁스를 풀었는데, 어딘가에서 또 사고를 치고 있는 건 아닌지 걱정되었다.

"부재중 표시 보면 알아서 전화하겠지."

그는 다시 전화를 걸지 않았다. 하지만 그로부터 한 시간이 지나는 동안 무의식중에 휴대전화를 손에서 놓지 않고 있는 자신을 발견했다.

"이건 왜 쥐고 있어."

툭— 휴대전화를 침대 위에 내려두고는 리모컨을 찾아 TV를 켰다. 평소 잘 보지도 않는 드라마가 방영되고 있었지만 태훈은 채널을 돌릴 생각도 하지 않고 화면에 시선을 고정하고 있었다. 드라마가 끝나고 광고가 흘러나왔다. 하지만 그는 여전히 미동이 없었다. 정신이 딴 곳에 가 있으니 화면에 뭐가 나오든 그 내용이 눈에 들어올 리 만무했다. 태훈의 시선이 힐끗— 휴대전화 액정에 닿았다.

"설마 여태 같이 있는 건 아니겠지."

지이잉— 지이잉—

진동이 울리기가 무섭게 태훈이 낚아채듯 휴대전화를 손에 들었다. 그는 액정에 뜬 번호조차 확인하지 않고 곧장 전화를 받았다.

"여보세요."

[놀래라. 전화 엄청 빨리 받는다?]

하지만 전화를 건 상대방은 애정이 아니라 그의 친구인 석영이었다. 태훈은 흡사 모래 씹은 것 같은 얼굴을 했다가 그대로 침대 위에 풀썩 누워버렸다.

"웬일이야?"

[누구 전화 기다렸냐? 실망한 목소리인데.]

"기다리긴, 내가 누구 전화를 기다려?"

[왜 또 발끈하실까. 진짜 수상하게.]

저녁 8시가 넘었다. 시간을 확인한 태훈은 두 눈을 감은 채로 한숨을 내쉬었다.

[집이냐?]

"그럼 집이지."

[잠깐 나와.]

"갑자기 왜?"

[왜는. 얼굴 본 지 좀 됐잖아. 술 한잔할까 했지. 아, 너 염좌 때문에 술은 좀 그런가?]

오늘 족구 시합을 한 자리에 석영은 참여하지 않았다. 일이 있어 지방에 있다고 들었는데 서울로 다시 올라온 모양이었다. 어차피 이대로는 잠이 오지 않을 것 같았다. 차라리 잘됐다고 생각하며 태훈이 겉옷을 챙겨 들었다.

"문자로 너 있는 곳 보내. 지금 갈 테니까."

[오냐. 얼른 와라.]

안방에 계신 아버지에게 잠시 외출하겠다는 말을 전하고는 무거운 대문을 열고 밖으로 나섰다. 그때까지도 태훈의 휴대전화는 잠잠하기만 했다.

집을 나선 태훈은 시내의 한 고깃집에서 석영을 만났다. 태훈은 치료를 받는 중에 술을 많이 마시면 안 될 것 같아 딱 두 잔의 술만 마셨고 석영의 잔에 술을 따라주며 함께 대화를 나눴다.

불판 위에 놓인 고기가 노릇노릇하게 익어가고 있었지만 어쩐지 오늘따라 양이 줄지를 않았다. 태훈은 안주도 없이 술잔만 기울였다. 평소라면 술자리에서 시끌벅적하게 떠들었을 텐데 오늘따라 유독 조용하기만 했다. 그에 의아함을 느낀 석영이 태훈의 얼굴을 살피며 물었다.

"뭔 일 있냐?"

"일은 무슨."

태훈은 그리 답하면서도 테이블 위에 내려놓은 휴대전화를 힐끗 응시했다.

"연락 올 사람 있어?"

"아니."

"근데 왜 그래?"

"뭐가?"

"몰라서 물어?"

"그러니까 대체 내가 뭘 어쨌다고?"

헛웃음을 터트린 석영은 불판을 한 번, 휴대전화를 한 번 턱짓으로 가리켰다.

"불판 내려다보다가 휴대전화 쳐다보고, 고기는 먹을 것도 아니면서 또 불판 내려다보다가 쳐다보고. 휴대전화에 광선 쏘냐?"

"내가 언제?"

"조금 전에도 쳐다봤잖아."

태훈은 잠시 당황한 기색을 얼굴에 드러냈다가 휴대전화를 멀리 치워 버렸다.

"그런 거 아니야. 네가 잘못 봤나 보지."

신경 쓰이는 일이라니. 그런 게 있을 턱이 없었다. 애정의 전화를 기다리느라 휴대전화를 쳐다본 것을 본인 스스로 인지하고 있었지만 태훈은 애써 부정했다. 절대로 김애정이 신경 쓰여 전화를 기다린 것은 아니다.

"또 쳐다보는 거 봐라, 또."

태훈은 저도 모르게 멀리 치워 버린 휴대전화를 다시 응시했고 석영에게 그 장면이 발각되었다. 그는 괜스레 큼— 소리를 내며 목을 가다듬었다.

"지금 몇 시냐?"

"열 시 좀 넘었어."

부재중 기록을 열두 번도 더 확인하고도 남았을 시간이었다. 하지만 여전히 애정에게서는 연락이 없었다.

'진짜 무슨 일이 생긴 건가. 아니, 그전에 왜 이렇게까지 신경 쓰이는 거야?'

뒤늦게 든 의문에 태훈의 표정이 급속도로 굳어졌다. 매일 전화 거는 일을 반복했더니 세뇌라도 당한 기분이었다. 이러다가는 온종일 김애정 생각만 하게 생겼다.

"신경 쓰이는 일 있으면 그냥 다음에 보자고 하지."

"그런 거 아니라니까."

"아니긴."

석영이 코웃음을 쳤다. 잠시 심각한 얼굴을 하고 있던 태훈이 석영의 눈치를 보다 조심스럽게 입을 열었다.

"야. 이거 내가 아는 사람 얘기인데."

"그렇게 말하는 사람치고 본인 얘기 아닌 사람이 없지."

"진짜 내 얘기는 아니라고."

"그래. 네 얘기는 절대 아니라 이거잖아. 믿어줄 테니까 일단 계속해 봐."

단순하기로는 둘째가라면 서운할 주태훈에게 진짜 무슨 고민이라도 생긴 건가 싶어 석영은 흥미로운 얼굴을 했다.

"어떤 여자애가 있어."

"그게 누군데?"

이제 입을 떼어냈을 뿐인데 곧장 질문이 돌아왔다. 석영의 두 눈에 가득 들어찬 호기심을 읽어낸 태훈은 이걸 계속 얘기해야 하나, 말아야 하나, 다시금 고민했다.

"알았어. 계속해 봐. 안 물어볼게."

석영의 말에 그는 결국 계속 이야기하는 쪽으로 결론을 내렸다. 내키지 않지만 이런 일을 상담할 수 있는 사람이 마땅히 떠오르지 않았다.

"어떤 여자애가 있고, 그 여자애가 엄청 좋아하는 남자가 있단 말이야.

진짜 죽고 못 살 정도로 좋아해. 거의 스토킹하는 수준으로."

잘 듣고 있던 석영이 미간을 좁혔다.

"야, 그건 범죄 아니냐? 스토킹은 좀······."

"진짜 스토킹한다는 건 아니고. 좀 귀엽다고 여길 만한 수준이야. 그냥 따라다니는 거."

"그래서?"

"어쩌다 보니까 이 남자가 지금 이 여자를 만나고 있어. 근데 어느 날 다른 남자가 아프다는 연락을 받았는데, 이 여자가 좋아하는 남자가 부르는데도 뒤 한 번 돌아보지 않고 뛰어갔단 말이야."

석영은 고개를 끄덕이며 바짝 익은 삼겹살 한 점을 입에 넣었다.

"근데 그 여자애가 만나러 간 놈이 속에 능구렁이 아흔아홉 마리는 품고 있을 만큼 속이 시커먼 놈이야."

태훈의 목소리에 묘하게 날이 서 있었다. 왜 화를 내는데? 목 끝까지 차오른 그 질문을 꾹 누르며 석영은 다시 삼겹살을 입에 밀어 넣었다. 심각해 보이는 태훈의 표정에 웃음을 참아내느라 어깨가 살짝 떨렸다.

"큼, 그래서? 그놈은 너랑 아는 사이고?"

"두 번 만나긴 했······ 야! 내 얘기 아니라니까. 왜 나랑 아는 사이냐고 물어?"

남은 고기 한 줄을 불판 위에 올리고 술을 한 병 더 시킨 석영이 그를 향해 심드렁하니 물었다.

"그래, 너 아는 그 남자분이랑 그놈은 아는 사이고?"

"잘 아는 건 아니고 두 번 정도 마주쳤어."

"근데 고작 두 번 만난 사이에, 능구렁이 아흔아홉 마리 품고 있는 것까지 알아챘다 이거지?"

"딱 보면 보인다니까."

"그래. 그 남자애 속에 능구렁이 아흔아홉 마리가 들어 있다 치자. 그래서 결론이 뭐야?"

태훈이 잠시 입을 꾹 다물었다. 설마 여기서 얘기를 끝내려는 건가 싶어 고기를 굽고 있던 석영이 집게 질을 멈췄다.

"왜? 그 능구렁이 같은 놈 때문에 둘이 어긋나기라도 했어?"

"그건 아니고."

"그럼?"

"그 여자애가 처음에는 좀 스토커 같기도 했고, 지금도 가끔 귀찮기는 한데. 그래도 걱정이 되잖아. 그래서 전화를 했는데, 매번 기다렸다는 듯이 전화를 받다가 오늘은 전화를 또 안 받아. 그것뿐이야? 부재중 표시가 남았을 텐데 그걸 보고도 연락을 안 해. 그럴 애가 아닌……."

"아아."

태훈의 말을 자르고 석영이 이제야 알겠다는 듯이 고개를 끄덕이며 웃었다.

"그래서 네가 광선 쏘듯 휴대전화를 쳐다봤다 이거지?"

누가 들어도 본인 이야기를 아닌 척 떠들어대는 꼴이 우스웠다. 그 말을 하는 당사자가 주태훈이라는 것이 나름 신선해서 계속 들어주고 있던 석영은 결국 크게 웃음을 터트렸다. 잠시 당황해하던 태훈은 발끈하며 강하게 부정했다.

"야, 내 얘기 아니랬지?"

"그래서 대체 궁금한 게 뭐야? 빙빙 돌리지 말고 제대로 좀 얘기해."

세상사 무서울 게 없고 늘 단순하고 제멋대로 행동하던 주태훈이 여자 문제로 고민하고 있다니. 얼마나 웃은 건지 석영의 눈가에는 눈물까지 맺혀 있었다. 그가 알기로 태훈은 운동 바보였고, 몇 차례 연애를 하긴 했지만 대부분 여자 보기를 돌같이 했다. 그러니 이런 반응이 당연하다 생각되면서도 웃음이 멈추지를 않았다.

"그만 쳐 웃지?"

"콜록, 콜록!"

너무 웃다 사레가 들린 석영이 몇 차례 기침했다. 태훈의 얼굴이 붉으락푸르락해졌다. 금방이라도 자리에서 일어나 가게 문을 박차고 나갈 것 같아 그는 간신히 웃음을 참고 태훈을 붙들었다.

"알았어. 그만 웃을게. 그래서 그 여자애가 신경 쓰인다 이거지?"

"신경 쓰이는 건 아니고."

"아니긴. 너 지금 싫어서 이러는 거잖아."

태훈은 잠시 생각에 잠긴 듯 말이 없다가 곧 미간을 좁혔다.

"조금 귀찮긴 해도 싫은 정도는……."

"아니. 그 여자가 싫다는 게 아니라. 그 여자가 너 놔두고 간 것도, 다른 남자 만나는 것도, 연락이 안 되는 것도. 다 싫고, 신경 쓰이는 거잖아."

태훈이 못 들을 말을 들었다는 얼굴을 했다. 잠시 생각을 정리하는 듯 말없이 술잔을 내려다보던 그가 다시 천천히 표정을 구긴 순간이었다. 휴대전화가 울렸다. 액정에 애정의 번호가 떠 있었다. 기다렸던 전화임에도 그는 선뜻 손을 뻗을 수가 없었다. 마치 시간이 멈추기라도 한 것처럼, 옴짝달싹할 수 없었다.

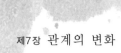

제7장 관계의 변화

애정은 조금 초조한 걸음으로 방 안을 서성이며 휴대전화에 온 신경을 집중했다. 하지만 기다리는 목소리는 들려오지 않았고, 긴 신호음 끝에 소리샘으로 넘어간다는 안내 멘트만이 흘러나왔다. 귓가에서 휴대전화를 떼어낸 그녀는 조금 시무룩한 얼굴로 통화 종료 버튼을 터치했다.

"왜 안 받지?"

계약대로 하루의 일과를 마치고 태훈은 그녀에게 늘 전화를 걸었다. 그 전화를 받지 못하는 일은 거의 없었는데 오늘은 평소보다 조금 이른 시간에 걸려온 전화를 받지 못했다. 그것도 몇 시간이 지나고 나서야 부재중 기록을 확인했다. 한 차례 더 전화해 볼까 생각하며 액정 위를 뚫어져라 내려다보던 애정은 곧 작게 한숨을 내쉬었다. 자신 역시 전화를 걸어 부재중 기록을 남겨뒀으니 태훈에게서 다시 한 번 전화가 올 것이 분명했다. 그때까지 얌전히 기다리기로 한 그녀는 휴대전화를 청바지 뒷주머니에 넣으며 침대에 누워 있는 해준에게로 다가섰다.

"이제 좀 괜찮아? 대체 뭘 먹었기에 체증이 그렇게 심해?"

한 손을 이마에 가져다 댄 채 눈을 감고 있던 해준이 천천히 눈을 떴다. 그는 애정을 보고는 몸을 일으켜 침대 헤드에 기대어 앉았다.

"아까 정훈 선배가 떡 사 와서 그거 좀 먹었는데 얹혔나 봐."

멋쩍은 얼굴로 답한 해준이 가슴을 두어 번 두드렸다. 체증이 약간 있기는 했지만 몸져누울 정도로 심각한 것은 아니었다. 소화제 하나만 먹으면 나을 정도였다. 하지만 해준은 굳이 그 사실을 얘기하지 않았다.

어린 시절부터 알아온 두 사람은 서로에게 가장 가깝다 말할 수 있는 친구 사이였다. 현재 가족들이 모두 해외에 나가 있어 홀로 사는 해준이 아프다는 말을 듣게 된다면 애정은 그냥 지나칠 수 없을 것이 분명했다. 그 사실을 알고 있는 해준은 애정이 오늘 태훈과 만난다는 것을 알면서도 아프다는 것을 핑계로 애정을 집으로 오게 했다. 그리고 아무것도 모르는 척 물었다.

"일정 있는데 괜히 나 때문에 급하게 온 거 아니야?"

애정은 가볍게 어깨를 으쓱였다.

"별걱정을 다해. 태훈 오빠 만나고 있긴 했는데 어차피 오늘은 금방 헤어질 생각이었어. 오빠 피곤해 보이기도 하고."

"아, 같이 있다가 온 거야?"

해준은 다시금 모르는 척 물었고, 애정은 작게 고개를 끄덕였다. 얌전히 기다리려 했지만 받지 못한 전화가 계속 신경 쓰이는 건지 애정은 주머니에 넣어둔 휴대전화를 꺼내어 봤다. 하지만 태훈에게서는 연락이 없었다.

"별말 안 해?"

"무슨 말? 되레 네가 나 불러서 오빠는 좋아할걸?"

"왜?"

"그런 게 있어. 근데 너, 약으로 해결할 게 아니라 병원 가봐야 하는 거 아니야?"

"괜찮아. 약 먹으니까 나아졌어."

"목소리는 전혀 아닌데? 힘이 없어."

"자다 일어났잖아. 진짜 괜찮아. 그나저나 시간 늦었는데 가봐야지."

기지개를 켜며 자리에서 일어선 애정은 깜깜해진 창밖의 풍경을 보고는 시간을 확인했다. 약을 사다 주고 해준이 먹을 죽까지 만들어놓느라 생각보다 오랜 시간을 그의 집에 머물렀다.

"그러게. 슬슬 가야겠다. 근데 너 혼자 있어도 괜찮겠어?"

"안 괜찮다고 하면 있어 줄 것도 아니면서 뭘 물어?"

해준의 말에 애정은 소리 내어 웃으며 벗어둔 코트를 챙겨 입었다.

"우리 집 알잖아. 네가 아무리 나의 하나뿐인 남사친이라고 해도 외박은 절대 안 돼."

낮에도 추웠지만 지금은 밤이라 기온이 뚝 떨어졌을 것이다. 애정은 가방 안에 넣어둔 목도리를 꺼내어 목에 두르고는 가방을 챙겨 들었다.

"배웅할 거 없어."

나오지 말라는 말에도 불구하고 해준은 끝내 현관까지 그녀를 따라나섰다.

"죽 만들어서 냉장고에 넣어놨으니까 전자레인지에 데워서 먹어."

"데려다줄게."

"됐어. 그 몸으로 운전은 무슨."

"약 먹어서 괜찮다니까."

"그래도 내 마음이 불편해서 안 돼. 버스 타고 갈게."

구겨진 운동화 뒤축을 제대로 고쳐 신은 애정이 그만 가보겠다며 손을 두어 번 흔들었다. 그대로 현관문을 반쯤 열었지만 무슨 이유에서인지 애정은 집을 나서지 않고 잠시 행동을 멈췄다. 열린 문틈으로 시린 바람이 들어왔다. 다시 문을 닫고 돌아선 애정이 해준을 바라봤다.

"왜?"

"해준아. 너 혹시 야구용품 좀 볼 줄 알아?"

"야구용품?"

"응. 선물하고 싶은 게 있는데 내가 그런 건 뭐가 좋은 건지 잘 몰라서. 너 대학 들어와서 야구 동아리 1년 정도 했었잖아. 그래도 나보다는 네가 보는 게 좋을 거 같은데."

누구에게 줄 선물인지 빤했다. 태훈에게 줄 선물이라는 것을 알아챘지만 해준은 티 내지 않으며 고개를 끄덕였다.

"그럼 내일 같이 가. 내가 너희 집 앞으로 갈게."

"알았어. 그럼 나 진짜 갈게. 푹 쉬어."

오피스텔을 빠져나온 애정은 버스 정류장으로 걸음을 옮기며 휴대전화로 무언가를 확인했다. 무심한 얼굴로 툭툭 액정 위를 두드리고 있는데 도중에 전화가 울렸다. 태훈이었다. 애정의 얼굴에 금세 화색이 돌았다.

"오빠."

[어디야?]

버스 정류장은 이제 코앞이었다. 애정은 천천히 속도를 늦춰 걸으며 목도리를 아래로 끌어내렸다. 날씨가 유독 추워 조금 전까지만 해도 목도리에 얼굴을 푹 파묻고 걸었지만, 혹여 자신의 목소리가 태훈에게 잘 들리지 않을까 싶어 한 행동이었다.

"저 이제 집에 가요."

[지금?]

"네."

[그럼 그 녀석 옆에 같이 있겠네?]

"해준이요? 개는 집에 있죠. 혼자 버스 타러 가고 있어요."

속도를 늦춰봤지만 애정은 금세 버스 정류장에 도착했다. 늦은 시간이라 그런지 정류장에는 사람이 없었다. 홀로 벤치에 앉은 그녀는 목도리를 아예 풀어서 옆에 내려두고는 태훈이 무언가 말하기를 기다렸다. 하지만 이어지는 것은 긴 침묵이었다. 애정은 곧 의아한 얼굴을 했다.

"오빠?"

[그 자식은 뭘 하느라 이 늦은 시간에 여자애를 혼자 보내? 그것도 지 아프다고 간호한 애를.]

"아픈데 데려다주는 게 더 이상하죠. 푹 쉬어야지."

[그래서 너 지금 어딘데?]

"버스 정류장이요."

[그러니까 어디? 버스 정류장이 한두 개야?]

애정은 주변을 둘러봤다. 도로 건너편에 익숙한 건물 하나가 보였다.

"여기 거기예요. 지난번에 오빠랑 갔던 오락실. 그 건물 도로 건너편에 있어요."

[근처네.]

"오빠 밖이에요?"

[어. 끊어.]

"에?"

띠링— 통화 종료음이 울렸다. 애정은 황망한 얼굴로 액정을 내려다봤다. 이런 식으로 전화를 끊은 적은 없었는데. 설마 오늘 통화는 이걸로 끝인 건가? 평소보다 짧은 통화에 시무룩해진 애정이 입을 삐죽 내밀었다. 오늘따라 버스도 유독 안 온다. 추위에 질린 두 뺨은 이제 감각이 없는 것처럼 느껴졌다.

"춥다."

애꿎은 땅을 운동화 끝으로 툭툭 차고 있는데 누군가의 그림자가 위로 드리워졌다. 조금 전보다 어두워진 시야에 애정이 뒤늦게 고개를 들었다.

"이건 장식이냐?"

벗어둔 목도리를 손에 든 태훈이 그것을 애정의 목에 둘러주었다. 애정은 입을 반쯤 벌린 채 신기한 걸 쳐다보듯 태훈을 올려다봤다. 오늘은 원래 태훈을 만나는 날이 아니었다. 그런데 하루에 두 번이나 얼굴을 보게 됐다. 그게 좋아 배시시 웃어 보이자 그는 손을 들어 애정의 이마를 쥐어박았다.

"뭐가 좋아서 또 쪼개?"

그는 곧 애정의 옆에 자리를 잡고 앉았다. 시간을 한 차례 확인하고 애정을 바라봤다. 뭐가 그리 좋은 건지 애정은 여전히 입가에 미소를 가득 달고 있었다.

"오빠 아까 전화 안 받아서 바쁜 줄 알았는데, 누구 만나고 있던 거예요?"

태훈은 대충 고개를 끄덕였다. 바쁜 일이 있었던 것도 아니고, 전화가 오는 걸 몰랐던 것도 아니다. 눈앞에서 빤히 전화가 울리는 걸 보고서도 태훈은 결국 애정의 전화를 받지 못했다. 석영의 말 때문에 괜스레 마음이 심란해진 탓이었다.

태훈은 잠잠해진 전화를 가만히 내려다보다 픽 웃고 말았다. '그럴 리가 있냐.' 라는 결론이 내려졌다. 태훈도 여동생이 있었기에 한참이나 어린 애정이 조금 신경 쓰인 것뿐이다. 자주 얼굴을 보다 보니 정이 생겨서 그렇겠지. 사람을 가식적으로 대하는 것 같은 해준의 속을 몰라 아마 더 신경이 쓰였을 것이 분명했다. 그렇게 생각이 정리되자 마음은 편해졌다.

"근데 오빠, 어떻게 이렇게 금방 왔어요?"

"이 근처에 있었어."

애정은 주변을 두리번거렸다. 하지만 태훈의 차는 보이지 않았다.

"차는요?"

"술 마셔서 두고 왔어."

"오빠 술 마셨어요? 마시지 말라니까."

"두 잔 마셨어. 딱 두 잔."

"그래도 발 완전히 나을 때까지는 마시지 마요."

"잔소리는. 알았어. 몇 번 버스 타야 돼?"

"1003번이요."

답을 건넨 뒤에야 애정은 고개를 들어 버스 도착 예정시간이 뜨고 있는 화면을 올려다봤다. 그렇게 오지 않던 버스가 지금은 5분 뒤 도착할 예정이었다. 그녀의 얼굴에 아쉽다는 기색이 드러났다. 버스가 오면 태훈이 그대로 가버릴 것이라는 생각이 들었기 때문이었다.

별로 대화를 나눈 것 같지도 않은데 얼마 지나지 않아 버스가 도착했다. 애정은 우울한 얼굴로 버스를 바라보며 뭉그적거렸다. 그러다 아예 행동을 멈춰 버렸다. 어째 일어설 기미가 없어 보여 태훈이 의아한 얼굴로 물었다.

"뭐 해? 버스 왔잖아."

"다음 거 탈래요."

"왜?"

"갑자기 다리가 너무 아파서 못 일어나겠어요."

"이게 또 말 같지도 않은 핑계를."

이런 애정의 패턴에도 이제 익숙해진 그였다. 날이 추우니 얼른 타라고 재촉을 하려 했지만 버스는 그새를 참지 못하고 떠나 버렸다. 그리고 그와 동시에 아프다며 울상을 지었던 애정이 멀쩡한 얼굴로 태훈을 바라봤다.

"오빠 춥죠? 커피 사 올까요?"

"그냥 있어."

자리에서 반쯤 일어서려던 애정이 다시 벤치에 엉덩이를 붙이고 앉았다. 이럴 때 보면 참 말을 잘 듣는데 가끔 왜 그렇게 고집을 부리는 건지 모르겠다.

시간이 지날수록 날은 점점 더 추워지는 것 같았다. 다음 버스는 언제 도착하는지 확인하려던 태훈이 추위에 붉어진 애정의 손을 보고는 미간을 좁혔다.

"너, 장갑 없냐? 지난번에 내가 준 건 어쨌어?"

"그건 너무 커서 못 끼죠. 집에 뒀어요. 선물 받은 장갑 몇 개 있는데 불편해서 잘 안 껴요."

"왜? 귀찮으니까 아예 밥도 먹지 말지."

태훈이 불퉁하게 중얼거리고는 자리에서 일어섰다. 근처 편의점으로 가서 따뜻한 캔 커피 두 개를 사 온 그는 하나를 애정에게 건네었다. 손안에 온기가 퍼져 나갔다. 애정은 그것을 손으로 잠시 매만지다 뺨에 가져다 댔다.

"내일 뭐 해?"

"내일요?"

"그래, 내일."

내일은 태훈과 만나는 날이 아니었다. 해준과 약속이 있었다. 태훈에게 줄 선물을 사기 위해 가는 것인데 그걸 그에게 사실대로 말할 수는 없었다.

눈동자를 굴리는 애정의 모습에 태훈은 의아한 얼굴을 했다. 매번 지나치게 솔직하다는 생각이 들 정도로 즉각 대답하던 애정이 지금은 무슨 이유에서인지 대답을 망설이는 기색을 보인 것을 눈치챘기 때문이었다.

"좀 바빠요."

김애정답지 않게 두루뭉술한 대답이었다. 진짜 이상했다.

"너 내 스토킹 안 하면 세상에서 제일 한가하잖아."

"스토킹한 거 아니라니까요."

"아니긴."

입을 삐죽 내밀어 보인 애정은 잠시 생각에 잠겼다. 그녀는 금세 적당한 핑계를 떠올렸다.

"대회 준비하는 거 실습 때문에 같이 참가하는 후배랑 재료도 사고 연습하기로 했어요. 재료 사는 데 여러 군데 돌아볼 예정이라 시간이 오래 걸릴 것 같아요."

애정이 대회 준비를 하고 있다는 것을 알고 있던 태훈은 그러냐며 고개를 끄덕였다. 때마침 다시 1003번 버스가 도착했다. 이번에도 말도 안 되는 핑계를 대고 고집을 부리면 태훈이 소리를 버럭 지를 것이다. 애정은 아쉽다는 얼굴로 자리에서 일어섰다.

"오빠, 조심해서 가요."

"제발 너나 얌전히 좀 가."

작은 손을 두어 번 흔들어 보인 애정은 그대로 버스에 올라탔고, 버스가 출발하자 태훈은 걸음을 돌렸다. 하지만 무슨 이유에서인지 그는 열 걸음을 채 걷지 못하고 잠시 멈춰 서서 뒤를 돌아봤다. 당연하게도 애정이 탄 버스는 이미 시야에서 모습을 감춘 뒤였다.

"뭐 한 거야."

태훈은 뒤늦게 자신의 행동을 이해할 수 없어 심각한 얼굴로 중얼거렸다. 애정과 통화를 하는 그 짧은 시간 동안 뭐에 홀리기라도 한 걸까.

그는 애정이 근처에 있다는 것을 알게 되자마자 서둘러 석영과 헤어져 이곳으로 향했다. 술을 마셔 차를 운전할 수 없는 상황에다 뛸 수도 없어 평소보다 시간이 오래 걸릴 것이 분명했지만 그의 행동에는 망설임이 없었다. 기다리라는 말도 하지 않았기에 그새 애정이 가버릴 수도 있었는데 어쩐지 애정은 그대로 이 자리에 있을 것만 같았다. 그리고 정말 태훈을 기다린 것처럼 이곳에 애정이 있었다. 그 모든 상황을 다시 한 번 떠올린 태훈이 픽 웃고 말았다.

뭐, 아무렴 어떠냐. 체력단련 한 셈 치면 되는 것을.

태훈은 대리업체 번호를 찾으며 차를 세워둔 상가 주차장으로 유유히 걸음을 옮겼다.

태훈은 오랜만에 헬스장을 찾았다. 염좌 때문에 푹 쉬라고 했지만 그것도 하루 이틀이지. 몸을 움직이지 않으려니 죽을 맛이었다. 무리만 하지 않으면 될 것 같아 상체 위주의 운동을 조금씩만 이어나갔다. 그렇게 가벼운 운동을 끝내고 휴식을 취하던 태훈은 갑자기 주변을 두리번거렸다.

우리 스토커가 진짜 바쁜가 보다. 계약을 한 뒤로 애정이 헬스장에 발길을 거의 끊긴 했지만 그래도 끝날 시간에 맞춰 태훈을 찾거나 예상치 못한 곳에서 신출귀몰하게 나타나고는 했는데, 최근에는 그녀의 얼굴을 잘 볼 수 없었다. 좀 더 깊게 생각해 보니 계약을 하고 난 뒤로는 약속한 날짜에만 얼굴을 보거나, 태훈이 먼저 연락을 하게 된 경우를 제외하고는 예전처럼 그가 있는 곳에 불쑥 모습을 드러내는 일이 거의 없었다. 손에 꼽을 수 있을 정도로 정말 적은 횟수였다.

"아, 이건 이거대로 되게 신경 쓰이네."

예전에는 애정이 모습을 드러내는 일이 두려웠는데, 지금은 눈에 보이질 않으니 허전했다. 이런 변화를 달가워해야 할지 말아야 할지 모를 일이었다.

남은 스포츠음료를 단번에 마셔 버리고 자리에서 일어선 태훈은 돌아갈 준비를 했다. 샤워를 마치고 옷을 갈아입으며 오후에 뭘 해야 하나 고민했다. 애정을 만난 뒤로 여기저기 돌아다녔더니만 이제는 홀로 시간을 보내면 어쩐지 하루가 유독 느리게 흘러가는 느낌이 들었다. 예전 같으면 이런 고민을 할 필요도 없이 집에서 시간을 보내거나 민건을 불러냈을 것이다. 하지만 민건은 지금 스프링캠프 참가로 인해 한국에 없었다.

혼자 뭔가 할 게 없나 고민하다 문득 어젯밤 보았던 애정의 손이 떠올랐다. 여기저기 아주 신출귀몰하게 돌아다니면서 추운 겨울에 장갑 하나 끼지 않고 다닌다.

"아, 진짜 조그만 게 되게 신경 쓰이게 하네."

불편해서 잘 안 낀다고 했지만, 태훈이 선물한 거라면 아마 억지로라도 끼고 다닐 것이다. 김애정이라면 그러고도 남았다.

태훈은 셔츠를 마저 갈아입고는 짐을 챙겨 헬스장을 벗어났다. 차에 올라탄 그의 목적지는 가까운 곳에 있는 백화점이었다. 애정의 취향에 대해 전혀 알지 못하지만, 직원에게 물어보면 대충 그 연령대의 여자애들이 좋아하는 디자인을 골라줄 것이다.

좌회전 신호를 받아 조금만 더 가면 이제 백화점이었다. 신호가 떨어지기를 기다리며 어느 브랜드의 매장을 가야 하나 고민하고 있던 태훈이 뭔가에 홀린 듯 창밖을 바라보며 시선을 움직였다.

그사이, 좌회전 신호가 떨어졌다. 뒤에서 빠앙— 클락션을 울리는 소리에 뒤늦게 정신을 차린 그는 일단 차를 출발시켜 갓길에 다시 세웠다. 그리고 뒤를 돌아봤다.

그는 표정 없는 얼굴로 한 곳을 바라보다 미간을 좁혔다. 시선 끝에는 20대 초중반으로 보이는 어린 여자의 뒷모습이 있었다. 애정이었다.

"대회 준비하는 거 실습 때문에 같이 참가하는 후배랑 재료도 사고 연습하기로 했어요. 재료 사는 데 여러 군데 돌아볼 예정이라 시간이 오래 걸릴 것 같아요."

애정이 했던 말이 그 순간 머릿속에 떠올랐다. 답을 망설이던 것이 평소와 좀 다르다고는 생각했지만 자신에게 그런 걸 속여서 뭐 하나 싶었다. 그런데 아무래도 애정은 그에게 정말 거짓말을 한 모양이었다.

애정의 손에는 재료를 담은 것 같은 봉투는 하나도 보이지 않았다. 더 확실한 증거는 그녀와 같이 있는 일행은 후배도 아니오, 여자도 아니오, 그렇다고 태훈이 모르는 얼굴도 아니었다. 해준이었다.

다시 정면으로 시선을 돌린 태훈은 백화점 건물 내의 주차장이 아닌 외부의 사설 주차장에 차를 세웠다. 백화점에 주차하고 다시 나오기에는 시간이 오래 걸릴 것을 고려한 선택이었다.

주차권을 보조석 쪽에 아무렇게나 던져 버리고 차에서 내린 그는 조금 전 애정을 보았던 곳으로 걸음을 옮겼다. 손에 들고 있던 모자를 푹 눌러 쓰고 도로 건너편을 살폈다. 애정과 해준은 아직 그곳에 있었다.

때마침 신호가 적색에서 녹색으로 바뀌었다. 하지만 태훈은 횡단보도를 건너지 않은 채 생각에 잠긴 얼굴로 두 사람의 모습을 바라봤다. 아무리 생각해도 애정이 자신에게 거짓말을 해야 할 이유가 전혀 없었다. 그것도 해준과 함께 있는 것을 왜 숨긴단 말인가.

'거짓말한 게 아닐 수도 있지.'

재료를 함께 사러 가기로 했던 후배가 약속을 지키지 못했거나, 일정이 변경됐을 수도 있었다. 그리 생각한 태훈은 휴대전화를 꺼내어 들었다. 번호를 찾을 필요도 없이 통화 목록 대부분이 애정의 이름으로 가득 차 있었다. 신호음이 울리는 동안 그의 시선은 계속해서 애정에게 머물러 있었다. 해준이 무언가를 얘기하다 홀로 근처의 편의점으로 들어섰고 전화가 오는 것을 알아챈 애정이 휴대전화를 꺼내어 들었다.

신호음은 계속해서 울리고 있었다. 전화를 받을 생각은 하지 않고 가만히 휴대전화를 내려다보고 있는 애정의 행동에 태훈이 미간을 좁힌 순간이었다.

[연결이 되지 않아 소리샘으로 연결됩니다. 연결된 후에는 통화료가 부과됩니다. 삐—]

태훈은 휴대전화를 든 손을 천천히 아래로 내렸다. 못 받은 게 아니다. 안 받은 거였다. 애정은 분명 전화를 돌렸다.

지금 애정의 행동으로 인해 확실해진 것이 있었다. 일정이 변경됐다거나, 후배가 약속을 지키지 못했다거나 하는 그런 이유로 지금 해준과 같이 있는 것이 아니었다. 애정은 거짓말을 한 것이다.

대체 왜? 애정과 해준은 친구 사이였고 해준을 만나는 거라면 그냥 만나면 될 일이었다. 태훈에게 거짓말을 하고, 전화를 피하면서까지 해준을 만나야 할 이유가 무엇인지에 대해 생각하던 태훈은 곧 좋지 않은 결론을 떠올렸다.

설마 이 맹랑한 스토커가 말도 안 되는 계약으로 자신을 묶어두고 양다리라도 걸친 건가? 아니면 이해준과 사이에서 저울질이라도 하는 것인가?

그거 외에는 딱히 떠오르는 이유가 없었다. 거기까지 생각이 미치자 태훈의 기세는 흉흉해졌다. 신호가 다시 한 번 적색에서 녹색으로 바뀌었다. 이번엔 망설이지 않고 도로 건너편으로 빠르게 걸음을 옮긴 태훈이 순식간에 애정의 뒤에 섰다. 등 뒤에 그가 서 있는 것도 모르고 애정은 휴대전화를 만지고 있었다.

"야."

뒤에서 퉁명스럽게 부르는 목소리를 알아듣지 못한 애정은 꿈쩍도 하지 않았다. 설마 태훈이 여기 있으리라고는 상상도 못 한 것이 분명했다.

"김애정."

이름을 부르고 나서야 뒤를 돌아본 애정은 놀란 토끼 눈이 되어 태훈을 바라봤다. 얼마나 놀란 건지 반쯤 벌어진 입을 다물지 못하고 그대로 굳어버린 사람처럼 서 있었다.

"오빠, 여기 어떻게……."

"그건 내가 묻고 싶은데. 후배랑 재료 사러 간다며?"

애정이 커다란 눈동자를 굴리다가 어색하게 웃어 보였다.

"아, 그게……."

역시 거짓말이었나 보다. 태훈은 애정의 어깨너머를 바라봤다. 캔 커피 두 개를 손에 들고 편의점을 막 빠져나오는 해준의 모습이 눈에 들어왔다.

"이해준이 언제부터 네 후배가 됐냐?"

해준 역시 태훈을 발견한 건지 잠시 걸음을 멈추고는 불편한 기색을 얼굴에 고스란히 드러냈다. 태훈은 두 사람의 얼굴을 번갈아 응시하고는 애정의 손에 들린 휴대전화를 다시 내려다봤다. 전화는 분명 일부러 받지 않았다. 그걸 떠올리니 마치 둘 사이에 끼인 방해자가 된 것 같은 기분이었다.

"어처구니없는 계약서 내밀면서 매일 전화하라더니 이럴 거면 안 해도 되겠다. 나도 한가한 사람 아니니까······."

"안 돼요!"

태훈이 순간적으로 깜짝 놀랄 만큼 애정이 크게 소리쳤다.

"그런 게 어디 있어요? 매일 전화하기로 했잖아요."

"야, 내가 안 했어? 네가 안 받았잖아."

이게 어디서 되레 큰 소리인가. 눈앞에서 전화를 무시했으면서도 애정은 억울하다는 얼굴을 했다.

"내 전화는 두 통, 세 통씩 안 받을 때도 있으면서. 그거 좀 안 받았다고 바로 뭐라고 하는 건 불공평하잖아요."

"뭐? 그럼 내가 전화 두 통, 세 통씩 안 받아서 너도 조금 전에 내 전화 무시한 거란 말이야? 내가 일부러 안 받은 것도 아니고 대부분 운동하다가 못 받은 거잖아."

"알아요. 아니까 뭐라고 안 했죠."

어깨를 한 차례 크게 들썩인 애정이 조금 전의 기세와는 다르게 기어들어가는 목소리로 변명 아닌 변명을 늘어놓았다.

"후배랑 재료 사러 간다고 거짓말한 건, 그럴 수밖에 없는 사정이 좀 있었어요."

어째서인지 태훈의 눈치를 보는 것 같던 애정은 왼쪽 손목에 걸어둔 쇼핑백을 뒤로 감추었다. 그는 곧 의심스러운 눈길을 보냈다.

"뭔데 감춰?"

애정이 뜨끔한 얼굴로 태훈의 곁에서 한걸음 물러섰다. 뭔가를 감추고 있는 것이 분명했다. 그는 쇼핑백 안에 든 물건의 정체를 파악하기 위해 애정의 한쪽 손목을 잡으려 했지만, 어느새 두 사람의 곁으로 다가선 해준이 그 행동을 막아섰다. 태훈은 곱지 않은 시선으로 그를 바라봤다.

"넌 아프다더니 멀쩡하다?"

"그거 어제 일인데요."

"하루 사이에 나을 정도면 뭐 하러 애를 불렀어? 그것도 늦은 시간에 혼자 돌려보낼 거면 택시라도 태워 보내든가."

"저 아직 학생이라 그 먼 거리를 택시 태워 보내긴 부담돼서요. 택시 부른다고 해서 애정이가 그거 타고 갈 애도 아니고요."

"너 입고 있는 옷 브랜드나 가리고 말해라. 아니면 손목에 찬 시계를 빼든가."

해준은 자신이 입고 있는 옷을 한 차례 내려다봤다. 애정만큼이나 해준의 집 역시 부유한 편이었고 시계와 옷은 모두 고가 브랜드의 상품이었다. 택시비가 부담되어 홀로 돌려보냈다는 말은 거짓이라는 것을 태훈은 금세 알아챘다. 하지만 해준은 태훈의 그런 말을 별로 신경 쓰지 않는 건지 어깨를 한 차례 가볍게 으쓱이고는 사 온 캔 커피 중 하나를 애정에게 건네어 주었다.

"자."

그리고 남은 캔 커피 하나를 태훈에게 내밀었다.

"드세요."

"됐어."

그럴 줄 알았다는 듯이 짧게 웃어 보인 해준은 캔 커피의 마개를 따서 자신의 입으로 가져갔다. 세 사람 사이에 잠시 기묘한 공기가 흘렀다. 애정은 그 기묘한 공기 속에서 두 남자의 눈치를 살폈다.

실제로는 세 번째 만남이었지만 애정이 알기로 두 사람은 오늘 두 번째 만나는 것이었다. 처음 보는 사람들에게도 상냥하고 친절한 해준이 이상하게 태훈에게는 웃는 얼굴로 가시를 세운다는 것을 애정은 알아챌 수 있었다. 거기다 태훈 역시 해준을 마음에 들어 하지 않았다. 사이가 나쁠 이유가 없음에도 서로 날을 세우는 모습에 애정은 곤란한 얼굴을 했다.

"누가 보면 내가 오빠 놔두고 바람피우다 삼자대면이라도 한 줄 알겠어요. 거짓말해서 화났어요?"

태훈의 기세가 누그러지지 않자 애정은 작게 한숨을 내쉬며 뒤로 감춘 쇼핑백을 힐끗 내려다봤다. 할 수 없다. 서프라이즈 선물로 주려고 했지만 사실대로 말하고 지금 이걸 주는 것이 좋을 것 같았다. 애정은 손에 든 쇼핑백을 불쑥 태훈의 앞으로 내밀었다.

"자요."

"이게 뭔데?"

"열어봐요."

얼결에 쇼핑백을 건네어 받은 태훈은 그 안의 내용물을 확인했다. 쇼핑백 안에 담긴 것은 글러브였다.

"선물해 주고 싶었는데 제가 야구용품은 뭐가 좋은 건지 잘 몰라서 해준이한테 도와달라고 했어요. 잠깐이긴 해도 해준이 예전에 야구 했었거든요."

글러브를 꺼내어 본 태훈이 의외라는 듯 눈짓으로 해준을 가리키며 물었다.

"쟤가 골라줬다고?"

"네. 두 시간이나 돌아다녔어요."

"……."

"마음에 안 들어요?"

태훈의 표정이 좋지 않은 것을 알아챈 애정이 걱정스러운 얼굴로 물었다. 선물이야 고마웠지만 그걸 골라준 사람이 해준이라는 것이 마음에 걸렸다. 애정은 모르고 한 부탁이었겠지만 해준으로서는 유쾌하지 못한 일이 아닌가.

"다음부터는 이런 거 사지 마. 길들이려면 시간도 오래 걸리고 쓰던 거 아니면 잘 안 써."

금세 또 시무룩해지는 애정의 얼굴에 그는 작게 한숨을 내쉬었다.

"잘 보관할게."

애정은 그의 말 한마디에 일희일비하는 모양이었다. 금세 화색이 도는 얼굴로 태훈의 팔에 매달리며 배시시 웃어 보였다.

"근데 오빠, 여기 진짜 어쩐 일이에요? 어디 가는 길이었어요?"

태훈은 그제야 이곳에 온 원래의 목적을 기억해 냈다. 애정에게 줄 장갑을 사러 가는 길이었다. 하지만 그걸 사실대로 말할 수는 없었다.

"잠깐 볼일 있어서 왔어."

"그 볼일은 다 봤어요?"

"어."

"그럼 별다른 일 없으면 같이 밥 먹고 가요."

네? 하고 재차 묻는 애정의 목소리와 동시에 구두 굽이 바닥에 닿는 소리가 들려왔다. 싫다고 답하려던 그는 잠시 입을 꾹 다물고는 바닥을 내려다봤다. 쓰지도 못할 이 선물을 사기 위해 애정은 두 시간이나 돌아다녔다고 했다. 근데 하필 신발을 구두를 신었다. 발이 아프지도 않은가. 그게 마음에 들지 않아 잠시 미간을 좁힌 태훈은 챙을 잡아 모자를 꾹 눌러쓰고는 퉁명스럽게 답했다.

"가까운 데로 가."

너 발 아프니까— 라는 말은 곧 죽어도 못하는 태훈이었다.

애정에 대한 오해가 풀렸지만, 태훈의 심기는 여전히 불편했다. 해준 역시 마찬가지였다. 밥을 먹자는 말에 태훈은 당연히 애정과 둘이 먹자는 소리인 줄 알았다. 하지만 해준도 함께였고 두 사람 모두 편치 않은 얼굴을 하고 있었다.

"아, 공기 완전 불편해. 둘이 이제 딱 두 번 얼굴 봤으면서 왜 이렇게 서로 싫어해요?"

애정은 정말 이해할 수 없다는 얼굴로 두 사람의 모습을 번갈아 바라봤다. 특히 태훈의 기세가 심상치 않았다.

"아직 화났어요?"

"아니. 내가 왜?"

그는 조금 짜증이 난 얼굴로 목을 잠그고 있는 셔츠 단추 하나를 툭— 풀어냈다. 잠시 해준을 노려보던 태훈은 불편한 기색을 숨기지 않은 얼굴로 맞은편에 앉은 해준을 턱짓으로 가리켰다.

"저 녀석은 왜 데려왔어?"

"아까 얘기했잖아요. 해준이가 선물 사는 거 도와줬다고요. 그것 때문에 제가 오늘 밥 사기로 했으니까 같이 먹어요."

그녀는 태훈이 해준을 마음에 들어 하지 않는다는 것을 알고 있었다. 이유는 알 수 없지만 첫 만남부터 그를 마음에 들어 하지 않았다는 사실을 금세 알아챘다. 하지만 해준은 자신의 가장 친한 친구였기에 그녀는 두 사람이 잘 지내길 바랐다.

"나는 둘이 친하게 지냈으면 좋겠는데."

애정의 말에 두 남자는 모두 침묵을 유지했다. 절대 잘 지낼 생각이 없는 모양이었다. 싸운 일도 없고 서로 실수한 부분도 없는 것 같은데 대체 왜 이러는 걸까? 이유를 알 수 없어 작게 한숨을 내쉰 애정이 자리에서 일어섰다.

"화장실 좀 갔다 올게요. 둘이 얘기 좀 하고 있어요."

애정의 뒷모습을 응시하던 태훈은 좀 더 편한 자세로 의자에 몸을 기대고는 눈앞의 해준을 향해 시선을 돌렸다.

"넌 속도 없냐? 그걸 골라달라고 같이 골라주고 있게."

"애정이 부탁이니까요. 제가 골라준 거 쓰기 싫을 텐데, 버리든가 해요."

짜증이 한껏 묻어난 대답을 건넨 해준은 잠시 태훈의 얼굴을 가만히 응시했다. 유명 프로야구선수이자 김애정이 좋아하는 눈앞의 남자에 대해 해준은 귀에 딱지가 앉도록 이야기를 들어왔다. 애정이 좋아한다고 입버릇처럼 늘 말했지만, 당연히 허황된 얘기인 줄로만 알았다. 연예인 좋아하듯이, 그냥 그런 감정인 줄로만 알았다.

"아니야. 나 진짜 태훈 오빠 좋아해."

나중에서야 그 감정이 진심이라는 걸 알았을 때도 크게 걱정은 하지 않았다. 당연히 주태훈이 상대를 해주지 않을 거라 생각했기 때문이었다. 하지만 아니었다. 두 사람은 말도 안 되는 계약이라는 것을 했고, 정해진 기간이 있다고는 해도 현재 연인 사이였다. 그리고 애정을 통해 듣게 되는 이야기 속에서 그는 태훈의 행동이 조금씩 달라지고 있다는 것을 알아챘다.

"뭘 그렇게 쳐다봐?"

"싫어서요."

"뭐?"

"그쪽 같으면."

"그쪽?"

태훈의 표정이 확 구겨졌다. 하지만 해준은 말을 번복하거나 사과하지 않았다.

"몇 년이나 좋아했는데, 군대 다녀오고 정신 차리고 보니 엄한 놈이 채가는 상황이 됐어요. 그것도 계약 연애라니. 안 그래도 속에서 열불이 나는데 거기다 그 남자한테 줄 선물을 나보고 골라달라니 눈이 안 돌겠어요?"

비난 아닌 비난에도 태훈은 조금도 위축되지 않은 모습으로 해준의 말을 받아쳤다.

"누가 보면 되게 절절한 사랑이라도 하는 줄 알겠네. 너, 사람 진심으로 대하지 않는 거 내 눈에는 보이거든. 근데 그런 네가 김애정을 좋아한다는 그 말을 어떻게 믿어?"

태훈의 그 말을 해준은 부정하지 않았다.

"제대로 봤어요. 적당히 친절하게 굴고, 적당히 배려하면 상대방도 나한테 친절하니까 편하잖아요. 친한 것같이 굴어도 깊게는 엮이지 않을 만큼의 거리를 두고, 필요한 만큼의 친분만 유지하고, 난 그런 인간관계가 대부분이에요."

그러니까 안 된다는 말을 하려던 찰나였다.

"그래도 김애정한테는 진심인데요."

그는 웃음기 싹 거둬낸 진지한 얼굴로 말했다.

"진심이라고요."

그리고 그 말이 거짓이 아니라는 것을 태훈은 알아챘다. 두 사람 사이에 잠시의 침묵이 흘렀다. 해준은 애정이 사라진 방향을 한 차례 확인하고는 다시금 대화를 이어나갔다.

"입장 바꿔놓고 생각해 봐요. 지금 상황 보니 군대 가기 전에 내가 고백했어도 받아주지 않았을 거라고는 생각하지만, 그래도 혹시나 하는 마음에 혼자 기다리게 하는 거 싫어서 고백도 안 하고 군대부터 다녀올 만큼 나한테는 좋아하는 사람이에요."

좋아하는 사람이라는 말을 할 때 해준은 그의 두 눈을 똑바로 바라보고 있었다. 태훈의 표정이 굳어졌다. 속을 알 수 없고, 거짓으로 웃으며 사람을 대하는 해준이 애정에 대한 마음만큼은 정말 진심이라는 것을 다시 한 번 알 수 있었다.

"근데 누구한테는 떼어내야 할 귀찮은 존재래요. 그래서 떼어내 주겠다고, 나 좀 도와달라니까 그것도 싫다네."

해준은 그를 바라보며 웃었다. 그 웃음에 담긴 의미가 어쩐지 비난 같았고 그것은 태훈의 마음을 쿡쿡 찔러댔다.

"계약이잖아요? 근데 대체 왜 싫어요? 시작부터 진심이었으면 또 몰라요. 그것도 아니잖아. 설령 처음과 달리 마음이 변했다고 해도 지금 자기 감정에 확신이 선 것도 아닐 텐데."

애정이 자리로 돌아오고 있었다. 해준이 날이 선 얼굴로 말했다.

"그래서 나는 싫어요. 내가 아니라 해도, 김애정 옆에 그쪽 있는 게."

대화는 애정이 자리에 돌아오는 것으로 끝이 났다. 자리에 앉은 그녀가 두 사람의 얼굴을 번갈아 바라봤다. 멀리서 봤을 때는 두 사람이 대화를 나누고 있는 것 같아 다행이라고 생각했는데 가까이 와보니 분위기가 심상치 않은 것을 느꼈다. 눈치를 보던 애정이 입을 열려는 순간, 해준이 자리에서 일어섰다.

"왜 일어나?"

"미안. 급한 일이 생겨서 가봐야 할 거 같아."

"어? 지금?"

"밥은 다음에 사. 먼저 갈게."

붙잡을 새도 없이 돌아선 해준은 식당을 빠져나갔다. 애정이 작게 한숨을 내쉬었다. 아무래도 두 사람이 친해지는 건 어려운 모양이라 생각하며 시무룩한 얼굴로 태훈을 바라봤다. 그는 조금 전까지 해준이 앉아 있던 자리를 바라보고 있었다.

"뭘 그렇게 봐요?"

테이블 위에 놓여 있는 태훈의 주먹에 살짝 힘이 들어갔다.

머릿속의 복잡한 생각들을 홀로 정리하는 사이, 주문한 음식이 나왔다. 태훈은 식사를 거의 하지 못했다. 그것을 이상하게 여긴 애정이 입맛이 없냐며 물었지만 돌아오는 답은 없었다.

"너 쟤랑 언제부터 알았어?"

"누구요?"

"이해준."

"어릴 때부터 알았어요. 제일 친한 친구예요."

태훈은 해준을 처음 봤을 때부터 사람을 진심으로 대하지 않는 사람이라는 것을 알아챘고 애정에 대한 감정 역시 다르지 않을 거라 생각했다.

하지만 아니었다. 그걸 깨닫고 나니 그 어느 때보다 기분이 좋지 않았다. 앞에 놓인 물을 한번에 마셔 버리고는 빈 컵을 내려놓았다. 태훈의 목울대가 크게 한 번 움직였다.

"진심이면 또 몰라. 그것도 아니잖아."

물론 그 계약의 시작은 애정이 했다. 그녀가 먼저 협박을 했고 그는 어쩔 수 없는 선택을 했다. 그렇다고는 해도 가볍게 생각했다는 것을 부정할 수는 없었다. 그리고 태훈이 가볍게 생각했던 그 일이, 누군가에게는 큰 상처가 됐을 것이다.

"왜요?"

그리고 계약이 끝난 뒤, 자신의 마음이 변하지 않는다면 또 상처받을지도 모를 사람이 그의 눈앞에 있었다. 스스로 초래한 일이었다. 그러니 미안해야 할 이유는 없었다.

"어디 아파요?"

그런데도 그 생각을 하자 입안이 썼다. 애정이 손을 들어 태훈의 이마를 짚었다.

"열은 없는데. 컨디션 안 좋은 거면 그만 들어가요."

애정이 손을 떼어내자마자 그가 자리에서 먼저 일어섰다.

"일어나. 데려다줄 테니까."

그는 애정과 눈을 마주하지 않았다. 기분이 더러웠다. 태훈은 그 이유를 알고 있었다. 이해준의 말에 틀린 것이 없었기 때문이었다.

제8장 진심

툭— 툭— 셔츠 단추를 무심한 손길로 풀어낸 태훈은 탈의한 셔츠를 세탁 바구니에 넣어두고는 잠시 침대에 앉았다. 요즘 들어 몸이 무거운 느낌이 드는 때가 많았는데 오늘은 정말 손가락 하나 까딱하고 싶지 않은 기분이 들었다.

"보약이라도 지어 먹어야 하나."

목을 좌우로 한 차례 움직여 가볍게 스트레칭을 하던 그의 시선이 어느새 정면의 장식장을 향해 고정되어 있었다. 꽤 아끼는 장식품을 놓아두었던 자리를 비워내고는 그 자리에 애정이 선물한 글러브를 놓았다. 이해준이 골라준 글러브를 사용하는 건 썩 내키지 않는 일이었고 그렇다고 애정이 선물한 것을 버릴 수도 없는 노릇이었다. 어찌할까 고민하다가 이렇게 보이는 곳에 두는 것도 제법 괜찮아 보여 놓아둔 것이었는데 방에 들어올 때마다 어쩐지 자꾸만 시선이 가서 이제는 곤란할 지경이었다.

"김애정이 무슨 주술이라도 걸어놓은 거 아니야?"

실없는 소리를 늘어놓은 태훈은 그제야 갈아입을 옷을 챙겨 들고 욕실로 향했다. 샤워를 하고 나오자 때마침 거실 소파에 앉아 과일과 차를 마시고 있는 해솔과 아버지의 모습이 보였다. 태훈은 자연스럽게 소파 쪽으로 다가섰다.

"태훈이 넌 요즘 어딜 그렇게 바쁘게 다녀?"

"병원 가서 치료도 받고, 다리에 무리 안 가게 상체 운동 위주로 간단하게 트레이닝 하고 왔어요."

"쉬는 날에도 나가는 것 같던데."

"올해는 더 열심히 해야죠."

아삭— 사과 하나를 베어 문 해솔이 맞은편에 앉은 태훈을 보며 조금 의아하다는 얼굴로 중얼거렸다.

"다쳐서 스프링캠프 참가도 못 한 사람이 무슨 트레이닝? 그러다 더 심해지는 거 아니야?"

"정말 가벼운 트레이닝만 했어."

"비시즌인데도 진짜 열심히 하네."

평소에도 야구 하나만큼은 열심히 하는 걸 알고 있지만, 무리해서 하는 정도는 아니었다. 쉴 때는 쉬어야 컨디션 조절도 되고 훈련 성과도 나오는 법이라고 떠들던 태훈이 최근에는 쉬는 날까지 헬스장에 나갔다는 말에 해솔의 눈이 조금 가늘어졌다.

"수상해."

"수상하긴. 나 원래 평소에도 열심히 해."

태훈의 말에 그의 아버지는 갑자기 포크를 내려놓고 불편한 심기를 드러낸 얼굴로 그를 바라봤다. 때마침 눈이 마주친 태훈이 아버지의 눈치를 살폈다.

"뭐 하실 말씀 있으세요?"

"네놈은 야구만 하지 말고, 누굴 좀 만나든가 해. 평생 야구만 하고 결혼은 안 할 거야?"

갑작스러운 아버지의 호통에 태훈은 입을 꾹 다물었다가 괜스레 목을 긁적였다.

"할 때 되면 하겠죠."

그는 결혼 이야기가 나오면 늘 그러하듯이 조금 기가 죽은 목소리로 대답한 뒤 난감하다는 얼굴을 했다. 불편한 주제의 대화가 시작될 것 같아 자리에서 일어서려 눈치를 보는데 엉덩이를 떼어내기도 전에 아버지의 질문이 이어졌다.

"누구 만나는 사람 있는 건 아니고?"

애정의 얼굴이 떠올랐다. 하지만 아버지에게 말할 수는 없었다. 그는 단호하게 답했다.

"없어요."

"그럼 만나볼 생각은 있고?"

바로 일어섰어야 했는데. 태훈은 뒤늦게 후회를 했지만 이미 늦어버렸다. 그의 아버지는 태훈이 이 불편한 대화에 대해 뭔가 대책을 마련하기도 전에 미리 준비하고 있던 폭탄을 던졌다.

"지난번에 골프 모임에서 봤던 최 사장이 자기 조카를 너한테 소개해 주고 싶다 하던데. 만나볼 테야?"

태훈의 얼굴에 초조한 기색이 드러났다. 해솔은 흥미로운 기색을 담은 얼굴로 상황을 주시하고 있었다. 태훈의 입에서 나올 대답이야 뻔했지만 아무래도 오늘은 아버지가 작정하고 얘기를 꺼낸 것 같았기 때문이었다.

평소와 다른 방향으로 대화가 흘러갈 것 같은 분위기였다.

"왜 대답이 없어?"

"아버지, 제가 지금은 좀 누굴 만날 준비가 안 되어 있습니다."

"그 대답은 오 년 전에도, 삼 년 전에도, 작년에도 했다. 대체 그 준비 라는 게 언제 된다는 거야? 최 사장 말고도 여기저기서 네 선 자리 주선 해준다는 걸 여태 거절했는데. 대체 이유가 뭐야?"

"아버지."

"다른 말 할 거 없어. 다른 사람들은 선수 생활하면서 연애도 하고, 결혼도 잘만 하던데. 네놈은 왜 그 모양이야? 아님, 뭐 다른 이유라도 있는 거야?"

"그건 아니지만……."

"그럼 거절하는 이유가 뭐야?"

해야 할 말을 찾지 못했다. 야구에 집중하고 싶다는 핑계는 이미 사골 을 우렸다고 표현해도 될 만큼 많이 써먹어서 통하지 않을 것이 분명했 다. 눈동자를 굴리며 상황을 주시하던 해솔은 이 대화의 승리자가 아버지 라는 걸 직감했다. 태훈은 처음으로 선 자리에 나가야 할 것이다.

"한번 만나나 보라는 건데 뭘 그리 심각하게 받아들여? 평생 혼자 살 거야? 누구든 만나봐야 네 짝을 찾을 거 아니야. 만나보지도 않고 막연하 게 인연 생기겠지 생각할 나이도 아니고."

태훈이 정말로 난감하다는 얼굴을 했다. 그의 아버지는 지금 권유를 하는 것이 아니었다. 그간 태훈의 의사를 존중해 줬지만 이젠 안 되겠다 는 생각에 마음을 굳히고 이미 어느 정도 이야기를 끝내놓은 상태인 것 같았다.

"조만간 약속 잡으마."

"안 돼요!"

태훈이 크게 소리쳤다. 맞은편에 앉아 있던 해솔이 깜짝 놀라 손에 쥔 포크를 떨어트렸을 정도로 큰 목소리였다. 자리에서 일어서려던 그의 아버지는 태훈을 이해할 수 없다는 얼굴로 바라보며 언성을 높였다.

"안 되기는! 이번에는 네가 아무리 다른 핑계를 대도 이 애비 말 들어야 할 게다. 아니면 만나는 사람을 데리고 오든가."

태훈이 다시 입을 꾹 다물었다. 집에 데려오라니. '우리 집에 인사 가자.'라고 말하면 김애정은 '그럼 우리 결혼해요?' 하고 천진난만한 얼굴로 태훈을 향해 묻고도 남을 것이다.

"만나는 사람 없는 거지?"

답을 재촉하듯 아버지의 질문이 다시 한 번 이어졌다. 대답을 회피하듯 시선을 돌렸다가 해솔과 눈이 마주쳤다. 그녀는 태훈을 향해 '그냥 한 번 나가.'라고 소리 없이 입모양으로 말을 했다. 물론 그 방법도 있다. 선자리에 일단 한 번 나간 뒤에 마음에 들지 않는다는 말을 하면 아버지도 더는 강요하지 못할 것이 분명했다. 하지만 스토커 김애정이 그걸 알아내지 못할 리 없었다.

태훈이 좋다고 솔직하게 감정을 드러내며 말갛게 웃던 애정의 얼굴이 떠올랐다. 만일 알게 된다면 김애정은 울 거다. 그 생각을 하니 마음이 무거워졌다.

"없으면 이 애비 말대로 해. 잔말 말고 이번 주말에……."

"아니요."

"이놈이 그래도."

"저 만나는 사람 있습니다."

아, 사고 쳤다.

태훈이 끙 앓는 소리를 냈고 거실에는 한동안 무거운 침묵이 흘렀다. 일단 시간을 벌고 보자는 생각에 내뱉은 말이었는데 벌써 뒷일이 걱정되었다. 태훈의 목울대가 긴장으로 크게 움직였다. 이어질 아버지의 말을 기다리고 있는데, 그 긴 침묵을 깬 것은 태훈의 아버지가 아닌 해솔이었다.

"콜록!"

사레가 들린 그녀는 연신 기침을 해대다 물을 마셨다. 집 안에 있는 이의 모든 시선이 태훈의 얼굴에 닿아 있었다.

주태훈에게는 늘 야구가 최우선이었고 연애에는 도통 관심이 없어 보였다. 물론 그런 태훈이 좋다며 쫓아다닌 여자도, 고백한 여자도 있었지만 연인으로 발전되는 경우는 손에 꼽을 정도였다. 그마저도 그리 오래가지 못했다. 태훈에게는 늘 야구가 1순위였고 그 때문에 다투게 되는 일이 많아져 헤어지게 되는 경우가 대부분이었다. 그 짧은 연애조차 해솔만이 알고 있었을 뿐, 아버지의 앞에서는 자신이 만나는 여자에 관해 이야기한 적도, 집에 데리고 온 적도 없었다.

"아까는 없다더니. 진짜로 만나는 사람이 있는 게야?"

"네."

가늠하듯 태훈의 얼굴을 바라보고 있던 그의 아버지는 차를 한 모금 마시고는 진지한 얼굴로 물었다.

"언제부터?"

"얼마 안 됐어요."

선 자리를 피하려는 거짓말인지, 아니면 진심으로 하는 말인 건지 표정으로는 읽어낼 수가 없었다. 그의 아버지는 일단 고개를 끄덕였다.

"그럼 한번 데리고 와봐라."

태훈이 예상했던 답이 나왔다. 그는 최대한 아버지의 심기를 거스르지 않기 위해 조심스럽게 입을 열었다.

"만난 지 얼마 안 됐는데 집에 데리고 오기에는 좀……."

"아니면 맞선 자리에 나가든가."

"아버지."

"보여줘야 믿을 거 아니야. 일단 이번 주에 잡으려던 약속은 보류해 두마. 주말에 한 번 데려와라."

"지금 중요한 대회 준비 중이라 당분간은 절대 안 돼요."

일단 시간을 벌어보고자 했다. 다시금 가늠하듯 태훈의 얼굴을 바라보던 아버지는 결국 한발 물러섰다.

"한 달. 그 안에 데려와."

태훈의 아버지는 그 말을 끝으로 먼저 자리에서 일어나 안방으로 향했다. 태훈의 긴 한숨 소리가 이어졌고 상황을 주시하고 있던 해솔이 흥미 가득한 얼굴로 물었다.

"진짜 만나는 사람 있어?"

해솔의 말에 태훈은 답하지 않았다. 쟁반에 찻잔과 접시를 담아 들고 자리에서 일어선 해솔이 그것을 개수대 안에 놓아두고는 다시 부엌을 나서 태훈을 바라봤다.

"만난 지 얼마 안 된 거면 인사시키기에는 좀 이르지 않아? 오빠 좋다는 여자들, 다 한 달을 못 버티고 헤어졌잖아. 야구밖에 모른다고."

이번에는 아마 절대 안 떨어질 거다. 태훈에게 야구가 1순위인 걸 알고 있고, 그것마저도 좋아해 주는 사람이 김애정이니까. 태훈이 걱정하는 것은 그런 것들이 아니었다.

"진짜라면 잘 생각해서 결정해. 헤어질 거 같으면 시간 좀 더 끌다가 차라리 맞선을 보러 나가든가."

"저게."

태훈이 발끈했지만 해솔은 이미 2층으로 모습을 감춘 뒤였다.

"오빠. 아까부터 무슨 생각해요?"

커피를 마시며 태훈의 얼굴을 물끄러미 바라보고 있던 애정이 의아하다는 얼굴로 물었다. 오전에 만나 함께 점심을 먹고, 근처에서 열린 축제 구경을 하고, 카페로 와서 커피를 마시는 동안 태훈은 내내 홀로 생각에 잠겨 있었다. 그게 서운한 건지 애정이 입을 삐죽거렸다.

"하루종일 마음이 딴 데 가 있어요."

마음이 다른 곳에 가 있다니. 태훈은 지금 맞선 자리를 피하려다가 생긴 문제 때문에 머리가 터지게 고민하고 있었다. 따지고 보면 그 원인은 애정에게 있는 것이 아닌가. 남의 속도 모르고 서운하다는 기색을 팍팍 드러내는 애정을 보며 그는 쓴웃음을 입가에 그려냈다.

"김애정."

"네."

"넌 내가 만약에 맞선이라도……."

거기까지 말했는데 애정이 커피잔을 거칠게 내려놓았다. 그 기세가 어찌나 사납던지 태훈이 말끝을 흐리고 말았다.

"맞선이요?"

애정이 반쯤 자리에서 일어서며 태훈을 향해 몸을 기울였다. 커다란 두 눈에 어째서인지 물기가 차오른 거 같은 착각마저 들었다. 아, 얘 울 거다. 백 퍼센트 올 거야. 아니면 그 자리에 나타나 뒤집어엎든가. 어쩐지 후자가 더 가능성이 있는데. 태훈은 마른침을 삼키며 애정의 얼굴을 슬쩍 밀어냈다.

"앉아."

"오빠 맞선 봐요?"

"누가 맞선을 봐?"

"그럼 갑자기 맞선 얘기를 왜 해요?"

"그냥 말이 그렇다는 거지. 만약이라고 했잖아."

"만약이라니. 농담으로도 그런 말 하지 말아요."

놀랐잖아. 작게 중얼거리며 덧붙이는 목소리가 들려왔다. 애정은 뚱해진 얼굴로 커피를 마시고는 가방에서 다이어리를 꺼내 들었다. 애정의 다이어리에는 태훈과 만나는 날과 일정들이 빼곡히 적혀 있었다. 동글동글 귀여운 필체가 애정을 닮았다고 생각하며 태훈이 작게 웃고 말았다.

"오빠. 저 대회 준비 때문에 당분간은 오빠 얼굴 못 봐요."

오늘만 벌써 열 번째 비슷한 말을 들었다. 김애정에게는 주태훈의 얼굴을 보지 못하는 일이 정말 큰 일이라도 되는 모양이었다. 일정표를 내려다보며 시무룩해진 스토커는 또 한 번 울먹거렸다.

"딴생각 말고 대회 준비나 잘해."

"당분간 못 만나니까 전화 하루에 두 통 해주면 안 돼요?"

"야, 내가 전화 안 해도 네가 전화하는 것 때문에 지금도 하루에 서너 통은 하고 있잖아."

"그래도 오빠가 먼저 해주는 건 다르죠."

뭐가 다르지? 뭐가 다른 건지 정말 하나도 모르겠다.

태훈은 정말 이해하지 못했지만, 어차피 대회에 참가할 때까지만이니 알았다고 대충 고개를 끄덕였다. 그제야 애정의 얼굴에 화사한 미소가 번졌다. 감정을 숨김없이 드러낸 얼굴이었다.

"뭐가 그렇게 좋아서 또 실실 쪼개?"

"오빠가요."

애정은 배시시 웃으며 태훈의 두 눈을 바라봤다. 마치 태훈이 전부인 것처럼 한곳만 바라보고 있었다.

"저, 오빠 진짜 좋아요."

"……."

"처음보다 더 좋아요. 앞으로는 더 좋아할 거예요."

김애정은 여전히 솔직하고 감정을 감추는 법을 몰랐다. 태훈이 여태 살아오면서 누군가에게 좋아한다는 고백을 들은 횟수를 모두 다 합쳐도 김애정 한 사람에게 들은 횟수보다 많지 않을 것이라고 그는 생각했다.

"알았으니까 그만 좀 해."

그는 괜스레 애정의 시선을 피하며 창밖을 바라봤다. 진짠데— 덧붙이는 애정의 목소리에 그의 입매가 느슨하게 풀어지고 말았다. 사실 맞선이야 애정 몰래 나갈 수도 있었다. 하지만 계약이라고는 해도 김애정이 신경 쓰여 도저히 나갈 수가 없었다. 뒷일이야 걱정이 되긴 하지만 일단 잘한 선택이라는 생각이 들었다. 저 스토커를 울리는 것보다는 나을 테니까.

일단 한 달은 시간을 벌었으니 괜찮겠지, 라고 생각하며 태훈은 맞선에 대한 일은 잊기로 했다. 뒤에 일어날 일은 그때 가서 생각하면 될 일이었다.

친구들과의 모임에 나갔다가 집으로 돌아온 태훈은 갈아입을 옷을 챙겨 들고 곧장 욕실로 향했다. 보통 친구들과 한번 자리를 가지면 새벽까지 술자리가 이어지고는 했지만 염좌 때문에 다쳐서 훈련도 하지 못하고 한국으로 돌아온 태훈을 측은하게 여긴 친구들은 그에게 술을 먹이지 않았다. 그 덕분에 태훈은 저녁만 먹고 자리에서 일어나 생각보다 일찍 집으로 돌아올 수 있었다.

샤워를 마친 그는 젖은 머리카락을 수건으로 털어내며 방 안으로 들어섰다. TV 리모컨을 손에 드는데 창문을 두드리는 빗소리가 귓가에 전해졌다. 날이 좀 흐리다 싶었는데 어느새 비가 오고 있었다. 그는 리모컨을 내려놓고 창가 쪽으로 다가섰다. 꽤 굵은 빗줄기가 창을 두드리고 있었다.

"무슨 비가 이렇게 많이 와?"

날은 여전히 추웠다. 아침이 되면 꽁꽁 얼어 있을 길을 떠올리니 절로 한숨이 새어 나왔다. 빨리 잠이나 자자는 생각으로 돌아서려던 그는 책상 위에 놓아둔 작은 쇼핑백을 발견하고는 다시 걸음을 멈췄다.

쇼핑백 안에 든 내용물은 장갑이었다. 장갑을 사러 백화점에 가던 날, 애정을 만나게 되는 바람에 마음먹은 날에 바로 사지는 못했지만 그로부터 일주일 뒤 백화점에 다시 가게 된 그는 애정에게 줄 장갑을 샀다. 하지만 아직 전해주지는 못했다.

"그러고 보니 며칠이나 지났지?"

그는 애정의 얼굴을 마지막으로 본 날을 기억해 내고는 날짜를 가늠했다. 통화는 매일 했지만 애정과 일주일 동안 얼굴을 보지 못했다. 태훈이 바빠서가 아니라 애정의 일정 때문이었다. 준비하고 있는 대회가 코앞으로 다가왔고 그 때문에 정신이 없었다. 계약한 뒤로 이렇게 긴 시간 애정의 얼굴을 보지 못한 것은 처음이었다.

전화를 지금 할까?

태훈이 그리 생각하며 휴대전화를 손에 든 순간이었다. 띠링— 때마침 휴대전화의 알림음이 울렸고 애정에게서 온 메시지가 액정에 떴다.

「오늘도 집에 9시 넘어서 가요.」

애정이 보낸 문자를 확인한 태훈은 작게 웃음을 흘렸다. 입을 삐죽 내밀며 시무룩해하는 얼굴이 눈에 그려졌기 때문이었다. 그는 시간을 한 차례 확인하고 비가 내리는 창밖의 풍경을 응시했다. 그리고 다시 옷을 갈아입었다. 지금 출발하면 애정이 끝날 시간과 얼추 맞아 떨어질 것 같았다. 애정은 최근 늦은 저녁까지 실습실에서 대회 준비를 하느라 바빴고, 내일 대회에 참가할 때까지 태훈과 만날 일이 없었다. 잘하라는 의미에서 얼굴이나 보고 올까 싶었다.

"분명 우산도 없을 거고."

비는 여전히 세차게 쏟아지고 있었다. 그 빗줄기를 뚫고 차에 올라탄 태훈의 한 손에는 책상 위에 놓아두었던 작은 쇼핑백이 들려 있었다.

빗길이라 평소보다 천천히 운전한다고 했는데도 생각보다 일찍 애정의 학교에 도착했다. 늦은 시간이라 그런지 주변은 고요하기만 했다. 조용한 복도에는 태훈의 발걸음 소리만이 울려 퍼졌다.

그는 곧 실습실 앞에 도착했고 입구에 서서 안을 살폈다. 어렵지 않게 애정의 모습을 찾아냈지만, 그는 안으로 들어서지 않고 잠시 그곳에서 그녀의 모습을 지켜보고 있었다.

애정은 혼자였다. 뭔가에 열중하고 있는 애정의 얼굴은 태훈에게 낯설게 느껴졌다. 매번 배시시 웃거나 장난스러운 모습만 봐서 그런지 웃음기하나 없는 지금의 얼굴은 묘하게 차가워 보였다. 전혀 다른 사람 같은 느낌을 줬다. 태훈은 저도 모르게 그 자리에 서서 한참을 애정만 바라보고 있었다.

"그래서 어떻게 됐어?"

"어떻게 되긴. 손님이랑 대판 했는데 놔뒀겠냐? 알바 잘렸지."

조용했던 복도가 조금 시끄러워졌다. 몇 명의 무리가 실습실 근처로 오고 있었고 태훈은 입구 쪽에서 서너 걸음 물러섰다. 실습실로 들어서는 걸 보니 애정과 같은 과의 학생들인 것 같았다.

시끌벅적한 대화 소리에도 애정은 자기 일을 하는 것에 여념이 없어 보였다. 그렇게 20분의 시간이 더 흘렀다. 태훈은 시간이 흐를수록 묘하게 불편한 기색을 얼굴에 드러내기 시작했다.

집에 돌아가려 주변을 정리한 이들은 서로 인사를 나누고 하나둘씩 실습실을 빠져나왔다. 이상한 것은 그들과 애정 사이에 대화가 전혀 없다는 것이었다. 마치 단절된 것으로 보였다. 마지막 일행마저 빠져나가고 혼자 남게 된 애정을 지켜보고 있던 태훈은 조심스럽게 안으로 들어섰다. 애정은 태훈이 뒤에 서는 기척도 느끼지 못한 채 열심이었다.

"9시 다 됐어."

흠칫 어깨를 굳힌 애정이 놀란 얼굴로 뒤를 돌아봤다. 태훈의 얼굴을 확인하자 서서히 얼굴에 미소가 번져 나갔다.

"오빠."

지금의 얼굴은 태훈이 아는 김애정이었다. 그는 눈짓으로 우측을 가리켰다.

"더 해야 돼? 밖에 비 와."

"정말요?"

"우산 가져왔어?"

"아니요."

"데려다줄 테니까 정리해."

애정은 고개를 끄덕이고는 손을 씻고 주변을 정리하기 시작했다. 분주하게 움직이는 애정의 모습을 가만히 바라보고 있던 그가 한쪽에 놓여 있는 삼각김밥 포장지를 보고는 작게 한숨을 내쉬었다. 저녁을 저걸로 때운 모양이었다.

"정리 다 했어요. 이제 가요."

"저녁 먹고 들어가자."

"오빠 저녁 아직 안 먹었어요?"

그는 이미 저녁을 먹었다. 그럼에도 대답을 하지 않았다. 애정은 남의 속도 모르고 왜 이 늦은 시간까지 저녁을 먹지 않았냐며 잔소리를 했다.

"꼬박꼬박 챙겨 먹어야죠. 운동하는 사람이."

태훈은 상다리가 부러지도록 차린 저녁상을 먹었다. 대체 이건 누가 누구한테 할 소리인가. 삼각김밥 하나로 저녁을 때운 주제에.

"얼른 오기나 해."

차를 세워둔 곳으로 이동하는 동안 애정은 평소처럼 쉴 새 없이 떠들었다. 얼굴을 못 본 일주일 동안 통화로 계속 들었던 목소리였지만 이렇게 옆에서 쫑알쫑알 떠들어대는 목소리가 어쩐지 더 듣기 좋은 것 같았다.

"근데 우리 뭐 먹어요?"

차에 올라탄 태훈은 애정에게 뭘 먹여야 좋을지 잠시 고민했다. 내일이 대회이니 잘 챙겨 먹었으면 했다. 양식보다는 한식이 좋을 것 같았다. 민건과 함께 간 적이 있는 한정식집을 떠올렸다. 아마 11시까지는 할 것이라고 생각하며 바로 차를 그곳으로 몰았다.

애정은 자신의 앞에 놓인 접시를 태훈의 앞에 옮겨놓기에 바빴다. 태훈이 젓가락질을 멈추고는 반대편 손을 들어 애정의 이마를 살짝 쥐어박았다.

"남 먹을 음식만 챙기지 말고 너나 좀 먹어. 그러니까 키가 안 크지."

"이미 다 큰 거라 더 먹어도 이제 안 커요. 성장판 닫힌 지가 언제인데."

애정이 억울하다는 얼굴로 중얼거렸다. 태훈은 자신의 앞에 놓인 접시를 다시 애정의 앞으로 밀어내는 것은 물론 송이 전 하나를 애정의 밥공기에 놓아주기까지 했다. 평소에 찾아볼 수 없는 다정함에 애정은 기분이 좋아진 건지 배시시 웃으며 송이 전을 베어 물었다. 한데, 무슨 이유에서인지 잠시 멈칫하는 듯싶더니 태훈의 눈치를 봤다.

"왜?"

"네?"

"맛없어?"

"아니요. 맛있어요."

애정은 잠시 주변을 둘러보고는 아무 일도 없던 것처럼 다시 식사를 이어나갔다. 이미 저녁을 먹고 나온 태훈은 입맛이 없어 젓가락을 손에서 내려놓고는 밥을 먹고 있는 애정의 모습을 가만히 바라보고 있었다. 몇 분 전, 실습실에서 봤던 모습이 자꾸 마음에 걸렸다.

"너, 친구들이랑 사이가 안 좋아?"

태훈은 참지 못하고 머릿속을 가득 채운 생각 하나를 입 밖으로 내고 말았다. 갑자기 왜 이런 질문을 하는 건가 싶어 애정은 생각에 잠겼다. 그리고 실습실에서의 일을 떠올렸다. 아마 태훈이 생각보다 일찍 도착해 자신을 보고 있었던 것이라 애정은 짐작했다.

"좋지도 나쁘지도 않아요."

"따돌림이라도 당해?"

태훈답게 돌려 묻는 법이 없다. 애정은 소리 없이 작게 미소 지었다.

"딱히 그런 건 없어요. 괴롭히는 것도 없고 말 걸면 무시하는 일은 없으니까 따돌림이라고는 할 수 없잖아요. 필요할 때 대화하고 개인적인 얘기만 안 할 뿐이니까요. 그리고 그건 제가 먼저 그렇게 행동한 거니까 딱히 그런 눈으로 볼 필요 없어요."

"왜?"

"네?"

"왜 네가 먼저 그렇게 행동을 했는데?"

젓가락을 내려놓은 애정이 물을 한 모금 마셨다. 그리고 이어진 말에 태훈은 잠시 할 말을 잊은 얼굴로 애정을 바라봤다.

"고등학생 때 정말 친하다고 생각한 친구 세 명이 절 지갑 취급했어요. 돈 많아서 친하게 지낸 거래요. 우연히 셋이 떠드는 걸 듣게 됐는데 그 뒤로 사람 사귀는 일이 좀 무서워졌어요. 딱히 피하거나 그런 건 아닌데, 제가 먼저 선 긋다 보니까 가깝게 지내게 되는 친구는 별로 없더라고요."

분명 상처가 됐을 것이다. 그런데도 담담하게 말한 애정은 아무 일도 아니라는 듯이 웃어 보였다. 그런 애정의 얼굴을 보고 태훈이 되레 화를 내는 것처럼 표정을 굳혔다.

"그게 웃을 일이야?"

"그렇게 볼 거 없어요. 내가 슬플 때, 필요할 때, 부르면 달려와 줄 수 있는 친구 하나만 있어도 성공한 삶이래요. 나한테는 그런 친구가 있으니까 괜찮아요."

한 사람의 얼굴이 떠올랐다. 애정이 말한 친구는 아무래도 해준 같았다.

"이해준 말하는 거야?"

"네. 저한테는 진짜 둘도 없는 좋은 친구예요. 평생 잃고 싶지 않아요. 아, 그리고 조금 전 그 말이요. 오빠가 나한테 해준 말이에요. 기억 못 하죠?"

애정은 다시 식사를 이어나갔다. 언제 그런 말을 했냐고 물으려다 얘기를 해줘도 기억하지 못하면 애정이 실망할 것 같아 관두었다. 그녀는 태훈을 처음 본 것이 열여덟 살 때였다고 했다. 그때의 일을 아예 기억하지 못하는 태훈으로서는 설명을 듣는다 해도 알아채지 못할 것이 분명했다. 음식이 맛있다며 배시시 웃어 보이는 애정의 모습에 그는 자연스럽게 화제를 돌렸다.

"대회 준비는 잘하고 있어? 매일 나 따라다녀서 노는 줄만 알았더니 오늘 보니 엄청 열심히 하네."

듣기로는 세계조리사협회에서 주최하는 요리대회라고 했다. 애정은 꽤 자신 있는 얼굴로 고개를 끄덕였다.

"입상하면 오빠한테 제일 먼저 알려줄게요."

평소 입이 짧던 애정이었지만, 그날은 많이 먹으라며 이것저것 챙겨주는 태훈의 행동 때문인지 밥 한 공기를 다 비워냈다. 애정을 집까지 데려다준 태훈은 집으로 돌아와 주차까지 마치고 나서야 장갑을 전해주지 못했다는 것을 깨달았다. 대체 며칠째 전해주지 못한 건지.

"겨울 끝나기 전에는 주겠지."

태훈은 혼잣말을 중얼거리고는 차에서 내렸다. 장갑이 담긴 작은 쇼핑백은 차 안에 두고 내린 채였다. 내일 대회가 끝나자마자 애정이 자신을 보기 위해 집 근처로 찾아올 것 같았기 때문이었다. '오빠!' 하고 부르며 달려올 애정의 얼굴이 벌써 눈앞에 그려졌다.

몸 상태가 좋았다. 염좌도 나아져 통증은 거의 사라진 상태였고 좋아진 몸 상태만큼이나 태훈의 기분도 무척 좋아졌다.

샤워를 마치고 방으로 들어선 태훈은 휴대전화부터 꺼내어 들었다. 하지만 부재중 전화도, 도착한 메시지도 없었다. 대회가 끝나고도 남을 시간이었지만 애정에게서 온 연락은 단 하나도 없었다.

의아한 얼굴을 한 태훈은 먼저 애정에게 전화를 걸었다. 설마 입상을 못 해서 전화를 못 하는 건가 싶어서였다. 몇 차례의 신호음 끝에 상대방이 전화를 받았다.

[여보세요.]

하지만 전화를 받은 이의 목소리는 애정의 것이 아니었다. 어쩐지 조금 익숙한 음성은 해준이 것이었다.

"네가 왜 김애정 전화를 받아?"

[안 그래도 전화하려던 참이었는데 잘됐네요. 지금 시간 되면 잠깐 여기로 좀 오세요.]

"뭐? 네가 오라면 오고, 가라면 갈 정도로 내가 한가해 보이냐?"

[애정이 입원했어요.]

"뭐?"

[지난번 그 병원이니까 일단 와요. 와서 얘기하죠.]

띠링— 통화 종료음이 울려 퍼졌다. 애정이 입원했다는 말에 굳어진 표정으로 휴대전화를 내려다보던 태훈은 곧장 겉옷을 입고 스마트키를 챙겨 집을 나섰다. 병원 주차장에 차를 세우고 내리자마자 기다리고 있던 해준이 그를 향해 다가섰다.

"김애정은? 어디가 아프길래 입원까지 했어?"

"어제 뭐 먹었어요?"

"뭐?"

"애정이한테 뭐 먹였냐고요."

뜬금없는 질문에 태훈은 잠시 말문이 막혔다. 애정과 함께 저녁을 먹긴 했지만 그게 왜 문제가 되는가 싶어 의아한 얼굴을 하고 있을 때였다.

"애정이 대추 못 먹어요."

이어진 말에 그의 표정이 단번에 굳어졌다. 해준이 왜 이런 질문을 한 건지 그제야 이해가 됐다. 태훈이 애정을 데리고 간 식당은 대추 한정식을 전문으로 하는 식당이었다. 채소에는 대추효소가, 고기에는 대추고를 넣어 거의 모든 식재료에 대추가 들어갔다.

"처음에는 모르고 있다가 대추 들어간 음식인 걸 나중에야 알았다는데, 평소처럼 약 먹으면 괜찮아질 줄 알았대요. 근데 그건 소량이지. 온 음식에 들어가 있었던 거면 당연히 탈이 날 수밖에 없잖아요."

처음에는 가게 간판을 보지 못했던 애정이었다. 몇 번 가본 곳이라 주문까지 태훈이 알아서 했으니 더 그랬을 것이다.

송이 전을 한 입 베어 물었다가 뒤늦게 가게 안을 살피던 애정의 행동이 떠올랐다. 알고도 먹은 것이다. 이 바보가.

"그래서 김애정은 지금 어떤데?"

"새벽에 갑자기 호흡곤란 오고 열나서 병원 온 거예요. 지금은 괜찮아졌는데, 대회에는 아예 참가 못 했어요."

태훈의 잘못이 아니라는 건 해준도 알고 있었다. 태훈이 주는 것이라서, 그리 챙겨주는 것이 자주 있는 일이 아니라서, 미련하게 말을 하지 않고 그 음식을 먹은 애정의 잘못이 컸다. 하지만 해준은 자신이라면 그리하지 않았을 것이라 생각했다. 태훈이 애정에게 그 정도의 관심도 없다는 사실에 화를 내고 있었다.

"대체 그쪽은 김애정에 대해 아는 게 뭐가 있어요?"

그 말을 끝으로 해준은 먼저 돌아서서 병원 건물 안으로 들어섰고 태훈은 그 자리에 우두커니 서 있었다. 30분 가까이 그 상태로 자리를 지키고 있었지만 차마 병원 안으로 들어서지 못했다.

집으로 돌아온 태훈은 미동 없이 침대에 앉아 있었다. 무겁게 내려앉은 침묵만이 방 안을 채우고 있었다. 휴대전화 벨소리가 울리고 나서야 멈춘 것 같던 그의 시간도 움직였다. 어느새 자정을 넘긴 시간이 눈에 들어왔다. 전화는 애정이 건 것이었고 망설이던 태훈은 전화를 받았다.

[이거 봐. 한동안 잘한다 했더니 전화하는 거 또 까먹었죠?]

또랑또랑한 목소리에 태훈은 저도 모르게 실없는 웃음을 흘렸다. 몸은 괜찮아진 모양이었다. 조금이나마 안도하며 그는 모르는 척 물었다.

"대회는?"

[열심히 했는데, 입상은 못 했어요. 심사위원이 순 엉터리인가 봐.]

아무렇지 않은 척했지만, 목소리가 살짝 떨렸다. 속상할 것이다. 애정이 누구보다 열심히 준비한 것을 그는 알고 있었다. 실습실에 홀로 남아 태훈이 온 것도 모른 채 열심히 집중하고 있던 모습이 떠올랐다. 하지만 애정은 태훈의 앞에서 조금도 티 내려 하지 않았다. 참가조차 하지 못했다는 말을 하지 못했다. 그저 웃으며 심사위원이 엉터리라는 말을 늘어놓을 뿐이었다. 그래서 태훈은 이제 조금도 웃지 못했다.

"야."

[네.]

말문이 막혔다. 불렀는데 뭐라 말해야 좋을지를 모르겠다.

[오빠?]

애정은 앞으로도 태훈의 앞에서 안 그런 척하면서도 눈치를 볼 것이고, 싫은 일에도 싫다는 말도 하지 않을 것이 분명했다. 생각해 보니 최근 대회 준비 때문에 애정이 바빠진 날을 제외하면 만나는 일정도 모두 태훈의 일정을 기준으로 약속을 잡았다. 만나면 먹는 음식도 늘 태훈이 좋아하는 것들로 먹자고 했다. 귀찮아서 떠넘기듯 말한 것 외에는 애정이 뭘 좋아하는지 어딜 가고 싶은지에 대해서 알아보려 한 적도 없었다.

오늘 같은 일이 또 없으리라는 보장이 없었다. 애정은 힘든 일이 있어도 태훈의 앞에서는 내색하지 않을 것이고, 늘 웃는 얼굴만 보이려 할 것이다. 이 계약이 지속되는 한, 그건 변하지 않을 것이다.

"시작부터 진심이었으면 또 몰라요. 그것도 아니잖아. 설령 처음과 달리 마음이 변했다고 해도 지금 자기 감정에 확신이 선 것도 아닐 텐데."

해준이 한 말이 오늘따라 더욱 마음에 걸렸다. 기분이 이상하리만큼 바닥까지 내려앉았다. 계약이라니. 애정을 진심으로 좋아하는 해준에게도 못할 짓이었다. 그의 목울대가 한 차례 크게 움직였다. 목에 뭔가 걸린 것처럼 아무런 말이 나오지 않았다. 태훈은 결국 그대로 전화를 끊었다.

애정에게 다시 전화가 오고 있었다. 하지만 그는 휴대전화를 손에서 내려놓고는 굳게 잠긴 서랍 문을 응시하다 손을 들어 이마를 짚었다. 그리고 고개를 숙였다. 역시, 시작이 잘못됐다는 생각을 지울 수가 없었다. 마음을 다해도 어긋나고 망가지기 쉬운 것이 관계라는 것인데. 진심으로 시작하지 않은 관계에 문제가 생기지 않을 리 없었다.

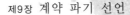

제9장 계약 파기 선언

몸의 상태가 좋아져 훈련에 참여할 수 있게 된 태훈은 2차 스프링캠프에 참여하는 것보다는 2군 훈련에 참여하는 쪽을 택했다. 훈련에 참여해도 괜찮겠다는 말을 의사에게 들었을 때는 2차 스프링캠프가 이미 시작된 시점이었다. 일본으로 가 중간에 합류하는 것보다는 이곳에서 컨디션 조절을 하며 간단한 훈련을 이어나가는 것이 좋을 것 같다는 판단에서였다.

글러브를 내려두고 자리에 앉은 태훈은 수건으로 얼굴을 닦아냈다. 추운 날씨임에도 이마에는 땀이 흥건했고 숨소리도 거칠었다. 잠시 앉아서 휴식을 취하며 호흡을 가다듬은 그는 주변을 한 차례 둘러보고는 깊은 한숨을 내쉬었다. 뒤를 지나던 후배 한 명이 그런 태훈을 위로하듯 말을 걸었다.

"아까 코치님이 한 말 신경 쓰지 마세요. 부상도 있었는데, 컨디션 나

뿔 때도 있는 거죠."

태훈은 그저 힘없이 웃어 보이고는 괜찮다는 의미로 손을 내저었다. 올 시즌 정규리그 개막까지 이제 한 달이 조금 넘는 시간이 남아 있었다. 부상은 회복되었고 아무런 문제가 없었지만 요즘 들어 컨디션이 엉망이었다. 오랜만에 던진 공은 폭투에 사구라는 결과를 만들어냈다. 마음이 어수선한 탓이었다. 그것이 플레이에 그대로 영향이 간 것이다.

코치에게 결국 한 소리를 듣고 말았다. 부상 때문이 아니라 시즌을 코앞에 두고 마음이 딴 데에 가 있는 것을 눈치챈 모양이었다. 그는 애정을 만나기 전까지 이렇게 마음이 어수선할 일도, 스트레스를 받을 일도 거의 없었다. 하고 싶은 말이 있으면 그 자리에서 했고, 남의 눈치를 보는 편도 아니었기에 이런 자신의 상태가 생소하기까지 했다.

10분 정도 휴식을 취하고 자리에서 일어난 태훈은 곧장 짐을 쌌다. 오늘은 훈련을 더 이어 나가봐야 동료들에게 폐만 끼칠 뿐이었다. 집으로 향하기 위해 차에 올라타 시동을 걸자마자 타이밍 좋게 석영에게 전화가 걸려왔다.

"이 시간에 웬일이야?"

[너 어디냐?]

"훈련 마치고 집에 가는 길."

[요즘 상태 완전 엉망이라며?]

"누가 그래?"

[누가 그러긴. 당연히 유민건이지.]

"그 새끼는 일본에서도 내 소식 알아보고 다닌다냐? 이 자식도 내 주위에 사람 심어놨나."

[너 걱정돼서 누가 민건이한테 전화라도 한 모양이지. 그 녀석이 일본

에 있어서 못 가보니까 나보고 연락해 보라고 하더라.]

태훈이 미간을 좁힌 채 작게 한숨을 내쉬었다. 석영의 말에 반박할 수 없을 정도로 오늘은 형편없는 모습을 보였다.

[별일 없으면 얼굴 좀 보자.]

까칠한 반응을 보이긴 했지만 요즘 들어 상태가 좋지 않다는 말을 듣고 걱정이 되는 마음에 석영이 일부러 전화했다는 것을 태훈도 알고 있었다. 민건 역시 바쁜 와중에도 마음을 써준 것이 고마웠다.

"넌 어딘데?"

안 그래도 마음이 심란하던 차에 잘됐다고 생각하며 그는 석영과 술을 마시기로 하고는 약속 장소로 향했다.

"얼굴이 왜 그러냐?"

상태가 좋지 않은 것이 그렇게 티가 나는 모양이었다. 석영의 말에 멋쩍은 표정으로 손을 들어 얼굴을 한 차례 매만진 그가 퉁명스럽게 물었다.

"내 얼굴이 왜?"

"세상 근심 다 짊어진 얼굴인데?"

자리에 앉은 태훈은 별일 없다는 말로 일축하고는 곧장 술잔을 기울였다. 석영은 회사 일로 받은 스트레스를 태훈에게 풀어놓다가 곧 시작될 정규리그에 관해 이야기하고 있었다. 평소와 다름없는 평범한 대화였는데 이상하게 그 내용이 귀에 들어오지 않았다. 태훈은 가만히 석영의 이야기를 듣고 있다가 한쪽에 놓아둔 휴대전화를 내려다봤다.

애정이 병원에 입원했던 날을 마지막으로 그는 매일같이 걸던 전화를 걸지 않았다. 계약사항을 어긴 것이다. 애정에게 몇 차례나 전화가 왔지만 받지 않았고, 여전히 그 뒤로도 연락은 하지 않고 있었다. 아마 참지 못한 애정이 조만간 자신을 찾아오리라는 것을 짐작할 수 있었다. 그전에 마음을 확실히 정해야 했다.

"민건이네 팀에 들어온 신인 중에 장난 아닌 녀석 있다더라."

석영의 말에 태훈은 고개를 끄덕였다. 작년 드래프트로 팀에 들어온 신인에 관해 민건이 이야기하는 것을 태훈 역시 들은 적이 있었다. 요즘 들어 신들린 듯이 공을 쳐 낸다는 이야기에 열을 올리던 석영은 불쑥 술 잔을 든 손으로 태훈을 가리키며 웃어 보였다.

"너도 긴장 좀 해야겠다?"

민건의 팀은 작년에 한국시리즈 우승을 했다. 굳이 신인을 언급할 것 도 없이 잘 치는 타자들이야 널리고 널렸다. 태훈은 가소롭다는 듯이 웃 으며 석영의 말을 받아쳤다.

"긴장은 무슨. 투수가 타자한테 처맞을 거 겁내면 공을 어떻게 던지 냐?"

그건 그렇지— 고개까지 끄덕이며 작게 중얼거린 석영은 손에 든 술잔 을 입술 위로 기울였다. 그 뒤로도 대화는 한참이나 이어졌고 술자리는 두 시간이 지나고 나서야 끝이 났다.

집으로 돌아온 태훈은 샤워를 마치고 침대에 누웠다. 하지만 잠이 오 지 않아 이리 뒤척이고 저리 뒤척이다가 다시 몸을 일으켜 세웠다. 그는 손을 들어 머리를 감싸 쥐었다.

"미친놈아. 뭘 고민하고 앉아 있어. 네가 지금 이런 일에 시간 낭비할 때냐."

고작 두 달이 조금 안 되는 시간이었다. 애정과 함께한 그 짧은 시간 동 안 생각보다 너무 많은 것들이 변했고 태훈을 혼란스럽게 만들었다. 이런 변화가 어처구니가 없는 모양인지 헛웃음을 터트렸다가 곧 짜증스럽게 표정을 구겼다.

정규리그 개막이 코앞이다. 그런데 컨디션은 엉망이고 마음은 여전히 심란했다. 태훈은 자리에서 일어나 잠가둔 서랍을 열어 애정과 작성한 계약서를 꺼내 들었다. 말도 안 되는 일을 받아들이니 이런 일이 생긴 거다. 역시 시작부터 잘못됐다.

"함부로 사인하면 안 되는 거였는데."

이런 걸 작성하는 게 아니었다. 그는 내내 갈등하던 일에 대해 마음을 굳힌 듯 손에 힘을 주었다. 얇은 종이가 그의 손안에서 힘없이 구겨졌다.

일요일이었다. 휴일이었지만 태훈은 자발적으로 훈련을 나갔다. 집에 있어 봐야 또 느릿하게만 흘러가는 시간 속에서 쓸데없는 생각만 할 것이 분명했기 때문이었다. 훈련장은 한산했고, 태훈은 이른 아침부터 정오가 지날 때까지 훈련에만 매진했다. 전원을 꺼둔 휴대전화는 아예 집에 두고 나온 채였다. 그는 여전히 애정에게 먼저 연락하지도, 오는 연락을 받지도 않았다.

"야, 너 오늘 왜 나왔냐?"

태훈처럼 자발적으로 2군 훈련에 참여하려 점심 무렵 훈련장에 나타난 선수 한 명이 태훈을 보고 놀란 얼굴을 했다. 땀범벅이 된 그를 보고는 굳이 대답을 듣지 않아도 알겠다는 듯 혀를 찼다.

"독한 놈."

"뭐래."

"밥은 먹었냐?"

"지금 몇 시인데?"

"몇 시긴. 벌써 12시가 지났는데."

새벽 7시에 훈련장에 도착했으니 그새 5시간이 지난 것이다. 태훈은 이마에 맺힌 땀을 손등으로 대충 닦아내고는 주변을 정리했다.

"안 그래도 지금 끝내고 가려던 참이야. 고생해라."

샤워를 하고 라커룸으로 가 옷을 갈아입은 태훈은 주차장으로 향했다. 훈련을 했음에도 평소처럼 몸이 개운하지 못했다. 아무래도 오늘 하루 내내 기분이 좋지 않을 모양이었다.

"석영이나 또 불러낼까."

이대로 집에 들어가 봐야 별다르게 할 일이 없는지라 그는 석영을 다시 불러낼까 잠시 고민했다. 하지만 고민도 잠시, 한산한 주차장에서 익숙한 얼굴을 발견한 그는 오늘 석영을 만날 수 없을 거라는 결론을 내렸다. 차 앞에 쭈그려 앉아 있는 누군가의 모습이 눈에 들어왔다. 애정이었다.

태훈은 오늘 훈련을 쉬는 날이었지만 자발적으로 나와 연습을 한 것이었다. 그러니 애정이 그 일정에 대해 알 리 없었고 훈련장에 있는 시간에 대해서는 더더욱 알 수 있을 리 없었다. 그러니 애정은 그저 막연하게 그를 기다린 것이다. 얼마나 기다린 건지 추위에 질린 얼굴과 손등이 빨갛다. 태훈이 조금 화가 난 얼굴로 그녀의 앞에 섰다.

"야. 너 왜 여기 있어?"

머리 위에서 떨어진 음성에 애정이 고개를 들었다. 그녀는 태훈의 얼굴을 확인하자마자 벌떡 자리에서 일어섰다. 처음에는 화를 내려던 얼굴이 점차 울상이 되어갔다.

"왜 전화 안 해요?"

그는 잠시 대답을 망설이다 대충 변명을 했다.

"깜빡했어."

"일주일 내내요? 어제는 전원도 아예 꺼놨잖아요."

"배터리가 다 된 모양이지. 연습에 방해돼서 안 가지고 나왔어."

"오늘 훈련 없는 날이잖아요. 다른 선수들은 안 보이던데."

"그걸 알면서 왜 여기에 있어?"

"집이랑 헬스장에 없으면 오빠가 갈 곳이 여기밖에 없잖아요."

집이랑 헬스장 아니면 훈련장밖에 없다니. 이게 누굴 운동 바보로 아나.

애정의 말대로 집이 아니라면 대부분의 시간을 훈련장에서 보내는 것이 사실이었지만 순간 발끈한 태훈이 저도 모르게 흉흉한 기세를 내보였다. 하지만 이어진 말에 화를 내지는 못했다.

"약속했으면서."

시무룩해진 얼굴이 눈에 들어왔다. 아마 애정은 12시가 될 때까지 전화만 붙잡고 있었을지도 모른다. 김애정이라면 그러고도 남았다. 그걸 생각하니 마음이 무거워졌다. 작게 한숨을 내쉰 태훈이 주변을 한 차례 둘러보고는 보조석 문을 열었다. 날이 춥기도 했고, 몇 시간 동안 밖에서 자신을 기다린 애정을 계속 여기에 세워둘 수는 없었다.

"일단 타."

어디든 따뜻한 실내로 옮겨서 대화하는 게 좋을 것 같았다. 애정은 별말 없이 차에 올라탔다. 태훈은 근처의 한산한 카페로 차를 몰았다.

"아메리카노 두 잔 주세요."

애정에게 뭘 마실 건지 묻지도 않고 그녀가 늘 마시는 아메리카노를 주문했다. 매번 카페에 오면 애정이 먹는 메뉴가 정해져 있기 때문이었

다. 태훈은 싫어하는 음료였지만 어차피 뭘 마실 생각으로 온 것이 아니
었고 가장 빨리 만들어지는 음료인 것 같아 같은 메뉴를 시켰다.

애정은 창가 쪽 자리에 앉아 있었다. 태훈은 잠시 생각을 정리하려는
듯이 진동 벨을 받아들고는 카운터 근처에 서 있었다. 얼마 지나지 않아
주문한 커피가 나오고 진동 벨이 울렸다.

"주문하신 아메리카노 두 잔입니다. 맛있게 드세요."

그것을 들고 자리로 향한 태훈은 한잔을 애정의 앞에 놓아준 뒤 맞은
편 자리에 앉았다. 애정은 김이 모락모락 피어오르는 커피를 내려다보다
고개를 들어 태훈의 두 눈을 똑바로 마주했다.

"거짓말이죠?"

"뭐가?"

"깜빡했다는 거. 훈련에 방해될까 봐 전화 놓고 나왔다는 거. 배터리
다 돼서 전원 꺼졌다는 거."

가만히 앉아 뭘 그리 생각하나 했더니. 태훈은 대답하지 못하고 손을
들어 입가를 매만졌다. 태훈에 대해 누구보다 잘 알고 있는 애정은 그의
거짓말을 처음부터 믿지 않았다.

"너는 나한테 속인 거 없냐?"

그 질문 하나에 어쩐지 애정의 얼굴이 조금 더 울 것처럼 변했다. 태훈
은 작게 한숨을 내쉬었다. 마음을 굳혔고 이미 결정한 일임에도 어쩐지
입이 떨어지지 않았다. 커피는 아직 한 모금도 입에 가져다 대지 않았는
데, 어쩐지 입안이 썼다.

"그만하자."

"뭘요?"

"관두자고."

"그러니까 뭘요?"

태훈은 가방 안에서 잔뜩 구겨진 종이 한 장을 꺼내어 테이블 위에 올려두었다. 애정은 그것을 가만히 내려다봤다. 구겨진 채 접혀 있어 내용을 제대로 볼 수 없었지만, 그녀는 눈앞의 종이가 두 사람이 함께 작성한 계약서라는 것을 어렵지 않게 알아볼 수 있었다. 애정의 표정이 딱딱하게 굳어졌다.

"갑자기 왜요?"

목소리까지 떨렸다.

"내가 생각이 짧았어. 6개월뿐이라고 생각해서 가볍게 생각하고 사인했는데, 생각해 보니까 너한테 할 짓이 못 되는 거 같고."

"제가 결정한 일인데, 왜 저한테 할 짓이 못 된다는 거예요?"

"네가 말한 기간이 끝났을 때, 어떨 거 같은데?"

"그건 아무도 모르는 거잖아요."

태훈은 애정의 얼굴을 가만히 바라봤다. 처음에는 귀찮기만 했고 뭐 이런 게 다 있나 싶을 정도로 특이한 스토커라고만 생각했다. 하지만 태훈을 대하는 애정의 태도는 진심이었고, 갈수록 태훈의 마음에도 변화가 생겼다.

애정의 말대로 몇 달 뒤의 일에 대해서는 아무도 모른다. 태훈도 며칠 전까지 그리 생각했다. 애정에 대해 어느 순간부터 진지하게 생각하게 되었고 시간이 흐를수록 마음은 무거워져만 갔다. 진심이 되지 못한다면 상처를 줄 것 같았고, 진심이 된다 해도 이런 시작은 말이 되지 않는 것 같았다. 거기다 애정을 진심으로 좋아하는 해준에게도, 태훈을 진심으로 좋아해 주는 애정에게도 이건 못할 짓이라는 것을 뒤늦게 깨달았다. 가장 큰 문제는 태훈이 자신의 마음에 확신이 없다는 것이었다. 이런 마음으로는 더더욱 애정과 연인 사이로 남아 있을 수 없었다.

아버지 지인의 소중한 고명딸. 자신보다 열한 살이나 어린 여자. 계약 연애. 처음부터 지금까지 걸리는 점들이 너무 많았다.

"김애정."

긴 침묵 끝에 그는 애정의 이름을 불렀다. 애정이 울 것 같은 얼굴로 다급하게 소리쳤다.

"약속 어기면 그때 일!"

"말해."

애정의 말을 끊고 그는 단호하게 말했다.

"말하라고. 네가 뭐라고 하든, 이 계약은 파기야."

"오빠."

"그때 일이 미안하지 않다는 말이 아니야. 내가 실수했어. 인정해. 진심으로 사과했지만 그게 마음에 차지 않는다면 네가 어떤 행동을 하든, 뭐라고 떠들든, 상관 안 할 테니 네 마음대로 해. 열한 살이나 어린 애 가지고 놀았다고 미디어에 떠벌려도 좋고, 네가 가지고 있다는 사진 뿌려도 돼. 아버지한테 말씀드려도 뭐라 안 할게. 뒷감당은 내가 알아서 할 테니까."

애정은 멍한 얼굴로 태훈을 바라봤다. 그녀는 그때의 일을 미디어 쪽에도 그의 아버지에게도 말할 생각이 없었다. 그건 그저 태훈을 잡기 위한 핑계에 불과했다. 그에게 해가 되는 일을 애정이 할 리 없었다. 그런데도 지금 이 순간, 한마디도 말을 할 수가 없었다. 그에 대해 누구보다 잘 알고 있는 그녀는 지금 태훈의 말이 진심이라는 것을 알고 있기 때문이었다. 태훈은 더 이상 볼일이 없다는 얼굴로 자리에서 일어섰다.

"이제 네가 뭐라고 하든, 이건 무효야."

확실하게 끝을 냈다. 멀어져 가는 발걸음 소리가 들렸다. 모락모락 김이 피어오르는 커피가 그 온기를 잃기도 전에 태훈은 카페를 벗어났고 애정은 그 자리에 홀로 남겨졌다. 잔뜩 구겨진 종이 한 장만이 그 자리에 남겨져 있을 뿐이었다.

카페를 나서 차에 올라탄 태훈은 시동을 걸고 차를 출발시켰지만, 카페에서 그다지 멀어지지 않은 위치에 다시 차를 세웠다. 10분의 시간이 흐르고, 20분의 시간이 흐르고, 어느덧 한 시간의 시간이 흘렀다. 하지만 애정이 카페를 나서는 모습을 볼 수 없었다.

"안 나오고 뭘 하는 거야."

그로부터 30분의 시간이 더 지나고 나서야 애정은 카페를 나섰다. 어떤 얼굴을 하고 있는지 제대로 볼 수 없었지만, 축 처진 어깨를 하고 터벅터벅 걸음을 옮기는 모습이 눈에 들어왔다. 평소 무슨 말을 해도 기죽지 않고 뻔뻔하게 굴던 애정을 떠올려 봤을 때 상당히 낯설기까지 한 모습이었다.

울었겠지? 아마 울었을 것이다. 그 생각을 하자 돌덩이를 얹어놓은 것처럼 마음이 무거워졌다. 낮게 욕을 한 차례 뱉어내고는 고개를 돌린 태훈의 시야에 작은 쇼핑백 하나가 눈에 들어왔다. 애정에게 선물하려던 장갑이 들어 있었다. 결국 전해주지 못했다. 아마 이제 영영 전해주지 못할 것이 분명했다.

그는 다시 고개를 정면으로 돌렸다. 애정의 모습은 이제 금방이라도 그의 시야에서 사라져 버릴 것처럼 작아져 있었다. 조금 더 시간이 흐르고 애정은 태훈의 시야에서 완전하게 사라졌다. 그런데도 태훈은 조금의 움직임도 없이 앉아 있었고 10분 정도의 시간이 더 흐르고 나서야 차를 출발시켜 집으로 향했다.

냉정하게 선을 그어 말했고 애정은 그 모든 말을 알아들은 것처럼 보였다. 그러니 더는 고집을 부리지 못한 것이다. 끝났다. 분명 끝이 났다. 하지만······.

"뭐가 이렇게 기분이 엿 같아."

모든 것을 확실하게 정리했음에도 태훈을 괴롭히는 불편한 감정들은 사라질 줄을 몰랐다.

온종일 뭔가를 먹은 기억이 없었다. 그런데도 입맛이 없어 저녁조차 거른 태훈은 애정을 만나고 집에 돌아온 뒤로 내내 방에서만 시간을 보냈다. 침대에 누워 멍하니 천장을 바라보고 있다가 꺼두었던 휴대전화가 생각나 뒤늦게 전원을 켰다. 전원을 꺼둔 사이 걸려온 전화 기록이 메시지로 도착하며 알림음이 연이어 울렸다.

"많이도 했다."

어제저녁부터 태훈이 훈련장을 빠져나오기 전까지 애정에게 걸려온 전화 기록은 총 7통이었다. 그리고 이후에 남겨진 기록은 하나도 없었다. 카페를 나온 뒤에 그녀는 태훈에게 전화를 걸지 않은 것이다.

"그래도 잘 알아들은 모양이네."

힘없이 휴대전화를 내려놓았다. 이 모든 일은 태훈이 원했던 바이고, 스스로 결정한 일임에도 어쩐지 마음이 편치 않았다. 이제 의무적으로 늦은 밤에 전화를 걸 일도 없었고, 일주일에 두 번 이상 약속을 잡을 일도 없었다. 원래대로 돌아왔을 뿐인데, 그 보통의 일상이 이상하리만큼 낯설게 느껴졌다.

"잠이나 자자."

아직 잠을 자기에는 이른 초저녁이었지만, 오늘은 아무것도 하고 싶지 않았다. 그는 왼쪽으로 돌아눕고는 그대로 눈을 감았다.

카페를 나서기 전 마지막으로 봤던 애정의 얼굴은 금방이라도 울음을 터트릴 것 같았다. 어깨를 축 늘어트리고 터벅터벅 지친 걸음을 옮기던 뒷모습이 자꾸만 눈앞에 아른거렸다. 태훈은 결국 천장을 향해 바른 자세로 눕고는 다시 눈을 떴다.

애정은 태훈이 자리를 뜨고도 한참 뒤에 카페를 나섰다. 그 긴 시간 동안 맞은편의 빈자리를 보며 울었을지도 모른다는 생각을 하니 기분은 최악에 달했다. 몹쓸 짓을 한 기분이었다. 제멋대로에 귀찮기만 했던 그 순정 스토커에게 생각했던 것보다 더 많이 마음을 준 모양이었다.

'그래 봐야 일시적이겠지.'

그리 생각하며 태훈은 억지로 눈을 감았다. 하루가 유난히 길게 느껴졌다.

애정의 집을 찾아간 해준은 방문 앞에서 두어 번의 노크를 했다. 하지만 방의 주인은 안에 있으면서도 답이 없었다.

"혼자 들어가 볼게요."

"괜찮겠어? 어제부터 저러고 있는데 무슨 일이 있는 건지 통 먹지도 않고, 방에서 나오질 않아."

"제가 잘 얘기해 볼게요."

해준과 애정은 어린 시절부터 친구 사이였고 서로의 집에 자주 놀러 다니기도 했다. 집안끼리도 잘 아는 사이였고 애정이 많이 의지하는 친구라는 것을 그녀의 온 집안 식구가 알고 있을 정도였다.

그를 방으로 안내해준 아주머니는 알겠다며 고개를 끄덕이고는 1층으로 내려갔다. 아주머니의 모습이 시야에서 사라지자 해준은 조심스럽게 문을 열었다.

푹신한 이불 속에 둥글게 몸을 말고 있는 무언가가 눈에 들어왔다. 굳이 이불을 들쳐보지 않아도 그 속에 애정이 있다는 것을 알 수 있었다.

"김애정."

부름에도 묵묵부답이다. 해준은 작게 한숨을 내쉬고는 문을 닫고 안으로 들어섰다. 한쪽에 가방을 내려둔 그는 곧장 침대에 걸터앉았다. 끄윽— 울음을 참는 소리에 이불을 슬쩍 들쳐본 해준은 곤란하다는 얼굴을 했다. 엎드려 울고 있는 애정을 바라보다 어깨를 잡아 억지로 일으켜 세웠다.

"얼마나 이러고 있던 거야?"

"흐흑, 해준아."

굳이 이유를 묻지 않아도 애정이 이러는 이유가 짐작됐다. 지금의 애정이 이렇게까지 울 일이라면 그 일에는 주태훈이 연관되어 있을 것이 분명했다.

"왜 우는데?"

해준이 모르는 척 묻자 애정의 커다란 눈에서 눈물이 뚝뚝 떨어져 내렸다. 안 그래도 너무 울어 코끝이 빨갰는데 더 나올 눈물이 남아 있는 모양이었다.

"태훈 오빠가, 흑. 헤어지재. 이제 그만하자고 했어."

제 입으로 말하고 보니 다시금 엄청난 슬픔이 몰려오는 건지 애정의 얼굴이 나라라도 잃은 것 같은 슬픔에 잠겼다.

"대회도 못 나가고, 이제 오빠 얼굴도 못 보고."

애정의 중얼거림을 들으며 해준은 잠시 놀란 얼굴을 했다. 그냥 단순히 싸운 건가 싶었지만 아니었다. 애정이 태훈과 헤어졌다. 계약 기간이 끝나면 당연히 이리되리라 생각했지만, 생각보다 빠른 이별이었다.

얼마 전까지만 해도 태훈은 계약 기간을 모두 채울 것처럼 굴었다. 그뿐인가. 도와달라는 해준의 요청을 들어줄 거라 생각했지만 마치 심경의 변화라도 생긴 것처럼 거절까지 했다. 애정을 무작정 귀찮아하지도 않았고 신경 쓰는 게 눈에 보였다. 그래서 해준은 조바심까지 냈었다.

설마 자신이 한 말 때문인가? 해준이 잠시 상황에 대해 가늠하는 사이, 다시금 엎드린 애정은 울음 섞인 음성으로 혼잣말을 중얼거리기 시작했다.

"점쟁이 순 엉터리야. 올해에 내가 원하는 거 꼭 얻을 수 있다고 했는데. 연애운이 최고조라고 했는데."

사주를 본 모양이다. 평소 미신이라고는 잘 믿지도 않으면서 언제 점을 보러 간 건지. 웃지 못할 상황에서도 해준은 가볍게 웃음을 흘리고 말았다. 턱을 괸 채로 애정의 모습을 내려다보다 이미 어느 정도 답을 짐작하고 있는 질문 하나를 건네었다.

"왜 헤어지자는데?"

애정의 흐느낌이 멈췄다. 고개를 든 그녀의 얼굴은 여전히 금방이라도 눈물을 쏟아낼 것 같았지만, 울음을 참듯 입술을 꾹 깨물고 있었다. 당연히 이유를 말할 수 없었다. 억지로 시작한 관계라는 것은 아무리 해준이라 해도 말할 수 없었다. 애정은 더욱 세게 입술을 깨문 채로 눈물만 뚝뚝 흘렸다. 해준은 다시금 곤란하다는 듯이 미간을 좁히며 작게 웃었다.

"됐어. 말하기 싫으면 안 해도 돼. 그만 좀 울어. 이제 곧 개강인데 그 얼굴로 학교 나갈 거야?"

해준이 손을 들어 눈물을 닦아줬다. 그 행동에 되레 서러움이 밀려드는 건지 작은 어깨가 들썩였다.

"온종일 아무것도 안 먹었다며? 아저씨, 아주머니 걱정하시잖아. 너 계속 이러고 있으면 아저씨가 왜 이러는지 이유 알아내려고 할 거고, 혹시라도 아저씨가 나한테 너 이러는 이유 물어보시면 난 거짓말 못 해. 그럼 주태훈 선수한테도 피해갈 수 있는데 계속 이럴 거야?"

태훈의 이름이 언급되고 나서야 애정이 반응을 보였다. 꾹 다물었던 입술이 그제야 열렸다.

"말하지 마."

"알았으니까 얼굴 좀 씻고 내려가서 밥 먹어. 먼저 내려가 있을 테니까."

해준이 먼저 방을 벗어났다. 마음을 진정시키며 생각을 정리한 애정은 그제야 느릿하게 침대를 벗어나 욕실로 향했다. 계속 이렇게 울어봐야 바뀌는 것은 없었다. 사실 예상 못 한 결과도 아니었다. 6개월 뒤에 애정에게 돌아올 결과는 어차피 헤어지거나 계속 관계를 유지하거나, 둘 중 하나뿐이었다. 그 시기가 생각보다 빨랐을 뿐, 그중 하나의 결론이 났을 뿐이다.

2개월 가깝게 보낸 시간이 마치 꿈처럼 느껴졌다. 이럴 줄 알았으면 더 많이 만나고 더 많이 얼굴을 볼 걸 그랬다는 의미 없는 후회가 밀려들었다. 태훈과 같이 해보고 싶은 일도, 가보고 싶은 곳도 아직 많았다. 다시금 코끝이 시큰해지는 느낌에 애정은 차가운 물로 연거푸 얼굴을 닦아냈다. 하지만 퉁퉁 부은 두 눈은 가라앉지 않았다. 누가 봐도 펑펑 운 얼굴이었다.

"왜 울었냐고 물어볼 텐데."

애정은 잠시 생각에 잠겼다. 혹시라도 가족들이 왜 울었냐고 묻는다면 대회에 못 나가게 된 게 지금 생각해 보니 너무 속상해서 울었다는 핑계를 대기로 했다. 그녀는 그리 결론 내리고 나서야 욕실을 벗어나 다시 방에 들어섰다.

수건을 세탁 바구니에 넣은 애정은 1층으로 내려가기 전 다시 한 번 얼굴 상태를 확인하려 화장대의 거울 앞에 섰다. 웃음기 없는 건조한 얼굴을 가만히 바라보던 애정의 시선이 왼편으로 조금 움직였다. 퉁퉁 부은 얼굴보다 거울 속 자신의 어깨너머로 보이는 물건들이 시선을 잡아끌었다.

장식장 한쪽에 태훈이 사준 돌고래 인형과 끼지도 못할 커다란 장갑이 놓여 있었다. 그걸 본 애정의 두 눈에 다시금 눈물이 차올랐다. 애정은 태훈을 협박했다. 아무리 포장해도 그건 협박이나 다름없었다. 그런 비겁한 짓까지 했는데 안 되는 거면, 정말 가능성이 1%도 없다는 것이 아닌가.

"또, 또 울지."

무겁게 흐르던 침묵을 깨고 들려온 목소리에 애정이 고개를 돌렸다. 기다리다 못한 해준이 다시 2층으로 올라왔다. 애정이 해준을 바라보다 서러움이 폭발한 얼굴로 울먹거리며 말했다.

"전화라도 하고 싶은데, 무서워서 못 하겠어. 오빠 화낼까 봐."

하루에 서너 번씩 먼저 전화를 하는 것은 애정에게 쉬운 일이었다. 당연했던 것이 이제는 제일 어려운 일이 되어버렸다. 다 구겨진 종이를 내밀며 끝을 내는 태훈의 얼굴이 떠올랐다. 그렇게 차가운 얼굴을 하는 태훈은 처음이었다. 애정이 말도 안 되는 억지를 부리며 계약서를 작성했을 때도 그런 얼굴을 보여준 적은 없었다. 단호하고 냉정한. 그 얼굴이 자꾸 떠올라 애정은 태훈에게 전화조차 할 수 없었다.

"차라리 나가자. 밥 먹기 싫으면 술 사줄게."

문에 기대어 선 채로 한숨을 내쉰 그가 한쪽에 놓인 코트를 손에 들었다. 애정이 뭐라 대답을 하기도 전에 이미 결정을 내린 것처럼 그녀의 손목을 잡고 이끌었다. 애정은 사실 아무것도 하고 싶지 않았지만 해준의 그 손을 뿌리치지는 않았다. 홀로 있어 봐야 울리지도 않는 휴대전화를 손에 쥔 채 울기만 할 것이다. 휴대전화는 여전히 잠잠했고, 태훈에게서 오는 연락은 없었다.

태훈은 최근 아침 일찍 훈련을 나갔다가 저녁 늦게 집에 돌아와 휴식을 취하는 반복된 일상을 보내고 있었다. 올해는 생각지도 못한 부상으로 비시즌을 통째로 날려 버렸다는 생각에 태훈은 그 어느 때보다도 열심히 훈련에 매진하고 있었다. 다음 날도, 그다음 날도, 하루도 쉬지 않고 같은 일을 반복했다. 태훈에게는 별다를 거 없는 나날들이었다. 애정이 그의 앞에 나타나기 전까지만 해도 태훈은 보통 그렇게 시간을 보냈었다. 하지만 원래대로 돌아온 그 일상에서 그는 묘하게 이질감을 느꼈다.

"주태훈."

달그락— 젓가락이 식기에 부딪히는 소리만이 작게 울려 퍼질 뿐 태훈은 반응이 없었다. 해솔이 살짝 미간을 좁히며 그를 물끄러미 바라봤다. 평소라면 오빠라고 안 부르냐고 발끈하고도 남을 태훈이 오늘따라 조용하기만 했다. 식탁 앞에 앉은 그는 자신이 반쯤 넋을 놓은 채로 시간을 보내고 있다는 사실조차 깨닫지 못했다.

"오빠!"

해솔의 목소리가 높아지고 나서야 태훈은 고개를 들었다. 뭐가 문제인지 모르겠다는 얼굴로 자신을 바라보는 모습에 해솔이 헛웃음을 터트렸다.

"대체 뭐 해?"

"내가 뭘?"

"몇 번 부른 줄 알기나 해? 무슨 생각을 하기에 아예 반응이 없어?"

오늘은 아주머니도 일이 있어 일찍 퇴근하고, 아버지도 부재중이라 오랜만에 태훈과 해솔 두 사람만이 저녁을 함께 먹게 되었다. 평소라면 이거 가져오라, 저거 가져오라 시키고도 남을 태훈이 오늘따라 유독 잠잠해서 철들었나 싶었는데 그게 아니었다. 뭔가 엄청난 고민이 생긴 모양이었다. 내일 지구 멸망이 와도 야구만 할 것 같던 주태훈에게 고민이라니. 해솔이 호기심 가득한 얼굴로 그를 바라보자 태훈은 시선을 잠시 피했다가 되레 목소리를 높였다.

"밥상머리 앞에서 시끄럽게 왜 자꾸 불러? 잔말 말고 밥이나 먹어."

"뭔데? 무슨 고민 있어?"

"조용히 하고 밥 먹으랬다?"

그리 말한 태훈이 숟가락으로 국을 떠먹으려 하자 해솔이 그릇을 빠르게 빼앗듯이 가져가 버렸다. 태훈이 뭐 하는 짓이냐며 국그릇과 해솔의 얼굴을 번갈아 바라봤다. 국그릇에는 아직 한 입도 먹지 않은 뽀얀 빛깔의 곰국이 담겨 있었다.

"이걸 먹겠다고?"

"이게 뭘 잘못 먹었나? 먹으려고 가져다 놨지 그럼 여기 모셔다 두려고 퍼왔겠어?"

"소금을 그 큰 숟가락으로 하나 가득 넣더니. 진짜 이걸 먹겠다고? 이

223

소태를?"

　내가 언제 그랬느냐고 물으려던 태훈이 잠시 입을 다물고는 시선을 아래로 내려 식탁 위를 살폈다. 소금을 담아놓은 작은 그릇에 푹 파인 흔적이 있었다. 넋을 놓은 채로 다른 생각에 잠겨 있던 사이, 자신도 모르게 해솔의 말대로 소금을 넣은 모양이었다. 해솔이 혀를 차며 국그릇을 내려놓았고 한 숟갈 국물을 떠먹은 태훈은 곧장 인상을 찌푸리며 물을 마셨다.

　"미련하게 그걸 또 먹어보냐? 다시 퍼줄게."

　해솔이 국을 개수대에 쏟아 버리고는 다시 국을 퍼서 식탁 위에 놓아주었다. 하지만 태훈은 입맛이 없는 건지 먹는 둥 마는 둥 했다. 먼저 식사를 끝낸 해솔이 빈 그릇을 치우고 자리를 정리하려는데 태훈이 그녀의 발길을 붙들었다.

　"넌 이제 괜찮냐?"

　"뭐가?"

　돌아서려던 해솔이 자리에 멈춰 서서는 영문을 모르겠다는 얼굴로 태훈을 내려다봤다. 얼마 전, 한 남자가 술집에서 흉기를 휘두르는 사건에 휘말려 해솔이 병원에 입원을 한 일이 있었다. 다친 곳은 없었고 쓰러진 것뿐이라 바로 퇴원할 수 있긴 했지만 그 일로 남자친구인 도형과의 사이에 문제가 생겼었다. 며칠 전만 해도 둘 다 세상 끝난 것 같은 얼굴을 했었는데 지금 해솔의 얼굴이 밝아진 걸 보니 잘 해결된 모양이었다. 깊게 물을 필요가 없을 것 같아 태훈이 고개를 가로저었다.

　"아니야."

　"싱겁기는."

　그 순간 현관문 열리는 소리가 들려왔고 두 사람의 시선이 동시에 부엌 입구 쪽으로 향했다. 생각보다 일찍 귀가한 아버지가 부엌으로 모습을 드러냈다.

"저녁을 이제 먹는 거야?"

"아빠. 오늘 늦으신다더니 일찍 오셨네요? 식사는 하셨어요?"

"먹고 왔다. 물 한 잔만 다오."

"네."

식탁에 앉은 아버지가 물 한 잔을 금세 비워내고는 해솔을 향해 잠시 앉아 보라 손짓을 했다.

"뭐 하실 말씀 있으세요?"

"해솔이 너 시간 되면 내일 병원에 좀 가봐라."

"병원은 왜요? 누구 다쳤어요?"

"애정이가 입원했다더구나. 지난주에 입원했다고 하던데 소식을 이제야 들었어."

식사를 이어나가던 태훈의 행동이 그 말과 동시에 멈췄다. 가지무침을 집으려던 젓가락이 어중간한 위치에서 멈췄다. 해솔의 시선이 닿아 있는 것을 알아챈 그는 다시 손을 움직여 가지무침을 밥공기 위로 가져다 놓았지만 그걸 입에 넣지는 못하고 물만 연신 마셔댔다. 갑자기 목이 타들어갔다.

"입원이라니. 어디 크게 다쳤어요?"

그와 계약서를 작성하기 전에 꾸준히 그의 집에 드나들었던 애정은 해솔과도 꽤 두터운 친분을 쌓아둔 상태였다. 애정이 입원했다는 말에 해솔은 걱정스러운 얼굴을 했다.

"계단에서 구른 모양이더라. 술을 마시고 그랬다는데. 평소에 술이라면 입에도 잘 안 대더니 갑자기 왜 그런 건지 모르겠다고 김 사장 걱정이 이만저만이 아니야. 무슨 고민이 있는 건지 요즘 들어 계속 우울해한다고 하고."

"그래요?"

"애정이가 해솔이 널 잘 따르잖냐. 괜찮으면 가서 애정이 얼굴도 좀 보고 얘기 좀 하고 그래."

"어디 병원인데요?"

"정한병원이라고 했는데, 몇 호라고 했지? 잠시만 있어 봐라."

아버지는 휴대전화를 꺼내어 메시지 함을 한참 들여다봤다. 애정이 입원한 병원과 호수가 적힌 메시지를 찾는 모양이었다. 태훈은 식사 중이었다는 사실도 잊은 채 온 신경을 쏟아부은 것처럼 아버지의 대답만을 기다리고 있었다.

"702호구나. 내일 가볼 수 있겠어?"

"네. 제가 내일 한번 가볼게요."

"그래. 그럼 내가 김 사장한테 미리 연락해 두마."

아버지가 먼저 자리에서 일어서고 해솔 역시 부엌을 빠져나갔다. 홀로 남겨진 태훈은 더는 입맛이 없는 건지 밥공기를 반도 비워내지 못하고 자리에서 일어섰다. 대충 부엌을 정리하고 방으로 들어선 그는 침대에 누워 시간을 보냈다. 야구공을 손에 쥔 채 허공으로 던졌다 받는 행동을 반복하다 침대 어딘가에 아무렇게나 공을 놓아버리고는 상반신을 일으켜 세웠다.

정규리그 시즌을 앞두고 마음이 딴 곳에 가 있는 탓에 훈련에 집중할 수 없었다. 그게 다 애정 때문이라고 생각했다. 태훈은 그런 자신이 낯설었고, 누군가로 인한 변화 역시 달갑지 않았다. 그에게는 늘 야구가 최우선이었고 앞으로도 그래야만 한다고 생각했다. 그래서 더더욱 분명하게 선을 그었다.

하지만 변한 것은 없었다. 끝을 냈음에도 마음은 계속 심란했고 태훈의 컨디션은 여전히 제멋대로의 곡선을 그려냈다. 긴 한숨을 내쉬다 미간을 좁힌 그는 결국 참지 못하고 침대에서 벌떡 몸을 일으켜 세웠다.

"이 멍청이는 대체 왜 두 다리로 멀쩡하게 걸어다니지 못하고 매번 계단에서 구르고 다니는 거야?"

안절부절못하고 방 안을 이리저리 왔다 갔다 하다가 다시 침대에 앉았다. 그 행동을 서너 번이나 반복했다. 침대에 앉아 신경질적으로 매트리스 위를 주먹으로 내려쳤는데 아무렇게나 던져두었던 야구공이 둔탁한 소리를 내며 바닥에 떨어졌다.

떼구르르 굴러가는 공에 태훈의 시선이 머물렀다. 공에는 사인이 되어 있었다. 태훈은 그제야 눈에 보이는 저 공이 처음 애정에게 주려다 전해주지 못한 사인볼인 것을 깨달았다. 그렇게 찾을 때는 안 나오더니만, 하필 지금 눈에 보일 건 또 뭐람.

잠시 고민하는 기색으로 침대에 앉아 있던 태훈은 바닥에 떨어진 야구공과 스마트키를 챙겨 들고는 집을 나섰다. 외출하겠다는 말도 없이 가족들 몰래 집을 나선 그는 차를 타고 어딘가로 향했다.

툭. 툭툭. 툭—

일정치 못한 간격으로 핸들 위를 검지로 두드리는 태훈의 얼굴에 초조한 기색이 묻어났다. 목적지에 도착해 주차를 마치고도 차에서 내리지 못한 그는 깊은 한숨을 한 차례 내쉬고는 고개를 숙여 버렸다. 보조석에는 사인한 야구공과 아직도 전해주지 못한 장갑이 담긴 쇼핑백이 나란히 놓여 있었다.

다시 고개를 든 그는 정면에 보이는 커다란 건물을 가만히 올려다봤다. 이곳이 어디인지 착각할 수 없을 정도로 눈에 보이는 간판은 참 커다 랗기만 했다. 그는 자조적인 웃음을 지으며 홀로 중얼거렸다.

"대체 여기 와서 뭘 어쩌겠다고."

정신 차리고 보니 병원 앞이었다. 애정이 입원해 있다던 정한병원이었 다.

제10장 가장 어려워진 일

태훈은 일단 차에서 내렸다. 차가운 겨울바람이 매섭게 몰아치는 날씨에 쭛— 하고 짧게 혀를 찼다. 이 추운 날 집에나 있을 것이지 뭐 하러 나와서는. 그리 생각하면서도 차마 발길을 돌리지는 못했다. 두툼한 파카를 한 차례 여미며 차에 기대어선 그는 눈앞의 커다란 건물을 올려다봤다.

딱히 뭘 하려고 찾아온 것은 아니었다. 태훈이 지금 애정의 병문안을 갈 입장은 아니지 않은가. 그런데도 홀린 듯이 병원으로 왔고 이제 어찌해야 하나 고민하고 있었다. 그는 뒤를 돌아보았다. 선팅된 차는 내부가 잘 보이지 않았지만 그의 시선은 보조석 쪽에 닿아 있었다. 그곳에 놓여 있는 야구공과 장갑이 든 쇼핑백은 이제 애정에게 전해줄 수 없었다. 그런데 대체 자신은 왜 저걸 들고 여기까지 온 건가 고민하다 깊게 한숨을 내쉬었다.

"그냥 가자."

돌아서서 운전석의 문을 열었다. 하지만 여전히 발걸음이 떨어지질 않았다. 그는 잠시 행동을 멈춘 채로 가만히 서 있다가 다시 쾅— 소리가 나게 문을 닫았다.

기왕 여기까지 왔으니 어떤지 보고만 가자. 걱정이야 할 수도 있는 거 아닌가. 그래도 두 달 가까이 곁에 있었는데.

그리 결론 내린 그는 성큼 병원 건물을 향해 걸음을 옮겼다. 모자는 물론 마스크까지 착용했다. 혹시나 애정을 만나게 될 수도 있으니 그때를 대비한 것이었다. 이렇게 감춰도 애정이 한눈에 자신을 알아볼 것 같아 걱정되긴 했지만 그래도 아예 안 하는 것보다는 나을 것 같았다. 상태가 어떤지만 보고 돌아가자는 생각으로 그는 애정이 입원해 있다던 702호 병실로 향했다.

병실은 1인실이었다. 입구에 작게 부착된 애정의 이름을 확인한 태훈은 병실 문에 세로형으로 작게 설치된 유리를 통해 안을 들여다봤다. 병실 안은 조용했고 사람의 모습이라고는 보이지 않았다.

"이 시간에 어딜 간 거야?'

태훈은 손목에 찬 시계를 확인했다. 8시 30분을 막 지나고 있는 시간이 눈에 들어왔다. 이 시간에 뭔가 검사를 받으러 간 것 같지는 않았다. 잠깐 나간 건가 싶어 병실과 조금 거리를 둔 곳에서 주변을 둘러봤다. 복도는 유독 조용했고 지나다니는 인적조차 드물었다. 태훈은 병실 앞에서 20분의 시간을 보내고 나서야 다시 건물 밖으로 나섰다.

"안 하던 짓을 해서는 시간 낭비나 하고 잘한다."

허탈한 웃음과 함께 그리 중얼거린 태훈은 결국 애정의 얼굴을 보지 못하고 걸음을 돌리게 됐다. 모자를 꾹 눌러쓰고 차를 세워둔 곳으로 걸음을 옮기던 그는 휴대전화를 꺼내 들었다가 무슨 이유에서인지 점차 걸는 속도를 늦추기 시작했다. 그러다 아예 걸음을 멈췄고 이내 건물 기둥 뒤쪽으로 몸을 숨겼다.

"안 추워? 그만 들어가자니까."

"답답해서 그래. 너 오기 전까지 온종일 병실에만 있었단 말이야."

태훈은 휴대전화를 다시 넣어두고는 고개를 내밀었다. 그의 시선 끝에는 애정과 해준이 함께 있었다. 두 사람이 있는 곳은 가로등이 있었지만 태훈이 있는 곳은 불빛이 없어 조금 어두운 편이었다. 두 사람이 서 있는 곳에서는 이쪽이 잘 보이지 않을 것 같다는 생각에 조금 더 앞으로 나온 그는 빠르게 애정의 상태를 살폈다. 외투를 입고 있어 다른 곳은 얼마나 다친 건지 잘 보이지 않았지만 유독 눈에 들어오는 것이 하나 있었다.

팔에 또 깁스를 했다. 깁스 푼 지 얼마나 됐다고 저걸 또 팔에 장착하고 앉아 있는 건지. 태훈이 미간을 좁힌 채 그 모습을 바라보고 있을 때였다.

"그럼 따뜻한 거라도 사 올 테니까 잠깐 있어."

때마침 자리에서 일어선 해준이 애정의 곁에서 멀어져 갔다. 가만히 앉아 있는 것이 싫은 건지 자리에서 일어나 괜히 이리저리 왔다 갔다 하는 모습에 태훈이 못마땅한 얼굴을 했다. 다쳤으면 얌전히 병실에나 있을 것이지 왜 저러고 다니는 건지. 것도 이 추운 날씨에 외투 하나만 걸치고 장갑은커녕 신발도 슬리퍼를 신고 있었다.

"저게 춥지도 않나."

작게 중얼거린 태훈은 이제 아주 대놓고 애정만 바라보고 있었다. 당장 달려가서 잔소리를 쏟아붓고 싶었다. 외투 단추 채워서 똑바로 안 입냐, 이 추운 날씨에 장갑은 어디에다 두고 다니냐, 깁스했으면 가만히 누워나 있지 뭐 볼 게 있다고 여기 나와 있냐, 등등. 하고 싶은 말은 많은데 차마 할 수 없는 상황에 그저 애정의 모습만 바라보았다.

"어?"

애정의 당황한 목소리가 짧게 울려 퍼졌다. 괜스레 바닥을 두드리다 순간적으로 발을 잘못 디뎌 중심을 잃고 뒤로 넘어질 뻔했다. 그 모습을 지켜보고 있던 태훈은 저도 모르게 앞으로 달려 나갈 뻔했다. 다행히 애정은 넘어지지 않았고 몸의 중심을 잡았다. 태훈은 두어 걸음 앞으로 나섰던 걸음을 다시 제자리로 돌려놓고는 안도의 한숨을 내쉬었다.

벤치에 다시 앉은 애정은 축 처진 모습으로 하늘을 올려다보다 주머니에서 휴대전화를 꺼내어 들었다. 입을 삐죽 내미는 얼굴이 무척이나 시무룩해 보였다. 태훈은 애정이 저러는 이유를 짐작이라도 하는 것처럼 시간을 확인했다. 이제 시간은 9시를 넘긴 상태였다.

애정과 계약을 했을 때, 매일 전화를 해야 한다는 조건이 있었다. 그는 처음에 자정 가까운 시간에 전화를 하다가 매번 전화를 기다리고 있을 애정을 생각한 뒤로는 보통 이맘때쯤 전화를 하고는 했다. 그걸 떠올리니 애정의 저런 모습이 자신의 전화를 기다리는 것만 같아서 마음이 무거워졌다. 하지만 그렇다고 해서 태훈이 애정에게 뭔가 해줄 수 있는 것은 없었다.

얼굴 봤으니 됐지. 팔에 깁스한 거 외엔 멀쩡하네.

머리로는 그리 생각하는데 굳어진 표정은 풀릴 줄을 몰랐다. 자신이 어떤 얼굴을 하고 있는지 태훈은 자각하지 못했다. 그저 이대로 있다가는 들키겠다 싶은 마음에 일단 돌아가자 생각하며 억지로 몸을 돌린 순간이었다.

'아, 씨발. 하필이면……'

태훈은 한 걸음도 자리에서 움직이지 못하고 속으로 욕을 삼켜냈다. 유명 카페의 로고가 새겨진 컵을 손에든 해준이 그와 서너 걸음 정도의 거리를 둔 채 서 있었다. 분명 갈 때는 다른 방향으로 갔는데 왜 올 때는 이 방향으로 온 걸까.

태훈이 소리 없이 해준의 어깨너머를 바라보았다. 길이 이어져 있는 모양이었다. 해준은 그를 보고 잠시 걸음을 멈췄을 뿐, 이내 아무것도 보지 못한 사람처럼 그를 지나치려 했다. 모르는 척해주니 차라리 고마운 일인데, 태훈은 순간적으로 울컥 치미는 감정에 그를 불러세우고 말았다.

"야."

해준이 뒤를 돌아봤다. 그는 곧바로 주인 잃은 강아지마냥 처량한 모습으로 벤치에 앉아 있는 애정을 눈짓으로 가리켰다.

"쟤 빨리 병실 올려보내."

이대로 집에 돌아가면 저 모습이 신경 쓰여 잠도 오지 않을 것 같았다. 해준은 그가 가리킨 방향에 앉아 있는 애정의 모습을 한 차례 바라보고는 이해할 수 없다는 얼굴로 그를 올려다봤다. 설령 애정을 만나러 이 병원에 온 거라 해도 그걸 자신에게 드러내리라고는 생각지 못했기 때문이었다.

"설마 애정이 만나러 온 거예요?"

"다쳤다는 말 듣고 잠깐 얼굴 보러 온 거야."

"왜요?"

이유를 묻는 말에 그는 잠시 표정을 굳혔다. 곧 불쾌한 기색을 가득 담아낸 서늘한 얼굴로 해준을 바라봤다.

"왜요? 이유가 왜 필요해? 내가 김애정 보러 오는데 네 허락이라도 맡고 와야 하냐?"

"헤어지기로 했다면서요."

"그래서?"

"그럼 미련 보이는 것 같은 행동하지 말아야죠. 애정이가 그쪽 워낙 좋아해서 안 그래도 정리하려면 오래 걸릴."

"야."

태훈이 그의 말을 잘랐다. 그는 애정이 다친 것도, 해준과 이런 대화를 하고 있어야 하는 상황도, 모두 짜증이 났다. 가장 많이 화가 나는 건 이곳에 와 있는 자신의 모습이었다. 평소라면 그냥 넘길 수 있는 상황을 쉬이 넘기지 못하고, 자신보다 한참 어린 해준에게 화를 내며 이런 대화를 하는 것도 모두 자신답지 않다는 생각이 들었다.

그래. 분명 나답지 않은데.

그리 생각하면서도 화가 났다. 이해준이 대체 뭔데 애정의 보호자 행세라도 하듯 자신이 애정을 만나는 일에 이유를 묻는단 말인가. 그는 여전히 불쾌한 기색을 숨기지 않은 얼굴로 해준을 향해 물었다.

"너 뭔가 착각하나 본데. 내가 김애정이랑 계약을 끝냈지 영영 인연 끊었냐?"

"그게 무슨 말이에요? 그럼 계속 얼굴 보겠다고요? 이런 식으로?"

"그게 뭐? 안 될 이유라도 있어? 난 김애정 다치면 오늘처럼 얼굴 보러 올 거야."

해준의 얼굴이 굳어졌다. 웃음기 사라진 얼굴이 크게 동요하는 것처럼 보였지만 태훈의 말은 거기서 끝나지 않았다. 생각을 거치지 않은 태훈의 진심이 계속 쏟아져 나왔다.

"내가 오고 싶으면 올 거고, 보고 싶으면 볼 거라고. 그 일로 화를 내고, 끝내놓고 왜 뒷북이냐고 비난을 해도 상관없어. 단."

한 걸음 성큼 앞으로 나아가 해준과의 거리를 확 좁힌 그는 네가 나설 일이 아니라는 듯 단호하게 선을 그었다.

"그건 네가 아니라, 김애정이 해야지."

"하, 결국 자기 하고 싶은 대로 하겠다는 건데. 그거 되게 이기적인 생각 아니에요? 애정이가 참도 그쪽한테 화낼 수 있겠어요."

"네가 지금 나 비난할 때냐?"

이어진 태훈의 말에 해준의 눈가에 작게 두어 번 경련이 일어났다.

"혼자 기다리게 하는 거 싫어서 고백도 안 하고 군대부터 다녀와? 너, 그거 결국 핑계 아니냐? 그 긴 시간 옆에 두고도 고백할 용기도 없는 새끼가 입만 살아서는."

해준은 그의 말을 반박하지 못했다. 그 말을 끝으로 태훈은 돌아섰고 서둘러 차를 세워둔 곳으로 걸음을 옮겼다. 차에 올라탄 그는 시동을 걸지 못한 채 운전석에 앉아 있었다.

시선 끝에 두 사람의 모습이 있었다. 애정에게 주기 위해 사 온 커피는 그사이 온기를 잃고 다 식어버렸을 것이다. 식은 커피를 줄 수 없던 건지 해준의 손은 이미 빈손이었다. 두 사람은 잠시 대화를 나누다 자리에서 일어나 함께 병원 건물로 걸음을 옮겼다.

"꼴 좀 봐라."

룸미러를 통해 보이는 자신의 모습을 보며 태훈이 힘없는 음성으로 중얼거렸다. 해준을 향해 고백할 용기도 없는 놈이라고 말했지만 자신에게 그런 말을 할 자격이 있는 건가 싶어 자조적으로 웃었다. 대체 누가 누굴 비난하는 건지.

시작이 잘못됐으니 아예 끝을 내면 괜찮을 거라 생각했다. 자신답지 않은 행동을 하는 것도, 심란했던 마음도, 모두 제자리를 찾을 것이라 여겼다.

"제자리는 무슨."

결과는 엉망이었다. 머리와 마음이 따로 놀았다. 제 마음이 제 것이 아닌 것 같아 화가 날 정도였고 이제는 길이라도 잃은 기분이었다. 이건 뭐, 미아가 따로 없었다.

병실로 돌아온 애정은 외투를 벗어 한쪽에 놓아두고는 침대에 앉았다. 돌아갈 줄 알았던 해준이 외투를 벗고 간이 의자를 끌어와 앉는 모습에 그녀는 시간을 확인했다. 시간이 꽤 늦었지만 그는 돌아갈 기미가 없어 보였다.

"그만 집에 가. 늦었잖아."

"30분만 더 있다 갈게."

"좀 있으면 오빠도 올 텐데 뭐. 혼자 있어도 괜찮다니까."

"진서 형 얼굴도 볼 겸, 조금만 더 있다 갈게."

"오빠 얼굴은 어제도 봤으면서."

애정의 말에 해준은 그저 작게 웃어 보였다. 진서는 애정의 셋째 오빠였는데 그녀와 소꿉친구인 해준은 애정의 오빠들과도 꽤 친하게 지냈다. 특히 두 살 위로, 나이 차이가 크게 나지 않는 진서와는 따로 술자리도 가질 정도로 친한 사이였다.

"너 진서 오빠랑 얼굴 자주 보잖아. 오빠 얼굴은 내일 보고 시간 늦었으니까 그만 가. 오늘 차도 안 가지고 왔잖아."

가라고 등을 떠밀어도 꿈쩍도 안 하는 해준의 모습을 보고는 애정이 작게 한숨을 내쉬었다.

"이해준 고집 완전 세졌네."

"너 혼자 두고 갔다가 형한테 무슨 소리를 들으려고?"

"왜 이렇게 다들 중환자 취급이야? 팔에 깁스한 거랑 얼굴 좀 다친 것밖에 없는데. 사실 입원도 오버야. 빨리 퇴원할 거야."

꾸물꾸물 이불 속으로 파고든 애정이 그대로 침대에 누웠다가 갑자기 벌떡 상반신을 일으켜 세웠다. 해준이 왜 그러냐며 놀란 얼굴을 했다. 주변을 한 차례 둘러본 그녀는 미안한 기색이 담긴 얼굴로 그의 뒤를 가리켰다.

"해준아. 나 충전기 좀."

"난 또 뭐라고."

해준은 뒤쪽에 놓인 충전기선을 가져와 애정의 휴대전화에 꽂아주었다. 그녀는 늘 배터리가 떨어지지 않도록 충전을 미리미리 해두었다. 혹시라도 태훈에게 전화가 걸려올지도 모른다는 생각 때문이었다. 하지만 오늘도 그에게 걸려온 전화는 한 통도 없었다.

조금 시무룩한 얼굴로 잠잠한 휴대전화를 응시하다가 해준이 함께 있다는 사실을 깨닫고는 애써 아무렇지도 않은 척 웃어 보였다. 하지만 요즘 들어 괜찮은 척하는 일이 힘들어졌다. 눈물샘이 고장이라도 난 건지 눈시울이 시큰해지며 금세 눈물이 차올랐다.

"왜 또 울어?"

해준이 난감한 얼굴을 한 채 눈물을 닦아주려 하자 애정이 뒤로 몸을 빼내고는 스스로 눈물을 닦아냈다. 코를 한 차례 찡그리고는 해준을 향해 멋쩍은 얼굴로 웃었다.

"내가 이럴까 봐 너 빨리 가라고 한 거야."

"너 이럴까 봐 내가 빨리 안 간 건데."

맞받아친 해준의 말에 애정은 더 울고 싶은 얼굴을 했고 이내 손을 들어 두 눈 위를 꾹꾹 눌렀다. 해준이 티슈를 건네주자 고맙다는 말을 하고는 남은 눈물을 닦아냈다.

"아, 나 진짜 못났다."

"네가 어디가 못나?"

"나 태훈 오빠 앞에서 진짜 뻔뻔하게 굴었거든. 근데 지금은 이상하게 전화할 용기도 안 나."

애정은 손에 쥔 휴대전화를 만지작거리다가 힘없는 얼굴로 작게 웃음을 흘렸다.

"태훈 오빠한테 해솔 언니라고 여동생 있거든. 오빠 얼굴 보고 싶어서 아빠한테 해솔 언니 보고 싶다고 병원 한 번 오라고 하면 안 되냐고 했다? 나 입원한 거 오빠 귀에 들어가라고."

해준은 애정의 이야기를 잠자코 듣고 있었다. 더는 울지 않았지만 살짝 떨림을 담은 목소리에는 여전히 힘이 하나도 없었다. 애정은 고개를 돌려 조용하기만 한 휴대전화를 내려다봤다.

두 시간 전쯤, 해솔에게 전화가 왔었다. 얼마나 다친 거냐며 걱정을 하고는 내일 병원에 오겠다고 했다. 아마 태훈 역시 애정이 입원했단 소식을 들었을 것이다. 하지만 그에게서는 여전히 전화도 오지 않았고, 병원으로 찾아오지도 않았다. 궁금하지도 않은 모양이었다.

"오빠 안 그렇게 보여도 정도 많고 마음 되게 여린 사람인데. 막 화난 것처럼 소리쳐도 그거 다 걱정해서 하는 소리인데."

"……."

"근데 아예 연락도 안 하고, 괜찮냐고 물어봐 주지도 않는 거 보니까 이제 진짜 나 안 보려나 봐."

태훈은 이미 애정을 걱정해 병원에 다녀갔지만 해준은 그 사실을 알면서도 그녀에게 말해주지 않았다. 힘들어하는 애정에게 그 소식만큼 기쁠 일이 없다는 것도, 태훈이 다녀갔다는 것을 알면 단번에 웃게 되리라는 걸 알면서도 입이 떨어지질 않았다.

"미안. 나 혼자 너무 주절주절 떠들었지? 이제 진짜 오빠 올 때 됐다.

더 늦기 전에 얼른 가."

그녀가 혼자 있고 싶어 자신을 떠미는 것이라는 걸 해준은 알고 있었다. 그는 결국 자리에서 일어나 코트를 챙겨 입었다. 이곳에 더 있다가는 태훈이 병원에 왔다 갔다는 이야기를 꺼내고 말 것 같았다. 인사를 건네고 병실을 나서는 발걸음은 유독 무거웠다.

"그 긴 시간 옆에 두고도 고백할 용기도 없는 새끼가 입만 살아서는."

태훈이 한 말을 떠올린 해준은 잠시 걸음을 멈췄다. 주먹에 천천히 힘이 실렸다. 1층 로비까지 내려갔던 그는 다시 걸음을 돌렸고 애정이 입원해 있는 병실 문 앞에 섰다. 노크하려 닫힌 문 주변을 맴돌던 손이 이내 손잡이를 잡았다. 굳게 마음먹은 듯 해준의 손에 힘이 실렸고 곧 그대로 문이 열렸다.

"어?"

문이 열리는 소리에 뒤를 돌아본 애정은 의아한 얼굴을 했다. 당연히 오빠인 진서일 거라 생각했는데 문앞에 해준이 서 있었기 때문이었다.

"왜 다시 왔어? 뭐 두고 간 거 있어?"

해준은 대답 없이 안으로 들어서서 문을 닫았다. 그리고 성큼 걸음을 옮겨 거리를 좁혔다.

"김애정."

애정이 그를 올려다봤다. 늘 변함없이 한결같은 모습으로 해준을 대해준 유일한 사람이 애정이었다. 그는 몇 년 전까지만 해도 자신감이 굉장히 부족한 사람이었고 지금과는 많이 다른 모습을 하고 있었다. 어쩌면 그때 자신의 모습 때문에, 자신감 없던 그 시절 때문에, 애정에게 마음을 전하지 못한 것일 수도 있었다. 태훈의 말대로 그 긴 시간 곁에 있으면서 단 한 번도 기회가 없지는 않았으니까.

"왜 그래? 심각한 얼굴 해서는. 뭐 할 말 있어?"

해준의 목울대가 크게 한 차례 움직였다. 용기가 없어 마음을 전하지 않은 것이 아니라고, 태훈의 말을 부정하고 싶었다. 해준의 입술이 천천히 움직였다. 곧 애정의 얼굴에서 웃음이 사라졌고, 병실 안에는 무거운 침묵이 감돌았다.

방을 나서 1층으로 내려온 해솔이 부엌에 불이 켜져 있는 것을 보고는 의아한 얼굴을 했다. 시간은 자정이 다 되어가고 있었다. 해솔은 영화를 보느라 여태 깨어 있던 것이지만 이 늦은 시간에 누가 불을 켜두고 부엌에 들어가 있나 싶어 조심스럽게 부엌을 향해 걸음을 옮겼다.

"이 시간에 뭐 해?"

범인은 태훈이었다. 그는 안주도 없이 소주 한 병을 꺼내놓고 술을 마시고 있었다. 저녁을 먹을 때도 그랬지만 세상 고민은 저 혼자 다 짊어진 얼굴이었다. 태훈의 이런 모습이 너무 낯설고 생소해서 해솔은 그냥 지나치지 못하고 맞은편 자리에 앉았다.

"오빠."

"끓을 거면 그냥 올라가. 나 오늘 기분 안 좋으니까."

해준에게 한바탕 쏟아붓고 난 뒤로 더 기분이 좋지 않았다. 그런 태훈의 속도 모르고 해솔은 평소처럼 장난을 걸었다.

"왜 그러는데? 어디 아파?"

"주해솔."

"혹시 병원에서 마음의 준비라도 하라는 둥, 그런 일 있던 건 아니지?"

"너 되게 심심한가 본데 이 야밤에 오빠랑 스파링 한 판 할래?"

"넌 그게 여동생한테 할 소리냐?"

"너?"

태훈이 흉흉한 기세를 보이자 해솔이 바로 꼬리를 내렸다. 그녀는 살짝 인상을 찌푸렸다가 가늠하듯 태훈의 얼굴을 바라봤다. 하고 싶은 일이 있으면 하고, 제멋대로 행동하는 주태훈이 고민할 만한 일이란 게 대체 뭐가 있을까 생각하다가 짐작 가는 게 있다는 듯 고개를 끄덕였다.

"그럼 그렇지. 내 그럴 줄 알았다."

태훈의 반듯한 눈썹이 심기 불편함을 드러내듯 천천히 구겨졌다. 이게 대체 무슨 소리를 하는 건가 싶은 얼굴로 쳐다보고 있자 제대로 헛다리를 짚은 해솔은 태훈이 잊고 있던 중요한 한 가지 사실을 깨닫게 했다.

"아빠한테 거짓말한 거 맞지?"

"내가 아버지한테 무슨 거짓말을 해?"

"선 말이야."

"선?"

"맞선. 그거 피하려고 여자 있다고 거짓말했는데 막을 핑계 안 떠오르니까 이러는 거 아니야?"

태훈의 얼굴이 딱딱하게 굳어졌다. 그걸 잊고 있었다. 정말 아예 까맣게 잊고 있었다. 태훈에게 폭탄을 하나 던져두고 자리에서 일어선 해솔은 냉장고에서 태연하게 물병을 꺼내어 들며 태훈의 속을 박박 긁어놨다.

"아빠가 준 기한이 한 달인데, 내가 보기엔 그 기한 다 채우기 전에 분명 다시 얘기 꺼내신다. 나도 사실 오빠 말에 반신반의하는데, 아빠가 정말 오빠 말을 믿어서 그 기한 준 거라고 생각해?"

해솔의 말대로였다. 아버지가 재촉할 때가 됐다. 태훈의 목울대가 한 차례 크게 움직인 순간이었다.

"내일 아침 먹을 때 다시 한 번 말씀하실 거 같은데."

그런 해솔의 예상은 조금도 빗나가지 않았다.

숟가락을 식탁 위에 내려놓는 소리가 오늘따라 유독 거칠게 들리는 것은 태훈의 착각이기를 바랐다. 하지만 평소보다 조금 높아진 음성은 그것이 착각이 아니라는 것을 말해주고 있는 것만 같았다.

"대체 언제 데리고 올 거야?"

태훈은 분명 밥을 삼켰는데 입안에서 쓴맛이 나는 것 같은 착각이 들었다. 앉은 자리가 가시방석이니 입으로 넘어가는 밥이 맛있을 리가 없었다. 뭘 먹든 모래 씹는 기분이었다.

"왜 대답이 없어?"

"아버지, 그게……."

"대회 참가한다더니 그게 아직 안 끝난 거야?"

마치 정지 동작이라도 되는 것처럼 태훈에게서 돌아오는 반응은 없었다. 젓가락을 쥔 손은 움직이지 않았고 굳게 다문 입술도 열릴 기미를 보이지 않았다. 태훈뿐만이 아니라 맞은편에 앉아 있는 해솔 역시 움직임을 멈춘 상태로 상황을 주시하고 있었다. 답을 하지 못하는 태훈을 바라본 아버지는 그럴 줄 알았다는 얼굴로 쯧 혀를 찼다.

"긴말할 거 없다. 조만간 약속 잡으마. 언제가 괜찮은지 최대한 빨리 일정 잡아서 말해."

"……."

"이놈이. 왜 대답이 없어?"

"아버지, 저 이제 징규리그 시작될 텐데 그럼 누구 만날 시간이……."

"누가 네놈보고 야구 하지 말래? 하루 24시간 야구만 하는 것도 아니고 쉬는 날도 있잖아. 너 시간 되는 날로 잡을 테니 날짜만 알려달라니까 뭐 그리 어려운 일이라고 고집을 부려?"

"아버지."

"일단 나가봐. 나도 한 번 봤는데 아가씨가 참하고 행동 하나하나가 바르더라."

그의 아버지는 이미 맞선 상대자의 얼굴까지 본 모양이었다. 태훈이 난감한 기색을 표했다.

"지난번에도 말씀드렸지만 선 자리는 좀……."

흥흥한 기세를 담은 아버지의 시선에 태훈은 결국 말끝을 흐렸다. 매번 이 주제로 이야기가 나올 때마다 태훈의 입장을 존중해 결국 아버지가 한발 물러섰지만, 이번만큼은 절대로 물러설 기색이 없어 보였다.

"내 분명히 말했다. 만나는 사람을 데리고 오든가, 아니면 선봐라."

딱 자른 대답이 돌아왔다. 태훈은 둘 중 하나만 선택이 가능한 모양이었다. 단호하게 상황을 정리한 아버지는 먼저 자리에서 일어나 부엌을 빠져나갔다. 태훈의 긴 한숨 소리가 이어졌고 상황을 주시하고 있던 해솔이 흥미 가득한 얼굴로 말했다.

"이번에 아버지 완강하시네. 한 번은 나가야 할 거 같은데."

태훈도 같은 생각이었다. 아무래도 이번에는 무슨 핑계를 대도 물러서실 것 같지 않아 한 번은 나가야 할 것 같았다. 그 생각을 하자 더는 입맛이 없었다. 시간을 한 차례 확인한 그는 자리에서 일어서려다 말고 해솔의 얼굴을 빤히 바라봤다. 식사하고 있던 해솔이 그 시선을 알아채고는 의아한 얼굴을 했다.

"왜?"

"너 오늘 병원 몇 시에 가?"

"병원?"

"애정이? 걔 입원해서 병원 간다며."

"아아. 난 또 뭐라고. 점심때쯤 가려고 했는데? 왜? 오빠도 갈래?"

"내가 거길 왜 가?"

태훈이 발끈해서 소리치는 바람에 해솔이 깜짝 놀라 젓가락을 손에서 놓쳐 버렸다. 놀란 가슴을 쓸어내린 그녀가 버럭 성질을 냈다.

"안 가면 안 가는 거지 왜 소리를 질러?"

"아버지가 직접 가라고 말씀하신 건데, 빈손으로 가지 말고 뭐라도 좀 사 가든가."

"내가 어련히 알아서 할까."

별걱정을 다한다며 해솔이 불만스럽게 중얼거리고는 떨어진 젓가락을 개수대에 넣고 새 젓가락을 꺼내어 왔다. 그때까지도 태훈은 미동 없이 자리에 앉아 있었다. 식사를 진작 끝냈으면서도 왜 저러고 있나 싶어 맞은편에 앉은 해솔이 식탁 위를 똑똑 두드렸다. 홀로 무언가 생각에 잠겨 있던 태훈의 시선이 다시 해솔의 얼굴에 닿았다.

"진짜 무슨 고민 있어? 요즘 대체 왜 그래?"

그러게. 내가 왜 이럴까.

작게 한숨을 내쉰 태훈은 그제야 자리에서 일어나 부엌을 벗어났다. 그리고 모습을 감춘 지 10분도 되지 않아 옷을 갈아입고 방을 나섰다. 그 모습을 본 해솔은 또 운동하러 나가냐며 질렸다는 얼굴로 혀를 찼다. 평소라면 한소리하고 나갔을 태훈이었지만 오늘은 그마저도 귀찮은지 대꾸

없이 집을 나서 가볍게 달리기 시작했다.

3월이라고는 해도 날은 아직 추웠다. 그 추운 날씨에 태훈의 이마에는 이미 땀이 송골송골 맺혀 있었다. 그는 처음 머릿속으로 예정한 코스를 다 돌았지만 집으로 돌아가지 않았고 다시 한 번 같은 코스를 뛰고 있었다. 컨디션이 좋지 않은 건지 물에 젖은 솜처럼 몸이 무겁다는 느낌이 들었지만 그는 개의치 않고 계속 달렸다.

잡생각을 떨치는 데 달리는 것만큼 좋은 건 없었다. 무언가에 집중하면 자연스럽게 다른 하나는 잊기 마련이다. 늘 그래 왔기에 오늘도 다르지 않으리라 생각했다. 그런데 대체 왜.

태훈의 걸음이 점차 느려지다 완전하게 자리에 멈춰 섰다. 허리에 두 손을 올린 채 숨을 몰아쉬던 그는 근처의 벤치에 자리를 잡고 앉았다. 정리되지 않은 거친 호흡이 그의 어깨를 잠시 들썩이게 했다. 호흡이 안정되어 갈 때쯤, 그는 고개를 들어 주변을 둘러봤다. 어디선가 애정이 툭 튀어나와 자신을 부를 것만 같았다.

"세뇌도 아니고. 이게 대체 무슨 짓을 한 거야."

깨닫고 보면 김애정 생각을 하고 있지 않은가. 태훈은 헛웃음을 터트리고는 고개를 숙여 아무것도 없는 땅을 내려다봤다.

애정과 계약을 하고 곁에 있던 것은 두 달 조금 안 되는 시간이었다. 그런데 이렇게까지 정이 들 수가 있나? 처음부터 범상치 않다 싶었는데 정말 김애정이 무슨 수를 쓴 모양이다.

"미친놈."

그리 생각하는 자신이 너무 우스워 태훈은 픽 웃고 말았다. 다시 고개를 든 그는 한 차례 길게 숨을 토해냈다. 계약은 끝이 났고 무효로 돌린 관계는 처음으로 돌아갔다. 애정이 그간 너무 자신의 곁에 붙어 있었기에 그냥 좀 허전한 감정을 느끼는 게 아닌가 하는 생각이 들었다. 시간이 좀 더 흐르면 예전처럼 돌아갈 수도 있을 것이다. 만일 감정이 생겼다 해도 연애 감정이 아닌, 그냥 정이 들었을 수도 있다. 지금 달라진 감정은 애정을 동생처럼 예뻐하는 것일 수도 있으니 좀 더 시간이 필요했다.

태훈은 여러 가지 방향을 생각했다. 그는 그만큼 신중하게 생각하고 결정을 내리려 했다. 섣불리 결정했다가 이번에도 상처 주면 스스로 용납할 수 없을 것 같았기 때문이었다. 처음에는 철없는 한때의 감정이라 생각했지만 이제는 애정이 자신에게 가진 감정이 진심이라는 것을 알고 있기에 더 그랬다. 조금만 더 시간을 가지고 떨어져 있어 보자. 그리고 제 감정에 확신이 선다면 망설이지 않을 것이다. 태훈은 그리 결론 내리고는 자리에서 일어섰다.

어느덧 해가 졌다. 요즘은 하루가 유독 길게 느껴지는데 정신 차리고 보면 또 저녁이 되어 있어 온종일 뭘 한 건지 잘 기억이 나지 않았다. 조금 이른 저녁 식사를 마치고 샤워를 한 태훈은 방으로 들어서다 말고 보일러 온도를 확인했다. 평소와 다르지 않게 방 안은 따뜻했는데 이상하게 으슬으슬한 느낌이 들었다.

시간이 좀 더 지나니 목이 따끔거리고, 마른기침이 났다. 이쯤 되니 무딘 태훈도 자신이 감기에 걸렸다는 것을 알아챌 수 있었다. 아침 내내 몸이 무거웠던 이유가 이거였나 보다. 그 몸으로 무리해서 달렸으니 더 탈이 날 수밖에 없었다.

태훈은 얼마 전까지만 해도 자신이 정말 건강하다고 생각했다. 뼈가 워낙에 튼튼한 건지 부상을 당하는 일도 거의 없었고 추운 날씨에도 감기에 걸린 일이 손에 꼽을 정도였다. 그런데 올해는 벌써 두 번이나 걸렸다.

"진짜 보약이라도 지어 먹어야 하나."

그는 침대에 풀썩 누워버렸다. 약을 사러 가기도 귀찮았다. 그대로 잠들면 좋으련만, 가만히 누워 있으려니 또 애정이 떠올랐다. 추위를 뚫고 이곳까지 와서 간호를 해주고 말갛게 웃어 보이던 얼굴이 선명하게 그려졌다. 아파서 그런 모양이다. 그간 아플 일이 거의 없기도 했지만, 어머니가 돌아가신 이후로 자신이 아플 때 그렇게까지 곁에 있어 준 사람은 애정뿐이었다.

"괜히 서럽네."

잠도 오지 않고 이대로 쉬기에는 머릿속이 복잡했다. 태훈은 결국 겉옷을 주섬주섬 챙겨 입고 집 근처의 약국으로 향했다. 종합 감기약 하나를 사 집으로 돌아오는데 때마침 귀가한 해솔이 대문 앞에 서 있었다.

"어? 오빠 어디 갔다 와?"

"잠깐 약국 좀. 넌 오늘 병원 갔다 왔어?"

"병원? 아, 애정이? 맞다. 오늘 거기 갔는데 난리더라."

뭔가 재미있는 일이라도 생긴 건지 웃음을 터트리는 해솔의 모습에 태훈이 궁금하다는 얼굴을 했다.

"왜?"

"점심때쯤 갔는데 애정이네 오빠랑 애정이 친구 한 명이 와 있더라고. 애정이 소꿉친구라는데 어제 애정이한테 고백했나 봐. 근데 그걸 애정이네 오빠가 문 앞에서 듣는 바람에 오늘 온종일 둘을 놀렸나 보더라고. 내가 갔을 때도 어찌나 놀려대던지. 그 착한 애정이가 나중에는 화를 내더라니까."

해솔은 재미있는 이야기인 것처럼 웃으며 말했지만 태훈은 조금도 웃을 수가 없었다. 웃음기가 싹 사라진 얼굴로 해솔을 바라보다 심각해진 음성으로 물었다.

"그래서? 어떻게 됐는데?"

"뭐가?"

"둘이 어떻게 됐냐고."

"글쎄? 거기까지는 안 물어봤지. 근데 뭐 뻔한 거 아니겠어? 고백했는데 같이 있고, 분위기 좋은 거 보면 잘됐겠지."

태훈의 걸음이 우뚝 멈췄다.

"잘 어울리더라. 잘생겼던데, 애정이 눈 엄청 높네."

해솔의 말이 더는 들리지 않았다. 고백했다던 애정의 소꿉친구가 해준이라는 것을 태훈은 어렵지 않게 짐작할 수 있었다. 어젯밤, 해준을 만나 쏟아부었던 말들이 떠올랐다. 해준의 고백은 자신이 부추긴 것이나 다름없었다.

"뭐 해? 거기 서서. 안 들어갈 거야?"

"먼저 들어가."

해솔이 의아한 듯 태훈의 모습을 바라보다 심각해 보이는 얼굴에 더는 말을 걸지 못하고 먼저 집 안으로 들어섰다. 해준이 고백했다는 소식에 마음 한편이 쿵 내려앉는 느낌이 들었다. 그것은 뭐라 설명할 수 없는 불안감과도 같았다.

태훈은 이런 감정이 생소했고 낯설었다. 정원 한가운데에 서서 초조한 얼굴을 하고 있던 그는 손을 들어 입가를 매만졌다. 그 순간 손목에 걸려 있던 봉투가 부스럭 소리를 냈다. 봉투 안에는 흔한 감기약이 하나 담겨 있었다. 아프다는 말에 약국을 털어오기라도 한 것처럼 약과 영양제를 한 아름 사 왔던 애정의 모습이 떠올랐다.

"오빠가 지금 좋아하는 사람이 없어서 그렇지, 나중에 생겨봐요. 아프다는 소리에 다른 일이 손에 잡히나."

애정이 다쳤다는 말에 그는 아무 일도 하지 못하고 시간을 보내다 결국 병원까지 갔다. 애정의 상태가 어떤지 제 눈으로 확인하고도 계속 신경이 쓰여 다른 일에 집중할 수 없었다. 어디 더 아프지는 않은지, 깁스한 팔은 괜찮은지, 온통 그 생각뿐이었다.

그렇게 좋아하는 운동을 해도 집중할 수 없고, 입맛도 없었다. 누우면 생각나고 저도 모르게 김애정을 찾고 있지 않았던가. 제 의지로 할 수 없는 일들이 있다는 것을 태훈은 여태껏 단 한 번도 경험해 보지 못했다. 감정을 가지게 되더라도 그에 휘둘릴 만큼 누군가를 좋아한 일이 없기 때문이었다.

누군가로 인해 다른 일이 손에 잡히지 않는다. 태훈은 지금 그것을 경험하고 있었다. 그 어린 애정도 아는 일을 자신은 이제야 깨달았다.

"동생처럼 예뻐?"

헛웃음이 터져 나왔다. 서른넷이나 먹었으면서 그걸 구분 못 했다. 시간을 가지다니. 조금 더 떨어져 있어 보다가 확신이 생기면 망설이지 않을 거라니. 누가 막연하게 기다려 주기나 한다던가. 김애정이 기다려 주지 않으면 끝인 것을.

서늘한 밤공기를 쐬고 있었지만, 태훈의 속은 되레 답답해져만 갔다. 해준이 어젯밤 고백을 했다. 그리고 오늘, 두 사람은 함께 있었다. 몇 달 사이에 자신의 감정이 변했듯이 애정의 마음도 변할 수 있었다. 특히나 해준과 애정은 오랜 시간을 함께한 사이이지 않던가.

상대방의 마음이 나와 같지 않을 거라는 작은 불안감은 가지고 있던 용기마저 갉아먹는다. 싫다는 말에 상처받고, 나와 같지 않은 마음을 확인하는 것은 두렵고 어려운 일인 것이다. 한 걸음 나서기조차 어려웠다. 일방통행인 마음은 그토록 서럽고, 상처투성이일 수밖에 없었다. 그런데 애정은 대체 어떻게 자신의 앞에서 웃으며 좋아한다는 말을 할 수 있었을까.

"지금 내 귀에는 그거 다 궤변이야."
"어째서요?"
"네가 바라는 일은 절대 일어나지 않을 테니까."

좋아한다며, 앞으로 많은 것이 변할 수 있다고 말하는 애정을 보며 태훈은 그리 말했었다. 그런데도 애정은 웃었다. 그녀의 감정은 처음부터 완벽한 일방통행이었다. 애정은 그걸 누구보다 가장 잘 알고 있음에도 마음을 전하는 일에 망설임이 없었다. 그것이 얼마나 큰 용기가 필요한 일인지 태훈은 알지 못했다.

감정은 드디어 형태를 갖췄다. 확신이 생기면 망설이지 않을 거라는 생각과 다르게 태훈은 그 자리에서 옴짝달싹 못 하고 있었다. 마음만 먹으면 다시 갈 수 있다니. 참으로 오만한 생각이었다. 애정에게로 가는 일이, 가장 어려운 일이 되어버린 순간이었다.

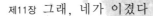

제11장 그래, 네가 이겼다

감기는 약으로 낫지 않았다. 태훈은 결국 다음 날 병원에 다녀와야 했다. 정규리그를 코앞에 두고 컨디션 조절도 못 하는 자신이 그렇게 한심할 수가 없었다. 병원에 다녀와 충분히 휴식을 취한 그는 며칠간 훈련에 집중했다.

형태를 갖춘 마음은 이제 더는 태훈에게 혼란을 주지 않았다. 감정에 대한 확신이 갖춰지자 머릿속은 되레 깨끗해졌다. 다만, 문득 생각나는 애정과의 기억에 울컥 감정이 치밀어 오를 때가 있을 뿐이었다. 애정과 해준의 관계가 정확히 어떻게 된 건지는 알 수 없었지만 태훈은 그 사실에 대해 아직 제 눈으로 확인하고 싶지 않았다. 그렇다고 누군가에게 물을 수도 없었다. 그렇게 일주일의 시간이 더 흘렀다.

「안 바쁘면 오늘 점심이나 같이 먹자.」

집에 돌아와 가방을 내려놓으려는데 한국으로 돌아온 민건에게서 문자가 도착했다. 예전이었다면 몇 시간 뒤에나 문자를 확인했을 것이다. 그만큼 태훈은 훈련 중에도, 쉴 때도 휴대전화를 쳐다보는 일이 거의 없었다. 무음이나 진동으로 해두던 휴대전화를 소리가 나게끔 바꿔놓은 것도, 틈틈이 확인하는 것도, 모두 애정으로 인해 생긴 습관이었다. 애정이 참 많은 것을 바꾸어놓았다. 정말 범상치 않은 스토커라고 실없는 생각을 하며 태훈이 픽 웃고 말았다. 그마저도 얼마 가지 못하고 씁쓸한 얼굴을 했지만 말이다.

액정을 가만히 바라보던 그는 몸을 일으켜 세우고는 시간을 확인했다. 최근 들어 조금 무리하지 않았나라는 생각이 들어서 오늘은 집에서 푹 쉬려 했지만, 쓸데없는 생각이 자꾸 들어서 편히 쉬는 것도 여의치 않을 것 같았다. 차라리 집을 나서 누구라도 만나는 것이 되레 마음이 편할 것 같았다.

점심 약속이니 세 시간 뒤쯤 보면 될 것이다. 아침도 제대로 먹지 못한 태훈은 점심이라도 잘 챙겨 먹자는 생각을 하며 곧바로 민건에게 연락해 약속을 잡았다.

"다이어트라도 하냐?"

뜬금없는 질문에 태훈이 미간을 좁혔다. 살면서 평생 한 번도 해보지 않은 것을 왜 갑자기 언급하는 건지 이해 못 한 얼굴을 하자 민건이 그의 팔뚝을 툭— 한 대 건드리고는 그런 질문을 한 이유를 덧붙였다.

"몸은 좋아졌는데 얼굴 살은 좀 빠진 거 같아서."

체중이 줄긴 했다. 아마 심적으로 받은 스트레스 때문일 것이다.

"다이어트는 무슨. 뭐 먹을 거야?"

"장어 먹자. 오늘 점심은 이 형님이 사마."

민건이 정한 점심 메뉴는 장어였다. 초벌구이한 장어가 불판 위에 놓였다. 장어가 구워지기를 기다리는 사이 겉절이를 비롯한 밑반찬을 하나씩 맛보고 있던 민건이 갑작스레 젓가락으로 태훈을 가리켰다.

"발은? 괜찮아?"

"어. 별거 아니었어."

"그래도 조심하지. 너 요즘 너무 열심히 해서 무서울 정도라는 말이 들리더라. 왜 그렇게 무리를 해?"

민건은 곧장 젓가락을 내려놓고 손을 뻗어 태훈의 팔을 두어 번 주물럭거렸다.

"이 새끼 진짜 몸 만든 거 봐. 한국에 있으면서 운동을 얼마나 해댔으면. 이거 반칙 아니냐?"

그렇게 말하는 민건 역시 최근 들어 누구보다도 열심히 하고 있었다. 그 사실을 알고 있는 태훈이 너나 잘하라며 코웃음을 쳤다. 다시 테이블로 다가선 직원이 어느 정도 구워진 장어를 가위로 잘라냈다.

"이제 드셔도 됩니다."

먹기 좋은 크기로 잘라낸 장어 하나를 상추에 싸서 입안으로 밀어 넣었다. 최근 들어 이상하리만큼 입맛이 없던 그는 장어가 맛있어서 먹기보다는 그냥 의무적으로 식사를 이어나갔다.

"주태훈 너는 집에서 결혼 압박 안 하냐?"

"갑자기 결혼 얘기는 왜?"

"이제 동갑내기 중에는 너랑 나만 남았잖아."

안 그래도 태훈은 오늘 아침에도 맞선을 보라며 아버지에게 압박을 받았다. 계속 버티고는 있었지만 조만간 그 자리에 끌려 나갈지도 모른다. 태훈이 깊은 한숨을 내쉬었다.

"왜 안 하겠냐. 맞선 자리 끌려 나갈 판이다."

"맞선? 그때 네가 말한 그 여자는?"

"무슨 여자?"

"너 여자 있는 거 같다고 석영이한테 들었는데. 네 얘기 아니라고 끝끝내 우기면서 상담했다며? 잘 안 됐어?"

석영은 다른 일에는 입이 무거우면서도 이상하게 태훈의 이야기를 민건에게 전하는 일이 많았다. 두 사람이 자주 으르렁거려도 태훈을 가장 많이 챙기는 사람이 민건이라는 쓸데없는 믿음을 가지고 있기 때문이었다.

"그런 거 아니야."

"아니긴, 인마."

갑자기 입안이 썼다. 애정에 대한 생각 때문이었다. 태훈은 잠잠한 휴대전화를 내려다봤다. 이런저런 협박을 하며 끈질기게 매달릴 거라 생각한 애정은 마치 다른 사람이라도 된 것처럼 연락 한 통 없었다. 태훈이 걱정한 것과 달리 단 한 통의 전화도 걸려오지 않았다. 정말 마음이 변했을 수도 있다. 해준과 잘된 거라면 이제 와서 애정을 흔들 수는 없었다.

"왜 전화에 대고 레이저를 쏘고 그래?"

태훈은 저도 모르게 또 휴대전화를 응시하고 있었다는 것을 깨닫고는 손을 뻗어 액정이 보이지 않게끔 뒤집어놓았다. 하지만 민건의 집요한 질문은 계속되었다.

"잘 안 되면 이 형님이 도와주랴?"

"네 앞가림이나 잘해라."

"너 다른 건 잘해도 연애는 초짜잖아. 운동하느라 제대로 된 연애나 해봤냐? 조언 구할 거 있으면 언제든 상의해라."

이미 끝났다. 그는 입 밖으로 내지 못한 말을 그대로 삼켜내며 싱거운 웃음을 짓고는 식사를 이어나갔다. 그 뒤로는 두 사람의 공통 화제인 야구에 관한 이야기를 나눴다. 매일 지겹게 하는 것임에도 민건과 만나면 어김없이 나오는 주제였다.

"나 화장실 좀."

자리에서 일어선 민건이 화장실로 향했다. 어차피 식사는 다 끝낸 상태였다. 민건이 밥을 사겠다고 했지만 태훈은 먼저 자리에서 일어나 계산을 마쳤다. 자판기에서 커피 한 잔을 뽑아 식당 밖으로 나온 그는 하늘을 올려다봤다.

"날씨 한 번 되게 우울하네."

우중충한 게 아무래도 눈이라도 올 것 같았다. 그는 민건을 기다리며 커피를 반 정도 비워냈다. 손바닥 전체에 전해지던 온기는 어느새 미지근한 온도로 변해 있었다.

"화장실 간다던 놈이 변기에 빠지기라도 했나. 왜 이렇게 안 나와?"

시간을 한 차례 확인한 태훈은 툴툴거리며 가게 입구를 바라보다 다시 정면으로 시선을 돌렸다. 때마침 신호가 바뀌어 횡단보도를 건너온 사람들이 그의 앞을 분주하게 지나쳐 갔다.

"먼저 주차장으로 가 있을 걸 그랬나."

신호는 이제 다시 붉은색으로 바뀌었다. 태훈이 다 식은 커피를 한 모금 입에 가져다 대려는 순간이었다. 아슬아슬하게 횡단보도를 건넌 무리 중 낯익은 얼굴이 눈에 들어왔다. 태훈을 알아본 두 사람의 걸음이 동시에 멈췄다. 해준과 애정이었다.

오늘의 외출은 아무래도 실패인 모양이었다. 심란한 마음을 조금이나마 정리하러 나온 것인데 이래서는 불난 집에 부채질한 꼴밖에 되지 않는

다. 설마 이런 곳에서 애정을 만나게 될 줄이야.

애정 역시 그를 보고 조금 놀란 얼굴을 했다. 누구 하나 먼저 인사를 건네는 일 없이 세 사람 사이에는 잠시 어색한 침묵이 흘렀다. 손을 들어 얼굴을 한 차례 쓸어내린 태훈은 속으로 민건을 욕했다. 아무래도 이 자식은 화장실을 새로 만들어서 사용하고 있는 모양이었다.

"오랜만에 뵙네요."

긴 침묵이 깨졌다. 해준이 먼저 인사를 건네었고 태훈은 그저 가볍게 고개를 끄덕였다. 함께 있는 모습을 보니 아무래도 두 사람이 잘되었을 거라는 쪽으로 생각이 더욱 기울었다. 해준이 고백했고 둘이 이렇게 함께 있는 거라면 결과야 뻔하지 않은가.

그는 남은 커피를 한 번에 마시고는 종이컵을 구겼다. 애정의 시선은 여전히 못 박힌 듯 그에게 고정되어 있었다. 태훈이 그대로 걸음을 돌리려 하자 애정이 그를 향해 소리쳤다.

"따라온 거 아니에요."

그의 걸음이 멈췄고 두 남자의 시선이 애정의 얼굴에 닿았다. 애정이 자신을 미행한 것도 아니었고, 여기 있는 것을 알고 일부러 이곳을 찾은 게 아니라는 것쯤은 태훈도 이미 알고 있었다.

"알아."

그리 대답하려던 게 아니었는데, 저도 모르게 퉁명스러운 답을 내어놓고 말았다. 태훈의 무심한 음성에 애정은 아랫입술을 꾹 깨물었다. 조금 화가 난 것 같았지만 이내 기가 죽은 듯 시무룩한 얼굴을 했다.

"사고가 좀 나서 병원에 입원했었는데, 오늘 깁스 푸는 날이라서⋯⋯."

그는 주변을 한 차례 둘러보고 나서야 식당 근처에 애정이 입원했던 병원이 있다는 사실을 깨달았다. 팔의 깁스는 풀었지만 애정의 얼굴은 여전히 좋지 않아 보였다. 마음 같아서는 걱정되는 마음에 이것저것 물어보고 싶었다. 하지만 차마 입이 떨어지지 않았다. 태훈은 애정이 깁스한 사실도, 병원에 입원했었다는 사실도, 지금 안 것처럼 행동해야 했다.

"넌 맨날 뭘 그렇게 다치고 다니냐."

괜스레 더 퉁명스럽게 말을 하고는 애정의 어깨너머를 바라봤다. 한 걸음 정도 뒤에 서서 태훈을 바라보고 있는 해준의 시선이 곱지 않았다. 이 정도 인사는 건넬 수 있다고 생각했는데 이해준의 생각은 전혀 다른 모양이었다. 그냥 먼저 돌아갈 것을 그랬다. 뒤늦게 후회하며 시간을 확인하고 있는데 등 뒤에서 익숙한 목소리가 들려왔다.

"계산 내가 한다니까 왜 했어?"

뒤를 돌아본 태훈이 작게 한숨을 내쉬었다. 유민건이 드디어 화장실을 벗어나 모습을 드러냈다.

"오늘 별다른 일 없지? 오랜만에 해솔이랑 아저씨 얼굴도 볼 겸 저녁까지 너희 집에 있어야겠다."

"그러든가."

태훈이 먼저 걸음을 옮겼다. 바로 뒤를 따르는 민건이 그의 어깨에 손을 올리고는 물었다.

"그래서, 너 선은 언제 볼 거냐?"

태훈의 걸음이 우뚝 멈췄다. 식사 도중에 잠시 나왔던 맞선 이야기는 아까 그 자리에서 끝을 맺은 거라 생각했다. 유민건이 하필이면 이 장소에서, 이 타이밍에, 맞선 이야기를 꺼낼 거라고는 생각도 못 한 태훈은 그 자리에서 돌이 된 듯 굳어졌다.

"이 새끼가 쓸데없는 소리를."

"왜? 내가 뭘 어쨌다고."

흉흉한 기세를 얼굴에 드러내며 민건을 한 차례 노려본 태훈이 슬쩍 뒤를 돌아봤다.

'아, 씨발.'

욕이 절로 나올 것 같았다. 멍하니 그의 얼굴을 바라보고 있던 애정의 얼굴이 미묘하게 변했다. 코트 자락을 쥔 두 손에 잔뜩 힘이 들어가 있었다. 눈물을 참는 것 같았지만 순식간에 커다란 눈에 눈물이 가득 고였다. 고인 눈물은 얼마 가지 못하고 뚝뚝 떨어져 내렸다. 애정은 떨어지는 눈물이 아니면 울고 있다는 것도 모를 정도로 소리조차 내지 않았다.

그 모습에 당황한 것은 태훈이었다. 왜 울어? 왜? 소리가 되어 나오지 못한 말이 입안에 맴돌았다. 애정의 마음이 변했을 것이라 생각했지만 그녀는 그 생각을 깨버리듯 누구보다 서럽게 울었다. 태훈이 저도 모르게 애정에게 다가서려다 걸음을 멈췄다. 해준의 손이 애정의 어깨를 감쌌다. 우는 그녀를 달래는 것을 보고는 태훈이 그대로 돌아섰다.

"봤어?"

"뭘?"

"조금 전 그 여자애."

스마트키를 꺼내어 차 문을 연 태훈은 무시무시한 시선으로 민건을 바라봤다. 그는 애정이 자신이 떠든 말 때문에 울었다고는 생각지도 못하고 계속해서 애정에 대해 떠들었다.

"뭐 저렇게 우냐. 소리도 없이 눈물이 뚝뚝 떨어지네. 그 옆에 서 있던 놈이 울린 건가? 훤칠하니 잘생겼는데, 역시 저런 놈들이 얼굴값 하는구나."

이 새끼가 혼자 소설을 쓰고 앉아 있다. 누가 울게 만들었는데 저따위 소리를 하는 건지. 태훈의 입매가 억지로 비틀리듯 위로 올라갔고 뒤늦게 그의 얼굴을 마주한 민건은 흠칫 표정을 굳혔다.

"너 왜 그렇게 웃냐? 흉악범처럼."

"너 그냥 집에 가라."

"왜?"

"아버지는 오늘 늦으실 거고, 주해솔 요즘 연애하느라 바빠."

"뭐?"

"그러니까 얼굴 다음에 보라고. 나 먼저 간다."

"야, 주태훈!"

운전석에 올라탄 태훈은 시동을 걸고 곧장 차를 출발시켰다. 사이드미러를 통해 멀어져 가는 민건의 모습이 보였다. 한참을 달리던 그의 차는 교차로의 신호에 걸려 잠시 멈춰 섰다. 태훈의 손가락이 초조함을 감추지 못하고 핸들 위를 툭툭 두드렸다.

소리도 내지 못한 채 눈물을 뚝뚝 흘리는 애정의 얼굴이 자꾸 머릿속에 떠올랐다. 안 본 사이에 마르기는 또 왜 그렇게 말랐는지. 매번 뻔뻔하리만큼 제멋대로 굴면서도 배시시 웃던 얼굴이 조금 전에는 웃음기 하나 담아내지 못하고 있었다.

'그냥 가도 괜찮은 건가?'

다시 돌아가야 할 것만 같았다. 가서 제대로 확인을 해야 할 것만 같았다. 지금을 놓치면 영영 기회가 없을 것만 같은 기분이 들어 마음이 초조해졌다. 핸들을 쥔 손에 절로 힘이 들어갔다. 어깨를 감싸며 울고 있는 그녀를 달래주던 해준의 모습이 떠올랐다. 이대로 돌아가도 괜찮은가? 정말 괜찮은 건가.

아니, 안 괜찮은 것 같았다. 애정을 걱정할 게 아니라 자기 자신부터 괜찮은지 돌아봤어야 했다. 태훈은 결국 차선을 옆으로 옮겨 유턴 신호를 받고 차를 돌렸다.

"하아, 하아."

주차장에 차를 세워두고 다시 가게 앞으로 달려간 태훈은 거친 숨을 몰아쉬며 주변을 둘러봤다. 하지만 애정은 이미 그 자리에 없었다. 허탈감으로 인해 온몸에 힘이 빠지는 느낌이 들었지만 이대로 돌아갈 수는 없었다. 태훈이 휴대전화를 꺼낸 순간이었다.

"생각보다 늦었네요. 더 빨리 올 줄 알았는데."

등 뒤에서 들려온 음성에 태훈이 뒤를 돌아봤다. 그렇게도 찾던 애정 대신 해준이 그 자리에 서 있었다. 태훈은 기가 차다는 얼굴로 그를 바라보며 웃었다.

"너, 나 다시 여기로 올 거 알고 있었냐?"

해준은 대답 대신 다른 질문을 했다.

"계속 못 물어봤는데, 뭐 하나만 물어볼게요. 계약 왜 먼저 깼어요?"

그 질문에 담긴 진짜 의미를 태훈은 알고 있었다. 태훈이 얼마 전까지 스스로 확신하지 못했던 것을 해준은 이미 알고 있는 것 같았다. 그가 다시 이곳으로 돌아온 것으로 인해 그 답이 나온 것이다.

"좋아하잖아요, 김애정."

역시 알고 있었다. 태훈은 조금 곤란한 얼굴을 했다. 며칠 전까지만 해도 스스로 자각하지 못한 사실을 남의 입을 통해 들으려니 기분이 무척이나 나빴다. 머저리가 따로 없다. 뭐 이런 병신 같은 짓을 한 건지. 이래서는 운동하느라 제대로 된 연애는 해봤냐며, 연애 초짜라고 놀리던 민건의 말을 부정할 수 없을 것 같았다.

태훈은 당장에라도 애정을 찾고 싶었다. 하지만 그전에 먼저 정리를 해야 할 일이 눈앞에 남아 있었다. 잠시 갈등하던 그는 해준에게로 다가

서며 물었다.

"너, 술 좀 하냐?"

"이 시간에 술을 마시자고요?"

뜬금없는 태훈의 말에 해준은 표정을 구겼다. 시간은 이제 고작 2시를 넘긴 상태였다. 하지만 밥은 이미 먹었고 해준과 사이좋게 차를 마실 수도 없는 노릇이었다. 남자끼리 허심탄회하게 이야기를 하려면 역시 술보다 좋은 건 없을 거 같았다.

"따라와."

태훈이 먼저 걸음을 옮겼다. 해준은 싫은 내색을 가득 드러내면서도 할 수 없다는 듯이 그를 따라 걸음을 옮겼다.

두 사람은 술을 마실 가게를 찾다가 근처에 문을 연 치킨집으로 들어섰다. 후라이드 치킨 한 마리와 맥주 500cc 두 잔을 시켜두고는 처음에는 말없이 술만 마셨다. 해준의 잔이 비워진 것을 확인한 그는 추가로 술을 주문했고 그 행동을 몇 차례 반복했다. 좀 더 시간이 지나고 나서야 자신이 큰 실수를 했다는 것을 깨달았다.

"야, 너 벌써 취했냐?"

그가 예상치 못한 것이 있었다. 해준은 태훈이 예상한 것보다 주량이 약했다. 첫 잔을 비워내고 두 번째 잔을 주문했을 때까지는 침묵을 유지하고 있던 녀석이 갑자기 말이 좀 많아진다 싶더니만 어느 순간부터 했던 얘기를 또 하고, 다시 또 하고, 또 같은 이야기를 반복했다.

대화하러 왔으니 누구라도 먼저 말을 꺼냈어야 했는데 계속해서 각자 술잔만을 기울인 것이 문제였다. 그냥 곱게 취했으면 또 모르겠지만, 해준의 주사는 태훈을 상당히 힘들게 했다.

"아, 이 새끼 주사 장난 아니네."

그는 벌써 스무 번째 같은 말을 듣고 있었다. 태훈은 이를 악문 것 같은 음성으로 그를 달래듯이 말했다.

"그래, 네가 김애정 좋아하는 거 이제 잘 알겠으니까. 그만하자. 응?"

"형, 지인짜 김애정 좋아해요?"

술 하나 마셨다고 사람이 이렇게 달라질 수가 있나? 냉랭하던 태도는 어디 가고 해준은 이제 아예 친근하게 태훈을 형이라 부르고 있었다. 얼굴색도 변하지 않았고 발음도 중간에 조금 늘어지는 부분을 뺀다면 전혀 취하지 않은 것 같았다. 하지만 형이라는 호칭 하나만으로도 태훈은 그가 취했다는 것을 확신할 수 있었다. 해준은 그의 대답을 듣기도 전에 다시 같은 말을 반복했다.

"나는 되게 예전부터 좋아했는데에."

"그럼 김애정이 나 좋아하기 전에 진작 고백하지 그랬냐? 너 정도 외모에 소꿉친구라는 것까지 이용하면 얼마든지 기회 있었을 거 아니야."

"내가 김애정이랑 너무 어울리지 않았으니까아."

이건 또 무슨 소리인가. 아무래도 정상적인 대화를 할 수 없을 것 같았다. 그만 자리에서 일어나야 하는 건가 싶어 깊은 한숨을 내쉰 태훈이 해준의 한쪽 팔을 붙들었다. 하지만 해준은 그 손을 쳐냈다.

"아, 이 새끼 술주정은. 야, 헛소리 말고 그만 일어나."

"내가 되게 뚱뚱했거든요."

"뭐?"

해준은 갑자기 자신의 가방을 뒤지며 주섬주섬 뭔가를 찾기 시작했다. 그리고 지갑 안쪽에 감춰둔 사진 하나를 꺼내었다.

"자요."

"이게 누군데?"

"누구긴 누구야, 나지."

태훈이 사진을 내려다보고 다시 눈앞의 얼굴을 바라봤다. 그는 곧 기함한 얼굴을 했다.

"야, 이게 너라고?"

그런 반응이 당연하다는 듯이 해준은 고개를 끄덕였다. 술을 먹어서 그런지 태훈에게 세워둔 방어막이 무너지기라도 한 것처럼 해준은 그를 보며 실없이 웃어 보이기도 했다.

"고3 때 지독하다는 소리 들을 정도로 살을 뺐어요. 한 삼십 킬로 뺐나."

사진을 다시 지갑 안에 보이지 않도록 넣어둔 해준은 술을 마셨다. 태훈은 저걸 말려야 하나 잠시 고민했지만 이미 취할 대로 취한 것 같으니 그대로 두기로 했다.

"그때는 주위에 다 불친절한 사람들뿐이었거든요. 보이는 거로 사람 판단하는 놈들뿐이었으니까. 은근히 따돌림도 당했고, 괴롭힘도 당하고. 뭐, 그래서 내 성격도 같이 삐뚤어진 것 같지만."

해준은 배시시 웃고는 다시 술을 입에 가져다 댔다. 탕— 잔을 내려놓는 손길이 거칠었다.

"하루는 오전 내내 진짜 아팠던 날이 있었거든요. 책상 위에 엎드려서 끙끙거리고 있는데, 누구 하나 아프냐고 물어봐 주는 사람이 없는 거예요. 도와달라는 말 한마디 나오지 않을 정도로 아팠는데. 하필 다음 시간이 체육이라 다들 운동장으로 나가고 교실에 홀로 남겨졌어요. 참다 못해서 애정이한테 전화했는데, 그때 애정이 학교가 우리 학교에서 한 시간 거리에 있었거든요. 근데 애정이가 왔어요. 거기까지. 나 아프다는 말에."

"......"

"애정이가 그런 애예요."

왜 내가 이런 얘기까지 해야 하는 거지— 작게 덧붙이는 목소리가 들려왔다. 해준은 다시 맥주잔을 입에 가져다 댔다. 하지만 남은 술이 없었다. 그는 당연하다는 듯이 태훈의 앞에 놓여 있는 맥주잔을 가져갔다. 태훈이 잠시 미간을 좁혔지만 굳이 그것을 빼앗지는 않았다.

"좋겠다, 형은. 애정이가 좋아해 줘서."

이제 해준은 곧 쓰러져도 이상하지 않을 정도로 눈이 풀린 상태였다. 내려놓은 맥주잔을 찾는 건지 손으로 테이블 위를 더듬다 그대로 잔을 엎어버렸다. 태훈이 쯧 혀를 차고는 잔을 제대로 세우고 티슈를 뽑아 테이블 위를 닦아냈다.

"좋겠다."

이제 테이블 위에 아예 엎드려 버린 해준을 보고 그가 작게 한숨을 내쉬었다. 애정은 친구들에게 지갑 취급을 당한 적이 있다고 말했다. 하지만 인생에 있어 제대로 된 친구 하나만 있어도 성공한 삶이라는 말을 하며 자신은 괜찮다고 했다. 해준이 있기 때문이었다. 서로에게 누구도 대신할 수 없는 소중한 존재이긴 하나 그 감정에는 큰 차이가 있었다.

"야, 일어나."

"놔아요. 혼자 일어날 수 있어요."

"넘어져서 머리 깨지지 말고 잡아."

해준은 곧 죽어도 태훈의 도움은 받기 싫은 건지 그 손을 뿌리쳤다. 비틀거리면서도 혼자 힘으로 몸을 일으켜 세웠다.

"술값은 형이 계산해요. 설마 가난한 대학생한테 이것까지 내라고 하지는 않겠죠."

가난한 대학생 코스프레는. 태훈이 기가 찬다는 얼굴로 해준의 어깨를 눌러 다시 자리에 앉혔다. 부축도 없이 해준을 혼자 걸어나가게 할 수는 없었다. 저 상태로는 가게를 나서자마자 넘어질 것이라고 100% 확신할 수 있었다.

"잠깐 있어."

계산을 마치고 해준을 부축해 가게를 나선 태훈은 대리 기사를 불러 차에 올라탔다. 결국 제대로 된 대화는 하지 못했다. 이럴 줄 알았으면 차라리 애정이나 쫓아갈 것을.

"야, 집이 어디야."

"……."

"야, 이해준!"

해준은 묵묵부답이었다. 집이 어디냐고 열 번을 넘게 묻고 나서야 간신히 답을 들을 수 있었다. 가는 내내 해준은 창밖을 바라보고 있었다. 태훈은 그런 해준에게 굳이 말을 걸지 않았다.

"여기인 것 같은데요?"

"기사님 잠시만 기다려 주세요. 이 녀석 좀 내려주고 다시 올게요."

"네, 그러세요."

태훈은 차에서 내려 해준을 부축했다. 가난한 대학생이다 뭐다 떠들더니 사는 곳은 이 근방에서 꽤 비싸다고 소문난 오피스텔이었다.

"이 새끼가 가난한 대학생 좋아하네. 야, 몇 호야?"

"……."

"몇 호냐니까?"

"……501호."

엘리베이터에 올라탄 태훈은 해준의 주머니를 뒤졌다. 얼마 지나지 않아 그의 손에 카드키 하나가 딸려 나왔다. 고개를 든 해준은 집 앞에 도착한 것을 확인하고는 태훈의 팔을 뿌리쳤다. 술만 안 취했으면 길바닥에 버리고 왔을 텐데. 이놈이 뭐가 예쁘다고 여기까지 데려다줬을까.

"야, 키 가지고 가. 들어가서 자라. 그리고 너, 다신 술 마시지 마. 알았어?"

그대로 돌아서려는데 해준이 그의 앞을 가로막았다. 이 자식이 또 왜 이러나 싶어 한껏 짜증스러운 표정을 짓자 해준의 표정은 곧 울 것처럼 변했다.

"저요, 김애정한테 고백했어요."

알고 있었다. 태훈은 입을 다물고 있었지만 이어질 이야기에 온 신경이 곤두서 있었다.

"차였어요."

"……그러냐."

한 템포 늦게 답이 흘러나왔다. 그 짧은 답 하나에 안도한 자신이 우스워질 지경이었다.

"형이 병원 온 거 보고 마음이 급해졌어요. 혹시나 다시 시작하자고 하면 어쩌나 싶어서. 그래서 이번엔 내가 선수 치려고 고백했어요."

"……."

"근데 조금의 여지도 안 주더라고요. 완전히 깨끗하게 차였어요."

그는 고개를 들어 태훈을 가만히 바라봤다. 금방이라도 울 것 같은 얼굴이었지만, 자존심 때문인지 울지는 않았다.

"애정이가 좀 제멋대로인 거 같아도, 착해요."

"알아."

"근데 왜 하필 너 같은 놈을."

"뭐?"

"씨발. 그렇게 오래 좋아했는데, 왜 내가 아니라 너야."

혹시 지금 싸우자는 걸까. 이 새끼 취한 척하는 거 아니야?

태훈은 최대한의 인내심을 발휘했다. 안 그런 척, 하도 어른스러운 척을 해서 몰랐는데 눈앞의 해준도 어리긴 어렸다. 그 생각을 하자 헛웃음이 터져 나왔다.

이해준은 술에 취했다. 눈앞의 이놈은 주정뱅이에 불과하니 얼른 들여보내고 돌아가자. 그리 생각하며 키를 다시 빼앗아 문을 연 순간이었다.

"김애정 안 그래 보여도 내내 혼자 울었어요. 형 보고 싶다고."

등 뒤에서 들려온 음성에 태훈이 입을 꾹 다물었다. 역시 괜찮을 리가 없었다. 그가 울리지 않는 전화를 보며 생각보다 괜찮은가 보다 하고 결론 내리고 있을 때, 애정은 내내 그의 전화를 기다리며 울고 있었다.

"야."

비틀— 균형을 잃을 것 같던 해준의 몸이 간신히 벽에 기댄 채로 다시 중심을 잡았다. 해준은 천천히 그를 바라봤다.

"왜요?"

"김애정이 그러더라. 이해준 네가 자기한테 진짜 둘도 없는 좋은 친구라고. 평생 잃고 싶지 않다고."

"그래서요?"

"일, 이 년 알고 지낸 사이도 아니고 이 일로 혹시라도 인연 끊지 말라고."

사실 이렇게 말할 필요도 없다는 것을 태훈은 알고 있었다. 고백을 했고 차였음에도 두 사람이 함께 있는 모습이 모든 것을 말해주고 있었다. 좋아하는 감정을 배제하고라도 소중한 존재일 것이다. 아마 그건 앞으로도 다르지 않을 것이다. 해준은 태훈을 가만히 바라보다가 헛웃음을 터트렸다.

"그거야 내 마음이지."

"그렇게 억울하면 차라리 지금 나 한 대 쳐라."

"……."

"아니다. 세 대까지는 맞아줄게."

"그렇게 말하면 내가 못 때릴 줄 알죠?"

해준은 비틀거리는 걸음으로 거리를 좁혀 태훈의 앞에 멈춰 섰지만 주먹은 휘두르지 않았다. 그를 지나쳐 열린 문을 통해 안으로 들어서려던 그는 마지막으로 태훈을 바라봤다. 중얼거리듯 낮은 음성으로 인사 아닌 인사를 건네었다.

"재수 없어."

쾅— 문이 닫혔다. 이해준 다운 인사라는 생각이 들었지만 기분이 썩 좋지 않았다. 굳어진 채로 서 있던 태훈은 이미 닫혀 버린 문을 보고 헛웃음을 터트렸다.

"그럴 일도 없겠지만 내가 다시 너랑 술을 마시면 사람이 아니다."

그리 중얼거리고는 다시 차에 올라탔다. 대리 기사에게 집의 위치를 설명한 뒤 그는 눈을 감았다.

"김애정 안 그래 보여도 내내 혼자 울었어요. 형 보고 싶다고."

해준의 그 말이 태훈의 마음을 어지럽혔다. 다시 눈을 뜬 그는 휴대전화를 꺼내어 들었다. 애정의 번호를 찾아내어 통화 버튼을 누를까, 말까 고민하고 있을 때였다.

"여기 맞습니까?"

대리 기사의 말에 태훈은 뒤늦게 주변을 둘러봤다. 어느새 집 앞이었다. 그는 결국 전화를 하지 못하고 휴대전화를 다시 주머니 안에 넣었다. 시간도 늦었고, 통화보다는 얼굴을 보고 얘기하고 싶었다. 내일 직접 애정을 찾아갈 생각이었다.

"네. 저 앞에 주차해 주세요."

태훈은 금액을 지급하고 스마트키를 건네어 받았다. 멀어져 가는 대리 기사의 뒷모습을 한 차례 응시하고는 차에 기대어 섰다. 태훈도 술을 마신 상태였기에 이곳에서 조금만 더 시간을 보내다가 술기운이 좀 사라지면 집으로 들어갈 생각이었다.

'저건 또 뭐야.'

그는 집 앞 담벼락에 누군가 쭈그려 앉아 있는 모습을 발견했다. 어둠 속에서 그 모습을 한참 응시하고 있다가 담을 향해 걸음을 옮겼다.

터벅터벅— 조용한 골목에 울려 퍼지던 발걸음 소리가 멈췄다. 담 앞에 쭈그려 앉아 있는 이는 미동 없이 무릎에 얼굴을 묻고 있었다. 눈에 보이는 것은 당고 머리를 한 동그란 두상과 소라색의 베이직 코트를 입은 옷차림뿐이었다. 하지만 그는 굳이 얼굴을 확인하지 않아도 눈앞에 있는 이가 누구인지 이미 알고 있었다. 몇 시간 전, 본 기억이 있는 옷차림이었다.

"야."

머리 위에서 떨어진 음성을 분명 들었을 텐데도 상대방은 여전히 미동이 없다. 태훈은 그 앞에 쭈그려 앉아 팔을 툭 건드렸다. 그래도 고개를 들지 않았다. 작게 한숨을 내쉰 그는 결국 입안에 맴돌던 이름을 내뱉었다.

"김애정."

그제야 애정이 고개를 들었다. 그는 곧 난감한 기색을 얼굴에 드러냈다가 힘없이 웃었다. 태훈과 헤어진 뒤로 내내 혼자 울었다던 김애정은 지금도 울고 있었다.

코끝이 빨갛다. 3월이지만 아직 아침저녁으로는 추운 날씨였다. 얼마나 오래 이곳에 있었던 건지 애정의 양 뺨은 추위에 질려 붉어져 있었고 두 눈은 퉁퉁 부어 있었다. 눈물로 엉망이 된 얼굴을 가만히 바라보고 있는데 애정이 손을 들어 손바닥으로 두 눈을 꾹꾹 힘주어 눌렀다. 하지만 닦아내기가 무섭게 다시 눈가에 고인 눈물이 뺨을 타고 흘러내렸다.

"너 여기서 뭐 하는데?"

"기다렸는데, 흡. 왜 이제 와요?"

만나자고 약속을 한 것도 아니었고, 기다리겠다고 태훈에게 말을 전한 것도 아니었다. 예전에는 귀찮으리만큼 전화도 잘하더니만 이럴 땐 왜 전화 한 통 없이 막연하게 기다리기만 하는 건지. 그사이 전화번호가 바뀐 것도 아니었다. 만일 휴대전화에서 태훈의 번호를 지웠더라도 두 사람은 서로의 번호를 외울 수도 있을 만큼 많은 통화를 했었다.

"전화는 장식이야? 네가 여기 있는지 내가 어떻게 알아?"

"그렇게 계약서 툭 버리듯이 던지고, 화내고 갔으면서, 어떻게 제가 먼저 전화해요?"

"여기서 이렇게 기다리는 건 내가 화 안 낼 거 같고?"

"그래도 얼굴 보면 덜 화낼 거잖아요. 오빠 마음 약하니까."

말도 안 되는 논리에 태훈이 황당한 얼굴을 했다. 계약은 무효라는 이야기를 꺼냈을 때 딱히 화를 낸 것은 아니었다. 애정에게 화가 난 것이 아니라 자신에게 화가 나 있었는데 그 때문에 자신이 무서운 얼굴을 하고 있던 것을 그는 알지 못했다. 선을 긋고 확실하게 입장을 전한다는 것이 애정에게는 그리 보인 모양이었다. 울음을 참느라 아랫입술을 꾹 깨물고 있는 애정의 얼굴은 꼭 심통이 난 것으로 보였다.

"내가 집에 안 왔으면? 여기서 이러고 온종일 있을 생각이었어?"

"오빠는 훈련장이랑, 흑. 헬스장이랑, 집 아니면 갈 데도 없잖아요."

다시 눈물을 뚝뚝 흘리면서 건넨 말에 태훈은 잠시 기가 막힌다는 얼굴을 했다. 턱을 괸 채로 애정을 가만히 바라보던 그가 뒤이어 짧게 웃음을 터트렸다. 울면서도 대답은 꼬박꼬박 하는 게 딱 김애정다웠다. 몇 시간 전까지만 해도 텅 비어버린 것 같던 마음이 애정을 보게 됨으로써 거짓말처럼 온기가 들어찼다. 꽉 채워진 느낌이었다. 이 조그만 게 대체 무슨 짓을 한 건가.

"그만 좀 울어. 어디 초상났냐?"

그녀는 마음을 가라앉히려는 건지 길게 한 차례 숨을 토해냈다. 붉은 입술이 벌어지며 하얀 입김이 터져 나왔다. 하지만 별다르게 도움이 되지 않는 건지 커다란 눈에서 또다시 눈물이 흘러내렸다.

"오빠 진짜 맞선 봐요?"

"뭐?"

"아빠가…… 흐흑."

아빠가?

태훈은 끝을 맺지 못한 애정의 말에 의아하다는 얼굴을 했다. 말은 해야겠고, 눈물이 나오니 울기도 해야겠고, 두 가지 일을 한 번에 하느라 애정은 바빠 보였다. 그는 인내심 있게 이어질 말을 기다렸다.

"아빠가 오빠 아버지랑, 흑."

"울지 말고 제대로 좀 말해."

"그러니까 오빠 아버님이랑 우리 아빠랑 통화할 때, 오빠 맞선 보게 할 거라고 해도 나는 안 믿었는데."

민건이 이야기하기 전에 애정은 이미 그의 맞선에 관한 이야기를 들었다. 하지만 믿지 않았다. 태훈이 절대로 맞선을 볼 리 없다고 생각했기 때문이었다.

"그걸 왜 안 믿어?"

"오빠는 야구밖에 모르잖아요. 운동 바보인데."

당연하다는 듯 돌아온 대답에 태훈이 떨떠름한 표정을 지었다. 누가 들으면 야구에 미친 놈인 줄 알겠네. 태훈이 작게 한숨을 내쉬고는 손을 뻗었다. 눈가에 흐른 눈물을 닦아줬는데 닦아준 보람도 없이 다시금 눈물이 흘러내렸다.

"안 믿는다면서 왜 우는데?"

"아까 가게 앞에서 본 그 오빠가 오빠랑 제일 친한 친구인데, 그 오빠가 말하는 거면 확실한 거잖아요."

태훈은 민건을 애정에게 소개해 준 적이 없었다. 그럼에도 애정은 태훈과 가장 친한 친구가 민건인 것을 알고 있었다. 도대체 김애정의 정보력은 어디까지인 건가 싶어 태훈이 잠시 표정을 굳혔다. 애정은 이제 엉엉 소리 내 울었다. 눈물이 쉴 새 없이 볼을 타고 흘러내려 붉어진 손등 위를 적셨다.

그만 울라고 달래려던 태훈은 잠시 행동을 멈췄다. 그녀에게로 뻗으려던 손은 허공에 멈춰 있었고 반듯한 미간에는 주름이 잡혀 있었다. 어디선가 본 듯한 이 기시감은 뭐지?

"너, 내 앞에서 이렇게 엉엉 운 적 있었나?"

애정이 그를 올려다봤다. 울음을 참느라 입을 꾹 다문 탓에 애정의 어깨가 두어 번 들썩였다. 이유는 모르겠지만 태훈의 말에 그녀는 더 서러워진 건지 참지 못하고 또 엉엉 울었다. 태훈은 당황했다. 이렇게 울다가는 탈진이라도 할 것 같았다. 거기다 우는 소리가 워낙에 커서 조금만 더 이러고 있다가는 동네 사람들이 다 나와볼지도 모를 일이었다.

"일단 일어나."

해솔이나 아버지가 보기라도 하면 큰일이었다. 태훈은 애정을 자리에서 일으켜 세웠다. 얼마나 쭈그려 앉아 있던 건지 제대로 걷지도 못하는 것 같아 그녀를 부축해 주려고 손을 잡았는데 그 손이 얼음장처럼 차가웠다. 발끈한 그는 화를 내듯 소리치고 말았다.

"대체 몇 시간을 여기 있던 거야?"

"흡, 네 시간이요."

태훈이 차를 세워둔 곳으로 다가서서 보조석에 애정을 태웠다. 술을 마셨기에 운전을 할 수는 없었고 차 안에서 대화를 나눠야 할 것 같았다. 히터를 틀고 좌석의 열선도 켜고, 입고 있던 외투까지 벗어서 애정의 몸을 덮어주었다.

"야, 그만 울어. 지구 멸망이라도 온대?"

"저한테는 지구 멸망보다 더 절망적인 소식이잖아요."

애정에게는 태훈이 맞선을 보는 일이 지구 멸망보다 더 중요했나 보다. 그는 핸들에 기대어 턱을 괸 채로 그녀를 바라보다 다시 한 번 짧게 웃음을 터트렸다. 심각한 애정을 보면 웃을 일이 아닌 것 같은데, 자꾸만 웃음이 터져 나왔다.

"마음 변한 줄 알았더니."

애정은 작게 중얼거린 태훈의 목소리를 듣지 못했다. 한참을 울다 조금 진정이 된 건지 눈물을 닦아낸 애정은 그의 눈치를 보다가 고개를 숙였다.

"오빠."

"왜?"

"왜 갑자기 계약도 깨고, 맞선도 봐요? 나한테 화났어요?"

태훈은 답하지 않았다. 뭐라 말해야 할까, 고민하고 있던 것뿐이었는데 그 침묵을 견뎌내지 못한 애정은 다시 금방이라도 눈물을 쏟을 것 같은 얼굴을 했다. 두 손을 모아 꼼지락거리며 그의 얼굴을 힐끗 올려다보고, 다시 고개를 숙이는 행동을 반복하던 그녀는 태훈을 바라보며 조심스럽게 물었다.

"내가 거짓말해서 그래요?"

거짓말? 이건 또 무슨 소리인가.

태훈은 그녀의 말을 이해하지 못해 인상을 구겼는데, 애정은 그가 화를 내는 걸로 착각을 했는지 아랫입술을 꾹 깨물며 다시 눈물을 뚝뚝 흘렸다.

"오빠가 계약서 내밀면서 이제 이거 다 무효라고 말한 날, 그랬잖아요. 오빠한테 속인 거 없냐고."

아, 그거.

애정은 대추 알레르기가 있으면서도 태훈에게 말하지 않고 음식을 먹었다. 그 때문에 대회에 못 나가게 됐으면서도 내색하지 않은 일 때문에 그리 말했던 것을 태훈은 뒤늦게 기억해 냈다. 괜찮으니 이제 그러지 말라고 말하려는 순간이었다.

"거짓말해서 미안해요. 속이려던 건 아닌데, 흑. 그렇게라도 옆에 있고 싶어서. 흐흑."

다시 눈물샘이 터졌다. 태훈은 그런 애정을 보며 여전히 영문을 모르겠다는 얼굴을 했다. 조금 더 지켜보고 있으려니 아무래도 애정은 대추 알레르기에 관한 이야기를 하는 것 같지 않았다. 대체 뭘 속였다는 건가.

"잘못했어요."

"뭘?"

그는 애정이 지금 무슨 말을 하는 건지 전혀 모르고 있었지만, 추궁하듯이 물었다. 마치 네가 뭘 잘못한 건지 제대로 알고 있는 거야, 라고 묻는 듯한 태도였다. 그리고 애정은 그걸 덥석 물었다.

"거짓말한 거요. 오빠가 나한테 키스도 안 했는데 그걸로 거짓말하고, 반 협박해서 계약서 작성한 거요. 사진도 없는데, 흐흑. 있는 척하고."

커다란 돌로 머리를 한 대 맞은 기분이었다. 자신이 지금 뭘 들은 건가. 태훈이 눈동자를 이리저리 굴리며 잠시 생각을 정리했다. 애정이 지금 한 말을 정리하자면, 계약서를 쓴 원인이 되었던 키스는 처음부터 있지도 않은 일이었고 애정은 그걸 알면서도 태훈을 반 협박해 계약서를 작성했다는 것이다.

"안 했어? 그럼 그 새끼가 봤다는 건 뭐야?"

"네?"

"석영이. 그날 같이 술 먹은 애 중에 너랑 키스하는 거 봤다는 애가 있었는데."

"그 덩치 좋은 오빠요?"

"그래. 그놈."

"때마침 술집에서 나왔는데 그 오빠가 오해했어요."

"어떻게 그걸 오해해?"

"……그 오빠 서 있던 위치에서 보면 각도상 그렇게 보일 만한 상황이었거든요. 키스하기 직전이라고 생각할 정도로 가까웠으니까요."

"뭐?"

태훈의 목소리가 커졌다. 어깨를 움츠린 애정이 그의 눈치를 봤다. 그의 반응이 심상치 않았다.

'이게 아닌가? 설마 모르고 있었나?'

뒤늦게 사태 파악에 들어갔지만 이미 엎질러진 물이었다. 그녀는 기어들어가는 목소리로 사과를 건네었다.

"미안해요."

"이게 하다 하다, 이제 나한테 사기까지 쳐?"

생각지도 못한 진실을 알게 된 태훈은 기가 차다는 얼굴을 했다가 곧 헛웃음을 터트렸다. 애정은 울먹이는 얼굴로 변명 아닌 변명을 덧붙였다.

"오빠가 좋아서 그랬어요. 너무 좋은데 오빠는 야구밖에 모르고, 연애에 관심도 없고, 만나주지도 않을 거 뻔하니까."

얘를 어쩌면 좋을까.

손을 들어 이마를 짚은 그는 잠시 미동 없이 그 상태로 정면을 바라보다가 다시 애정을 향해 시선을 돌렸다. 애정은 태훈이 도망이라도 갈까 싶은지 그의 옷깃을 손으로 꽉 쥐고 있었다. 어찌나 힘을 주고 있는지 저 작은 손이 뼈마디가 다 드러날 정도였다.

"잘못했어요, 오빠."

해를 끼치려던 것은 아니었을 것이다. 애정은 그저 태훈이 좋아서 그런 거짓말을 했을 것이고 태훈은 그런 그녀의 말을 믿었다. 애정의 말대로 만일 애정이 정석대로 고백했다면 태훈은 받아주지 않았을 것이고 한참 어린 애정의 진심을 한 때의 지나가는 감정으로만 생각했을 것이다.

말도 안 되는 계약서를 돌려준 뒤 시간이 흐르는 동안 태훈은 틈나는 대로 휴대전화를 확인했고 애정에 대해 떠올렸다. 위험하지 않나, 라고 생각했던 것은 자신의 착각이었다. 이미 그는 순정을 가장하고 자신의 곁에 눌러앉았던 이 스토커에게 마음을 줘버린 뒤였다. 다만, 그걸 인정하지 않았던 것뿐이다. 이제 화도 못 내겠다.

"김애정."

그래. 네가 이겼다.

눈물범벅이 된 얼굴로 애정이 그를 바라봤다. 태훈의 거친 손이 애정의 눈가에 닿았다. 이미 마음을 준 걸 어쩌랴.

"우니까 왜 이렇게 못생겼냐."

웃음기 섞인 농담에 애정이 곧바로 손을 들어 눈물을 닦았다. 울어서, 울어서 그래요. 작게 중얼거리는 목소리가 들려왔다. 태훈이 화를 낼 거라 생각한 건지 그녀는 다시 시선이 마주치자마자 울상을 지었다.

"그 계약은 무효야. 네가 무슨 짓을 해도 그건 변함없어."

절망적인 소식을 들은 것처럼 애정의 얼굴이 슬픔에 잠겼다. 그리고 또 운다. 이제 보니 울보가 따로 없다. 태훈이 애정을 보며 작게 웃음을 터트렸다.

"왜 웃어요? 흑."

울면서도 신경질적으로 소리치는 얼굴이 귀여워 보였다. 콩깍지가 이미 단단히 씌였다. 아마 오랫동안 벗겨지지 않을 것이 분명했다.

"야, 그만 좀 울어."

"눈물이 계속 나는데 어떻게 해요. 흐흑."

"김애정."

"오빠도 오빠 마음대로 계약 깼으니까 나도 내 마음대로 오빠 쫓아다닐 거예요."

애정이 자신을 단념하지 않는다는 말에 그의 입가에 자리 잡은 미소가 짙어졌다. 태훈은 그녀를 향해 손을 뻗었다. 손목을 잡아 자신 쪽으로 잡아

당겼고 고개를 살짝 숙였다. 입술이 닿기 직전 그의 움직임이 멈췄다. 5초간의 고민이 이어졌다. 여기까지 와서 또 고민하다니. 태훈은 픽 웃었다.

'아, 모르겠다. 어떻게든 되겠지.'

입술이 닿았다. 그는 애정이 놀라지 않도록 천천히, 부드럽게 그녀의 입술을 머금었다. 태훈치고 꽤 다정한 입맞춤이었다. 얼마나 운 것인지 입술에서 짠맛이 느껴졌다. 다시 입술을 떼어냈을 때 눈물은 거짓말처럼 멈춰 있었고 놀란 토끼 눈을 한 애정이 그의 눈앞에 있었다.

"맞선 안 봐. 그러니까 그만 울어."

계약은 무효다. 이제 그런 종이 따위는 두 사람 사이에 필요 없었다.

습관처럼 이른 아침에 눈이 떠졌다. 태훈은 세수와 양치만 한 뒤 트레이닝복으로 갈아입고 나갈 준비를 했다. 해솔도, 아버지도 아직 깨어나지 않은 건지 집은 조용하기만 했다. 부엌에서는 한창 식사 준비 중인 아주머니의 모습이 보였다. 태훈은 먼저 부엌으로 들어서서 아주머니에게 인사를 건네었다.

"일찍 오셨네요."

"오늘도 운동 나가는 거야?"

"네. 한 시간만 뛰고 올게요."

가볍게 조깅을 한 뒤 아침을 먹을 생각으로 태훈은 집을 나섰다. 요즘 들어 심란한 마음을 정리하기 위해 운동을 나갔지만 오늘은 정말 상쾌한 기분으로 운동을 나갈 수 있었다. 대문을 열고 밖으로 나선 그는 스트레칭을 하며 가볍게 몸을 풀었다. 이어폰을 귀에 꽂고 시간을 확인했다. 한 시간 정도 뛸 수 있는 코스를 머릿속으로 계산하며 그대로 달리려는데 무언가가 툭 튀어나와 그의 앞을 가로막았다.

"아, 깜짝이야."

태훈이 왼쪽 귀에 꽂혀 있던 이어폰을 빼내었다.

"야, 너 왜 여기 있어?"

애정이 그의 앞에 서 있었다.

"오빠 보러 왔어요."

너무 태연한 얼굴로 답을 해서 태훈은 그러냐고 대답할 뻔했다. 그는 다시 시간을 확인했다. 5시 30분을 막 넘긴 시간이 눈에 들어왔다. 이 시간에는 가로등이 켜져 있을 정도로 주변이 어두웠다.

"이 시간에?"

"잠이 안 와서요."

"왜?"

"왜는요. 오빠 때문이지. 어제 일이 꿈인가, 아닌가 한참 생각하다 보니까 벌써 날이 밝았더라고요."

술을 먹어 운전할 수 없었던 태훈은 택시를 불렀고 애정을 태워 집으로 돌려보냈다. 입을 맞춘 뒤로 애정은 울지도 않았고, 말도 하지 않았다. 택시를 타고 돌아갈 때까지 마치 정신을 딴 곳에 두고 있는 것 같더니만, 그게 꿈인지 현실이었는지 분간이 되질 않아 그랬던 모양이었다.

"그리고 오빠가 딴말 할까 봐, 확인하러 왔어요."

"무슨 딴말?"

"맞선 안 보는 거 맞죠?"

어제 일에 대해 기억나지 않은 척을 해볼까.

장난기가 발동한 그는 애정을 눈앞에 둔 채 잠시 고민했다. 하지만 그랬다가는 애정이 또 울 것 같아 관두기로 했다. 더는 울리고 싶지 않았다. 조그만 게 눈물이 한번 터지면 어쩌나 질기게 우는지 역시 보통 고집이 아니었다.

"그래. 안 봐."

"그럼 저랑 계속 만나는 거 맞죠?"

"누가 그래?"

태훈이 놀리듯 되묻고는 뛰기 시작했다. 애정이 잠시 절망적인 얼굴을 하고는 그의 옆에 따라붙어 함께 뛰었다. 평소에는 조금 더 빠르게 뛰지만, 오늘은 애정의 페이스에 맞춰주려는 건지 태훈이 조금 속도를 늦췄다. 이어폰은 아예 빼내어 주머니에 넣어둔 상태였다.

"계약 무효라고 했잖아요. 근데 어제 오빠가 먼저 입 맞췄고."

"그래서?"

"그게 그런 뜻 아니에요?"

돌아오는 답이 없었다. 태훈은 걸음을 멈추고는 애정을 내려다봤다. 자세히 보니 눈이 퉁퉁 부었다. 그리 울었으니 당연한 것이겠지만, 마음이 불편해졌다. 날씨는 또 왜 이리 추운지. 태훈이 만일 오늘 운동을 쉬었다면 애정은 또 몇 시간이고 이 추위 속에서 태훈을 기다렸을 것이다.

"눈은 퉁퉁 부어서, 잠이나 푹 잘 것이지 뭐 하러 여기까지 와?"

그는 괜스레 더 퉁명스럽게 말을 했다. 애정이 손을 들어 눈가를 매만지고는 초조한 기색을 담은 얼굴로 그를 바라봤다.

"아직도 화났어요?"

태훈은 또다시 답하지 않은 채 다시 달리기 시작했고 그녀도 그를 따라 뛰었다.

"꺄아!"

잘 따라오던 애정이 갑자기 짧은 비명을 질렀다. 뭐에 걸렸는지 크게 넘어졌다. 바닥에 엎드려 있는 그녀의 모습을 뒤늦게 발견한 태훈이 깜짝 놀라 애정에게로 달려갔다.

"야!"

"아, 아파."

애정이 짧게 앓는 소리를 내며 상반신을 일으켰다. 손바닥이 까졌고 그 자리에 피가 보였다. 태훈이 미간을 확 좁혔다.

"조심 안 할래? 왜 이렇게 덤벙거려?"

애정을 자리에서 일으켜 주변의 벤치에 앉힌 태훈은 편의점으로 달려가 밴드와 연고를 샀다. 옆에 앉아 직접 연고를 발라주고 밴드까지 붙여주었다. 또 다친 곳이 없는지 살피던 태훈은 끈이 풀려 있는 그녀의 운동화를 발견했다. 아무래도 저걸 밟고 넘어진 것 같았다.

"칠칠맞지 못하기는."

쯧— 짧게 혀를 찬 그는 무릎을 굽혀 그녀의 앞에 앉아 운동화 끈을 매주었다. 풀리지 않도록 다시 한 번 끈을 꽉 잡아당긴 그가 고개를 들어 애정을 올려다봤다. 손바닥은 다 까져서 상처가 난 주제에 뭐가 그리 좋은 건지 배시시 웃고 있었다. 태훈은 저도 모르게 애정을 따라 웃어버렸다.

"넌 뭐가 그렇게 좋아서 웃어?"

"오빠가요."

"뭐?"

"오빠가 좋아서요."

밴드를 붙인 손을 주머니에 꽂아 넣은 애정이 잠시 머뭇거리는 기색을 얼굴에 드러냈다가 조심스럽게 입을 열었다.

"이제 계약서 없이 만나도 되는 거 맞죠? 우리 사귀는 거 맞죠?"

날이 추웠다. 애정이 작은 입술을 움직이며 말을 할 때마다 하얀 입김이 허공으로 흩어졌다. 옷은 또 왜 저렇게 얇게 입었는지.

"안 춥냐?"

"추워요."

그녀는 다시 배시시 웃어 보이며 솔직하게 답을 했다. 애정이 오늘 몇 시부터 자신을 기다린 건지 그는 알 수 없었다. 십 분을 기다렸을지, 한 시간을 기다렸을지, 그로서는 정확한 시간을 알 수 없었다. 다만, 이거 하나만큼은 알 수 있었다. 세 시간을 기다렸더라도 애정은 아무렇지도 않게 웃으며 태훈의 앞에 나타났을 것이다.

"앞으로 올 거면 전화해. 막연하게 기다리지 말고."

"전화해도 돼요?"

"이제 그런 거 묻지 마. 앞으로는 하고 싶은 거 하고, 하기 싫은 건 하지 마. 원하는 거 있으면 말하고, 싫은 건 싫다고 해. 너 이제 나한테 약자 아니야."

마냥 기뻐할 줄 알았던 애정이 어쩐지 조금 울 것 같은 얼굴로 고개를 끄덕였다. 아무래도 이걸로 대답이 된 건지 애정은 어제의 일에 대해 더는 묻지 않았다.

"스토커 짓도 이제 그만 좀 하고. 궁금한 거 있으면 물어봐. 몰래 내 정보 캐러 다니지 말고."

애정이 그제야 다시 웃었다. 태훈에게는 결국 열한 살이나 어린 연인이 생겼다. 여전히 앞길은 막막했지만, 말갛게 웃고 있는 애정의 얼굴을 보니 지금 이 순간만큼은 마냥 행복하기만 했다.

제12장 결전의 날을 위하여

태훈은 처음 예정했던 코스를 다 돌지 못했다. 넘어져 다친 애정을 두고 뛸 수 없었고, 앉아서 홀로 기다리라고 해도 애정이 그 자리에 얌전히 앉아 있을 리도 없었다. 그는 벤치에 앉아 애정과 대화를 나누다 동네에서 가장 일찍 문을 여는 카페로 애정을 데리고 들어갔다. 주문한 커피와 샌드위치가 나오자 그것을 애정의 앞에 놓아주고는 자신의 몫으로 시킨 키위 주스를 순식간에 반이나 마셔 버렸다.

애정은 그런 그의 모습을 물끄러미 바라보고 있었다. 하루 사이에 지옥과 천국을 오간 기분이었다. 정말 이제 끝이구나 생각했던 그녀는 지금 이 순간 태훈과 이리 마주 앉아 있는 것이 꿈만 같았다.

"얼른 먹지 뭐 해?"

태훈의 말에 고개를 끄덕인 애정은 샌드위치를 한 입 베어 물었다. 작은 입을 오물거리며 열심히 먹는 모습을 가만히 바라보던 그는 애정과 다시 눈이 마주치자마자 툭 던지듯 질문을 건네었다.

"대추 말고 못 먹는 음식 또 뭐 있어?"

어쩐지 주인의 애정을 바라는 강아지마냥 초롱초롱한 시선으로 태훈을 마주하고 있던 애정이 그 순간 흠칫 몸을 굳혔다. 대추가 들어간 음식을 먹고 탈이 나 병원에 입원했었다는 것도, 그 때문에 대회에 참가하지 못했다는 것도 태훈은 모르고 있는 일이라 생각했기 때문이었다.

'어떻게 알았지?'

그 짧은 시간에 조그만 머리로 얼마나 많은 생각을 하고 있는 건지 눈동자가 연신 이리저리 움직이기에 바빴다. 그러다 힐끗 또 태훈을 바라봤다. 눈치를 보며 대답하기를 망설이듯 우물쭈물하는 모습에 그는 헛웃음을 터트렸다.

"내가 못 물어볼 거 물어봤냐? 뭘 고민해?"

"어떻게 알았어요?"

"뭘?"

"대추 알레르기요."

"어떻게 알긴. 병원까지 갔었는데."

그녀는 잠시 놀란 기색을 드러냈다. 냅킨 한 장을 손에 들어 입을 닦아 내고는 그를 향해 조심스럽게 물었다.

"병원에 언제 왔었어요?"

"그게 중요해? 미련하게 그걸 꾸역꾸역 먹고는 준비한 대회도 못 나가고. 질문에 대답이나 해."

"대회는 다음번에 나가면 돼요."

"이게 어디서 또 동문서답이야."

못 먹는 음식이 뭐냐고 물은 질문에 애정은 다른 답을 내어놓았다. 그것도 태훈을 안심시키려는 답이었다. 정말 다음에 나가면 되는데— 다시 덧붙이는 목소리에 그는 작게 한숨을 내쉬었다.

"김애정."

"네."

"예를 들어서, 네가 나한테 초콜릿을 만들어줬어. 근데 내가 초콜릿을 못 먹어. 그래도 네가 직접 만들어준 거라 성의를 무시할 수 없어서 몇 개 먹었다 치자. 그거 때문에 내가 탈이 나서 중요한 시합에 못 나갔어. 그럼 넌 어떨 거 같아?"

애정은 일말의 고민도 없이 답을 했다.

"오빠가 그럴 리 없잖아요. 못 먹는 거 준다고 던질 거면서."

예상치 못한 답에 그는 잠시 말문이 막혔다. 대체 애정의 머릿속에 자신의 이미지는 어떻게 잡혀 있는 걸까. 태훈이 어처구니없다는 얼굴을 했다가 결국 웃음을 터트렸다.

"그래. 그럼 너도 그렇게 해."

"네?"

"내가 못 먹는 음식 권하면 나 이거 못 먹는다고, 이런 것도 모르냐고 말해. 그렇게 알려줘야 내가 너에 대해서 하나라도 더 알고 기억할 거 아니야."

거기까지 들은 애정은 고개를 끄덕였다. 처음에는 뭔가 형용할 수 없는 복잡 미묘한 표정을 짓고 있었는데, 끝내 입가에 미소가 번지는 걸 보니 태훈의 이런 변화가 싫지 않은 모양이었다.

애정은 남은 샌드위치를 다시 먹기 시작했다. 샌드위치라고 해봐야 작은 크기로 두 개가 놓여 있는 것이 전부였다. 태훈이 먹었으면 1분도 안되어 사라질 것 같은 양의 샌드위치를 애정은 참 열심히, 오래도 먹었다.

'볼 터지겠네.'

여태껏 유심히 보지 않아 잘 몰랐는데 애정은 음식을 먹을 때 꽤 오랜 시간을 들여 꼭꼭 씹어 먹는 습관을 들인 모양이었다. 그러다 보니 두 볼에 음식물이 채워진 모습이 꼭 볼을 부풀린 햄스터 같다는 생각이 들었다. 턱을 괸 채로 그런 애정의 모습을 가만히 바라보던 그는 저도 모르게 웃음이 터져 나올 것 같아 창가 쪽으로 고개를 돌렸다. 볼을 꾹 눌러보고 싶은 충동마저 들었다.

"오빠는 그것만 먹어도 괜찮아요?"

어느새 접시는 깨끗하게 비워졌다. 태훈은 샌드위치로 아침을 먹으니 차라리 굶는 쪽을 택했다. 점심을 조금 이르게 먹을 생각으로 괜찮다는 답을 하고는 다시 애정의 얼굴을 마주했다.

"너, 이해준하고는 어떻게 된 거야?"

"콜록."

커피를 마시던 애정이 사레가 들려 몇 차례 기침하고는 주먹 쥔 손으로 가슴을 두드렸다. 태훈이 냅킨을 건네주자 입을 닦고는 모르는 척 물었다.

"뭘요?"

"오리발은. 그 새끼가 너한테 고백했다며."

애정은 또 한 번 놀란 기색을 드러냈다가 이내 조금 심각해진 얼굴로 태훈을 마주했다. 자신이 말하지 않은 사실에 대해 태훈이 생각보다 너무 많은 걸 알고 있었다.

"얼굴 못 본 사이에, 저 스토킹했어요?"

"내가 너냐?"

"그럼 그런 걸 다 어떻게 알았어요?"

"어제 이해준이랑 술 한잔했어."

둘은 사이가 나빴다. 그 사실을 알고 있는 애정은 두 사람이 함께 술을 마셨다는 사실에 의아해했다. 언제 그럴 틈이 있었지? 하고 의문을 가졌다가 이내 중요한 한 가지 사실을 기억해 냈다.

"해준이 주량 넘길 정도로 술 마시면 안 되는데."

말 끝나기가 무섭게 태훈이 흉흉한 기세를 드러냈다. 삐뚜름하게 올라간 입술 끝이 애정의 걱정에 대한 답을 대신해 주고 있었다.

"넘겼구나."

굳이 듣지 않아도 어떤 상황이 벌어졌을지 충분히 짐작됐다. 애정은 잠시 생각을 정리했다. 태훈에게 거짓말을 할 필요는 없었다. 그래서 솔직하게 말하기로 했다.

"뭘 물어요? 나한테는 오빠밖에 없는데. 거절했어요. 진짜 둘도 없는 소중한 친구이긴 한데, 연애감정 느낀 적은 없으니까요."

"이해준이 그걸 그대로 받아들였어? 너랑 나랑 헤어진 걸 아는 상황에서도?"

"저는 해준이를 연인으로는 생각할 수 없지만, 오빠랑 저울질할 수 없을 만큼 소중한 친구라고 생각해요. 만일 오빠 못 보는 것처럼 해준이 못 보게 되는 상황이 온다면 네가 지켜본 만큼 똑같이 울고 그만큼 슬퍼할 거라고 말했어요. 오빠랑 헤어지고 나 해준이 앞에서 엄청 울었거든요."

애정은 앞에 놓인 컵을 양손으로 감싸 쥐었다. 그때의 일을 떠올리는 듯 입가에 쓸쓸한 미소를 머금은 채였다.

"그러면 안 되는데, 그 말 할 때도 해준이 앞에서 울었어요. 혹시나 나 다신 안 본다고 할까 봐. 근데 그거 이기적인 거잖아요. 상대방의 감정은 받아줄 수 없다고 말하면서, 그대로 있어달라고 말하는 건."

애정에게 해준은 소중했다. 둘도 없는 친구라는 것을 해준도 알고 있을 것이다.

"그래서 이해준이 뭐라는데?"

"제가 그렇게 말할 거라고 어느 정도 예상은 했대요. 그래도 한 번이라도 말하고 싶었대요."

앞에서 그리 말하고는 해준 역시 뒤에서는 울었을지도 모른다. 연인이 되지 못했다고 해서 애정과의 연결고리를 끊을 수 없는 것은 그 역시 마찬가지일 것이다. 서로 다른 감정이라 할지라도 쉬이 잘라낼 수 없다. 함께 공유한 시간의 힘은 그렇게 강하다.

"내가 만나지 말라고 하면, 어쩌려고?"

가만히 듣고 있던 태훈이 심술을 부리듯 그리 물었다. 하지만 애정은 당황한 기색 하나 없이 잠시 입을 삐죽일 뿐이었다.

"안 그럴 거잖아요."

물론 안 그럴 거다. 미련하게 굴기에 곰인 줄 알았더니, 애정은 가끔 여우 같기도 했다.

"해준이 좋은 애예요. 저 말고, 해준이 정말 아껴주고 좋아해 주는 사람 만날 거예요."

그리 말한 애정이 고개를 들고는 그를 향해 말갛게 웃어 보였다.

"오빠는 좋겠어요."

"뭐가?"

"이미 그런 사람 만나서."

태훈이 이해하지 못한 듯 미간을 좁히자 애정은 검지로 자기 자신을 가리켰다.

"여기 있잖아요, 여기."

멀리서 찾을 것도 없었다. 눈앞에 있는 어린 연인이 자신이 그런 사람이라며 힘껏 어필하는 모습에 그의 입매가 절로 느슨해졌다. 당최 이길 수가 없다. 뭐 이런 사랑스러운 스토커가 다 있나.

그는 처음으로 누군가를 힘껏 안아주고 싶은 기분이 들었다. 이곳이 사람 많은 카페가 아니었다면 정말 애정을 안아줬을 지도 모를 일이었다. 테이블 하나 사이의 거리가, 그토록 아쉬울 수가 없었다.

픽― 미트 안에 정확히 들어간 공이 마찰을 일으키며 내는 소리가 시원하게 울려 퍼졌다. 포수가 던진 공을 다시 받아 모자를 한 차례 고쳐 쓴 태훈이 자세를 잡고 정면을 응시했다. 최근 들어 기분 좋게 공을 던지지 못했던 그가 오늘은 꽤 좋은 공을 던졌다. 제 컨디션을 찾은 것처럼 오늘 그가 던진 공들은 포수의 사인에 따라 정확히 미트 안으로 들어가고 있었다.

포수의 사인을 보고 태훈이 살짝 굽혔던 몸을 바로 잡았다. 머리는 깨끗하고 몸은 가벼워진 느낌이었다. 그는 미트 안에서 손에 쥔 공을 굴리다 실밥을 검지와 중지로 나란히 잡았다. 빠르게 날아간 공은 플레이트 근처에서 급하게 떨어졌다. 싱커볼이었다.

공을 받은 영도가 자리에서 일어섰다. 태훈이 서 있는 곳으로 달려온 그는 포수 마스크를 벗고는 미트를 낀 손으로 태훈의 가슴을 툭 가볍게 쳤다.

"오늘 공 좋네? 쉰 게 오히려 득이 된 모양이다?"

"원래 좋았어요."

뻔뻔하리만큼 태연한 대답에 이번에는 퍽 소리가 나게 등을 때렸다.

"이 새끼 허세는. 얼마 전까지 2군 훈련에서 컨디션 난조로 빌빌대던 놈이. 코치님이 너 집에 무슨 우환 있냐고 나한테 전화해서 묻기까지 했어."

어색하게 웃어 보인 태훈은 공을 손안에서 한 차례 굴렸다.

"상태 좋은 김에 몇 구만 더 던지고 싶은데요."

"제 컨디션 찾아서 기쁜 건 알겠는데, 오늘은 이쯤 해둬."

아쉬운 기색을 보였지만 태훈은 결국 글러브를 손에서 빼내었다. 아이싱을 해주고 가볍게 스트레칭을 한 뒤 집으로 돌아가려 차에 올라탔다. 시동을 걸기 전, 휴대전화를 꺼내어 든 그는 애정이 보낸 문자를 확인했다.

「과제 따위 다 집어치우고 오빠 보러 가고 싶어요.」

태훈이 짧게 웃음을 터트렸다. 말은 저렇게 해도 애정은 제 할 일을 열심히 하는 편이었다. 아마 문자를 보내놓고 다시 과제를 하는 일에 집중하고 있을 것이 분명했다.

병원에 입원하는 바람에 그간 학교에 나가지 못했지만 애정은 진작 개강을 한 상태였고, 태훈은 이틀 뒤 시작되는 정규리그로 인해 막바지 훈련에 돌입해 바쁜 나날을 보냈다. 어째서인지 계약관계일 때보다 진짜 연인이 된 지금이 얼굴을 보기가 더 힘들었다.

'저녁에는 시간이 맞을 거 같은데.'

오늘은 평소보다 훈련을 일찍 마쳐 여유가 좀 있었다. 따로 일정을 잡지 않고 집에서 쉬려 했던 그는 애정의 문자를 다시 한 번 확인하고는 생각을 바꿨다. 잠깐이라도 얼굴을 보는 게 좋을 것 같았다. 학교 앞으로 갈 테니 끝날 때쯤 미리 연락하라는 문자를 남겨둔 그는 일단 집으로 차를 출발시켰다.

　집에 도착한 그는 샤워를 하고 늦은 점심을 먹은 뒤 침대 위에 누워 휴식을 취했다. 말이 휴식이지 그 와중에도 태훈의 손에는 야구공이 쥐어져 있었다. 손안에서 공을 굴리기도 하고 허공으로 던졌다 다시 받는 행동을 반복했다. 방 안의 적막감이 싫어 스포츠 중계 채널을 틀어놓고 다시 공을 쥔 순간이었다. 휴대전화 알림음이 울렸고 태훈은 곧장 메시지를 확인했다. 저녁 7시쯤 끝날 거 같다는 애정의 문자가 도착해 있었다. 천천히 준비하고 나가면 시간이 얼추 맞을 것 같아 그는 공을 손에서 내려놓고 몸을 일으켜 세웠다.

　"저녁부터 먹여야겠네."

　태훈에게 문자로 보내온 시간은 7시였다. 그 시간까지 학교에 있을 애정은 저녁을 먹지 않을 것이 분명했다. 만일 먹는다 해도 삼각김밥 같은 것으로 대충 때울 거라 짐작됐다. 뭘 사줘야 하나 고민하며 외출 준비를 마친 그가 집을 나서려는데 때마침 귀가한 아버지와 해솔을 현관에서 마주치게 됐다. 평소보다 조금 이른 귀가였다.

　"태훈이 넌, 이 시간에 어딜 가?"

　"약속이 좀 있어서요. 저녁 먹고 들어오겠습니다."

　"잠깐 이리 와서 좀 앉아."

　"지금요?"

　"십 분이면 되니까 앉아."

　태훈은 할 수 없이 소파에 앉았다. 2층으로 올라가려던 해솔 역시 대화의 내용이 궁금했던 건지 부르지 않았음에도 방향을 틀어 맞은편 소파에 앉았다. 아버지의 심기가 불편한 것이 고스란히 느껴져서 태훈은 지금 꺼내려는 대화가 무엇인지 충분히 짐작됐다.

"시간 없다는 놈이 다른 사람 만나러는 잘도 돌아다니는구나. 그럴 시간 있으면 맞선 보게 시간이나 비워놔."

역시. 이 주제의 대화를 나눌 것이라고 어느 정도 예상은 했다. 태훈이 입을 꾹 다물었다.

"월요일 어떠냐."

"아버지."

"그날이 싫으면 너 편한 날로 어서 말해. 네놈 일정에 맞춘다는데 그것도 싫다는 게야?"

많은 생각이 머릿속을 헤집었다. 맞선은 절대 볼 수 없었다. 그렇다고 애정을 소개하기에도 여전히 망설여지는 점들이 있었다. 애정과 진짜 연인 관계로 발전한 지 이제 고작 일주일이 지났다. 그런데 인사라니. 태훈은 이 문제에 대해 고심하고 또 고심하느라 긴 시간 침묵을 유지했다. 무언의 시위 같은 행동에 그의 아버지는 억지로라도 맞선을 밀어붙이려 했다.

"왜 대답이 없어? 잔말 말고 돌아오는 월요일에."

"보름만."

아버지의 말을 끊고 태훈이 대답했다. 그리 크지 않은 목소리였음에도 주변이 조용해졌다. 그는 마음을 굳힌 듯 아버지를 향해 다시 확실한 답을 건네었다. 어떤 선택을 하든, 무슨 상황이 오든, 애정을 울리는 일보다는 나을 것 같았다.

"보름만 더 시간 주세요."

잠시의 침묵이 흘렀다. 그의 아버지는 소파에 몸을 좀 더 편히 기대고는 태훈의 얼굴을 가늠하듯 바라봤다.

"진짜 누구 있는 게야?"

"네."

한 번이라면 모를까, 두 번이나 같은 거짓말을 하지 않을 것이다. 정말 누군가 있는 모양이라 생각하며 조금 전보다 차분하게 가라앉은 음성으로 그를 향해 말했다.

"마지막이야. 보름 안에 못 데리고 오면 그땐 잔말 말고 맞선 봐."

"알겠습니다."

일단 보름의 기간을 얻고 상황을 마무리 지은 태훈은 집을 벗어나 애정을 만나러 갈 수 있었다. 약속 장소는 애정의 학교 근처였다. 정류장 근처에 차를 세우자 멀지 않은 곳에 있던 애정이 쪼르르 달려왔다. 문을 열자마자 보조석에 올라탄 애정이 태훈을 향해 한껏 기쁜 감정을 드러낸 얼굴로 웃어 보였다.

"오빠 일찍 왔네요."

"전화하면 나오지 왜 밖에 나와 있어?"

일부러 약속 시각보다 좀 서둘러 나왔는데 애정은 그보다 더 먼저 나와 있었다. 거기다 꽃샘추위가 기승을 부리는 추운 날씨임에도 얇은 카디건 하나만 걸친 모습이었다. 그게 마음에 들지 않아 미간을 좁힌 그가 괜스레 퉁명스럽게 말했다.

"손 빨개진 거 봐라."

담요라도 건네주려 뒷좌석을 확인하는데 작은 쇼핑백 하나가 그의 눈에 들어왔다. 그는 잠시 움직임을 멈춘 채 쇼핑백을 내려다봤다. 애정에게 선물하려던 장갑이 담겨 있는 쇼핑백이었다.

이제 이틀만 지나면 4월이다. 지금 전해주기에 너무 늦은 선물이었지만 그렇다고 저대로 내버려 둘 수도 없었다. 잠시 고민하던 태훈은 결국 쇼핑백을 뒷좌석에서 가져와 애정에게 건네었다.

"자."

그가 내민 쇼핑백을 받아든 애정이 의아한 얼굴을 했다가 이내 쇼핑백을 열어보고는 장갑을 꺼내었다. 검은색의 심플한 디자인에 금색 체인의 브랜드 로고가 작게 박힌 장갑이었다. 딱 봐도 여자 장갑이었고 그것이 자신의 것이라는 걸 알아챈 애정은 장갑을 손에 끼고 이리저리 손을 돌려봤다.

"진작 주려고 했는데, 겨울 다 지나갔네."

쑥스러운 건지 그리 말하는 태훈의 시선은 애정이 아닌 정면을 향해 있었다.

"돌아오는 겨울에 끼든가."

"지금 끼고 있을래요. 아직 날 추우니까."

웃음기 섞인 음성에 작은 행복감이 묻어났다. 태훈은 그제야 다시 고개를 돌려 애정을 바라봤다.

"고마워요, 오빠."

눈가에 번진 웃음이 따스했다. 얼굴에 행복이 번져 나갔다. 애정은 정말 순수하게 기뻐하고 있었다. 이미 사귀고 있는 사이에 사인한 공은 별로 의미가 없을 거라 생각했지만 애정은 장갑뿐만이 아니라 함께 들어 있던 사인볼 역시 너무 좋아했다. 태훈이 주는 거라면 그게 발에 치이는 흔한 돌멩이일지라도 애정은 소중하게 여길 것 같았다. 그런 모습을 눈앞에서 보자 선물을 주고 되레 기뻐진 것은 태훈이었다.

"뭐 먹고 싶어?"

"음. 샤브샤브요. 샐러드바도 같이 있는 곳으로 가요."

근처에 샤브샤브 집이 있나 둘러보던 태훈은 일단 차를 출발시켜 근처의 사설 주차장으로 향했다. 다행히 도로 건너편에 샐러드바를 이용할 수 있는 샤브샤브 집이 있었다.

횡단보도로 향한 두 사람은 나란히 서서 신호가 바뀌길 기다렸다. 차들이 쌩쌩 달리는 도로 앞이라 그런지 유난히 바람이 많이 불었다. 옷을 얇게 입은 애정이 신경 쓰여 입고 있던 옷을 벗어주려는데 애정이 갑자기 잘 끼고 있던 장갑 중 왼쪽 손의 장갑을 빼버렸다.

"역시 한 손은 뺄래요."

"왜?"

"오빠가 잡아주면 되잖아요."

덥석 손을 잡고는 태훈의 곁에 딱 붙어 섰다. 멍하니 서 있던 그는 애정의 손을 잡은 채로 자신의 손을 코트 주머니에 넣었다. 그리고는 애정을 내려다봤다.

보름 안에 애정을 집에 인사시켜야 했다. 이후의 일들이 조금 막막하게 느껴졌지만, 그래도 역시 애정이 있는데 맞선 자리에 나갈 수는 없었다. 그렇게 많이 울렸는데, 또 울리고 싶지 않았다.

"김애정."

"네."

또랑또랑한 얼굴로 자신을 올려다보는 애정이 귀여워 태훈은 하려던 말을 잠시 잊고 반대편 손을 뻗어 그녀의 붉어진 뺨을 툭 건드렸다. 애정이 배시시 웃어 보였다. 아, 모르겠다. 정면돌파하자.

"우리 집에 인사 가자."

놀란 듯 커진 애정의 두 눈이 태훈을 바라보고 있었다. 도로 위를 달리는 차들이 두 사람을 빠르게 스쳐 지나갔다. 생각보다 길게 이어지는 침묵에 태훈이 잠시 긴장을 했다. 애정이 싫다고 대답할 경우를 생각해 보지 않았다. 만일 거절하면 문제가 복잡해질 것이 분명했다. 집에 데려가지 못하면 맞선 자리에 나가야 할 테니 그걸 또 어떻게 설명해야 하나 싶어 고민하고 있는데 애정의 얼굴에 점차 미소가 번지기 시작하더니 이내 고개를 끄덕였다. 잠시 긴장했던 태훈은 안도의 한숨을 내쉬면서도 태연한 애정의 반응에 헛웃음을 터트렸다.

"넌 걱정도 안 되냐?"

"뭐가요?"

"가족들 반응."

"좀 놀라시긴 하겠죠."

조금이겠냐. 뒤로 넘어가지 않으면 다행이지. 태훈이 그리 생각하며 작게 한숨을 내쉰 순간이었다.

"오빠."

애정이 가득 담긴 온화한 음성에 태훈의 시선이 자연스럽게 그녀에게로 향했다. 애정은 그와 눈이 마주치자마자 주먹 쥔 손으로 자신의 왼쪽 어깨를 두어 번 두드렸다.

"괜찮아요. 나만 믿어요."

조그만 게 까분다. 그리 생각하면서도 태훈은 웃고 말았다. 전혀 믿음이 가지 않았지만, 어쩐지 애정의 말대로 다 괜찮을 것만 같았다.

KBO 리그가 시작된 지 이 주가 흘렀다. 이제 시작이긴 하지만 태훈의 팀은 순조로운 출발을 했고 나쁘지 않은 성적을 내고 있었다. 부산에서 경기를 마치고 서울로 돌아온 날, 태훈은 집으로 곧장 돌아가지 않고 시내의 한 식당으로 향했다.

그가 들어선 식당은 한정식을 전문으로 하는 곳이었다. 꽤 비싼 곳이었는데 지금 그의 상황이 불리한 만큼 이 정도는 써야 할 것 같았다. 조용한 분위기에서 대화하고 싶었던 그는 방이 따로 구분된 곳으로 예약했다. 그의 바람대로 조용한 대화가 이루어질 것 같지는 않았지만, 그래도 아예 뚫린 곳보다는 나을 것이라는 생각이 들었다.

예정했던 시간보다 20분이나 일찍 도착한 태훈은 상념에 잠긴 채로 일행을 기다리고 있었다. 그는 내일 애정을 집에 인사시키기로 했다. 아버지가 준 기간인 보름을 꽉 채운 날이 바로 내일이었다.

그는 애정을 집에 데리고 갈 때 준비해야 할 것들을 몇 가지 떠올렸다. 놀라실 아버지를 위해 우황청심환 하나를 미리 챙겨놓고, 혹시 뭔가 묵직하고 단단한 게 날아올지도 모르니 그것을 대비해 옷은 두툼하게 입고 가야 했다. 그리고 무엇보다 가장 먼저 준비해야 할 일이 있었다. 아버지의 앞에서 제 편을 들어주거나, 그게 안 된다면 적어도 반대를 해서는 안 되는 사람. 해솔을 미리 자신의 편으로 만들어야 했다. 태훈이 물을 한 모금 마시는 것과 동시에 닫혀 있던 미닫이문이 열리고 해솔이 모습을 드러냈다.

"웬일이야? 오빠가 나 밥 사주러 회사 근처까지 다 오고. 그것도 이런 비싼 밥을."

문은 곧장 닫히지 않았다. 그리고 그 문을 통해 예상치 못한 또 다른 일행이 들어섰다. 해솔의 뒤를 따라 들어온 사람의 얼굴을 확인한 태훈은 곧바로 미간을 좁혔다.

"넌 왜 왔어?"

퉁명스러운 음성에도 남자는 태연하게 반응하며 해솔의 옆에 자리를 잡고 앉았다. 해솔의 남자친구인 도형이었다. 도형은 어릴 때부터 대학에 다닐 때까지 옆집에 살았고 태훈과는 친형제나 다름없을 정도로 가까운 사이였다. 그에게 영향을 받아 도형 역시 고등학교에 다닐 때까지는 야구부 활동을 했을 정도로 두 사람은 각별했다. 다른 때 같았으면 도형이 함께 온 것을 반겼겠지만, 오늘 이 자리에서만큼은 그의 얼굴이 반갑지 않았다.

"내가 같이 가자고 했어. 입 하나 더 늘어난다고 부담되는 것도 아니면서 왜 이렇게 까칠하게 굴까? 예전에는 나 따돌리고 둘이 잘만 만나더니만."

태훈은 할 말이 없어진 얼굴로 물만 들이켰다. 해솔이 애정과 태훈의 사이를 알게 된다면 도형 역시 자연스럽게 애정에 대해 알게 되겠지만 그래도 오늘은 마음의 준비가 되지 않았다.

"나 먹고 싶은 거로 시켜도 돼?"

"마음대로 해."

코스 요리 중 하나를 주문한 해솔은 잠시 화장실을 다녀오겠다며 자리를 비웠다. 두 남자만이 남게 된 자리에는 한동안 적막감이 흘렀다. 도형까지 있는 자리에서 어떻게 얘기를 꺼내야 하나 싶어 마음이 무거워진 태훈은 계속 물만 마셔댔다.

"물로 배 채우겠네. 밥은 내가 살 테니까 표정 좀 풀어."

"이 새끼가. 누가 밥값 때문에 이래?"

태훈이 어처구니없다는 얼굴을 했다. 발끈하는 그를 보며 도형은 짧게 웃음을 터트리고는 해솔이 사라진 방향을 한 차례 확인했다. 조금 오래 걸리는 모양인지 닫힌 문은 다시 열리지 않았다. 그는 해솔의 자리에 놓여 있는 컵에 물을 따라두고 물수건도 하나 챙겨서 놓아주었다. 알게 모르게 해솔을 챙기는 행동에 태훈의 얼굴도 조금씩 풀어졌다.

"너 얼굴 좋아졌다?"

원래도 잘생긴 얼굴이긴 했지만, 도형은 요즘 들어 얼굴이 더 좋아졌다. 태훈은 그 이유를 알고 있었다. 연애를 해서 그렇겠지. 마음이 편해지고 기댈 곳이 생겼으니 당연한 일이었다.

"좋냐?"

"좋은데."

그 짧은 대답 하나가 지금 도형이 느끼는 행복감을 모두 표현해 주고 있었다. 늘 서늘해 보이는 얼굴을 하고 있던 도형이 지금 이 순간에는 봄처럼 온화한 얼굴을 하고 있었다. 그게 조금 낯설면서도 나쁘지 않다는 생각이 들었다.

"그렇게 좋으면 얼른 데려가."

도형은 소리 없이 그저 짧게 웃어 보였다. 때마침 문을 열고 해솔이 모습을 드러냈다. 주문한 음식도 곧 차례로 준비되어 테이블 위에 놓였다. 식사하는 내내 즐겁게 대화하는 것은 해솔 하나뿐이었다. 도형은 원래 말수가 적었고 태훈은 오늘 꺼내야 할 이야기에 대한 부담감으로 말을 아꼈다. 식사를 거의 끝마쳐 갈 때쯤, 해솔이 눈을 가늘게 뜨고는 테이블 위를 손으로 똑똑 소리가 나게 두드렸다.

"식사 다 끝나가는데 얘기 안 할 거야?"

물을 마시다 말고 태훈이 뜨끔한 얼굴을 했다.

"뭘?"

"나한테 할 말 있잖아. 며칠 전부터 나한테 전화해서 별일 없냐, 뭐 가지고 싶은 거 없냐, 이상한 소리를 늘어놓더니. 부산까지 갔다 와서 피곤할 텐데 이 상황에 밥까지 사준다? 생전 안 하던 짓을 하는데 모를 리가 있어?"

못 본 새에 주해솔 눈치가 많이 늘었다. 아마 여우 같은 서도형 옆에 있으니 곰 같았던 해솔 역시 자연스럽게 눈치가 빨라진 모양이었다. 태훈이 조심스레 물컵을 내려놓고는 시간을 한 차례 확인했다.

애정 역시 이곳으로 오기로 했다. 그전에 대화를 어느 정도는 진행시켰어야 했는데, 차마 입이 떨어지질 않아 애정에 관한 이야기를 시작도 하지 못했다. 하지만 더는 미룰 수 없었고 마음을 다잡았다. 그의 목울대가 크게 한 차례 움직였다.

"내일 아버지한테 만나는 사람 인사시키기로 했어."

"진짜? 난 맞선 자리 피하려고 또 거짓말하나 했는데. 오빠 정말 만나는 사람 있어?"

"어."

"누군데? 어떤 사람이야? 매일 운동만 하는 것 같더니 그래도 누구 만나기도 하고 그랬나 보네?"

"곧 여기로 올 거야."

생각지도 못한 답에 도형과 해솔 모두 표정을 굳혔다. 그런 중요한 이야기를 왜 이제야 한단 말인가.

"그럼 밥을 같이 먹었어야지, 우리끼리 다 먹고 불러내면 어떻게 해?"

"저녁은 먹고 올 거고, 얼굴 보면……."

태훈은 차마 뒷말을 잇지 못했다. 얼굴 보면 화기애애하게 밥 먹을 상황이 아닐 테니 미리 먹어두는 것이 나았다. 얼마 지나지 않아 태훈의 전화가 울렸다. 애정에게서 온 전화였다. 방의 위치를 알려준 그는 전화를 끊었고 곧 닫혀 있던 미닫이문이 열리며 해솔과 도형의 뒤에서 애정이 모습을 드러냈다.

"안녕하세요."

해솔이 한 템포 늦게 뒤를 돌아봤다. 밝은 목소리로 인사를 건넨 익숙한 얼굴이 태훈의 옆으로 향했다. 해솔은 넋이 나간 얼굴로 그 움직임을 따라 시선을 옮기다 이내 다소곳하게 자리에 앉은 애정의 얼굴을 가만히 바라봤다. 애정의 얼굴을 처음 본 도형은 그저 가늠하듯 상황을 주시하고 있었다.

"아니지?"

생각지도 못한 눈앞의 장면에 얼음이라도 된 것 마냥 굳어져 있던 해솔은 헛웃음을 터트리며 태훈을 향해 물었다. 한데, 돌아오는 답이 없다. 그럼 지금 자신이 생각하는 게 틀리지 않았다는 소리인가.

"너 미쳤어?"

여전히 돌아오는 답은 없었다.

"진짜 미쳤구나?"

너무 당황해서 생각을 거치지 않은 말이 쏟아져 나왔다. 평소라면 너라는 호칭에 발끈했을 태훈이 지금만큼은 아무런 말을 하지 못했다. 상황 파악을 못 한 건지, 일부러 그러는 건지 입을 꾹 다문 태훈을 대신해서 애정이 해솔의 말을 태연하게 받아쳤다.

"원래 삶에서 유일하게 허용되는 미친 짓이 사랑이래요."

찬물을 끼얹은 듯 방 안이 조용해졌다. 해솔은 할 말을 잊은 얼굴을 했고 도형은 뭐 저렇게 당돌한 애가 다 있나 싶어 소리 없이 웃었다. 무겁게 흐르는 침묵 속에 고개를 숙인 해솔이 손을 들어 이마를 짚었다. 관자놀이가 다 지끈거렸다.

"주태훈. 오늘 나 불러낸 이유가 뭐야."

"반대만 하지 마라."

처음에는 힘을 실어달라고 말하려 했지만 상황을 보니 반대만 안 하면 다행이었다. 해솔이 고개를 들어 두 사람의 얼굴을 다시 한 번 번갈아 바라보고는 태훈을 향해 중얼거렸다.

"도둑놈."

"야."

"애정이 오빠보다 열한 살이나 어려. 열한 살이라고. 알아?"

안다. 누가 모르겠는가. 태훈이 뜨끔한 얼굴로 시선을 피했다.

"아무것도 모르는 순진한 어린애를……."

"야!"

태훈이 발끈해서 소리쳤다. 이건 좀 억울했다. 아무것도 모르는 순진한 어린애라니.

"내가 쫓아다닌 것도 아니고! 그리고 모르긴 뭘 몰라? 내가 미성년자랑 만났냐? 김애정 성인이야."

"누가 쫓아다녔든! 애정이네 집에서 보기에 오빠 완전 도둑놈이라고."

입을 꾹 다문 태훈이 다시 시선을 슬쩍 돌렸다. 해솔은 다시 생각해도 기가 찬 상황에 헛웃음을 터트렸다. 태훈이 만나는 여자가 애정이라니.

"언니."

자신을 부르는 음성에 해솔의 시선이 자연스럽게 애정의 얼굴로 향했다. 태연한 얼굴로 상황을 지켜보고 있던 애정이 살짝 미소를 머금은 얼굴로 차분하게 대화를 이어나갔다.

"진짜로 제가 먼저 오빠 쫓아다녔어요."

"뭐?"

"오빠가 싫다는데도 제가 쫓아다니고, 계속 좋아한다고 따라다녔어요."

"애정아."

"울고불고, 매달리고, 제가 그랬어요."

애정은 지난날의 일들을 웃으며 말했다. 가만히 듣고 있던 해솔이 작게 한숨을 내쉬었다.

"애정이가 진심이면 더 문제잖아. 혹시라도 오빠가 가벼운 마음으로 만나는 거면."

"내가 가벼운 마음으로 여자 만날 사람이냐?"

해솔의 말을 끊은 태훈이 단호하게 답했다.

"그리고 그런 거면 아버지한테 소개하겠어? 너랑 서도형한테도 이런 말 안 하지."

그 말도 맞았다. 태훈의 성격상, 여자를 가볍게 만난다거나 타인의 감정을 쉽게 생각할 리 없었다. 거기다 아버지한테 소개까지 하기로 했다.

진심이다. 어쩌다 이 둘이 서로한테 진심이 된 건지 알 수 없지만, 가볍게 이야기하는 것이 아닌 것만큼은 확실했다. 해솔이 한숨을 내쉬었고 곁에서 상황을 주시하고 있던 도형이 태훈의 편을 들어주었다.

"형이 좋다는데, 넌 무슨 반대를 해? 그리고 형도 그래. 주해솔 동의 꼭 필요해? 반대한다고 그 말 들을 성격도 아니면서."

도형의 말대로 해솔이 반대를 한다고 해서 주태훈이 마음을 바꿀 리 없었다. 지금도 얼굴에 확고한 의지가 드러나 있었다. 해솔이 물을 한 모금 마시고는 다시 두 사람의 얼굴을 바라봤다.

"반대는 안 해. 하지만 만약 아빠가 반대하면 편은 못 들어줘."

"그거면 됐어."

상황은 일단락됐다. 해솔은 여전히 넋이 나간 얼굴을 하고 있는데 태훈은 가게를 나서면서 애정에게 저녁은 먹었냐, 또 발 불편하게 구두 신었냐, 라고 물으며 소소하게 그녀를 챙기는 모습을 보였다. 눈앞에서 그걸 지켜보고 있으려니 해솔은 기가 막혔다. 남들에 비하면야 저런 건 자상한 측에도 들지 못하겠지만, 그녀가 아는 태훈을 기준으로 본다면 저건 사람이 다시 태어난 수준이었다.

"언니, 조심해서 가세요."

애정의 인사에 해솔은 억지로 입매를 당겨 웃고는 손을 흔들어줬다. 해솔과 도형이 먼저 차를 타고 집으로 향했고 남은 두 사람 역시 차에 올라탔다.

"저 오빠가 해솔 언니 애인이에요?"

"어."

"처음에 보고 무슨 모델인 줄 알았어요. 남친 저렇게 잘났으면, 해솔 언니 고생 좀 하겠다."

"걱정 마. 저 새끼는 죽었다 깨어나도 주해솔밖에 없으니까."

"그걸 어떻게 알아요?"

왜 모르겠는가. 옆에서 다 봤는데. 늘 가시 세운 것같이 까칠하던 녀석이 주해솔 옆에 있을 때만 웃고는 했다.

"마음고생 시킬 놈이면 진작 못 만나게 했지."

티격태격 싸우면서 컸고 지금도 자주 다투지만 태훈에게 해솔은 하나밖에 없는 소중한 동생이었다. 당연히 그의 기준에 차지 않을 놈에게 동생을 줄 리 없었다.

"하긴."

태훈이 자세를 바로잡고 시동을 걸려는 순간이었다. 아무런 설명을 해주지 않았음에도 애정은 백번 이해한다는 듯이 고개를 끄덕였다.

"저도 죽었다 깨어나도 오빠밖에 없으니까, 저 오빠도 그럴 수 있겠네요."

이런 애정의 직구 고백도 이제는 귀엽게 느껴졌다. 태훈이 짧게 웃음을 터트리고는 시간을 확인했다. 9시에 가까워진 시간이 눈에 들어왔다.

"약국 좀 들렀다 가자."

"왜요? 오빠 어디 아파요?"

"아니."

우황청심환 사야 돼.

차마 그 말을 입 밖으로 내지 못한 태훈은 긴 침묵으로 대답을 대신했다. 이제 아버지에게 애정을 소개하기까지 고작 16시간밖에 남아 있지 않았다. 결전의 날이 다가오고 있었다.

제13장 무한 애정

이른 아침 집을 나선 태훈은 애정을 만나 집에서 멀지 않은 식당에서 아침을 먹고, 카페에서 차를 한 잔 마시며 함께 시간을 보냈다. 아버지와 약속한 시각은 1시였기에 그때까지 함께 있다가 집으로 갈 생각이었다. 오늘따라 시간에 모터라도 달아둔 건지 눈 깜짝할 새에 정오가 지났고 태훈은 예정대로 애정을 인사시키기 위해 집으로 향했다.

보조석에 앉은 애정은 커다란 과일 바구니를 품에 안고 있었다. 김애정이 작은 건지, 과일 바구니가 큰 건지 모를 정도로 안고 있는 것이 힘겨워 보일 정도였다.

"뒤에 놔둬."

애정이 낑낑거리며 뒷좌석에 과일 바구니를 놓아두었다. 태훈은 하늘을 올려다봤다. 아침부터 조금 흐렸던지라 날씨가 심상치 않다고 생각하긴 했지만, 이내 빗줄기가 쏟아져 내리기 시작했다. 태훈의 차는 곧 집 앞에 도착했고 애정은 과일 바구니를 품에 안은 채 차에서 내렸다.

"오빠."

"왜?"

"아직 마음의 준비 안 됐어요?"

두 사람은 우산 하나를 같이 쓰고 벌써 5분째 대문 앞에 서 있었다. 여기까지 왔으면서 뭘 망설이고 있는 건지 태훈은 초인종을 누르기 전 심호흡까지 했다.

"야, 아버지가 너 보면 얼마나 놀라겠냐."

"모르고 데려온 것도 아니잖아요."

애정을 보고 놀랄 아버지의 모습이 눈에 선했다. 등짝이나 안 맞으면 다행인 일이라 생각하면서도 혹시나 그 불똥이 애정에게까지 튀지 않을까 걱정이 됐다.

"혹시나 아버지가 뭐 던지면 피해. 알았어? 설마 너한테 뭐 던지시지는 않겠지만, 이제 나이가 있으셔서 방향을 잘 못 잡고 너한테 던질 수도 있으니까 분위기 안 좋으면 안 보이는 곳으로 피해 있어."

"설마요."

그리 답한 애정은 태훈을 대신해 초인종을 눌러 버렸다. 그가 화들짝 놀라 굳어졌지만 이미 엎질러진 물이었다.

"괜찮아요."

애정은 오히려 그를 다독이기까지 했다. 태훈의 얼굴을 확인한 건지 곧 대문이 열렸고 그는 조심스럽게 집 안으로 들어섰다. 현관문을 열고 안으로 들어서자마자 그 앞에 아버지가 서 있었다. 마중까지 나온 모양이었다. 태훈이 먼저 신발을 벗고 안으로 들어섰고 그 뒤를 따라 애정이 모습을 드러냈다.

"이게 누구야, 애정이 아니냐?"

"아저씨, 그간 안녕하셨어요."

애정이 환하게 웃으며 건넨 인사에 태훈의 아버지도 웃는 얼굴로 그녀를 맞아주었다.

"비가 이렇게 많이 오는데, 연락도 없이 여기까지 혼자 어쩐 일이야?"

분명 같이 들어왔는데 태훈과 함께 온 것이라고는 생각지도 않고 있었다. 태훈이 끙— 앓는 소리를 냈다. 그 소리에 시선을 돌린 그의 아버지는 태훈의 주변을 둘러보고는 심기 불편한 얼굴로 물었다.

"네놈은 왜 혼자 와? 설마 거짓말한 게야?"

옆에 있잖아요.

차마 소리가 되어 나오지 않는 말을 표정으로 말했지만 그게 아버지에게 전해질 리 없었다.

"왜 대답이 없어?"

이어진 호통에 그는 작게 한숨을 내쉬었다. 이미 벌어진 일이다. 망설일 이유가 뭐가 있겠는가. 그가 애정을 소개하려는 순간, 그녀가 먼저 그의 아버지에게 조금 더 가까이 다가서서 과일 바구니를 내밀었다.

"아저씨, 이거 받으세요."

"뭘 이런 걸 다 사 왔어."

그의 아버지는 조금 전 화를 내던 기색은 온데간데없이 인자하고 다정한 얼굴로 애정을 바라봤다.

"그래도 오빠랑 같이 인사드리러 온 건데 빈손으로 올 수는 없어서요."

"……태훈이랑 같이? 인사라니."

아버지의 시선이 태훈의 얼굴에 닿았다. 설마.

"제가 오빠 여자친구예요, 아저씨."

쏴아아— 시원한 빗소리가 들려왔다. 빗줄기가 거세지다 못해 창문을 뚫을 기세로 쏟아져 내리고 있었다. 당황한 아버지와 난감한 아들, 그리고 뭐가 그리 좋은지 연신 방긋방긋 웃고 있는 아들의 여자친구가 서로를 바라보고 있었다. 고요해진 거실에는 한동안 그렇게 빗소리만이 울려 퍼졌다.

세 사람은 안방으로 자리를 옮겼다. 아주머니가 내어온 국화차 석 잔이 눈앞에 놓여 있었지만 누구 하나 먼저 차를 마시는 사람은 없었다. 긴 침묵이 이어졌다. 태훈은 조금 긴장한 듯 표정을 굳히고 있었지만, 애정은 연신 미소를 머금은 얼굴을 한 채 앉아 그의 아버지를 마주하고 있었다.

태훈은 자신이야 그렇다 치지만, 죄인도 아닌데 애정까지 무릎을 꿇고 앉아 있는 것이 신경 쓰였다. 편히 앉으라고 말하기 위해 태훈이 곁에 앉은 그녀에게로 손을 뻗으려는 순간이었다.

"그래. 애정이 네가 우리 태훈이랑……."

그대로 손을 거둔 태훈이 고개를 들었다. 노란빛이 도는 차를 내려다보고 있던 아버지가 지금은 정확히 그를 바라보고 있었다.

"그러니까 태훈이 저놈이랑……."

말을 한 차례 끊고 애정과 태훈을 얼굴을 번갈아 바라보고, 다시 말을 하다 말고 말끝을 흐린 아버지가 드디어 차를 한 모금 마셨다. 찻잔을 내려놓고 다시 두 사람의 얼굴을 번갈아 쳐다보고는 탄식 섞인 음성을 건네었다.

"대체 어쩌다가."

어쩐지 책망하는 것 같은 말에 태훈은 마른침을 꿀꺽 삼켰다. 앉은 자리가 가시방석이었다.

"미리 말씀드리지 못해서 죄송해요."

"이놈아. 네놈이랑 애정이 나이 차가 얼마인데."

목소리가 조금 높아졌다. 그 점에 대해서는 할 말이 없는 건지 태훈이 입을 꾹 다물었다.

"아무것도 모르는 어린애를 네가……."

"제가 오빠 좋아해서 쫓아다녔어요."

애정의 말에 두 남자의 시선이 그녀의 얼굴에 닿았다. 해솔의 앞에서도 그랬지만 애정은 당당한 모습을 보였다. 있는 사실을 그대로 말한 거였기에 주눅 들지 않는 얼굴로 자신을 바라보는 시선을 마주했다.

"제가 오빠 좋아해서 계속 쫓아다녔어요, 아저씨."

그리 말하고 차를 한 모금 마신 애정이 차분하게 말을 이어나갔다. 태훈과 다르게 그녀는 이 상황에 대해 조금도 당황해하지 않았고, 위축되지 않았다. 태훈을 만나는 일이 잘못된 일도 아니었고 열한 살이란 나이 차는 애정에게 그다지 중요한 걸림돌이 아니었다.

"아저씨도 오빠 성격 아시겠지만, 오빠가 열한 살이나 어린 저를 가볍게 장난삼아 만날 리 없잖아요. 진지하게 생각하고 또 생각했으면 모를까. 안 그래도 저 만나는 일에 대해서 엄청 고민했어요. 한 번은 그것 때문에 헤어지자고도 한 걸요."

태훈의 아버지도 그 말에는 동의하는 건지 작게 고개를 끄덕였다. 태훈이 워낙 여자에 대해서는 돌부처 같기도 했고, 가볍게 누군가를 만날 리는 없다는 생각이 들었다.

"정말 진지하게 만나고 있어요. 오빠 하는 일에 방해 안 되게 만날 거고, 저도 제 할 일 열심히 하면서 만나고 있어요. 물론 아저씨 말씀대로 나이 차이가 크게 나긴 하지만 요즘은 띠동갑도 결혼까지 하는 걸요."

"그래도 김 사장이 알면……."

"저희 집에는 아직 말 안 했는데, 조금 나중에 말씀드릴게요. 아버지도 태훈 오빠 좋아해 주실 거예요."

그의 아버지는 애정의 말에 어느 정도 마음이 놓인 듯했지만 그래도 걸리는 점들이 많은 건지 걱정스러워하는 기색이 얼굴에 드러나 있었다. 애정은 그런 태훈의 아버지를 안심시키려는 것처럼 말을 덧붙였다.

"걱정하시는 일 없을 거예요. 정말 진지하게 만나고 있어요. 잘 만날게요, 아저씨."

애정은 단 한 번도 눈을 피하지 않고 진심을 전하듯 차분하게 말을 이었다. 애정이 마음에 들지 않아 반대하는 것이 아니었다. 그의 아버지는 두 사람의 나이 차를 비롯한 몇 가지 사소한 점들이 마음에 걸릴 뿐, 그걸 제외한다면 태훈의 짝으로 애정이 마음에 꼭 들었다.

"네놈은 왜 말이 없어?"

어느새 태훈에게로 화살이 돌아갔다. 조용히 침묵을 유지하고 있던 그는 진지한 얼굴로 답했다.

"진지하게 만나는 거 아니면, 아버지한테 인사 안 시켰을 거예요. 아시잖아요."

"그래서, 진심이라 이거지?"

"네."

태훈이 망설임 없이 답했다.

"정말 둘 다, 진심인 게야?"

"네."

재차 반복된 질문에 이번엔 두 사람이 동시에 답을 했다. 단단히 마음을 먹고 온 듯 태훈과 애정 모두 확고해 보였지만 그래도 마음이 놓이질 않는 건지 아버지의 표정은 여전히 굳어져 있었다. 하지만 이내 그 표정에 조금 미묘한 변화가 생겼다. 나란히 붙어 앉아 있어 처음에는 보지 못했지만 태훈은 애정의 손을 잡고 있었다. 소중한 걸 쥔 것처럼 꽉 잡은 손을 아버지는 한참을 내려다봤다.

태훈이 중학교를 입학하고 얼마 지나지 않아 그의 어머니는 세상을 떠났다. 한창 예민할 시기에 어머니를 잃었지만 태훈은 한 번도 어긋난 모습을 보이거나 반항을 해본 적이 없었다. 진로를 정할 때 아버지의 반대에도 불구하고 야구선수를 하겠다며 제 고집을 꺾지 않은 것을 제외한다면 문제 한 번 일으키지 않고 잘 커준 고마운 아들이었다.

야구를 하고 싶다는 말을 꺼냈을 때 외에는 무언가를 갖고 싶다는 말도, 해보고 싶다는 말도, 아버지의 앞에서 꺼낸 적이 없었다. 그런 태훈이 처음으로 만나는 사람을 집에 데려와 아버지에게 인사시켰다. 제 아들이 좋다는 것을, 또 저 어린 애정이 진심이라고 말하는 것을, 어찌 반대하겠는가.

"너희가 그렇다면야 어쩔 수 없지."

허락에 가까운 말이 떨어졌다. 우황청심환을 꺼낼 일도, 날아올 물건에 맞을 일도 없었다. 상황이 생각보다 좋게 끝난 것 같아 태훈은 안도의 한숨을 내쉬었다.

"감사합니다. 아버지."

아버지는 태훈의 인사에도 겉으로는 탐탁지 않은 얼굴을 했다. 하지만 이내 애정이 곁에 앉아 사근사근한 목소리로 말을 건네자 온화한 표정으로 미소 지었다. 애정은 태훈의 아버지가 골프와 다도에 관심이 많다는 것을 알고 그에 관해 이것저것 이야기를 했다.

운동하는 태훈을 좋아했지만 애정은 본인이 직접 하는 운동은 싫어했다. 거기다 차보다는 커피를 선호했다. 그런 애정이 어떻게 저렇게 골프와 다도에 대해 자세히 알고 있나 생각하던 태훈은 어렵지 않게 답을 알아챘다. 태훈이 없을 때도 이 집에 드나들었던 애정이었다. 아마 미리 점수를 따기 위해 공부했을 것이다.

차를 마시며 아버지와 좀 더 대화를 나누다가 평소보다 늦은 점심을 먹었다. 애정은 애교가 많은 편이었고 웃기도 잘 웃었다. 걱정한 것이 무색할 정도로 식사 시간 내내 웃음이 끊이질 않았다. 생각보다 오랜 시간을 태훈의 집에서 머물렀고, 저녁까지 함께 먹고 나서야 태훈은 애정을 데려다주기 위해 그녀와 함께 집을 나섰다. 다행히 세차게 쏟아져 내리던 비는 어느새 그쳐 있었다.

애정의 집 앞에 도착한 태훈은 차를 세우고 보조석에 앉은 애정을 바라봤다. 폭풍 같았던 오늘 하루가 끝났다. 생각보다 쉽게 흘러간 것 같아 허무할 지경이었지만, 이 모든 게 애정 덕분이라는 것을 그는 알고 있었다. 어리다고만 생각했는데, 이럴 때 보면 정말 똑 부러졌다.

"다도에 대해서는 언제 그렇게 공부했어?"

"미래의 시아버님이 되실지도 모르는 분이 좋아하시는 거니까 관심을 가지고 알아뒀죠."

"김칫국은."

"이미 마셨어요. 두 사발은 먹은 거 같아요."

태연하게 받아친 말에 태훈이 웃음을 터트렸다. 애정과 함께 있으면 정말 웃을 일이 많았다. 별거 아닌 일에도 웃음이 터져 나왔다. 귀찮기만 했던 관심과 애정이 어느덧 없어서는 안 될 것이 되었고, 그 누구보다 소중한 사람으로 자리 잡았다. 숨김없이 애정을 표현하는 일도, 눈이 마주치면 웃음기가 가득 담기는 저 커다란 눈도, 그 눈이 태훈만 바라보는 것도, 모두 사랑스러웠다.

"김애정."

그의 부름에 애정이 고개를 들었다. 태훈의 커다란 손이 그녀의 뺨을 스쳐 지나갔고, 머리카락을 파고든 손에 곧 힘이 실렸다. 그녀와 태훈 사이의 거리가 확 좁혀졌다. 그리고 입술이 닿았다. 처음에는 놀란 듯 굳어져 있던 애정도 점차 긴장을 풀더니 어느새 그의 목에 팔을 둘렀다. 자신이 전부인 것처럼 매달려 오는 체온이 좋았다. 다른 이에게서 전해져 오는 체온이 이렇게 좋은 것이라는 것을 태훈은 여태껏 알지 못했다. 이런 감정을 느끼는 자신이 놀라울 정도였다.

입술을 떼어낸 태훈이 애정의 두 눈을 마주했다. 두 사람 모두 입가에 머금은 미소가 행복감을 드러내고 있었다. 가볍게 촉 소리가 나게 다시 입을 맞춘 그는 흐트러진 애정의 옷매무시를 만져주고는 차에서 내려 문까지 열어줬다. 하지만 애정이 내릴 기미를 보이지 않았다.

"안 내려?"

"한 번만 더 해줘요."

"뭘?"

태훈은 생각 없이 그리 물었다가 애정이 뭘 말하는 건지 바로 깨달았다. 보조석에 앉은 채로 생각지도 못한 요구를 해오는 애정의 말에 그가 웃음을 터트리려는 순간이었다.

"아니다."

애정의 입가에 화사한 웃음이 번졌다. 이번에는 그녀가 먼저 그의 목에 팔을 두르고는 촉 소리가 나게 입을 맞췄다.

"오빠가 이제 나 하고 싶은 대로 하랬으니까."

목을 감싸고 있던 팔이 멀어졌다. 그게 아쉽다는 생각이 들어서 태훈은 저도 모르게 애정의 팔을 붙들 뻔했다. 애정이 조금만 더 느리게 움직였다면 아마 가는 손목을 잡아 자신의 품으로 당겼을지도 모를 일이었다.

"오빠."

차에서 내린 애정이 가방을 고쳐 메고는 태훈을 올려다봤다.

"왜?"

"내일 시합 보러 가도 돼요?"

예전에는 지겹게도 시합을 보러 왔던 애정이 올해 정규리그에는 한 번도 모습을 드러내지 않았다. 내일은 태훈이 선발로 나가는 경기가 잡혀 있었다. 보러 오는 것이야 상관없지만 경기가 끝나면 태훈은 따로 가봐야 할 곳이 있었다.

'같이 가도 괜찮으려나?'

그는 안 될 게 뭐 있냐는 생각에 고개를 끄덕였다.

"얼른 들어가서 쉬어."

얼른 들어가라 등을 떠밀자 애정이 손을 두어 번 흔들고 돌아섰다. 태훈은 조금 아쉬움이 남는 건지 바로 차에 올라타지 못하고 운전석 문에 기대어 선 채로 잠시 시간을 보냈다. 골목에 서행하는 차가 두어 대 연달아 지나갔다. 그와 동시에 불이 꺼져 있던 2층의 방에 불이 켜졌다. 아마 애정의 방이 저곳인 모양이었다.

태훈은 가만히 그 방을 올려다봤다. 지금 전화를 할까? 헤어진 지 얼마 되지 않아 전화하기에는 조금 이른 것 같았지만, 애정의 방을 올려다보며 통화를 하는 것도 좋을 것 같았다. 휴대전화를 꺼내어 만지작거리고 있던 그는 문득 누군가의 시선을 느끼고는 고개를 돌렸다.

검은 세단역 운전석에서 내린 남자가 차 앞을 떠나지 않은 채 태훈이
서 있는 곳을 바라보고 있었다. 자세히 보니 한 번 본 적이 있는 얼굴이었
다. 김애정의 큰오빠였다. 아마 태훈보다 한 살이 많을 것이다.

남자는 수상한 사람을 보듯 태훈을 주시하고 있었다. 못 보던 차가 집
앞에 서 있으니 신경이 쓰이기도 할 것이다. 하지만 별다르게 수상한 짓
은 하지 않았고 여긴 차들이 지나다니는 길이었다. 뭘 저렇게 도둑놈 쳐
다보듯이 볼까 싶어 눈을 마주하고 있던 태훈은 이내 떠오른 생각에 픽
웃고 말았다.

'뭐, 어떻게 보면 도둑놈은 맞지.'

아무래도 전화는 집에 돌아가서 해야 할 듯싶었다. 태훈은 차에 기대
고 있던 몸을 바로 세우고는 남자를 바라보다 갑자기 꾸벅 묵례했다. 굉
장히 단정하고 반듯한 자세였다. 남자는 얼결에 태훈을 따라 인사를 건네
었다. 그리고 고개를 들다 미간을 좁혔다. 상대방이 왜 인사를 한 건지,
자신은 또 왜 따라서 인사를 한 건지 이해하지 못한 얼굴이었다.

소리 없이 웃음을 삼켜낸 태훈은 차에 올라타 시동을 걸었다. 이쪽을
주시하고 있는 남자의 모습이 룸미러를 통해 눈에 들어왔지만 아직은 볼
때가 아니었다. 그의 차는 유유히 골목을 빠져나갔다.

완연한 봄이었다. 얼마 전까지 꽃샘추위가 기승을 부렸던 것이 거짓말
인 것처럼 하늘은 맑고 불어오는 바람은 따스했다. 화창한 날씨만큼이나
태훈의 기분도 좋았다. 선발로 나선 경기가 제 뜻대로 술술 풀리고 있었
다.

로진백을 손에 쥐었다가 내려놓은 태훈은 손가락을 한차례 매만졌다. 손안에 쥔 공을 한 차례 굴리고는 모자챙을 매만지며 정면을 응시했다. 포수가 주는 사인을 확인하고 자세를 바로잡은 그는 후— 하고 숨을 한 차례 내쉬었다.

2사 투 스트라이크에 쓰리 볼인 상황. 풀카운트였고 아웃카운트 하나만 더 잡으면 이닝이 종료되었다. 태훈은 힘껏 팔을 휘둘러 공을 던졌다. 플레이트에 다다른 공은 아래로 휘어지며 속도가 뚝 떨어졌다. 그가 던진 공은 체인지업이었다. 타이밍을 빼앗긴 채 휘두른 타자의 배트는 공에 닿지 못했고 그대로 아웃이 선언되었다. 함성이 울려 퍼졌다.

태훈은 오늘 경기에서 7이닝 동안 3피안타 2볼넷 7탈삼진 무실점의 투구를 선보였다. 최근 들어 선발로 나온 경기 중 가장 좋은 기록이었다. 마무리 투수와 교체를 한 태훈은 아이싱을 하다 잠시 관람석 쪽을 바라봤다. 주말이라 그런지 평소보다 사람이 많았다. 애정이 왔다 해도 여기서는 알아볼 수 있을 리 없었다. 아마 어딘가에서 경기를 보고 있을 것이 분명했는데 오늘따라 유독 얼굴이 보고 싶었다.

시합은 태훈이 속한 팀의 승리로 끝이 났다. 그는 애정에게 전화할까 싶었지만, 어차피 미팅이 남아 있어 버스로 이동해 훈련장으로 돌아가야 했다. 애정도 그 사실을 알고 있기에 전화를 하지 않는 것 같았다. 일정을 모두 마치고 제대로 얼굴을 보자는 생각으로 태훈은 버스에 올라탔다.

"너 오늘 공 좋더라?"

"원래 좋았다니까요."

포수인 영도가 장난스럽게 건넨 말에 태훈은 또 한 번 뻔뻔하리만큼 당당한 답을 내어놓았다. 아무래도 이런 점은 애정을 닮아가는 모양이었다.

훈련장으로 돌아가 간단한 미팅을 마친 태훈은 감독님과 따로 대화를 나눈 뒤에야 집으로 돌아갈 수 있었다. 가장 늦게 훈련장을 빠져나온 그는 서둘러 주차장으로 걸음을 옮겼다. 애정에게 전화를 하려 휴대전화를 꺼내어 들었지만 그럴 필요가 없어져 휴대전화를 다시 가방 안에 넣었다. 주차해둔 그의 차 앞에 애정이 기대어 서 있었다.

"김애정."

애정이 고개를 들고는 환하게 웃어 보였다. 태훈이 다가서자 그녀는 불쑥 손에 든 무언가를 내밀었다.

"오빠, 오늘 너무 멋있었어요."

애정이 내민 것은 꽃다발이었다. 남자에게 꽃 선물이라니. 갑자기 웬 꽃 선물일까. 의미 없이 준 것 같지 않아 꽃다발을 가만히 내려다보던 태훈은 곧 그것을 건네어 받고는 짙은 미소를 입가에 머금었다.

"김애정."

"네."

"너, 설마. 이거 알고 준 거냐?"

"뭐가요?"

애정은 순진무구한 얼굴로 태훈을 올려다봤다. 하지만 태훈은 확신했다. 애정은 오늘이 돌아가신 어머니의 생신이라는 것을 알고 있을 것이다.

태훈의 아버지는 서울에서 그리 멀지 않은 곳에 땅을 사서 가족묘지로 허가를 받아 그곳에 세상을 떠난 아내를 묻었다. 봉안당에 모셨다면 운영시간 때문에 어머니를 뵈러 가는 일이 어려웠겠지만, 그 덕분에 태훈은 평소에도 시합을 마치고 좀 더 편하게 어머니를 뵈러 갈 수 있었다.

지금 출발하면 너무 늦지 않게 서울로 돌아올 수 있을 것이다. 안 그래도 태훈은 오늘 잠깐이라도 어머니를 뵈러 갈 생각이었고, 애정이 괜찮다면 함께 가자 말하려던 참이었다. 하지만 애정은 그가 말을 꺼내기도 전에 무조건 함께 갈 생각을 하고 있었다. 그녀는 천연덕스럽게 웃으며 태훈의 팔에 팔짱을 꼈다.

"그동안 잘 몰랐는데 어제 보니까 오빠는 아버지보다 어머니 닮았나 봐요. 한 번도 뵌 적은 없지만, 굉장히 미인이실 거 같아요."

"뭐?"

"그렇죠? 아, 어떤 분이실지 되게 궁금하다."

태훈의 어머니를 보고 싶다는 이야기를 참 잘도 돌려 말했다. 이 스토커가 아버지한테 인사를 하고 나니 당장 어머니한테도 눈도장을 찍고 싶은 모양이었다. 애정은 팔짱을 낀 손을 풀고는 태훈의 손을 잡았다. 이제 물어보지도 않고 덥석덥석 잘도 손을 잡았다.

"운동하는 손이라 거친데, 뭐가 좋다고 그렇게 자꾸 잡아?"

"난 오빠 손 좋아요. 거칠고 투박하지만, 오빠가 얼마나 열심히 노력했는지 이 손만큼 잘 드러내고 있는 게 없으니까요."

그리 말한 애정은 자신의 손보다 한참 큰 태훈의 손을 신기한 듯 만지작거렸다. 눈이 마주치자 정말이에요— 작게 중얼거리고는 예쁘게 웃어 보이기까지 했다. 애정은 사랑을 주고, 그것을 표현하는 일에 있어 조금의 망설임도 없었다. 지금 보니 진짜 이름 한번 잘 지었다. 그 무한한 애정을 온전히 받게 된 사람이 자신이라는 것이 새삼 얼마나 행복한 일인지 깨닫게 됐다. 아마, 애정을 제외한다면 자신은 이런 애정을 두 번 다시 누군가에게 받지 못할 것 같았다.

"그래, 가자."

모자를 한 차례 고쳐 쓴 태훈은 애정의 손을 맞잡았다.

"어디를요?"

"어디긴."

모르는 척 묻는 애정의 질문에 그는 손에 든 꽃다발로 애정의 머리를 가볍게 툭— 두드렸다. 애정이 그에게 건네준 꽃다발은 태훈에게 줄 선물이 아니었다. 그는 진작 그 사실을 눈치챘다.

"어머니한테 인사드리러."

사랑의 성공이라는 꽃말을 지닌 안개꽃. 그것도 그의 어머니가 생전에 가장 좋아했던 푸른 안개꽃이 태훈의 손에 들려 있었다. 태훈은 지금 당장 애정을 자신의 어머니에게 보여 드리고 싶어졌다.

"좋아해 주셨으면 좋겠어요."

애정의 말에 태훈은 소리 없이 미소 지었다. 누구보다 기뻐하실 것이다. 세상에서 태훈을 가장 사랑해 주는 이가, 또 태훈이 앞으로 가장 사랑할 이가 함께였으니까. 애정은 이제 태훈에게 없어서는 안 될, 가장 소중한 사람이 되어 있었다.

에필로그 1 스토커, 오른팔을 잃다

무더운 여름이었다. 시즌이 한창이었고, 태훈은 틈틈이 애정을 만나며 바쁜 일상을 보내고 있었다. 조금 이른 봄에 연인이 된 두 사람은 무더운 여름이 될 때까지 변하지 않는 모습으로 여전히 연애를 하고 있었다. 물론 모든 연애가 그렇듯이 늘 좋을 수만은 없어 서로 다툴 때도 있었지만 말이다.

잔잔한 팝송이 흘러나오는 카페 안의 훈훈한 분위기와는 다르게, 지금 태훈의 얼굴은 살얼음판과도 같았다. 그는 카페 안에 들어선 10분 동안 그 어떤 대화 없이 애정을 보며 연신 물만 들이켰다. 쾅— 얼음이 든 컵을 내려놓는 손길이 거칠었다. 작은 얼음 몇 개가 컵 안을 빠져나와 테이블 위에 흩어졌을 정도였다. 애정은 티슈를 가져와 테이블 위를 대충 정리하고는 변명하듯 입을 열었다.

"원래 오후에 수업 있었는데 갑자기 공강이 되어버려서."

"그래서?"

"오빠한테 전화했는데, 전화를 안 받더라고요."

태훈은 시즌이 시작된 뒤로 바쁘게 지낸 탓에 애정이 아닌 다른 사람들을 만날 새가 없었다. 그러다 오늘 갑작스럽게 약속이 잡혔고 오랜만에 친구들과 얼굴을 보게 됐다.

친구들과 놀다 보면 애정의 전화를 받지 못할 일이 생길 것 같아 미리 연락해 둘까 싶었지만 애정은 학교에 있을 시간이었다. 수업 중일 것이 분명했고, 어차피 저녁에 얼굴을 보기로 약속했기에 그는 따로 연락하지 않았다. 그런데도 애정은 태훈이 그 시간 무얼 하고 있는지 알고 있었다. 장소, 시간, 인원까지 어찌나 자세하게 알고 있는지 그 정보력에 기함할 정도였다.

친구들과 족구 시합을 하고 있던 태훈은 그 장소에 나타나 관람을 하는 애정을 보고 공이 아닌 허공에 발길질하며 넘어지기까지 했다. 한 시간 전쯤 일어났던 일을 떠올린 그는 두 손으로 머리를 감싸 쥐었다가 다시 애정을 바라봤다.

"너 내가 이제 뒤에서 정보 캐고 다니는 짓 하지 말랬지?"

"캐고 다닌 거 아닌데. 막 누구한테 물어보거나, 그런 거 아니에요."

"그럼 어떻게 알았어? 너 진짜 누구 있지? 정보원이 누구야?"

애정은 입을 열지 않고 딴청을 부렸다. 얘기를 안 하겠다는 거다.

"말 안 하겠다 이거야?"

"말하면 이제 못 알아내게 막을 거잖아요."

"야, 나한테 물어보면 되잖아. 나한테."

"툭하면 전화도 안 받으면서 어떻게 물어봐요?"

전화를 못 받을 때가 많긴 했다. 그래도 이건 아니지. 태훈은 이 부분에 대해서 확실하게 선을 긋고 넘어가야 할 것 같았다. 그가 단호한 얼굴을 한순간이었다.

"그리고 친구들한테 소개도 안 해주고."

덧붙인 말에 그는 표정을 풀고 입을 꾹 다물었다. 애정의 얼굴이 시무룩해졌다. 너무 정신이 없어 애정을 그 자리에서 끌고 나오기만 했을 뿐, 친구들에게 소개할 생각은 하지 못했는데 그게 서운했던 모양이다. 딱히 애인이 생겼다는 말을 안 하려고 하거나, 피하려고 한 것은 아니었다. 소개하는 것이야 어렵지 않았다. 이미 가족에게도 소개했는데 친구들이 대수겠는가. 다만 걱정이 되는 건 태훈의 친구들이 다들 짓궂은 성격이라는 점이었다. 거기다 그간 자신이 해온 행동이 있어 아마 그 여파가 상당할 것이다. 소개하는 순간, 애정은 순식간에 고양이한테 둘러싸인 생쥐가 될 것 같았다.

'아니, 아닌가?'

애정도 보통이 아니니 괜찮을지도. 기회가 될 때 소개할 생각이기도 했고 애정이 서운해하니 그럼 조만간 자리를 만들겠다는 말을 하려던 찰나였다.

"갈래요."

태훈이 생각을 정리하는 사이, 애정이 먼저 자리에서 일어섰다. 대답하지 못하는 모습을 보며 애정은 그가 친구들에게 자신을 소개할 생각이 없다고 판단한 모양이었다. 태훈이 당황해 따라 일어섰지만 그녀는 이미 돌아선 뒤였다.

"쫓아오지 마요!"

태훈의 걸음이 우뚝 멈췄다. 아, 김애정 화났다.

책상 위에 탑처럼 쌓아놓은 일곱 권의 책을 제자리에 꽂아놓고 뒤를 돌아본 해솔이 미간을 좁혔다. 닫힌 방문에 기대어 서 있는 태훈의 얼굴에 그늘이 져 있었다. 그럴 만도 했다. 매번 배시시 웃으며 태훈밖에 모르던 애정이 처음으로 화를 냈으니 오죽 당황했겠는가.

"그래서? 그냥 그대로 집에 왔다고?"

"어."

"왜? 그럴 땐 쫓아가야지."

"뭐?"

"쫓아오지 말랬다고 그냥 왔어? 오빠 바보야? 나 화났으니까 달래달라는 말이잖아. 바로 가서 달래주지는 못할망정 집으로 와? 잘하는 짓이다."

해솔이 기가 차다는 얼굴을 했다.

"나 같아도 내 애인이 친구들한테 나 소개 안 하려고 하면 이상하게 생각하지. 이 자식이 바람을 피우나? 나 말고 다른 여자가 있나? 아니면 친구들한테 나 소개하기가 부끄럽나? 이런 거. 대부분 나쁜 쪽으로 결론 내릴 수밖에 없다고."

"소개하려고 했어."

"생각만 했지 그걸 말하지는 않았을 거 아니야? 행동으로 옮기지도 않았고."

틀리지 않은 말이었다. 생각만 했을 뿐, 그걸 애정에게 이야기한 적은 없었다. 해솔은 이제 환기를 시키려는 건지 방의 창문을 모두 활짝 열었다. 흐트러져 있는 침구를 정리하고 돌아선 그녀가 아직 멀뚱히 서 있는 태훈을 다시 바라봤다.

"근데 괜찮겠어?"

"뭐가?"

"오빠, 석영 오빠 결혼한다고 여자 소개했을 때 여섯 살 어린 여자랑 결혼한다고 도둑놈이라고 석영 오빠 술 진탕 먹였잖아."

해솔의 말에 태훈은 처음에 영문을 모르겠다는 얼굴을 했다. 내가 언제, 라는 말이 목구멍까지 올라왔다가 다시 그대로 쑥 내려갔다. 태훈의 표정이 순간 미묘하게 굳어진 것을 확인한 해솔이 웃음기 섞인 음성으로 물었다.

"기억나지?"

그래. 그런 적이 있었다. 물론 짓궂은 장난이었고 석영의 결혼을 진심으로 축하해 주긴 했지만 그냥 장난으로 치기에는 그날 먹인 술의 양이 상당했다. 결국 석영은 그날 집에 들어가지 못하고 태훈의 집에서 처음으로 자고 갔을 정도였다. 잠자리가 바뀌면 절대 잠을 잘 수 없다는 그였지만, 그날은 처음부터 눈을 감은 채 태훈의 집에 입성해 죽은 듯이 하룻밤을 자고 돌아갔다. 그날의 일을 떠올린 태훈의 안색이 점점 좋지 않게 변해가는 것을 보며 해솔이 웃음을 터트렸다.

"그리고 평소에 좀 잘하지. 짓궂어? 누가 누구한테 할 말이야? 오빠 친구들이 좀 그런 성격들이긴 하지만, 그 친구들 통틀어 오빠가 제일 짓궂었어."

해솔의 말을 딱히 부정하지 못한 그는 짙은 한숨을 내쉬었다. 어차피 한 번 겪어야 할 일이니 일단 애정을 소개하기로 한 부분에 대해서는 생각을 바꾸지 않았다. 태훈은 다른 의도로 애정을 소개하는 일을 미룬 것이 아니었지만 해솔의 말대로 애정의 입장에서는 오해할 수도 있는 일이니 이른 시일 안에 친구들에게 소개하기로 마음먹었다.

이쯤이면 환기가 됐다 싶은 건지 해솔은 창문을 닫고 에어컨을 틀었다. 조금 후덥지근했던 바람은 곧 서늘하게 바뀌었고 방 안은 금세 시원해졌다. 그때까지도 멀뚱히 서 있는 태훈을 확인하고는 해솔이 팔짱을 낀 채로 그를 물끄러미 바라봤다.

"왜 그렇게 봐?"

"안 가?"

"어디를?"

"어디긴. 애정이 달래야 할 거 아니야. 그냥 여기 있을 거야?"

아, 그렇지. 애정을 친구들에게 소개하는 것보다 더 중요한 문제가 남아 있었다. 처음으로 자신에게 화를 낸 애정을 달래야 했다. 태훈은 말없이 돌아섰고 다시 집을 나섰다.

차에 올라타 시동을 건 태훈은 출발하기 전 시간을 먼저 확인했다. 저녁 7시를 막 넘긴 시간이니 애정은 아마 집에 있을 것이다. 차를 출발시킨 그는 아이스크림 케이크 하나를 사서 애정의 집으로 향했다.

집 앞 골목에 차를 주차한 뒤 그녀에게 전화를 걸었다. 안 받으면 어쩌나 싶었는데 그런 걱정이 무색하게도 애정은 단번에 전화를 받았다.

[왜 이제 전화해요?]

전화를 기다린 모양이었다. 해솔의 말대로 그건 정말 쫓아오지 말라는 소리가 아니라 화났으니 달래라는 말이었나 보다. 태훈이 끙 앓는 소리를 냈다. 왜 그렇게 어렵게 말하는 걸까. 이해할 수는 없었지만 애정의 그런 행동이 귀엽게 느껴져 어느덧 그의 입가에 미소가 그려졌다. 집을 나설 때의 무거웠던 마음은 온데간데없었다.

"잠깐 나와."

[어디를요?]

"집 앞이야."

띠링— 그대로 전화가 끊어졌다. 태훈이 끊은 게 아니라 애정이 끊은 것이었다. 이럴 때 보면 참 빠르다. 5분 정도의 시간이 지나고 커다란 대문이 열리며 애정이 모습을 드러냈다. 주변을 확인한 그녀는 태훈의 차를 쉽게 발견하고는 보조석 쪽으로 다가섰다. 잠겨 있던 문을 열자 빠르게 차에 올라타 배시시 웃어 보였다. 그가 알던 평소 애정의 모습이었다. 태훈이 전화를 하고 집 앞으로 직접 찾아온 것만으로도 이미 화는 다 풀어진 것 같았다.

"아직 화났냐?"

"화 안 났어요."

"안 나긴. 아까 카페 나설 때 찬바람 쌩쌩 불던데."

"그랬어요? 카페에서 에어컨을 좀 세게 튼 거 같아요."

능청스러운 대답에 태훈이 작게 웃음을 터트리며 손을 뻗어 애정의 뺨을 툭 건드렸다. 애정 역시 그를 따라 웃었다.

"다음 주에 애들이랑 약속 잡을 테니까 너 시간 되는 날 먼저 알려줘."

"오빠 일정에 맞출게요. 정말 소개해 줄 거예요?"

"그래. 근데 소개 안 해도 너는 내 친구들 다 알지 않냐?"

태훈에 대해 모르는 게 없는 그녀는 그의 친구들까지도 모두 꿰고 있었다. 맞는 말이었지만 그래도 확실히 하는 게 좋을 것 같았다. 태훈에게 애인이 있다는 사실을 모르고 있다면 친구들이 괜한 자리를 주선할 수도 있었다. 태훈은 소개팅 같은 것은 꺼리니 아마 태훈 몰래 자리를 마련할 확률이 높았다. 그러니 미리 눈도장을 찍어놓고 그런 일들이 일어나지 못

하도록 사전에 모두 차단하는 것이 좋았다.

"오빠 친구들이 저를 모르잖아요."

애정은 머릿속의 생각들을 굳이 입 밖으로 내지 않고 적당한 답을 내놓았다.

"그렇긴 하지. 아무튼, 딱히 다른 이유로 피한 거 아니야. 마음 상해하지 마."

"알아요."

"아는데 왜 화내?"

"화낸 거 아니라니까요."

애정은 그리 말하며 태훈의 손을 깍지 껴 잡았다. 애정은 이렇게 그의 손을 잡는 것을 좋아했다. 투박하고 거친데 뭐가 그리 좋냐고 매번 물어도 애정의 답은 변하지 않았다.

"아이스크림 케이크 사 왔어. 들어가서 먹어."

그의 말에 애정이 뒷좌석을 확인했다. 포장된 케이크를 보고는 그녀가 작게 미소 지었다. 조금씩이지만 태훈은 애정이 뭘 좋아하는지, 뭘 싫어하는지 알아가고 있었다. 아이스크림은 애정이 여름에 입에 달고 사는 간식이었다. 그걸 알게 된 뒤로 태훈은 이렇게 가끔 아이스크림 케이크를 사다 주고는 했다.

"녹겠다. 얼른 가지고 들어가."

"10분만 더 있다가 들어갈래요."

혹시나 태훈이 얼른 들어가라며 등을 떠밀까 싶은 건지 깍지를 낀 손에 힘이 잔뜩 실렸다. 태훈이 입안으로 웃음을 삼키고는 에어컨 온도를 조금 더 낮춰놓았다. 애정은 더위에 약했다. 아이스크림을 여름 내내 입에 달고 사는 것도, 에어컨이 없는 곳에서는 축 늘어진 빨래처럼 맥을 못

추는 것도 그런 이유 때문이었다.

"그럼 딱 10분만 있다가 들어가."

"알겠어요."

20분 정도 걸리는 거리를 40분 정도 걸린다고 넉넉하게 얘기했으니 그사이 아이스크림 케이크가 녹을 것 같지는 않았다. 10분 정도는 괜찮을 거 같아 차 안에 앉아 대화를 나누던 태훈이 문득 카페에서의 일 중 해결되지 않은 일 하나를 떠올렸다. 애정이 화를 낸 문제는 해결되었다지만 정작 자신이 화를 낸 문제는 해결하지 못했다. 생각해 보니 이 모든 일의 원인이 된 문제가 아니던가.

"김애정."

"왜요?"

"너 근데 진짜 정보 누가 주는 건지 얘기 안 해줄 거냐?"

애정이 잠시 태훈을 올려다보다 시선을 슬쩍 피했다. 눈동자가 연신 빠르게 움직이더니만 다시 눈이 마주치자 반대편 손으로 어색하게 집을 가리켰다.

"지금 집에 아무도 없는데. 저녁 먹고 갈래요?"

딴소리다. 화제를 돌리려 했지만 태훈에게서 반응이 없자 애정은 급하게 차에서 내릴 준비를 했다. 평소라면 더 있다 가겠다고 고집을 부릴 텐데 오늘따라 참 빠르게 차에서 내렸다.

"야, 김애정."

저녁 먹고 가겠냐는 말에 태훈은 아직 대답도 안 했는데 문이 쾅 닫혔다. 차 안에는 무거운 침묵이 감돌았다. 도망치듯 걸음을 옮기는 애정을 황망한 표정으로 바라보고 있는데 무슨 이유에서인지 그녀가 다시 돌아서서 차로 다가서는 모습을 볼 수 있었다.

조심스럽게 문을 연 애정이 고개를 쏙 내밀었다. 태훈은 그제야 애정이 돌아온 이유를 알아챘다. 아이스크림 케이크 상자가 아직 뒷좌석에 놓여 있었다.

"야, 됐어. 안 물어봐."

태훈이 케이크 상자를 건네주자 애정이 배시시 웃어 보이고는 작은 손을 두어 번 흔들었다. 아무래도 그 부분에 대해서는 절대 말할 생각이 없는 모양이었다.

태훈은 결국 애정을 친구들에게 소개하기로 했다. 일요일 저녁에 만나자는 약속을 잡았고 장소는 친구 중 한 명이 운영하는 가게에서 보기로 했다.

그가 애인을 소개한다는 말에 친구들이 보인 반응은 제각각이었다. 유민건보다 설마 네가 먼저 짝을 찾을 줄 몰랐다는 반응과 너 그런 것도 할 줄 아느냐는 반응, 그리고 야구밖에 모르는 너 좋다는 여자가 있냐는 반응으로 나뉘었다.

"오빠 친구들 다 활동적이고 좋은 사람들 같던데요."

태훈에 대해 모르는 게 없을 정도로 정보력이 넘쳐나는 애정은 이미 그의 친구들에 대해서도 잘 알고 있었다. 하지만 겉으로 보이는 게 다가 아닐 것이다. 태훈은 자신의 친구들에 대해서는 애정이 아는 것보다 모르는 게 더 많을 것이라고 확신할 수 있었다. 주차를 마치고 안전띠를 풀어낸 태훈은 심각해진 얼굴로 그녀를 바라봤다.

"뭔가 대답하기 어려운 질문 하면 대답하지 마."

"알겠어요."

"짓궂은 장난치면 그냥 때려. 뒷일은 내가 책임질 테니까."

애정이 대답하려다 멈칫했다. 그래도 때리는 건 좀— 그리 생각하며 태훈을 올려다보는데 그런 애정의 생각을 읽어낸 듯 태훈이 재차 강조하며 말했다.

"때려. 맞아도 싼 짓 하면 때려도 돼."

"그럴 일은 없을 거 같긴 하지만, 일단 알았어요."

"술 많이 권하면 취한 척해. 그냥 자."

그 뒤로도 줄줄이 이어진 말들은 모두 애정을 걱정하는 말들이었다. 무슨 걱정이 이리 많은지. 누가 들으면 불한당한테 소개해 주려는 건 줄 알 것이다. 애정이 속으로 웃음을 삼켜내고는 고개를 끄덕였다. 마지막 주의사항까지 모두 듣고 나서야 차에서 내려 약속 장소인 가게 안으로 들어설 수 있었다.

태훈의 친구인 중훈이 운영하는 술집은 깔끔하고 세련된 실내장식이 눈에 띄는 가게였다. 특히나 곳곳에 설치된 조명이 시선을 끌었다. 벽면은 일반 벽이 아닌 타일 재질로 이루어져 있었는데 타일은 각각의 조각이 모여 하나의 그림을 만들어내고 있었다. 인테리어에 유난히 공을 들인 것이 티가 나서 가게 안에 들어선 애정은 연신 예쁘다며 감탄사를 연발했다.

"여기 인테리어 공사 주해솔이 맡아서 한 거야."

"그렇구나."

애정이 고개를 끄덕이며 좀 더 가게 안을 유심히 살폈다. 세련된 인테리어도 좋지만 자리마다 파티션 같은 시설이 설치되어 자리가 구분되어 있었고 다른 술집에 비해 조용한 분위기에서 술을 마실 수 있는 곳이었다.

태훈은 주변을 둘러봤고 곧 쉽게 친구들이 앉아 있는 자리를 찾을 수 있었다. 그들도 태훈을 발견한 건지 곧 무리에 섞여 앉아 있는 민건이 자리에서 일어나 손을 흔들었다. 두 사람은 창가 쪽 가장 구석에 있는 테이블로 향했다.

모두의 시선이 태훈에게로 쏠렸다. 애정은 그의 뒤에 서 있었고 체격 차로 인해 그녀의 모습이 가려져 태훈의 친구들은 아직 애정의 모습을 제대로 확인하지 못했다. 태훈이 숨을 한 차례 길게 내쉬고는 애정을 소개하려는 순간이었다. 뒤에서 고개를 쏙 내민 애정이 예쁘게 웃으며 그의 친구들을 향해 인사를 건네었다.

"안녕하세요."

돌아오는 인사가 없었다. 잠시 당황한 듯 일동 침묵한 상태에서 태훈이 옆으로 한걸음 자리를 옮겼다. 덕분에 애정의 모습이 완전하게 그들의 시야에 드러났다. 생각보다 너무 앳된 외모에 잠시 말을 잇지 못하고 있다가 가장 먼저 정신을 차린 석영이 인사를 건네었다.

"안녕하세요. 태훈이 친구 민석영입니다."

"네, 저는 애정이에요. 김애정."

다른 친구들도 그제야 하나둘씩 자신을 소개하기 시작했다. 인사를 모두 마친 뒤에야 태훈과 애정은 자리에 앉을 수 있었는데, 맞은편에 앉아 있는 민건이 애정의 얼굴을 뚫어져라 바라보고 있었다.

"왜 그렇게 봐?"

이상하게 생각한 태훈이 민건을 향해 묻자 그제야 그의 시선이 태훈의 얼굴에 닿았다.

"본 것 같은데."

"뭐?"

"너랑 같이 밥 먹었던 날. 그때 길에서 소리 없이 펑펑 울었던 그……."

"……."

"맞지?"

민건이 애정을 알아볼 거라고는 생각지 못한 태훈은 잠시 당황했다. 운동장 스탠드에 앉아 야구 관람을 하는 애정을 봤을 때는 거리가 있어 몰랐지만, 길에서 운 모습은 기억에 남은 모양이었다. 쓸데없이 기억력이 좋다고 생각하며 태훈이 고개를 끄덕였다.

"와, 그럼 그때 너 때문에 운 거네? 모르는 척 휙 지나가더니만."

곁에서 가만히 듣고 있던 석영이 흥미로운 얼굴로 물었다.

"주태훈이 울렸어?"

"어. 그것도 엄청 펑펑 울었는데."

"뭘 했기에 펑펑 울렸어?"

"그러니까 말이다."

두 남자의 시선이 태훈의 얼굴에 닿았다. 태훈은 기가 차다는 얼굴을 했다. 따지고 보면 그때 애정이 운 일의 절반은 민건의 탓이었다. 맞선 이야기만 그 자리에서 꺼내지 않았어도 애정이 그리 우는 일은 없었을 것이다. 그는 이를 악물며 억지로 웃어 보이고는 민건을 향해 흉흉한 기세를 드러냈다.

"그런 거 아니야."

"아니긴."

"아니라고 했다?"

코웃음을 친 민건의 시선이 다시 애정에게 닿았다. 모두의 관심은 이제 다시 애정에게 쏠려 있었다. 그들은 흡사 먹이를 노리는 하이에나 같은 얼굴들을 하고 있었다. 아마 술을 주문하고 난 뒤에 하나둘씩 질문이 쏟아질 것이다. 조금 긴장하고 있는 태훈과 다르게 애정은 만사 걱정 없는 얼굴을 하고 있었다. 석영이 시간을 한 차례 확인하고는 애정을 향해 물을 따른 컵을 건네며 물었다.

"혹시 저녁은 먹고 왔어요? 안 먹었으면 식사류 하나 시킬까요?"

"아니요. 저녁은 오빠랑 간단하게 먹고 왔어요."

"그럼 안주 중에 뭐 좋아해요?"

"아무거나 다 잘 먹어요."

대답이 끝나기가 무섭게 태훈이 메뉴판을 들어 애정의 앞에 놓아주었다. 아무거나 시키지 말고 먹고 싶은 거로 주문하라는 뜻이었다. 유심히 메뉴판을 내려다보던 애정이 떡볶이와 튀김이 함께 나오는 메뉴를 손가락으로 가리키자 태훈이 여기 떡볶이가 되게 맵다며 다른 메뉴를 권했다. 치킨샐러드와 감자튀김 작은 것을 하나 선택하자 태훈이 추가로 먹을 안주 하나와 술까지 함께 주문을 마쳤다. 그 행동을 유심히 지켜보고 있던 석영이 헛웃음을 터트렸다.

"야, 주태훈 껍데기만 뒤집어쓴 저놈은 대체 누구냐."

"그러게 말이다. 메뉴판으로 누구 때리는 건 봤어도 상냥하게 펼쳐준 건 처음 봤네."

그 말에 곁에 있던 친구 주찬은 어깨까지 들썩이며 웃었다. 술이 나오길 기다리는 동안 민건이 가장 먼저 애정을 향해 질문을 건네었다.

"실례지만, 몇 살이세요? 되게 어려 보이시는데. 요즘은 동안이신 분들이 많아서 나이 가늠하기가 참 어려워요."

그 자리에 있는 모든 이가 가장 궁금해할 법한 질문이 먼저 나왔다. 애정의 외모가 워낙 어려 보였기 때문이었다. 애정이 힐끗 태훈을 향해 시선을 보냈다. 그는 이미 체념한 얼굴이었다. 거짓말을 할 수도 없는 노릇이었고 돌아올 반응이야 이미 각오한 상태였다. 그렇지 않았다면 이 자리에 애정을 데리고 나오지 않았을 것이다. 애정은 소리 없이 미소 짓고는 다시금 맞은편에 앉은 민건을 바라봤다.

"동안인 편은 아니에요. 딱 제 나이 또래로 보이는 얼굴이에요."

"그래요? 어려 보이는데. 혹시 나이가?"

"스물셋이요."

일동 침묵인 상태가 다시 한 번 이어졌다. 태훈은 말없이 앞에 놓여 있는 냉수를 마셨다.

"스물……."

"셋이요."

민건이 말끝을 흐렸지만 애정은 정확하게 셋이라는 숫자를 덧붙여 자신의 나이를 묻는 말에 답했다. 어려 보이긴 했지만, 그저 동안이겠지 싶었다. 생각지도 못한 답에 민건은 헛웃음을 터트렸고, 주찬을 비롯한 세 명의 친구는 잠시 말이 없었다. 그리고 석영은 머릿속으로 두 사람의 나이 차를 계산하고는 표정을 굳혔다.

"스물셋이면 우리랑…… 열한 살 차이 아닌가?"

이제 약속이라도 한 듯 모두의 시선이 태훈의 얼굴에 닿았다. 잠시 굳어져 있던 다섯 친구의 얼굴에 미묘한 변화가 생기기 시작하더니 갑작스레 분위기가 시끌벅적해졌다.

"와, 이 새끼. 나 결혼할 때 내 와이프 여섯 살 어리다고 나 도둑놈 취급하더니만."

"열한 살 차이? 스물셋?"

"이 도둑놈의 자식."

"아니, 태훈이 이놈이 뭐가 좋아서 만나요?"

"이 자식이 협박한 건 아니죠?"

농담으로 하는 말이라는 건 당연히 알고 있었다. 알고 있음에도 태훈의 얼굴에는 흉흉한 기세가 드러났다. 예쁘고 어리니 지금이라도 다른 좋은 남자를 만나라는 둥, 이 녀석 성격이 얼마나 괴팍한지 아느냐는 둥, 저놈 야구밖에 모르는 놈이라는 둥, 연이어 쏟아진 말들에 태훈의 입매가 뒤틀리듯 위로 올라갔다.

"야. 니들이 아무리 그래 봐야 지금 하는 말 김애정한테 씨알도 안 먹혀."

태훈의 대답에 기가 차다는 반응을 담은 웃음이 여기저기서 터져 나왔다. 때마침 주문한 안주와 술이 테이블 위에 놓였다. 맥주와 소주를 연달아 따서 자신의 앞에 가져다 놓은 민건이 태훈에게 가장 먼저 술을 권했다.

"됐고. 넌 일단 술 한 잔 마셔라."

민건은 빈 컵에 맥주를 아주 살짝 따르더니만 나머지 공간을 소주로 채워 그것을 섞었다. 비율이 맞지 않는 소맥 제조에 태훈이 쓴웃음을 머금으면서도 어쩔 수 없이 그것을 받아 마셨다. 하지만 그게 끝이 아니었다. 시작일 뿐이었다. 태훈은 다섯 명이 연달아 주는 폭탄주를 마셔야 했다. 거기다 중간에 친구들이 애정에게 한 잔씩 술을 권하면 태훈이 대신 빼앗아 마시기까지 했다. 애정의 주량이 약하다는 말을 여기 오기 전에 미리 들었기 때문이었다.

"야, 그렇다고 네가 다 마시면 어떻게 해?"

"얘 술 약해."

"누가 병째 마시라고 권하기라도 했나?"

한 잔 정도야 괜찮을 것이다. 하지만 한 잔으로 끝나지 않을 것 같은 게 문제였다. 태훈이 잠시 생각에 잠겼다가 그래도 안 된다고 말하려는 찰나, 잔을 든 애정이 그의 앞으로 손을 쑥 내밀었다.

"아예 못 마시는 건 아니니까 조금만 마실게요."

"그럼 조금만 줄게요."

태훈은 심기 불편한 얼굴을 하고 있었지만 그렇다고 애정이 마시겠다는 걸 마시지 말라고 막기에는 너무 팔불출 같았다. 한 잔씩은 괜찮겠지 싶어 결국 그냥 두었다. 다섯 명의 친구가 반 잔씩 따라준 맥주를 마시고 뺨이 붉어진 애정을 보고 태훈이 작게 웃음을 터트렸다.

"그거 먹고 취해? 맥주만 줬는데."

"안 취했어요."

태훈이 애정의 뺨을 툭 건드렸다.

"그럼 여긴 왜 이렇게 빨개?"

대답 대신 그저 배시시 웃어 보이는 애정을 보고 태훈이 물을 한 잔 건네었다. 그리고 주변을 한 차례 둘러봤다. 그의 친구들 모두 처음에는 의기투합한 것처럼 애정에게 쉴 새 없이 술을 권했지만 그건 모두 태훈이 대신 마실 것이라는 걸 알고 한 행동이었다. 그 결과 태훈은 이미 취기가 올랐고 애정에게는 반 잔씩 따라준 술 이후로 더는 술을 권하지 않았다. 그들은 이제 애정에게 궁금한 점들이나 태훈에 관해 이야기하며 화기애애한 분위기를 이어나갔다. 애정도 신이 난 것 같았고 친구들의 기분 역시 모두 좋아 보였다. 태훈의 입가에도 어느덧 짙은 미소가 자리 잡았다.

처음에는 짓궂은 장난을 치면 어쩌나 걱정했는데, 그의 걱정은 참으로 쓸데없는 것이라는 걸 그제야 깨달았다. 시간이 맞지 않아 나오지 못한 친구를 제외하고 그 자리에 모인 인원은 태훈과 애정을 제외하고 모두 다섯이었다. 그 다섯 명 중 민건을 제외한 4명에게는 여동생이 있었다. 자신들과 나이 차가 많이 나서 너무 어리게 느껴지다 보니 되레 장난을 치는 일이 조심스러웠고 정말 어린 동생을 예뻐하듯 신경을 써주고 있었다. 물론 민건은 열심히 술도 권하고 질문도 하고, 제 할 일을 다 해내고 있었지만 말이다.

"나 잠깐 화장실 좀."

자리에서 일어선 태훈이 테이블을 벗어났다. 30분 전까지만 해도 그는 애정을 그 무리 속에 홀로 두고 자리를 비울 수 없었지만 이제는 괜찮을 것 같았다. 애정이 워낙 말도 예쁘게 하는 데다 애교가 많다 보니 다섯 남자는 금세 그녀를 동생처럼 예뻐했다. 그리고 태훈이 다시 자리로 돌아왔을 때, 서른네 살 먹은 남자 다섯은 오늘 만남에 대해 최종적인 결론을 내렸다.

"너한테 너무 아깝다."

그거로도 모자라 민건은 한마디 더 덧붙였다.

"이 도둑놈."

하지만 그는 발끈하는 일 없이 여유 있는 모습으로 다시금 애정의 옆에 자리를 잡고 앉았다. 물을 한 모금 마신 그는 주변을 둘러봤다. 태훈은 이미 많은 양의 술을 마신 상태였고 다른 친구들도 마찬가지인 듯싶었다.

"얼굴 보여줬으니까 오늘은 이만하고 가자."

민건을 제외한 모두가 가정이 있는데다 시간도 늦었으니 슬슬 애정을 데려다줘야 할 것 같아 짐을 챙겨 들려던 태훈이 순식간에 표정을 굳히고는 옆에 앉아 있는 애정의 어깨를 붙들었다. 어깨를 붙잡는 힘에 고개를 든 애정이 배시시 웃어 보였다. 그 외중에도 비틀거리는 몸은 제대로 중심을 잡지 못했다.

"야, 얘 왜 이래?"

"아, 그게. 아까 민건이가 술 두세 잔 더 권하던데. 취했나 보다."

석영의 말에 태훈의 서슬 퍼런 시선이 민건에게로 향했다. 그 무시무시한 기세에 민건은 멋쩍은 얼굴로 웃어 보였다.

"두세 잔 정도는 괜찮을 줄 알았지. 저렇게 약할 줄 몰랐어."

"이 새끼가 그걸 말이라고."

"미안하다니까. 다음에 내가 밥 살게. 얼른 데리고 가."

한숨을 내쉰 태훈이 애정의 짐을 챙기고 있는데 상황 파악 못 한 애정의 손이 불쑥 테이블 위로 내밀어졌다.

"한 잔 더 주세요."

잔을 내미는 애정의 행동에 태훈의 입매가 비틀리듯 위로 올라갔다. 잔을 빼앗은 그는 너무 쉽게 애정을 일으켜 세웠다. 순식간에 자리에서 일어서게 된 애정은 영문을 모르겠다는 얼굴을 했다가 태훈과 눈이 마주치자 신이 난 듯 웃었다.

"오빠. 어디 가요?"

"어디 가긴. 집에 가지."

"싫은데."

울먹이는 목소리가 들려왔지만 태훈은 들은 척도 하지 않았다.

"자. 가방 메고. 똑바로 서."

비틀거리고 싶어도 태훈이 워낙 단단한 힘으로 애정을 지탱하고 있었다. 가방을 챙겨 든 애정은 아쉬운 얼굴로 테이블 위를 내려다보다 민건과 눈이 마주쳤다. 그녀의 두 눈이 예쁘게 반으로 접혔다.

"오빠, 감사합니다."

애정이 허리를 휙 숙였다. 인사는 거기서 끝나지 않았다.

"고맙습니다."

그리고 의미를 알 수 없는 덕담까지 건네었다.

"복 받으세요. 얼른 장가가시고요."

애정이 민건에게 이렇게까지 고마울 일이 뭐가 있을까. 태훈의 머릿속에 의문이 떠올랐지만 애정은 지금 대답해 줄 상황이 아닌 것 같았고 민건 역시 영문을 모르겠다는 얼굴을 하고 있었다. 그저 그런 애정의 행동이 귀여운지 민건이 웃으며 고맙다는 답을 건네었다.

인사를 하고 술집을 빠져나온 태훈은 대리 기사를 부르고 차에 올라탔다. 얼마 지나지 않아 대리 기사가 도착했고 먼저 애정의 집으로 향했다.

"야, 너 취하면 집에 어떻게 들어가려고."

"안 취했어요."

"안 취하긴. 말만 똑바로 한다고 속을 줄 알아?"

애정이 커다란 눈을 두어 번 깜빡이고는 슬쩍 입꼬리를 위로 끌어 올렸다. 안 속으면 말고— 작게 덧붙이는 목소리가 어쩐지 신이 나 있다. 애정은 태연한 표정으로 좌석에 편히 몸을 기대었다가 자세가 불편해진 건지 태훈의 어깨에 머리를 기대었다. 태훈은 그런 애정을 밀어내지 않았다. 되레 손을 잡아주고는 애정의 얼굴을 힐끗 내려다봤다. 그러다 문득 민건에게 고맙다는 인사를 하던 애정의 모습이 떠올랐다. 그건 대체 뭐였을까.

"김애정."

"네, 오빠."

"유민건한테 뭐가 그렇게 고마워?"

"고맙죠."

"그러니까 뭐가?"

이 자식이 자신이 없는 새에 무슨 짓을 한 건가 싶어 의심하고 있는데 애정은 주섬주섬 백을 뒤적이더니만 휴대전화를 꺼내어 들었다. 그리고 민건의 트위터에 올라온 사진과 글을 태훈에게 보여주었다. 처음에는 이걸 왜 보여주나 싶었다. 하지만 시간이 지날수록 태훈은 그 이유를 자연스럽게 알아챘다.

"이게 다 뭐야?"

민건은 친구들과의 모임, 여행, 약속, 그리고 훈련. 하다못해 점심으로 뭘 먹었는지, 후식으로 무슨 커피를 마셨는지까지 트위터에 올렸다. 일과를 보고하는 수준이었고 그 일과에는 태훈이 함께한 일들이 많이 속해 있었다. 그가 민건을 만난 날은 트위터를 통해 태훈의 동선을 다 파악할 수 있을 지경이었다.

"너 설마."

"오빠가 어디서 뭐 하는지 이거 보고 알았어요. 오빠는 훈련장, 헬스장, 집. 이렇게 세 곳만 자주 가고 나머지 시간에는 친구들 만나잖아요. 근데 친구들이랑 잡은 약속은 제가 알 수가 없으니까."

"그래서?"

"이 오빠가 무슨 일만 생기면 거의 5분 안에 이런 거 올리더라고요. 그래서 이거 보면 오빠가 어디 있는지 뭘 하는지 다 알 수 있어요."

술에 취한 애정은 그간 비밀로 감췄던 사실을 술술 잘도 불었다. 태훈은 치밀어 오르는 화를 억누르듯 이를 악물고는 애정을 향해 억지로 웃어 보였다. 자상한 말투였지만 어쩐지 그 표정은 흉흉하기 그지없었다.

"그럼 훈련 일정은?"

"그건 해솔 언니한테 전화해서 딴소리하다가 오빠 집에 있냐고 넌지시 물어봤어요."

드디어 애정이 지닌 정보력의 근원지를 찾아냈다. 대답 듣기를 포기하고 있었지만, 그는 의외의 곳에서 해답을 찾아냈다. 이제 태훈의 머릿속에는 하나의 생각만이 맴돌았다.

'유민건 이 새끼를 어떻게 족치지.'

차는 곧 애정의 집 근처에 도착했다. 일단 조금 거리를 둔 곳에 차를 세워두고 애정을 집 앞까지 데려다줬다. 혼자 들어갈 수 있다는 말에 그는 애정의 옷매무새를 단정하게 만져주고 이마에 짧게 입까지 맞췄다.

"내일 학교 쉰다며. 늦잠 좀 자. 일어나면 전화하고."

애정이 고개를 끄덕였다. 조금 거리를 둔 곳에서 애정이 집안으로 들어서는 모습을 모두 지켜본 뒤에야 그는 다시 차에 올라탔다. 집 앞에 도착한 그는 대리비를 지급하고 곧장 담벼락 끝으로 걸음을 옮겼다. 그리고 민건에게 전화를 걸었다.

"야, 이 관종새끼야."

분명 웃고는 있는데 그 웃음이 살벌하기 그지없었다. 태훈은 집까지 오는 길에 휴대전화로 민건의 트위터를 좀 더 자세히 확인하고는 정말 기가 차다는 얼굴을 했다.

[갑자기 전화해서 뭔 소리야?]

"너 트위터에 당장 나랑 관련된 글이랑 사진 안 지워?"

[뭐?]

"내가 너랑 양념치킨 시켜 먹은 것까지 인터넷에 기록으로 길이길이 남겨야겠냐?"

[……너 그걸 어떻게 알았어?]

태훈은 SNS를 전혀 하지 않았다. 그런 태훈이 어찌 자신의 트위터에 올라온 사진과 글에 대해 알고 있는지 의문이 들었지만 성난 기세에 민건은 그에 관해 더는 물을 생각조차 못 했다. 그 뒤로 태훈의 잔소리는 30분간 이어졌다. 평소에는 안 그렇다가 한 번 폭발하면 잔소리가 끝이 없었다. 결국 전화를 먼저 끊은 것은 민건이었다. 일방적인 통화 종료였다. 그리고 10분 뒤, 민건의 트위터 계정은 폭파됐다. 이제 됐냐는 욕설을 담은 문자와 함께 말이다.

경기가 없는 날이었지만 태훈은 이른 시간에 집을 나섰다. 전날 술을 마시긴 했지만 훈련에 지장을 줄 수는 없었기에 되레 평소보다 좀 더 일찍 일어나 조깅까지 마치고 훈련장으로 향했다. 몸 상태가 그리 좋은 편이 아니었기에 투구 연습보다는 쉐도우 피칭과 체력단련 위주의 훈련을 했다. 그리고 오후가 되어서야 애정을 만나러 갔다.

"얼굴 봐라."

태훈의 말에 애정이 멋쩍은 얼굴로 웃어 보였다. 그녀는 오늘 수업이 없었고 오랜만에 늘어지게 늦잠까지 잤지만 숙취로 꽤 시달린 건지 얼굴색이 말이 아니었다. 평소 방긋방긋 웃던 얼굴이 오늘은 조금 지친 기색까지 드러내고 있었다. 쯧― 짧게 혀를 찬 태훈은 안 그런 척하면서도 애정이 걱정되는 건지 연신 그녀의 안색을 살피며 이런저런 질문을 건네었다.

"속은?"

"울렁거려요. 머리도 아프고."

"그럼 약이라도 사 먹든가 하지. 밥은?"

"밥은 아직 안 먹었고, 오다가 숙취해소제 하나 사 먹었어요."

두 손으로 배를 움켜쥔 애정이 장난스럽게 울먹거리는 표정을 지었다.

"배고파요, 오빠."

태훈이 그 행동에 가볍게 웃음을 터트렸다. 이래서는 화도 못 내겠다.

"그러니까 누가 그렇게 넙죽넙죽 술 받아 마시랬어?"

"원래 그렇게 안 마셔요. 그래도 오빠 친구들이랑 정식으로 처음 인사하는 자리였는데 술 권할 때마다 오빠가 대신 다 마셨잖아요."

"그거 처음부터 나 마시게 하려고 너한테 권한 거야. 그 자식들이 아무리 짓궂어도 그 많은 술을 너한테 계속 권하겠냐."

그거야 애정도 이미 알고 있는 사실이었다. 술을 권할 때마다 술병을 든 사람의 시선이 자신이 아닌 태훈을 향해 있었기 때문이었다. 그러다 태훈이 자리를 비운 사이, 석 잔 정도는 더 마셔도 괜찮을 것 같아 마신 것인데 자신의 주량을 너무 과신한 모양이었다. 역시 술은 애정과 맞지 않았다.

"근데 오빠, 저 어제 어떻게 집에 왔어요?"

"어떻게 가긴. 내가 데려다줬지."

"필름 끊겼나 봐요. 오빠가 화장실 갔다가 돌아온 것까지는 알겠는데 그 뒤에 일이 기억이 안 나요."

그녀의 말에 태훈은 잠시 기묘한 표정을 지었다. 애정은 어제의 일을 기억하지 못했다. 민건이 술을 권한 것까지는 기억하는 걸 보면 그 뒤의 일들에 대해 필름이 끊긴 모양이었다. 차라리 잘됐다 싶었다.

"밥이나 먹으러 가자."

여태 식사조차 하지 않았다는 게 신경 쓰여 일단 뭐라도 먹여야 할 것 같았다. 태훈은 차를 출발시켰고 애정은 좌석에 편하게 몸을 기대고는 어제 만난 태훈의 친구들에 관해 이야기했다. 다 좋은 사람 같다며 다음에 또 만나보고 싶다는 말에 태훈은 꼭 낮에 약속을 잡아야겠다고 다짐했다. 술을 마시는 자리에는 두 번 다시 애정을 데려가지 않을 것이다.

도로를 달리던 그의 차가 어느 한 상가 주차장 안으로 들어섰다. 콩나물국밥과 순두부찌개를 파는 식당이었다. 차를 주차하고 있는 사이, 애정은 휴대전화를 손에 들고 뭔가를 열심히 보고 있었다. 톡톡톡— 액정을 터치하는 소리에 태훈이 애정을 향해 힐끗 시선을 주었다. 그녀는 무슨 이유에서인지 시무룩한 얼굴을 했다.

주차를 마치고 그가 다시 애정을 바라보자 시선을 느낀 그녀는 휴대전화를 빠르게 가방 안에 넣었다. 하지만 태훈은 액정에 뜬 화면을 이미 본 상태였다. 그는 모르는 척 입안으로 웃음을 삼켰다.

애정이 휴대전화로 찾고 있던 것은 유민건의 트위터였다. 백날 뒤져봐도 이제 그곳에 태훈의 소식은 올라오지 않을 것이다. 민건은 태훈의 잔소리에 못 이겨 트위터를 폭파했고 새 계정을 파서 자신의 소식만 올리겠다고 했다.

"내리자."

"오빠."

"왜?"

"그 오빠 친구 있잖아요. 유민건 선수. 혹시 무슨 일 있어요?"

"별일 없는데. 왜?"

"……아니요. 아무것도 아니에요."

대답하는 목소리에 힘이 없었다. 축 늘어진 귀와 꼬리가 겹쳐져 보일 것만 같은 모습에 태훈이 결국 크게 웃음을 터트렸다. 안전띠를 풀어내던 애정은 영문을 모르겠다는 얼굴을 했다.

"갑자기 왜 웃어요?"

네가 귀여워서 그런다. 그리 생각했지만 태훈은 대답 대신 웃음을 삼켜내며 애정의 입술에 입을 맞췄다. 촉— 부드럽게 닿았던 입술이 떨어지고 그의 손이 다정하게 그녀의 뺨을 툭 건드렸다.

그는 결국 애정이 지닌 정보력의 근원을 제거했다. 애정은 의도치 않게 자신이 오른팔 노릇을 하고 있는지도 모르고 있는 오른팔을 잃었지만 이제 아무래도 상관없을 것이다. 더는 그렇게 태훈의 뒤를 쫓을 필요가 없었다. 애정이 그런 행동을 하는 것은 아마 자신이 확신을 주지 못한 탓이라는 결론이 내려졌다. 그리고 지금 그 확신을 주고 싶었다.

"좋아해, 김애정."

이 말을 한 번도 해주질 않았다는 것을 이제야 깨달았다. 안 그래도 커다란 두 눈이 놀란 토끼 눈이 되었다가 이내 예쁘게 반으로 접혔다. 조금 전까지만 해도 시무룩했던 얼굴에는 금세 화사한 웃음이 번졌고 태훈의 입가에도 짙은 미소가 그려졌다. 그 미소가 참으로 닮아 있었다.

에필로그 2 사랑에 빠진 남자,
그래서 썩 괜찮은 남자

끝날 거 같지 않던 여름도 이제 끝이 보였다. 9월에 들어서자마자 며칠째 이어지던 무더위가 한풀 꺾였다. 아직 시원하다고 느낄 정도의 날씨는 아니었지만 숨도 못 쉴 것처럼 이어지던 폭염에 비하면야 충분히 버틸 수 있는 더위였다. 날은 곧 서늘해질 것이고, 계절은 눈 깜짝할 새에 바뀔 것이다. 그것을 증명하듯 나무의 잎이 이미 계절의 변화를 알리고 있었다. 가을이 시작되는 것을 가장 먼저 알리는 것은 거리를 색색으로 물들인 잎의 색이었다.

모자를 한 차례 고쳐 쓴 태훈이 구단 버스에 올라탔다. 짐을 올려두고 좌석에 앉자마자 눈을 감은 얼굴에 피로감이 묻어났다. 여름이 끝이 난다는 것은 그에게 중요한 시기가 다가온다는 것을 뜻했다. 그가 속한 팀은 정규리그에서 현재 2위를 유지 중이었고 무난하게 포스트시즌에 진출할 예정이었다. 작년에는 아깝게 준우승을 했지만 올해는 우승을 목표로 하고 있었고 현재 팀의 사기도 충분히 올라 있었다.

태훈 역시 시합에 집중하고, 컨디션을 조절하고, 또 훈련에 매진했다. 그렇게 바쁜 여름을 보내느라 최근 3주는 통화만 몇 번 했을 뿐, 애정의 얼굴을 보지 못했다. 지금은 야구에 집중하고 싶었고 그런 태훈의 마음을 아는 건지 애정은 조금도 재촉하지 않았다. 되레 태훈에게 자신은 신경 쓰지 말고 열심히 하라는 말을 해주었다. 예전보다 전화를 자주 걸지도 않았고, 보고 싶다는 말도 아꼈다. 몇 달 전만 해도 있을 수 없는 일인데. 애정은 나름의 인내라는 것을 배운 모양이었다.

'조그만 게 배려는.'

그리 생각한 태훈이 픽 웃고 말았다. 밀려들던 졸음은 달아났고 어쩐지 자는 시간이 아까워졌다. 눈을 뜬 태훈은 창밖의 불빛들을 가만히 응시하다 시간을 확인했다. 서울에 도착하면 한밤중이 되어 있을 것이다. 내일은 훈련이 있고 모레는 시합이 잡혀 있었다. 그 시합은 아마 태훈이 선발로 나가게 될 확률이 높았다. 대략 여유가 생길 때가 언제인지 계산해 보니 애정의 얼굴을 보려면 족히 닷새는 지나야 가능했다.

'잠깐만 보고 올까.'

태훈은 다시금 시간을 확인했다. 길게 고민할 것 없이 애정을 보러 가기로 마음먹었다. 그는 야구에 집중하다가도 이렇게 한 번씩 문득 애정에 대해 떠올리고 나면 견딜 수 없이 보고 싶어질 때가 있었다. 지금이 그랬다. 버스는 서울을 향해 달리고 있었고 서울에 도착한 태훈은 결국 밤 열 시가 넘은 시간에 애정의 집 앞으로 찾아갔다. 혹시 자고 있지는 않을까, 피곤해하지는 않을까, 걱정했던 것과는 달리 애정은 쌩쌩한 모습으로 태훈을 맞아주었다.

"오빠 안 피곤해요?"

애정은 기쁜 기색을 숨기지 못하면서도 얼굴을 보자마자 태훈을 걱정하는 말부터 건네었다.

"안 피곤해."

"그럼 카페 가요. 안 그래도 너무 더워서 팥빙수 먹고 싶었는데."

배시시 웃어 보인 애정이 그의 팔에 매달리듯 팔짱을 꼈다. 조금만 걸어 나가면 늦게까지 영업을 하는 작은 카페가 있다는 말에 두 사람은 차로 이동을 하지 않고 걸어서 카페로 향했다.

"지난주에 오빠랑 통화 했을 때, 진서 오빠가 노크 없이 문 열고 들어온 걸 모르고 계속 통화해서 오빠가 남자친구 있는 거 짐작하고 있는 거같아요."

"그래?"

"네. 진서 오빠가 알았으니까 큰오빠랑 작은오빠까지 알고 있을 텐데, 제가 먼저 얘기 안 하니까 안 물어보는 거 같아요."

애정과 연인이 된 것도 이제 여섯 달째에 접어들었다. 태훈의 집에야 인사를 했다지만 애정의 집에는 한 번도 태훈을 소개한 적이 없었다. 어차피 한 번은 겪어야 할 일이고 이제 군이 숨길 필요가 없다는 생각이 들었다. 애정의 가족들이 반대할 수도 있겠지만, 그건 자신이 감내하고 노력해야 할 부분이었다.

"인사하러 갈까?"

태훈의 말에 애정이 잠시 놀란 얼굴을 했다. 바빠서 서로 얼굴도 잘 볼 수 없는데 이 와중에 무슨 가족들에게 인사인가. 그래도 태훈이 자신을 생각해서 그리 말해준 것을 알고 있는 애정은 작게 웃어 보이고는 고개를 두어 번 가로저었다.

"지금 말고 나중에요. 오빠 시즌 끝나면. 오빠네 팀 우승하고 우리 가족한데 인사하면 딱 좋겠다."

　그간 통화를 자주 못 해서 하고 싶은 말을 쌓아뒀던 건지 애정은 작은 입을 쉴 새 없이 움직이며 태훈을 향해 이런저런 이야기들을 건네었다. 작은 일 하나에도 밝게 웃는 그녀의 웃음소리에 태훈의 입가에도 어느새 자연스럽게 미소가 그려졌다.

　카페 안에 들어선 두 사람은 팥빙수 하나를 시켜서 함께 자리에 앉았다. 그간 자주 연락은 하지 못했어도 애정은 태훈의 경기를 모두 시청했다. 중계방송을 하나도 빼놓지 않고 본 모양인지 태훈도 기억하지 못하는 플레이에 관해 이야기하는 것을 보고 과연 김애정답다 싶었다. 한참 대화를 이어나가다가 팥빙수가 나오자 애정은 입을 꾹 다물고는 열심히 빙수를 먹기 시작했다.

　태훈은 빙수를 먹고 싶어서 온 것도 아니고 그저 애정이 보고 싶어 온 것이었다. 그래서 숟가락을 손에 들 생각도 하지 않고 턱을 괸 채로 가만히 애정을 바라봤다. 그런 태훈의 시선을 느낀 건지 한참 뒤에야 고개를 든 그녀가 의아하다는 얼굴로 앞에 놓여 있는 작은 숟가락을 가리켰다.

　"안 먹어요?"

　"나 먹을 거 있겠나?"

　빙수는 어느새 반 이상 비워졌지만 태훈은 한 입도 먹지 않았다. 모두 애정이 먹은 것이었다. 그녀는 더위에 유독 약했다. 겨울에는 태훈을 기다리며 손이 빨개지도록 서 있어도 먼저 묻기 전에는 춥다는 소리조차 잘 안 했으면서, 덥다는 소리는 입에 달고 살았다. 다른 때는 군것질도 잘 하지 않으면서 여름에는 아이스크림과 빙수가 꼭 있어야 했다. 손이 멈춰 있는 애정을 보고 그가 빙수 그릇을 좀 더 애정에게 가깝도록 놓아주었다.

"먹어. 모자라면 하나 더 시켜줄 테니까."

"배탈 나요. 이것만 먹을래요. 오빠도 얼른 먹어요."

"생각 없어. 너 다 먹어."

고개를 끄덕인 애정은 다시 팥빙수를 먹는 일에 집중했다. 그리고 태훈은 그런 애정의 모습을 다시 물끄러미 바라봤다. 태훈이 집 앞에 도착해 전화한 터라 애정은 뭔가를 준비하고 나올 시간이 없었다. 당고머리에 짧은 트레이닝복을 입고 나왔는데 평소 깔끔한 캐주얼 차림이나 원피스를 입던 모습과는 달라 보였다. 조금 더 편한 차림이라 그런지 거리감이 좁혀진 기분이 들었다. 태훈의 입매가 좀 더 느슨하게 풀어졌다.

"안경은 왜 썼어?"

애정은 오늘 갈색 테의 안경을 쓰고 있었다. 태훈이 알기로 그녀는 시력이 좋은 편이었다. 고개를 든 애정이 왼손을 들더니 안경테 안쪽에서 밖으로 손가락을 넣어 보였다.

"알 없어요."

"알도 없는 안경을 왜 쓰고 있는 건데?"

"……화장 안 했으니까 그렇죠."

애정이 입을 삐죽 내밀었다. 태훈이 왔다고 하니 빨리 나가긴 해야겠는데 맨얼굴로 나올 수는 없어 안경이라도 쓴 모양이었다. 저걸 쓴다고 뭐가 달라지는 건가? 태훈은 이해할 수 없었다.

"벗어, 인마."

"안 돼요."

애정이 안경을 사수하려 두 손으로 테를 붙들었다. 그러다 태훈은 안경테를 붙든 애정의 손가락에 못 보던 것이 또 하나 있다는 것을 발견했다. 밴드가 붙어 있었다. 태훈은 턱을 괸 손을 치워내고 몸을 앞으로 숙였다. 그 덕에 애정과의 거리가 좁혀졌다.

"너 손 왜 그래?"

"손이요?"

"밴드."

"아, 좀 다쳤어요."

호텔조리학과에 재학 중인 애정은 평소에 실습이 많아 칼을 쓰는 일이 많았다. 애정의 손을 태훈이 채가듯이 잡았다. 밴드를 붙인 손 위를 조심스럽게 만지다 미간을 좁히는 얼굴에는 그녀를 걱정하는 기색이 드러나 있었다.

"조심 좀 하지."

"안 아파요."

"그래도. 칼이 얼마나 위험한 건데."

작은 상처였다. 지금 당장 밴드를 떼어내도 아무렇지 않았지만 태훈이 이리 걱정해 주는 것이 좋아 어쩐지 엄살을 부리고 싶어질 정도였다. 작게 웃어 보인 애정은 손을 빼내고는 밴드를 떼어냈다.

"오빠는 시합하다가 넘어져서 팔 좀 까졌다고 그 뒤로 몸 사리면서 뛸 거예요?"

그럴 리가 있겠는가. 터무니없는 말에 태훈은 대꾸조차 하지 못했다. 그 표정을 읽어낸 애정이 웃음기 섞인 음성으로 조금 전 밴드를 떼어낸 손가락을 가리켰다.

"그거 봐요. 이건 그거랑 똑같은 거예요. 열심히 하려고 하다가 다친 거니까요. 별로 아프지도 않고요."

애정은 다시 팥빙수를 먹었고 그릇을 남김없이 비워냈다. 카페를 나선 두 사람은 근처의 공원으로 향했다. 시간은 이제 11시를 넘어가고 있었다. 자정이 되기 전에 애정을 데려다줘야 하니 30분 정도만 더 함께 있다가 데려다줄 생각으로 커다란 분수대 근처에 있는 벤치에 앉았다. 늦은 시간이라 그런지 공원은 한산했고 인적마저 드물었다.

"덥다."

카페를 나선 지 이제 고작 10분이었다. 애정은 그사이 더워진 건지 손으로 부채질을 했다. 차가운 음료라도 사다 줄까 했지만 빙수 하나를 혼자 다 먹었으니 찬 걸 더 먹는 것은 좋지 않을 것 같았다.

"근데 너, 요즘은 시합 안 보러 오네?"

"오빠 신경 쓸까 봐요. 그래도 중계는 매번 챙겨보고 있어요."

애정이 경기장을 직접 찾지 않는 이유를 그는 짐작하고 있었다. 예전처럼 전화를 자주 하지 않는 이유도, 무작정 만나자고 보채지 않는 것도, 불쑥 태훈을 찾아오는 행동을 하지 않는 것도, 모두 애정이 자신을 배려하고 있는 행동이라는 것을 모를 리가 없었다. 그런 애정이 오늘따라 유난히 사랑스러웠다.

"오늘은 오빠 얼굴 직접 봤으니까 또 3주는 버틸 수 있겠어요."

괜찮을 거야— 덧붙여 중얼거리는 목소리에 의지가 드러났다. 어쩐지 단호하기까지 한 애정의 말에 태훈이 웃음을 터트렸다. 시원하게 웃는 그의 모습에 애정도 덩달아 기분이 좋아진 건지 입가에 미소를 그려냈다. 그리고 그와 동시에 태훈이 입을 맞췄다. 날은 더웠지만 지금 닿은 체온만큼은 언제든 좋았다. 애정이 매달리듯 그의 목에 팔을 두르려는데 입술이 닿고 쪽 소리가 나기 무섭게 그가 입술을 떼어냈다. 평소보다 짧은 키스에 그녀가 의아한 얼굴을 하자 태훈이 미간을 좁히고는 다시 고개를 숙였다. 워낙 거리가 가까워진 탓에 낮은 그의 음성이 바로 귓가에서 속삭이는 것처럼 들려왔다.

"벗으라니까."

안경이 거치적거린 모양이다. 순식간에 애정이 쓰고 있던 안경을 빼낸 태훈이 좀 더 아래로 고개를 숙였고 입술이 닿을 듯 말 듯 한 위치에 멈춰서서 입꼬리를 끌어 올렸다.

"차갑네."

그 말을 끝으로 다시 입술이 닿았다. 빙수를 먹은 탓에 애정의 입안이 아직 차가운 모양이었다. 그에 비해 태훈의 입술은 따뜻했다. 부드럽게 입술을 빨아들이던 그는 혀를 얽고 입안을 애무했다. 평소보다 조금 더 진한 키스였다. 한쪽은 서늘하고, 한쪽은 따뜻했던 온도 차가 비슷해져 갈 때쯤 두 사람의 입술이 떨어졌다.

"시즌 끝나면 실컷 놀아줄게. 조금만 참아."

거짓말― 애정이 웃음기 묻어나는 음성으로 작게 중얼거렸다. 태훈은 비시즌에도 스프링캠프에 참여해야 하고, 웨이트 트레이닝을 하기 위해 헬스장에서 많은 시간을 보낼 것이다. 그래도 그 외의 시간들은 모두 자신에게 쏟아 부을 것이 분명해 애정은 그냥 넘어가 주기로 했다.

"그만 가자. 데려다줄게."

태훈이 먼저 일어나 손을 내밀었다. 애정이 자리에서 일어서려다 조금 전까지 쓰고 있던 안경을 떠올리고는 주변을 둘러봤다. 안경은 벤치 끝쪽에 놓여 있었고 그걸 발견한 애정의 표정이 잠시 굳어졌다.

"부러졌어요."

안경다리가 부러졌다. 가만히 내려둔다는 걸 태훈이 힘 조절을 못 한 모양이었다. 뭐 저리 약해. 그리 생각하고 있는데 속상한 얼굴로 안경다리와 테를 맞춰보는 애정을 보고 태훈이 작게 웃음을 터트렸다.

"사줄게."

그리 말하고는 애정의 뺨을 툭 건드렸다.

"그리고 굳이 안 써도 돼."

애정은 입을 삐죽 내밀면서도 그 말이 좋은 건지 자리에서 일어나 태훈의 팔에 팔짱을 꼈다. 뒷모습만 봐도 행복해 보이는 커플이었다. 가로등 불빛에, 쏟아지는 달빛에 의지해 함께 걷는 두 사람의 모습이 희미한 웃음소리와 함께 어둠 속으로 사라져 갔다.

"아파? 어디가 어떻게 아픈데?"

[감기요.]

갈라지고 힘이 없는 애정의 음성에 태훈이 걱정스러운 얼굴을 했다. 이틀만의 통화였다. 마지막으로 목소리를 들었을 때만 해도 쌩쌩하던 목소리가 지금은 다 죽어가고 있었다. 며칠 새에 일교차가 커져 아침저녁으로는 춥고 낮에는 더운 날씨가 이어지다 보니 감기에 걸리는 사람들이 많았다. 옷 따뜻하게 입고 다니라고 그리 잔소리를 했는데 결국 애정이 감기에 걸린 모양이었다.

[집에서 푹 쉬면 괜찮을 거예요.]

"병원은?"

[갔다 왔어요. 그나저나 오늘 얼굴 못 봐서 어떻게 해요. 오랜만에 오빠 만나기로 한 날인데.]

하필 오늘은 두 사람이 오랜만에 얼굴을 보기로 한 날이었다. 포스트 시즌이 코앞이라 태훈은 전보다 더 바쁜 나날을 보냈고 그 때문에 보름 만에 얼굴을 보게 된 것이지만 애정이 아프니 어쩔 수 없었다.

"나올 생각하지 말고 집에서 푹 쉬어."

[아이스크림 먹고 싶다.]

"감기에 무슨 아이스크림이야?"

평소라면 웃으며 말했겠지만 지금 태훈은 애정이 걱정되는 건지 조금도 웃지 못했다. 표정도 심각해 보이는 게 누가 보면 화가 난 줄 알 것이다. 조그만 게 침대에 누워 낑낑대고 있을 걸 생각하니 마음이 무거워졌다. 이럴 때 곁에 있어주면 좋겠지만 지금 애정의 집에 찾아가기에는 여러모로 문제점이 있었다. 차라리 먼저 애정의 집에 인사했다면 좋았을 것을.

[오빠 그럼 이제 집에 가요?]

"그래야지."

[그럼 푹 쉬어요. 저녁에 전화할게요.]

띠링— 통화 종료 음이 울리고 한참이 지난 뒤에야 태훈은 휴대전화를 가방 안에 넣었다. 짐을 챙겨 들고 훈련장을 나서는 걸음이 무겁다. 주차장까지 향하는 그 짧은 거리를 꽤 오래 걸어온 느낌이었다. 짐을 보조석에 대충 놓아두고 차에 시동을 건 태훈은 잠시 고민하다 긴 한숨을 내쉬었다. 집으로 가야 했지만 마음이 딴 곳에 가 있으니 이대로 집에 돌아가 봤자 제대로 쉴 수 없을 것이 분명했다.

"잠깐 얼굴이라도 보고 오는 게 좋을 것 같은데."

오늘은 휴일이었다. 애정의 가족들이 모두 집에 있을지도 모른다는 생각이 들었지만 한참을 고민하던 그는 결국 애정의 집에 가기로 했다. 얼마나 아픈 건지 제 눈으로 확인해야 마음이 편할 것 같았다. 그는 애정이 먹고 싶다던 아이스크림과 작은 과일 바구니 하나를 사서 그녀의 집으로 향했다.

"후."

집 앞에 도착해 잠시 망설이던 그는 조심스럽게 초인종을 눌렀다. 여기까지 와서 그냥 돌아가고 싶지는 않았다.

[누구세요?]

"저, 주태훈이라고 합니다."

이름만 말했을 뿐인데 문이 열렸다. 아마 태훈을 아는 누군가가 집 안에 있는 모양이었다. 그의 예상대로 애정의 집에는 가족들이 있었다. 태훈을 가장 먼저 맞아 준 것은 애정의 아버지였다. 태훈은 쓰고 있던 모자를 벗어 인사를 건네었다.

"이게 누구야. 태훈 군 아니야?"

"안녕하세요. 잘 지내셨어요?"

"그럼. 나야 잘 지내지."

다시 모자를 쓴 태훈이 손에 들고 있던 과일 바구니와 포장된 아이스크림을 내밀었다. 애정의 아버지가 그것을 받아 들고는 기분 좋은 얼굴로 태훈의 등을 한 차례 두드렸다.

"빈손으로 와도 되는 걸 뭘 이런 걸 다 사 왔어? 우리 애정이가 좋아하는 것들이네. 잘 먹겠네."

태훈은 빠르게 집 안을 둘러봤다. 애정의 모습이 보이지 않는 걸 보니 방에서 쉬고 있는 모양이었다. 2층으로 올라가는 계단을 응시하다 다시 정면을 바라본 순간, 한 남자와 눈이 마주쳤다. 이목구비가 뚜렷하고 남자답게 생긴 미남형의 얼굴은 애정의 아버지를 많이 닮아 있었다. 그녀의 큰오빠인 진태였다.

그는 태훈과 이미 얼굴을 본 적이 있었다. 이 집 앞 골목에서도 한 번 봤었고, 태훈은 제대로 기억하지 못했지만 아마 자선 모임과 봉사활동에서도 몇 번 얼굴을 봤을 것이다. 뭔가 기묘한 시선으로 태훈을 바라보던 그는 곧 자신의 아버지를 향해 한 걸음 가깝게 다가섰다.

"아버지 일단 들어와서 대화하세요. 손님을 계속 현관에 세워두실 거세요?"

"아이고 내 정신 좀 봐. 들어와 앉아. 여기 차 한 잔만 더 내와요."

태훈과 진태, 그리고 애정의 아버지가 거실 소파에 자리를 잡고 앉았다. 아주머니가 차를 내어주었고 태훈이 감사하다는 인사를 건네었다. 그 사이에도 태훈의 신경은 온통 2층으로 올라가는 계단에 쏠려 있었다. 애정의 상태가 궁금했기 때문이었다. 어쩐지 마음이 초조하기까지 했지만 애써 태연한 얼굴로 차를 막 한 모금 마셨다. 그 순간, 때마침 2층에서 누군가 내려오는 발걸음 소리가 들렸다.

"손님 오셨어요?"

계단과 등을 지고 앉아 있던 태훈이 고개를 돌렸다. 이십 대 중반으로 보이는 남자는 애정의 셋째 오빠인 진서였다. 그는 태훈의 얼굴을 확인하고는 놀란 기색을 얼굴에 드러냈다.

"어? 주태훈 선수네요. 아주머니, 저도 차 한 잔만 부탁드릴게요."

태훈을 한눈에 알아본 진서가 그 자리에 합류했다. 태훈은 가볍게 묵례를 했고 그 역시 밝게 웃으며 묵례를 했다. 아버지를 많이 닮은 것 같은 진태와 다르게 진서는 어머니 쪽을 닮은 듯했다. 키는 컸지만 마른 체형이었고 얼굴은 남자답게 생겼다기보다 예쁜 미남형이었다.

"주 회장님한테도 말씀 많이 듣고 TV에서도 많이 봤어요. 제 여동생이 주태훈 선수 팬이거든요."

"네."

점잖은 다른 형제에 비해 셋째 오빠는 자신과 많이 닮았다는 말을 애정이 한 적이 있었다. 그는 애정만큼이나 밝은 성격이라고 했다.

"우리 가족들은 주태훈 선수 선발로 나오는 경기는 거의 강제 시청하고 있어요. 애정이가 중계방송하는 시간 되면 온 집안 TV를 그 채널로 돌려놔서요."

태훈이 멋쩍은 얼굴로 웃었다. 그저 방에서 혼자 보는 거라 생각했는데 애정은 온 가족들에게 자신의 경기를 보게 한 모양이었다.

"지금 몸이 좀 안 좋아서 쉬고 있는데, 안타깝다. 보면 엄청 좋아할 텐데요."

그리 말하며 진서가 2층 계단을 힐끗 응시했다. 태훈이 왔다는 사실을 알면 달려 나오고도 남을 애정이 오늘은 조용하기만 했다. 정말 푹 쉬고 있는 모양이었다. 그는 여전히 애정이 걱정되어 당장 얼굴부터 확인하고 싶었지만, 최대한의 인내심을 발휘했다. 일단 이곳의 일이 먼저였다.

"태훈 군도 우리 애정이 얼굴 몇 번 본 적 있지 않나?"

"아, 네."

"그럼 얼굴이야 다음에 또 보면 되지. 쉬는데 괜히 깨우지 마라."

진서는 정말 애정을 깨울 생각인 모양이었다. 때마침 자리에서 일어서려 엉덩이를 떼어냈던 그는 아버지의 말이 끝나기가 무섭게 다시 소파에 엉덩이를 붙이고 앉았다.

"그나저나 요즘 시즌 중이라 바쁠 텐데 태훈 군이 혼자 여기까지 웬일이야?"

드디어 태훈이 이 집을 방문한 이유를 묻는 말이 건네어졌다. 태훈은 자리에서 일어나 다시 한 번 모자를 벗었다. 그리고 고개를 숙여 인사를 건네었다. 현관에서 이미 인사를 나눴기에 애정의 가족들은 그 행동을 이해하지 못한 얼굴을 하고 있었다.

"다시 정식으로 인사드릴게요. 주태훈입니다. 애정이랑 지금 6개월째 만나고 있습니다."

태훈의 말에 긴 정적이 흘렀다. 아버지는 놀란 얼굴을 했고, 아무래도 진태는 어느 정도 예상을 한 모양인지 표정에 변화가 없었다. 애정에게 애인이 생긴 것 같다는 말을 동생인 진우에게 이미 들은 상태였다. 물론 그 상대가 태훈일 거라고는 생각지 않았었는데 이미 한 차례 집 앞 골목에 서 있는 태훈을 봤었고 오늘 집을 찾아온 그를 보고 짐작한 모양이었다. 그리고 남은 한 사람, 진서는 흥미롭다는 얼굴을 했다.

"허."

"……"

"하하하."

긴 정적을 깬 것은 애정의 아버지였다. 그는 크게 웃음을 터트렸다. 어린 시절부터 태훈을 자주 봐왔고 그의 성품이 어떤지는 잘 알고 있었다. 만일 자신의 자식 중 비슷한 또래가 있다면 사위 삼고 싶을 정도로 애정의 아버지는 태훈이 마음에 들었다. 물론 나이 차가 있어 애정의 짝으로는 한 번도 생각해 보지 않았지만 그렇다고 반대를 할 생각도 없었다.

"벌써 6개월이나 만났다고?"

"네. 죄송합니다. 진작 말씀드리고 인사드렸어야 했는데, 시즌 중이라고 애정이가 저 배려하느라 말씀드리지 않았습니다."

"애정이가 유독 자네 경기를 챙겨보고 자네 집에 갈 때마다 따라나선다고 해서 좀 이상하다고는 생각했는데, 난 그저 팬으로 좋아하는 줄 알았지. 혹시 주 회장도 알고 있나?"

"네. 죄송합니다. 먼저 말씀드렸습니다."

"으음, 아닐세. 내가 둘째 놈이 딸이었으면 주 회장이랑 사돈 맺었을 거라고 매번 입버릇처럼 말했었는데, 말이 씨가 될 모양이구먼. 그럼 오늘 온 건 애정이 보러 온 겐가?"

"애정이가 아프다고 해서 잠깐 얼굴이라도 보려고 왔습니다. 그냥 감기라고는 하는데 통화할 때 목소리가 너무 안 좋아서요."

두 사람의 대화를 가만히 듣고 있던 진서가 태훈이 가장 궁금해할 애정의 상태에 대해 대신 대답을 해주었다.

"감기인데, 목이 좀 심하게 붓고 열이 높았어요. 링거 맞고 와서 지금 자고 있는데 이제 열은 내렸으니까 한숨 자고 일어나면 괜찮을 거예요."

애정의 아버지는 태훈의 얼굴을 가만히 바라봤다. 태훈은 곧은 자세로 바르게 앉아 애정의 아버지가 묻는 말에 대답을 건네면서도 틈틈이 2층으로 향하는 계단을 신경 쓰고 있었다.

"애정이는 자네 여기 온 거 모르는 건가?"

"네. 연락 못 하고 왔습니다."

"그럼 제대로 인사받는 건 나중으로 미루지. 바쁜 와중에 여기 온 걸 텐데, 오늘은 애정이 얼굴 보고 가게. 시즌 끝나면 애정이랑 같이 저녁이나 먹지."

"네."

"어여 올라가. 진서 네가 애정이 방으로 좀 안내해 줘라."

"네."

진서가 먼저 자리에서 일어섰고 태훈이 그를 따라 2층 계단을 밟았다. 진태 역시 두 사람을 따라 2층에 있는 애정의 방으로 향했다.

애정은 깊이 잠들어 있었다. 새근새근 고르게 울리는 숨소리가 조용한 방 안에 울려 퍼지고 있었다. 얼굴색도 그리 나빠 보이지 않았고 손을 들어 이마를 짚어보니 열도 많이 내린 듯싶었다. 저도 모르게 애정의 이마를 짚었던 태훈은 곁에 서 있는 두 남자의 존재를 뒤늦게 깨닫고는 멋쩍은 얼굴로 손을 떼어냈다. 진서가 소리 없이 짧게 미소 지었다. 애정을 걱정하는 기색이 태훈의 얼굴에 그대로 드러나 있었기 때문이었다. 태훈이 애정을 정말 아낀다는 것이 작은 행동에서도 드러나고 있었다.

"안 깨워도 되려나? 나중에 뭐라 할 거 같은데."

"아닙니다. 얼굴만 보러 온 거니까 그만 가보겠습니다."

태훈은 걸음을 돌리기 전 방 안을 한 차례 둘러봤다. 애정의 방은 태훈의 방과는 참으로 달랐다. 아기자기하게 꾸민 방은 온통 핑크였다. 태훈이 수족관에 갔을 때 사준 돌고래 인형이 애정의 침대 위에 있었는데 깨닫고 보니 그것마저 핑크였다. 저도 모르게 입술 새로 웃음이 새어 나왔다. 두 남자의 시선이 아직 자신에게로 쏠려 있다는 것을 뒤늦게 알아채고는 큼— 소리를 내며 괜스레 목을 가다듬었다.

"저 그럼 정말 가보겠습니다."

인사를 하고 방을 빠져나온 태훈을 집 앞까지 배웅한 것은 그녀의 큰오빠인 진태였다. 태훈보다 한 살 많은 남자는 말수가 많은 편이 아니었고 표정에서 생각을 잘 읽어낼 수 없는 남자였다. 진서도 그녀의 아버지도 태훈에게 호의적이었지만 진태는 무슨 생각을 하는 건지 도통 알 수 없었다. 태훈은 차에 오르기 전 그를 향해 돌아서 인사를 건네었다.

"그만 들어가세요. 시즌 끝나면 나중에 제대로 다시 인사하러 오겠습니다."

"따로 보죠."

"네?"

"우리 집은 남자들이 많거든요. 둘째도 애정이 남자친구에 대해서 많이 궁금해했는데. 진서까지 넷이 만나서 남자들끼리 술이라도 한잔하죠."

그제야 진태의 얼굴에 호의적인 감정을 담은 미소가 그려졌다. 나이 차가 걸리긴 했지만 그 역시 아버지를 통해 태훈에 관한 이야기를 자주 들었었다. 거기다 다른 모임에는 모습을 잘 드러내지 않으면서도 틈틈이 자선 모임이나 봉사활동에는 얼굴을 비쳤고 힘든 일을 마다치 않고 궂은 일을 해내는 모습도 직접 본 적이 있었다. 행동 하나, 하나에 군더더기가 없었고 애정을 걱정하고 아끼는 것도 눈에 보였다.

"네, 그럼 나중에 자리 한 번 만들죠. 가보겠습니다."

태훈의 차가 골목을 빠져나가고, 진태는 담배를 하나 꺼내어 피운 뒤 다시 집 안으로 들어섰다. 태훈이 돌아간 뒤로 그의 아버지와 진서는 태훈에 관한 이야기를 하느라 정신이 없었다. 집은 평소보다 조금 소란스러운 느낌마저 들었다. 그렇게 세 시간 정도 시간이 흘렀을 때, 애정이 잠에서 깨어났다.

"태훈 오빠 다녀갔다고? 언제?"

"세 시간쯤 됐나? 네 얼굴도 보고 갔어. 잠든 거 보고 갔는데."

"깨우지."

"나도 그렇게 생각했는데, 깨우지 말라고 신신당부하더라."

애정이 억울하다는 얼굴을 했다. 태훈이 여기까지 왔는데 얼굴을 보지 못한 것이 정말 억울한 모양이었다. 시즌 중이라 바쁘니 인사는 나중에 하라고 했는데, 태훈이 여기까지 와서 홀로 인사를 하고 갔다는 사실에 애정은 걱정스러운 기색을 얼굴에 드러냈다. 혹여 가족들이 반대하지는 않았을까 싶어서였다.

그 와중에 둘째 진우가 진서에게 전화를 걸어왔다. 결혼을 했고 따로 독립해서 사는 진우는 애정의 남자친구인 태훈에 대해 뒤늦게 소식을 전해 듣고 반대를 했다. 그런데 하필 영상통화를 걸어온 탓에 통화 내용이 방 안에 쩌렁쩌렁 울려 퍼지고 있었다. 그 자리에 애정이 함께 있는 것을 모른 채로 말이다.

[애정이 남자친구 서른네 살이라며? 그 애정이가 좋아하는 프로야구선수 맞아?]

"어, 맞아. 주태훈 선수."

[열한 살 차이? 그게 말이 돼? 아버지도 찬성하는 눈치라며. 너는? 아무도 반대를 안 했어?]

가만히 통화 내용을 듣고 있던 애정이 전화를 빼앗아 받았다.

"오빠."

[……어? 애정이 너 같이 있었어?]

"왜 반대하는데?"

[너 그걸 몰라서 물어? 김애정. 아무리 좋아도 그렇지 나이 차이가…….]

"그래. 나이 차가 무슨 상관이냐고 오빠가 그랬잖아."

[뭐?]

"새언니가 오빠보다 나이 다섯 살이나 많아서 엄마가 처음에 반대했을 때 오빠가 그렇게 말했잖아. 나도 오빠 편들어줬고. 그리고 봐. 오빠 얼마나 잘살고 있어? 새언니가 오빠한테 얼마나 잘하는지 온 집안 식구들이 잘 알고, 엄마도 이제 새언니 정말 예뻐하잖아. 나도 새언니 정말 좋은데."

[애정아, 그래도 열한 살은 좀…….]

"내가 어려서 안 된다고? 그거 이중 잣대야. 알지? 그리고 오빠는 어떤 사람인지 만나보지도 않고 무조건 안 된다니. 실망이야."

띠링— 통화 종료 음이 울려 퍼졌다. 애정이 그대로 전화를 끊어버린 것이다. 삼 형제는 모두 애정을 아꼈다. 아끼는 마음은 모두 같았지만 진태는 무뚝뚝한 성격이라 애정을 챙기면서도 애정표현은 잘 하지 않았고 진서는 장난이 심한 편이었다. 삼 형제 중 애정에게 가장 다정하고 늘 챙기며 키우다시피 한 것이 바로 진우였다. 그런 진우에게 실망이라니. 지금쯤 당황해하고 있을 진우의 표정이 눈앞에 그려져 진서는 깔깔거리고 웃었다. 아예 배를 잡고 구를 기세였다.

"큰오빠랑 진서 오빠, 혹시 우리 오빠 구박했어?"

애정이 휴대전화를 침대 위에 툭 던지듯 내려놓고는 진서와 진태를 번갈아 바라봤다. 웃음을 멈춘 진서가 눈가를 매만지며 장난스럽게 서운하다는 얼굴을 했다.

"와, 김애정. 네 오빠가 여기 둘이나 있는데 주태훈 선수만 네 오빠야? 이게 벌써 편드네?"

"구박 안 했지?"

"안 했어. 난 마음에 드는데. 아버지야 말할 것도 없고, 큰형은 아무 말도 안 하는 거 보면 이미 반은 넘어간 눈치고."

"진짜?"

"그래."

애정의 얼굴에 그제야 미소가 그려졌다. 그리 좋을까. 저리 좋으면서 여태 어떻게 티를 안 내고 있었던 건지.

"너 밥 먹어야지. 얼른 씻고 내려와."

진서가 먼저 1층으로 내려가고 이제 방에는 진태와 애정만이 남게 되었다. 애정이 쪼르르 달려가 진태의 팔에 매달리듯 팔짱을 꼈다.

"오빠도 태훈 오빠 봤어?"

"봤지."

"난 오빠가 제일 반대할 줄 알았는데."

"여기 인사 오기 전에 자선 모임에서도, 봉사활동에서도 몇 번 봤어. 시합하는 것도 너 때문에 매번 챙겨보다 보니 좀 익숙한 느낌도 들고. 그리고 아버지가 칭찬을 그리 하시는 걸 보면 말할 것도 없지. 좋은 사람 같더라."

"응. 오빠. 태훈 오빠 정말 좋은 사람이야. 내가 말했었지? 할머니 돌아가셨던 날. 나 장례식장에 데려다준 사람 있다고."

아주 오래전 일이었다. 할머니가 갑작스럽게 돌아가신 날, 애정이 연락도 없이 사라진 적이 있었다. 그때의 기억을 떠올린 진태는 조금 놀란 얼굴을 했다.

"그 사람이 태훈 오빠야."

배시시 웃어 보이는 애정의 얼굴이 행복감으로 물들었다. 진태가 생각한 것보다 두 사람의 인연이 오래된 듯싶었다. 나중에 자세하게 얘기해 줘― 그리 말하며 진태가 커다란 손으로 애정의 머리를 토닥였다. 지금 반대를 한 진우도 아마 곧 두 손, 두 발 들게 될 것이다. 애정이 이리 좋아하니 결국 져줄 것이 분명했다. 이 집에서 애정을 이길 수 있는 사람은 아무도 없었다.

한국시리즈가 끝났다. 작년 준우승에 머물렀던 태훈의 팀은 올해 우승이라는 큰 염원을 이뤘다. 노력한 것에 대한 가장 좋은 결과를 얻었고 애정과의 사이도 더욱 돈독해졌다. 전보다 얼굴을 자주 볼 수 없었고 전화

통화도 매일 하는 것이 아님에도 어쩐지 좀 더 애틋해진 느낌이었다. 그는 시즌 동안 바빠서 신경을 써주지 못했던 것만큼 몇 달간은 개인훈련 시간을 제외하고 남은 시간을 모두 애정과 함께 보낼 생각이었다. 하지만 시즌이 끝나자마자 그가 가장 먼저 잡아야 했던 약속은 애정을 만나는 일이 아니었다.

진태에게서 연락이 왔고 태훈은 애정의 오빠들을 다시 만나게 됐다. 지난번에 얼굴을 보지 못했던 진우와 인사도 시키고, 태훈의 팀이 우승한 것을 축하도 할 겸 진태가 남자들끼리 모이는 자리를 마련한 것이다.

"애정이는 여기 왜 나왔을까?"

약속 장소에 가장 늦게 도착한 진서가 애정의 머리를 손으로 꾹 한 차례 누르고는 맞은편 자리에 앉았다. 원래대로라면 애정은 나오지 말았어야 할 자리였지만 태훈이 자신의 오빠들을 만난다는 사실을 귀신같이 알아채고는 함께 나온 것이었다.

"갑자기 약속 장소를 왜 바꿨나 했더니. 애정이 때문이었구나."

분명 처음에는 술을 한잔하자고 했었지만 한 시간 전쯤 갑자기 약속 장소를 레스토랑으로 바꿨다는 연락을 받았다. 이상하다 싶었는데 애정이 이 자리에 있는 걸 보니 굳이 그 이유를 묻지 않아도 될 것 같았다.

"나 있으면 안 되는 자리야? 왜 나 따돌려?"

"따돌리기는. 지난번에 진우형이랑 인사도 못 했고, 남자들끼리 할 얘기도 있어서 그런 거지. 그리고 오늘은 축하해 주려고 부른 거야."

"축하를 해줘도 내가 해줘야지. 어제 시즌 끝났는데 왜 내가 아니라 오빠들을 만나야 하는 건데?"

그리 말한 애정이 입을 삐죽 내밀었다. 안 그래도 시즌 내내 얼굴을 자주 보지 못해 서운했는데 시즌이 끝나자마자 자신이 아닌 오빠들과 약속을 잡은 것이 못내 서운한 모양이었다.

"몰랐는데 우리 애정이 독점욕 장난 아니네."

진서가 애정을 놀리듯이 장난스럽게 말하고는 턱을 괸 채로 분위기를 살폈다. 진태야 워낙 말이 없는 편이었지만 평소 지극하게 애정을 챙기던 진우마저 오늘따라 조용하기만 했다. 힐끗 진우의 얼굴을 살핀 진서가 곤란하다는 미소를 입가에 머금었다. 누가 보면 하늘 무너진 줄 알겠다.

"진우형이랑 인사는 했어요?"

"아, 네."

태훈의 짧은 대답에 진서가 고개를 끄덕였다. 분위기를 보니 아마 형식적인 인사만 건네었을 것이다. 진우는 여전히 태훈과 애정이 만나는 일이 걱정스러운 것 같았다. 그걸 드러내듯 연신 물만 들이켜고 있었다.

"배고프다. 주문부터 하자."

진태의 말에 미뤄두었던 주문부터 했다. 애피타이저로 나온 크레페를 먹고 뒤이어 스프와 샐러드를 먹는 동안에도 대부분의 대화는 진서가 이끌어 나갔다. 진태야 원래 말수가 적다지만 진우까지 입을 다물고 있으니 평소보다 분위기가 무거울 수밖에 없었다.

'이 인간들이 나 안 나왔으면 어쩌려고. 다들 입에 지퍼라도 채웠나.'

진서가 억지로 입매를 끌어 올리고는 물을 한 모금 마시며 애정을 힐끗 바라봤다. 그러고 보니 오늘따라 애정도 조용했다. 말은 안 해도 진우의 눈치를 보고 있는 것 같았다. 태훈이 처음 인사를 왔을 때 애정은 잠을 자고 있었기에 실제로 그날 분위기가 어떤지 제 눈으로 확인을 못 한 상태였다. 애정은 혹여 오빠들이 태훈을 핍박할까 싶은 건지 입을 꾹 다문 채로 경계 태세를 보였다. 그 모습에 진서가 작게 웃음을 흘렸다. 경계심 가득한 미어캣을 보는 것만 같았다.

"아, 그러고 보니 우승 축하한다고 마련한 자리인데 축하한다는 말도 못 전했네요. 우승 축하드려요. 특히 선발로 나온 7차전, 정말 재밌게 봤어요."

"감사합니다."

"야구는 애정이 때문에 보기 시작했는데 재밌더라고요. 나중에 한 번 직관도 가보려고요."

"애정이한테 미리 말하면 제가 표 보내 드릴게요."

"그래 주시면 감사하고요."

곧 메인 메뉴가 나왔다. 애정의 앞에 놓인 접시를 가져간 태훈은 대신 스테이크를 썰어주었다. 그녀는 얼마 전 실습을 하다 손에 화상을 입었다. 흉은 남지 않는다고 했지만 아직 붕대를 감아놓은 상태라 나이프를 쥐고 고기를 써는 일이 쉽지 않았다. 그것을 알고 있는 태훈이 애정이 말하기 전에 먼저 접시를 가져가 그녀가 먹을 수 있도록 스테이크를 작게 잘라준 것이다. 세 남자는 안 보는 척하면서도 그 행동을 유심히 지켜봤다. 태훈이 고개를 들자 약속이라도 한 것처럼 각자 앞에 놓인 접시의 스테이크를 써는 일에 집중했다.

뒤이어 콜키지 서비스로 와인이 나왔다. 진태가 직접 챙겨온 와인은 샤토 마고였다. 평소 와인을 즐겨 마시지 않는 태훈에게는 참으로 생소한 이름이었다.

"와인 좋아하세요?"

"오빠는 소주파야."

진태의 질문에 애정이 대신 대답을 건네었다. 가만히 듣고 있던 진서는 이때가 기회다 싶은 건지 진우와 태훈을 엮으려 했다. 뭐 하나라도 공통 관심사가 생기면 나쁠 것이 없었다.

"그건 진우형이랑 똑같네. 곱창에 소주 마시는 거 되게 좋아하는데."

"오빠도 곱창 좋아해."

"그래? 식성도 비슷한가 보네."

그런 진서의 노력에도 불구하고 분위기는 풀어지지 않았다. 저 인간이 오늘따라 왜 저럴까. 진서가 쓴웃음을 삼키며 썰어낸 고기 한 점을 입안으로 밀어 넣었다. 그 순간, 내내 침묵을 유지하고 있던 진우가 처음으로 입을 열었다.

"애정이랑은 어떻게 만나셨어요?"

애정을 뺀 모든 이의 시선이 태훈의 얼굴에 닿았다. 진서는 물론이고 진태 역시 궁금했던 모양이었다. 태훈은 사실대로 대답하려다 입을 꾹 다물었다. 그쪽 동생이 자신을 스토킹했다는 말을 어떻게 할 수 있겠는가. 잠시 생각을 정리하며 어떻게 말을 해야 하나 고민하고 있는데 애정이 선수를 쳤다.

"내가 쫓아다녔어."

그는 곧 곤란한 얼굴을 했다. 딱히 좋은 대답이 아니라는 생각이 들었기 때문이었다. 역시나. 진우의 표정이 잠시 굳어진 것을 보고 태훈이 들리지 않게 한숨을 내쉬었다. 식사를 끝낸 건지 냅킨으로 입을 닦아낸 진서가 애정을 놀리듯이 말했다.

"김애정. 여자가 매력 없게 먼저 쫓아다녔어?"

"오빠 그거 되게 잘못된 생각이거든? 성차별적인 발언이야. 여자가 먼저 대쉬하면 왜 안 되는데? 좋아하는 감정 표현하는 일이 얼마나 어렵고 용기를 내야 하는 일인데."

"뭘 그리 또 발끈해? 농담이지, 인마. 그나저나 그 말 들으니까 네가 주태훈선수를 더 많이 좋아하는 모양이네."

"아니요."

이번에는 애정보다 태훈이 빨랐다. 진서의 말에 단호하게 답을 한 그는 포크와 나이프를 손에서 내려놓고는 진지한 얼굴로 재차 답했다.

"그건 아닐 겁니다. 처음에는 모르겠지만, 지금은 그렇지 않습니다."

그는 대답을 서두르지 않았고, 말투는 차분했다. 진심이 묻어나는 대답에 애정이 오빠들의 얼굴을 한 명씩 차례로 바라봤다.

"들었지?"

화사한 미소가 피어난 얼굴은 행복해 보였다. 정말 한눈에 봐도 사랑을 하고 있고, 사랑을 받고 있다는 것을 드러낸 얼굴이었다. 그런 얼굴을 한 애정은 처음 보는 것 같아 진서도, 진태도 조금은 신기하다는 얼굴을 했다. 진우 역시 짧게 웃음을 흘리고 말았다.

식사를 마치고 후식으로 커피를 마신 뒤 집으로 돌아가려 자리에서 일어섰다. 태훈은 휴대전화를 챙기다 말고 잠시 등을 지고 서 있는 애정을 자신 쪽으로 돌려세웠다.

"밤이라 추워."

겉옷을 팔에 걸치고 나가려는 그녀를 보고 태훈이 옷을 챙겨 입으라고 말했다. 일교차가 커질 때면 쉽게 감기에 걸린다는 것을 알고 있는 태훈이 그녀를 걱정해서 하는 소리였다.

"단추 또 안 잠그지."

외투를 입었지만 이번에는 단추가 문제였다. 태훈은 직접 손을 뻗어 단추까지 꼼꼼히 잠가주었다. 말투는 다정한 편이 아니었으나 그가 보이는 행동들이 다정했다. 애정이 뭐만 했다 하면 귀신같이 알고 신경을 썼고, 그녀를 챙겼다.

진우와 진서가 가장 먼저 레스토랑 건물 밖으로 나왔고 나머지 세 사람은 화장실로 향했다. 진서가 담배와 라이터를 꺼내어 들며 조금 떨어진 곳에 서 있는 진우의 표정을 살폈다. 처음보다 많이 누그러진 얼굴이 눈에 들어왔다.

"어때?"

"뭐가?"

"아직도 반대할 거야?"

"딱히 반대한 거 아니야. 나이가 걸린다고 했을 뿐이지."

"애정이 말대로 형이 그 이유로 반대하면 안 되지."

"야."

진우는 5년 전, 다섯 살 연상의 여자와 결혼을 했다. 둘째 형수는 큰 형보다 나이가 한 살 많았다. 그런 진우가 나이를 걸고넘어지니 우습지 않은가.

"애정이가 좋아하잖아. 내 눈에도 보이는 게 형 눈에 안 보일 리도 없고. 저렇게 좋아하는데 형이 반대하면 애정이 마음이 편하겠어?"

진우는 대답 없이 작게 한숨을 내쉬었다. 화장실을 갔던 세 사람 중 태훈이 가장 먼저 건물 밖으로 나왔다. 두 남자 곁으로 다가서자 진서가 꺼내어 든 담뱃갑을 앞으로 내밀었다.

"하나 드릴까요?"

"아니요. 비흡연자입니다."

"아, 담배 안 피우세요?"

"네."

"잘됐네요. 애정이 담배 냄새 질색하는데."

태훈은 비흡연자였고 그로 인해 저절로 좋은 점수가 더해졌다. 담배에 불을 붙인 진서는 조금 떨어져 있겠다며 대여섯 걸음 옆으로 자리를 옮겼다. 조금 어색해진 분위기 속에 남게 된 두 남자는 한동안 말이 없었다. 진서가 담배를 3분의 1 정도 태웠을 때, 태훈이 긴 침묵을 깨고 먼저 입을 열었다.

"저한테도 여동생이 하나 있습니다."

그 말에 진우의 시선이 태훈의 얼굴에 닿았다. 진서는 들리지 않는 척 등을 지고 있는 상태에서 두 사람의 대화에 귀를 기울였다.

"만일 제 여동생이 열한 살 차이가 나는 남자친구 데리고 오면 저도 분명 마음에 들어 하지 않았을 겁니다."

"……."

"반대하는 거 이해합니다. 다만, 그래도 애정이 계속 만날 거고, 만나면서 생각 바뀔 수 있도록 노력할 겁니다."

진우는 태훈보다 세 살이나 나이가 어렸다. 그런데도 태훈이 그를 대하는 행동은 깍듯했다. 예의를 차렸고, 말투는 정중했다. 흠을 잡으려 해도 열한 살의 나이 차 외에는 딱히 보이는 단점이 없었다.

신경 쓰이지 않는다고 하면 거짓말이다. 역시 나이 차가 너무 많이 난다는 생각이 들었다. 하지만 진서와 진태의 말대로 태훈은 장점이 더 많은 사람이었고, 애정에게 다정한 사람이었다. 거기다 애정이 무척 좋아하는 게 눈에 보였다. 진우가 웃음 섞인 한숨을 내쉬었다. 더는 반대할 수가 없었다.

"다음에 저랑 둘이 곱창에 소주 한잔하시죠. 형이랑 진서는 곱창 못 먹거든요."

진우의 말에 태훈이 고개를 끄덕였다. 진서가 다른 곳을 보는 척하다 픽 웃고 말았다. 담배 연기가 허공으로 흩어져 모습을 감출 때쯤, 진서가 담배를 든 손으로 진우를 가리키며 말했다.

"저분이 애정이 업어 키워서 그래요. 이해해 주세요. 사실 누굴 데려왔어도 눈에 안 찼을 테니까."

"야!"

진우가 발끈해 소리쳤다가 이 자리에 태훈이 함께 있다는 것을 깨닫고는 화를 억눌렀다. 입안의 여린 살을 깨물며 화를 참는 얼굴이 흉흉한 기세를 드러냈다.

"어? 애정이 나온다."

진서의 말에 두 남자의 시선이 한 곳으로 향했다. 레스토랑을 빠져나오는 애정의 모습이 눈에 들어왔다. 높은 구두를 신고 계단을 뛰어 내려오는 애정을 보고 진우가 화들짝 놀라 앞으로 한 걸음 내디딘 순간이었다.

"뛰지 마!"

반쯤 벌어졌던 진우의 입이 꾹 다물어졌다. 그가 하려는 말을 태훈이 먼저 했기 때문이었다. 태훈은 먼저 소리쳐놓고 뒤늦게 멋쩍은 얼굴로 큼— 목을 가다듬었다. 가까이 다가선 애정의 팔을 붙들어 자신 곁에 서게 한 뒤 목소리를 낮춰 잔소리를 퍼부었다.

"그렇게 높은 구두 신고 뛰다가 넘어지면 어쩌려고."

"안 넘어져요."

"너 저기서 비틀대는 걸 내가 다 봤는데."

"여기 보도블록이 좀 이상해요."

생각지도 못한 답에 태훈이 기가 차다는 얼굴을 했다. 조금 전 애정이 순간적으로 중심을 잃고 비틀거린 건 보도블록이 아니라 계단 위였다.

"엉뚱한 핑계 대지 말고. 구두 높은 거 신지 말라니까. 단추는 또 왜 풀었어? 이러니까 감기에 걸리지."

태훈이 애정의 옷깃을 여미고는 풀어낸 단추를 다시 잠가 주었다. 그는 평소 말이 많은 편이 아니었다. 처음 집에서 봤을 때도, 오늘 함께 식사하면서도 쉽게 알아챌 수 있는 부분이었다. 그런 태훈이 애정의 일에 대해서는 유난히 말이 많아졌다. 평소 잔소리를 싫어하는 애정이었지만 태훈이 하는 말은 모두 듣기 좋은 건지 입가에 미소가 끊이지를 않았다. 애정의 표정만 보면 지금 태훈이 하는 말이 잔소리가 아니라 사랑 고백이라도 되는 줄 알 것이다.

'아주 좋아 죽네.'

그리 생각하며 고개를 돌리려는데 이번에는 태훈의 얼굴이 진우의 시선을 잡아끌었다. 앉아 있던 자세나 작은 행동에서조차 흐트러짐 없어 보이던 태훈이 애정의 앞에서는 긴장을 풀고 있었다. 느슨하게 풀어진 입매가, 다정한 시선으로 눈앞의 존재에게만 집중한 얼굴이, 처음 봤던 모습과는 많이 다른 느낌을 주었다. 식사할 때도, 대화를 나눌 때도, 태훈은 한결같이 진중해 보였고 그 때문인지 웃는 일이 적어 진우의 눈에는 조금 차갑고 딱딱해 보이기도 했다. 하지만 지금의 태훈은 마치 다른 사람처럼 무방비했다. 그것도 무척이나.

'저런 표정도 지을 줄 아는구나.'

애정이 오래전부터 태훈의 팬이었다는 것은 그녀의 온 집안 식구들이 다 알고 있었다. 안 그래도 그 사실이 진우로서는 썩 내키지 않았는데, 애정이 태훈을 먼저 쫓아다녔다는 말은 불에 기름을 붓는 격이었다. 누구보다도 사랑받아야 할 애정이 더 많은 사랑을 주는 약자가 되어버린 것 같았다.

'하지만 저건 누가 봐도……'

애정 역시 충분히 사랑받고 있는 얼굴이었다. 두 사람의 얼굴에 드러난 행복감이 그것을 분명하게 말해주고 있었다. 말투가 퉁명스러운 것 같아도 그는 누구보다 애정을 잘 챙겨주고 있었고 작은 행동 하나에도 배려심이 묻어났다. 애정이 예상 밖의 행동을 하면 발끈해 화를 내려다가도 결국 끝에는 웃음을 터트렸고 그런 애정이 사랑스럽다는 듯이 무방비한 얼굴을 했다. 그건 사랑에 빠진 자만이 가질 수 있는 얼굴이었다.

진우는 뭔가를 가늠하듯 좀 더 오랜 시간 동안 태훈의 모습을 바라봤다. 아버지에게 듣기로 태훈은 야구밖에 모르는 사람이었다고 했다. 저런 외골수인 남자가 한번 마음을 주면 쉽게 변하지 않는다는 것도, 그 사람에게 온 마음을 다한다는 것도 알고 있었다. 그 상대가 애정인 것이다.

거기까지 생각을 마치자 어쩐지 조금 전보다 마음이 가벼워졌다. 그래, 나이 차이가 뭐 대수인가. 애정이 저리 좋아하고, 저리 사랑받는데. 돌아서는 진우의 입가에 어느새 잔잔한 미소가 그려졌다. 그리고 그는 생각했다. 애정은 지금, 썩 괜찮은 남자를 만나고 있다고.

에필로그 3 애정이 역전되다

오전에 헬스장에 나가 웨이트 트레이닝을 마친 태훈은 점심을 애정과
함께하기로 했다. 애정을 만나기 전까지만 해도 그는 비시즌에 헬스장에
서 살다시피 했지만, 올해는 좀 달랐다. 아무리 바쁘더라도 잠깐이라도
시간을 내어 애정의 얼굴을 보기 위해 외출을 했고 전화 통화는 매일 하
려 노력했다.

"오늘은 너 좋아하는 거 먹자. 저번에 갔던 파스타 집 괜찮던데."

태훈은 양식을 좋아하지 않았지만 애정이 좋아하는 걸 알고 있어 오늘
은 점심 메뉴로 파스타와 화덕피자를 먹기로 했다. 애정은 두어 번 고개
를 끄덕였고 두 사람은 멀지 않은 곳의 가게로 들어섰다. 그는 입고 있던
겉옷을 벗어 옆의 의자에 걸어두고 물을 따라 애정의 앞에 놓아주었다.
그리고 자신의 앞에 놓인 컵에 물을 따르다 말고 애정을 물끄러미 바라봤
다. 뒤늦게 시선을 느낀 그녀가 고개를 들어 눈을 마주했다.

"왜요?"

"안 불편해?"

"뭐가요?"

"코트 말이야. 입고 식사할 거야?"

애정은 입고 있는 코트를 벗을 생각도 하지 않은 채 가만히 앉아 있었다. 평소라면 가장 먼저 코트부터 벗어 의자에 걸어두었을 텐데 말이다. 그녀는 조금 미묘한 웃음을 지어 보이고는 뒤늦게 코트를 벗어 옆의 빈자리에 놓아두었다.

"왜 이렇게 정신을 빼놓고 있어? 얼마 전에 감기로 고생하더니. 또 어디 아픈 거 아니지?"

"안 아파요."

고개를 가로젓고는 씩씩하게 대답을 건네는 모습에 태훈은 고개를 끄덕였다. 안색을 봐도 어딘가 아파 보이지는 않았다. 애정이 평소와 조금 다른 행동을 보이긴 했지만 미묘한 변화였기에 일단 그는 더 깊게 묻지 않았다.

"주문할까요? 오빠 뭐 먹을래요?"

하지만 이어진 질문에 태훈은 저도 모르게 미간을 좁히고 말았다. 김애정이 대체 왜 이럴까? 아무래도 이상했다.

"조금 전에 했잖아."

"네?"

"까르보나라 먹는다며."

"……아, 참. 내가 그랬지."

뒤늦게 생각이 난 건지 멋쩍은 얼굴로 웃어 보인 애정은 요즘 운동하는 건 힘들지 않냐며 자연스럽게 화제를 돌렸다. 태훈은 그런 애정의 질문에 맞춰 대답하면서도 뭔가 꺼림칙한 느낌을 지워내지 못했다.

곧 주문한 음식이 나왔다. 태훈은 식사에 집중하는 척하며 애정의 상태를 살폈다. 평소보다 조금 덜 웃고, 태훈을 쳐다보는 시간이 줄어들었다. 그 외에는 어딘가 아파 보이지도, 그렇다고 화가 난 것 같아 보이지도 않았다. 태훈은 시선을 좀 더 아래로 내려 애정의 앞에 놓여 있는 접시를 바라봤다. 그녀는 평소 입이 짧긴 해도 깨작거리며 식사를 하는 편은 아니었다. 그런데 오늘은 이상하리만큼 먹는 게 시원치 않은 모습을 보였다. 접시에 담긴 파스타는 조금도 줄어들 생각을 하지 않았다. 태훈의 두 눈이 조금 더 가늘어졌다. 뭔가 고민이 있는데, 말을 못하는 모양이었다. 태훈은 일단 모르는 척하며 자연스럽게 대화를 이어나갔다.

"너 스키 탈 줄 알아?"

피자 한 조각을 애정의 접시로 옮겨주며 건넨 말에 한참이 지나도 돌아오는 답이 없었다. 태훈은 그녀의 모습을 물끄러미 바라봤다. 꽤 긴 시간을 들여서. 하지만 애정은 포크로 피클을 쿡쿡 찍어대기만 할 뿐, 혼자만의 생각에 잠겨 있었다.

"김애정."

"……."

"김애정."

"……."

"김애정."

세 번째 그녀의 이름을 부를 때는, 테이블 위를 주먹으로 두어 번 함께 두드렸다. 그제야 애정의 시선이 그의 얼굴에 닿았다. 아무리 봐도 정신이 딴 곳에 가 있었다.

"너 무슨 일 있어?"

"……아니요."

"있는 거 같은데?"

"아무 일도 없어요."

"아니. 분명 있어."

"없다니까요."

"정말 아무 일도 없다고?"

"네."

대답은 또박또박 잘하는데, 뭔가 이상했다. 의심을 거두지 못하고 집요하리만큼 두 눈을 마주하고 있자 애정이 먼저 시선을 피했다. 김애정이 자신의 눈을 피하다니. 이거 봐라. 역시 뭔가 있다.

"너 오늘 되게 이상한 거 알지?"

"오빠 만난 것도 좋은데, 날씨까지 너무 좋아서 마음이 들떴나 봐요."

태훈이 그 말에 창밖을 바라봤다. 그리고 헛웃음을 터트렸다.

"밖에 비 와, 인마."

세계는 아니어도 흩뿌리는 빗줄기가 창을 적시고 있었다. 저 흐린 하늘을 보고 날씨가 좋다니. 한숨을 쉰 태훈은 끈기 있게 애정이 무언가 먼저 말해주기를 기다렸다. 하지만 애정의 작은 입술은 잠시 달싹이듯 움직였다가 꾹 다물어졌다. 결국 대답을 피하듯 그녀는 조금 전까지 손도 대지 않았던 피자를 입에 욱여넣었다. 두 볼이 빵빵해지도록 말이다.

"천천히 먹어."

태훈은 반쯤 비워진 컵에 다시 물을 채워서 애정에게 건네었다. 입에 넣었던 피자를 삼켜낸 그녀는 물을 한 모금 마시고는 태훈의 눈치를 봤다.

"근데 오빠, 조금 전에 무슨 말 했어요?"

"너야말로 무슨 생각 하는데?"

"아무 생각 안 했다니까요."

태훈이 시선을 좀 더 아래로 내렸다. 애정은 다시 포크를 손에 쥐고 피클 위를 쿡쿡 찔러대고 있었다. 이제 보니 저건 초조할 때 나오는 버릇인 것 같다.

"피클 좀 그만 괴롭히고."

태훈의 말이 떨어지고 나서야 피클은 고통에서 벗어날 수 있었다. 포크를 아예 손에서 내려놓은 애정은 초조한 기색을 감추지 못하고 다시 물을 한 모금 마셨다. 맛있는 음식을 눈앞에 두고 물로 배를 채울 모양이었다.

애정이 자신에게 뭔가를 감추고 있다. 태훈은 그것을 확실하게 느꼈지만 캐물어도 쉽게 대답을 해줄 분위기가 아니었기에 일단 한 발 더 물러섰다.

"스키 탈 줄 아냐고 했어. 보름 뒤쯤 애들이랑 스키장 가게 될 거 같은데, 너도 같이 갔으면 해서."

태훈은 야구 외에도 다른 스포츠를 즐겼다. 올해는 민건과 석영을 비롯해 시간이 되는 이들끼리 모여 스키장을 가자는 이야기가 나왔다. 시즌 중에 여행은 엄두도 내지 못했기에 그는 애정과 데이트를 해도 가까운 곳에서 한정된 데이트를 해야만 했다. 그게 미안하기도 했고, 애정을 두고 혼자 가는 것도 내키지 않아 함께 가고 싶었다.

"못 타?"

"잘 타는 건 아닌데, 그래도 탈 줄은 알아요."

"그럼 됐네. 그리고 스키 못 타도 리조트 안에 스파도 있고 놀 거리는 많을 거야. 석영이 와이프도 같이 올 거 같으니까 심심하지는."

"오빠 근데……."

태훈의 말을 끊은 애정이 말끝을 흐리고는 얼굴에 곤란한 기색을 드러냈다.

"왜?"

"시간이 안 될 거 같아요."

태훈의 머릿속에 물음표가 그려졌다. 태훈과 여행을, 그것도 그의 친구들도 함께하는 자리를 애정이 반기지 않을 리가 없다고 생각했었다. 아마 먼저 잡힌 일정이 있더라도 태훈 몰래 취소하고 시간이 된다며 따라나서고도 남을 애정이 아니던가. 거절은 생각지 못했던지라 잠시 당황한 그가 한참 만에야 입술을 떼어냈다.

"그래?"

"네."

"그럼 할 수 없지."

태훈은 애써 태연한 얼굴로 대답했지만, 머릿속은 대혼란인 상태였다. 애정은 다시 식사를 이어나갔다. 하지만 곧 다시 창밖을 바라보며 한숨을 푹 내쉬었다. 그러다 힐끗 시선을 돌려 태훈의 눈치를 봤다. 애정이 자신을 쳐다보는 걸 알아챘으면서도 태훈은 그 시선을 모르는 척했다. 고개를 들면 애정이 화들짝 놀라 눈을 피했기 때문이었다. 눈이 마주치면 늘 예쁘게 웃어주던 얼굴이 오늘만큼은 다른 반응을 보였다. 그게 썩 기분이 좋지 않았다.

'저 조그만 게 대체 뭘 숨기는 거야?'

벌써 여섯 번째 한숨 소리가 귓가에 전해졌다. 태훈은 결국 참지 못하고 고개를 들었지만 애정의 시선은 다시 창밖을 향하고 있었다. 늘 웃음기 가득하던 얼굴에 근심이 드러나 있었다. 어쩐지 어마어마한 걸 숨기고 있는 것 같아 긴장으로 그의 목울대가 크게 한 차례 움직였다.

"오빠."

애정의 목소리가 태훈을 다시 현실로 끌어당겼다. 홀로 생각에 잠겨 있던 그의 두 눈이 애정을 담아냈다.

"그만 집에 가요."

그는 자연스럽게 시간을 확인했다. 날은 흐리긴 해도 밖은 아직 밝았다. 평소라면 저녁까지 함께 있자고 조를 애정이 오늘은 그가 답을 건네기도 전에 먼저 몸을 일으켜 세웠다. 태훈의 표정이 심각해졌다. 아무래도 정말, 애정이 이상한 것 같았다. 아니, 무척이나 수상하다.

평소보다 조금 늦은 점심을 먹고 방으로 돌아온 태훈은 침대에 누웠다가 다시 일어나 방 안을 이리저리 서성였다. 입맛이 없어 거르려다 그래도 한술 뜨라는 아주머니의 말에 억지로 밥을 먹었는데 아무래도 얹힌 모양이었다. 거실로 나가 소화제를 찾아 먹은 그는 다시 방으로 돌아와 꽁꽁 닫아둔 창문을 살짝 열어두었다. 11월도 이제 이틀만 지나면 끝이다. 겨울이 된 것을 알리듯 칼날 같은 바람이 열린 창을 통해 들어섰다. 기온이 뚝 떨어졌다는 일기예보를 어제 아침에 들었던 것 같은데 오늘은 체감상 어제보다 더 추운 것 같았다.

태훈은 창가에 기대어 선 채로 팔짱을 끼고 잠시 생각에 잠겼다. 평소 고민 같은 걸 할 일이 별로 없던 그가 요즘 들어서는 이렇게 혼자 생각에 잠길 때가 많아졌다. 모두 애정 때문이었다.

애정의 수상한 행동은 그 뒤로도 일주일간 계속되었다. 밥을 먹다가 문득 시선을 느껴 고개를 들면 분명 쳐다보고 있던 것이 분명한데 먼저 시선을 피했다. 요즘 들어 부쩍 말수가 적어졌고 딴생각을 하는 일이 많았다. 거기다 유독 힘이 없었다. 늘 쌩쌩하던 애정이 말이다. 이유를 물어 보면 잠시 망설이다 아무것도 아니라는 답을 건네었다. 그런 행동은 시간이 지날수록 더해만 갔다. 뭔가 숨기고 있는 것이 분명한데, 그게 뭔지 알 수 없었다.

태훈은 책상 끝에 놓아둔 휴대전화를 내려다봤다. 그리고 곧 누군가에게 전화를 걸었다. 몇 번의 신호음 끝에 반갑게 전화를 받는 상대방의 목소리가 들려왔다.

[네, 형, 이 시간에 웬일이세요?]

"미안. 회사에 있을 시간이지? 잠깐 통화 괜찮아?"

[네, 괜찮아요. 안 그래도 커피 마시려고 잠깐 나왔거든요.]

액정에 뜬 이름은 애정의 둘째 오빠인 진우였다. 태훈은 그 뒤로도 애정의 오빠들과 몇 번 더 만나는 자리를 가졌고 그중 넉살 좋은 진서가 태훈을 가장 먼저 형이라 불렀다. 처음에 태훈을 조금 껄끄러워했던 진우 역시 태훈과 술자리를 몇 번 가지더니만 어느 순간부터 그를 형이라 불렀다. 두 사람은 의외로 식성부터 시작해서 취미, 좋아하는 것들까지 취향이 비슷했다. 골프만 빼고 거의 모든 스포츠를 즐기는 태훈만큼이나 진우역시 운동을 좋아했다. 시즌이 끝나고 조금 한가해진 태훈은 진우와 함께테니스를 치러가거나 같은 헬스장을 끊어 운동도 함께했다. 그렇게 계속만나다 보니 지금은 진서보다도 진우가 태훈을 더 따르게 되었다. 애정은자신과 만날 시간을 진우가 빼앗았다며 장난스럽게 불만을 터트리기도했지만 말이다.

"뭐 좀 물어볼 게 있어서. 혹시 요즘 애정이 무슨 일 있어?"

[애정이요? 아니요. 별일 없는데.]

"그래?"

[왜요?]

"요즘 좀 이상한 거 같아서. 평소보다 힘도 없고 딴생각할 때가 많아. 뭔가 나한테 할 말이 있는데 못 하는 거 같기도 하고."

거기까지 말한 태훈이 창가에 기대고 있던 몸을 일으켜 세우고 창문을 닫았다. 진우도 모르는 일이라면 이 조그만 게 대체 혼자 뭘 감추고 있는 건가 싶어 머리가 지끈거렸다. 매사에 직설적이고 솔직한 애정이 자신에게 숨기는 일이라고 생각하니 그게 생각보다 어마어마한 일일 것 같아 걱정됐다.

[아.]

그 순간 들려온 진우의 짧은 탄성에 태훈의 행동이 멈췄다. 뭔가 짐작이 가는 일이 있는 모양이다. 그는 왼쪽 어깨와 귀 사이에 대고 있던 전화를 곧장 반대편 귀로 옮겨 받았다. 하지만 이어지는 말이 없다. 통화가 끊긴 건가 싶어 액정을 확인했지만 통화 시간은 계속 흐르고 있었고 휴대전화를 다시 귓가에 가져다 댄 그는 기다리지 못하고 재촉하듯 먼저 그 이유를 물었다.

"뭔데?"

[……글쎄요. 잘 모르겠네. 애정이가 왜 그럴까요.]

돌아온 말이 어색하기 그지없었다. 진우는 분명 그 이유를 짐작했지만 태훈에게 숨기려 하고 있었다. 대체 뭔데? 알고 있으면서 얘기를 해주지 못하는 거면 진우가 말하기에는 곤란한 일이라는 것이다. 그는 닫힌 창에 다시 기대어 섰다.

"진우야."

[네.]

"애정이한테 들어야 하는 말이야?"

잠시 침묵이 흘렀다. 그리고 이내 한숨 섞인 대답이 들려왔다.

[……아마도요.]

"알았어, 그럼."

[제 생각에는 조만간 애정이가 스스로 말할 것 같아요.]

"그래. 주말에 운동 나올 거지?"

[네.]

"그럼 주말에 보자. 바쁠 텐데 일 봐."

끊어진 전화를 내려다보던 태훈은 다시 힘없이 침대에 누워버렸다. 태훈은 오늘 헬스장도 가지 않고 운동도 쉬는 날이었고 약속도 없었다. 하지만 애정이 바쁜 탓에 오늘은 얼굴을 볼 수 없었다.

침대에 누운 채로 고개를 돌린 태훈은 내려놓은 휴대전화를 물끄러미 바라봤다. 평소라면 전화가 오고도 남을 시간인데, 오늘은 애정에게 한 통의 전화도 걸려오지 않았다.

'뭐, 진우 말대로라면 조만간 먼저 이야기할 것 같으니까.'

그는 결국 기다리기로 했다. 그리고 진우의 말대로 이틀 뒤, 애정이 드디어 입을 열었다. 범상치 않은 일일 거라 짐작은 했지만, 그가 예상한 것보다 더 심각한 이야기가 애정의 입을 통해 흘러나왔다. 애정은 그에게 정말 어마어마한 폭탄을 던졌다.

올해는 모든 일이 순조롭게 풀렸다. 그렇게도 원했던 한국시리즈 우승을 했고 어렵게 생각했던 애정의 가족들도 태훈을 호의적으로 받아주어 지금은 누구보다 좋은 관계를 유지하고 있었다. 전보다 애정과의 사이도 더욱 가까워졌다. 앞으로는 꽃길 걸을 일만 남았다는 생각이 들 정도로 모든 것이 순조로웠다. 12월이 시작된 첫날의 오후 2시, 한가로운 커피숍에서 애정에게 청천벽력 같은 말을 듣기 전까지는 말이다.

"뭐라고? 어딜 가?"

태훈은 자신이 잘못 들었다고 생각했다. 하지만 애정은 잠시 망설이는 기색을 보이다 조금 전보다 더 정확하고 또렷한 음성으로 그가 잘못 들었다고 생각한 답을 재차 내어놓았다.

"파리요."

태훈은 순간 거기가 어딘데, 라고 물을 뻔했다. 이미 알고 있음에도 말이다. 파리라니. 대한민국에, 내가 모르는 시골 어느 마을에 그런 동네가 있었던 건가? 아닌 걸 알면서도 태훈은 그리 생각하고 싶었다. 여동생인 해솔의 애인이자 친동생이나 다름없이 지냈던 도형이 한국을 떠나 몇 년간 살았던 곳이 바로 그곳이었다. 얼마나 먼 거리인지는 그가 가장 잘 알고 있었다. 도형이 도망치듯 떠나려고 택한 곳이 바로 파리였으니까.

"파리에 가겠다고?"

"네. 고모가 파리에 계시는데, 고모부가 유명한 셰프예요. 고모부가 운영하시는 레스토랑에서 1년 정도 일하면서 여러 가지 배우고 싶어서요. 이론보다는 이제 직접 경험해 보는 게 좋을 거 같아서요."

태훈은 잠시 말을 잇지 못했다. 평소와 다르게 애정은 그의 눈을 제대로 마주하지 못했다. 그는 일단 놀란 감정을 추스르고는 애써 담담한 표정으로 물었다.

"언제 가려고 하는 건데?"

"……보름 뒤요."

이번에는 표정 관리가 되지 않았다. 태훈의 얼굴이 단번에 굳어졌다. 이건 갈수록 태산이었다. 몇 개월 뒤라고 해도 놀랄 판에 보름 뒤란다. 그는 앞에 놓여 있는 냉수를 단번에 비워내고는 기가 차다는 얼굴로 헛웃음을 터트렸다.

"무슨 국내 어디 여행 가는 것도 아니고 준비해야 할 것도 한두 개가 아닐 텐데, 그게 가능해? 뭘 그렇게 서둘러서 간다는 거야?"

"갑자기 준비한 거 아니에요."

"그럼?"

"예전부터 한 번은 다녀오고 싶어서 미리 준비하긴 했었어요. 불어도 틈틈이 배우고 있었고요. 근데 고모부가 일에서는 무척 엄하셔서 고모가 저 고생할 거라고 반대했거든요. 아빠도 그렇고요."

"그런데? 온 가족이 반대하는데도 넌 가겠다고?"

"아니요. 원래는 아빠 말 들을 생각이었어요. 그래서 반쯤 포기했었는데, 고모부가 저 모르게 계속 설득해 주신 모양이에요. 고모도, 아빠도 결국 허락해 주셔서 갈 수 있게 됐어요."

"넌 그 중요한 얘기를 왜 이제야 해?"

"미안해요. 시즌 중에는 오빠 신경 쓸까 봐 시즌 끝나면 얘기하려고 했어요. 근데 시즌 끝나고 날짜 다가오니까 차마 입이 안 떨어져서."

애정이 최근 이상했던 것이 바로 이것 때문이었다. 홀로 얼마나 많은 고민을 한 건지 며칠 새에 얼굴마저 야위었다. 테이블 위에 놓인 두 손은 초조함을 드러내듯 꼼지락거리고 있었고 굳어진 태훈의 얼굴을 힐끗 올려다보고는 시무룩한 얼굴을 했다.

애정 역시 태훈의 곁에 함께 있고 싶은 마음이 컸다. 하지만 태훈이 야구를 중시하는 만큼 애정에게도 하고 싶은 일이 있었다. 무엇 하나 포기하고 싶지 않았다. 홀로 끙끙거리며 몇 날 며칠을 고민하다 결국 마음의 결정을 내리고 어렵게 말을 꺼낸 것이었다.

화가 난 듯 굳어진 태훈의 얼굴을 마주하자마자 애정의 눈시울이 순식간에 붉어졌다. 이제 연인이 된 지 1년도 되지 않았는데, 1년을 떨어져 있어야 한다니. 태훈이 헤어지자고 하면 어쩌나 싶었다. 태훈과 연인이 되긴 했지만, 애정은 늘 자신이 좀 더 많이 태훈을 좋아한다고 생각했다. 자신은 태훈이 아니면 안 되지만, 태훈은 그렇지 않을 거라는 생각에 마음의 확신이 서지 않았다.

애정은 태훈이 자신을 한순간도 잊지 못하도록 늘 그의 곁에 모습을 드러내고는 했었다. 하지만 한국에 있지 못해 떨어져 있게 되면 그의 마음이 변해도 알 방법이 없었다. 눈치챘을 때는 이미 늦을 것이다. 그러다 다른 사람이 생기면 어쩌지. 불안감은 꼬리에 꼬리를 물었고 끝내 그녀의 커다란 눈에서 눈물이 뚝뚝 떨어졌다. 굳어져 있던 태훈의 얼굴에 당혹감이 드러났다.

"야, 너 갑자기 왜 울어?"

"안 헤어질 거예요."

"뭐?"

"못 헤어져. 오빠 나 차면 평생 따라다닐 거예요."

애정은 울면서도 할 말은 다 했다. 어깨가 크게 들썩였고 흐느낌은 멈추지를 않았다. 울지 말라는 말에도 요지부동이었다. 태훈은 아예 옆으로 자리를 옮겨 그녀를 달랬다. 애정은 한 번 울음보가 터지면 정말 질기게 울었다. 결국 달래는데 1시간이 넘게 걸렸다. 애정을 간신히 진정시키고 다시 자리로 돌아온 태훈은 카페 직원에게 따뜻한 물 한 잔을 부탁해 그것을 애정에게 건네주었다.

"진정 됐어?"

애정이 코를 훌쩍이고는 고개를 끄덕였다. 태훈은 그런 애정을 보고 헛웃음을 터트렸다. 분명 웃지 못할 상황이었는데 이런 애정의 모습을 보니 웃음이 나왔다. 지금 울고 싶은 게 누구인데 먼저 선수를 친단 말인가. 애정은 두 눈은 물론이고 코끝도 빨갰다. 화를 내고 싶어도 화를 낼 수 없게끔 만드는 모습에 그는 작게 한숨을 내쉬었다.

"1년 정도 다녀올 거라고?"

"……네."

길다. 예전이었다면 그리 생각 안 했을지도 모른다. 그에게 1년이라는 시간은 훈련을 하고 다음 시즌을 준비하다 보면 어느덧 시즌이 시작되어 눈 깜짝할 새에 흘러가는 시간이었다. 하지만 그 시간이 애정과 떨어져 있어야 하는 시간이라고 생각하니 무척이나 길게 느껴졌다. 태훈에게 있어 애정의 존재감이 그토록 커져 버린 것이다.

"이제 막 오빠랑 잘되어가는 중이고, 불안해서 가지 않는 방향도 생각해 봤는데."

이어질 뒷말이 충분히 예상됐다. 당연한 것이 아닌가. 반대의 입장이었어도 태훈 역시 그리 고민했을 것이다. 그리고 결과는 정해져 있었다. 애정은 다시 울음을 터트릴 것 같은 얼굴을 했다. 또 울면 두고 갈 거라는 태훈의 말이 떨어지자 아랫입술을 꾹 깨물며 눈물을 참았다.

"그래서? 네가 내린 결론이 뭐야?"

"가고 싶어요."

당연히 가는 방향으로 정했을 것이다. 안다. 알고 있다. 태훈에게 야구가 중요한 만큼 애정에게도 하고 싶은 일이, 이루고 싶은 꿈이 있을 것이다. 그걸 누구보다 잘 알고 있기에 태훈은 안 된다고 말할 수 없었다.

이미 모든 것이 결정되었다. 태훈이 처음 화가 난 것은 애정이 이런 중요한 일을 자신에게 너무 늦게 이야기했다는 것이었다. 태훈은 두 손을 들어 이마를 짚고는 고개를 숙였다. 잠시 마음을 가라앉히고 생각을 정리하려 눈을 감고 있다가 다시 고개를 들어 애정을 마주했다.

"넌 이미 가기로 한 거잖아. 나한테 의견을 묻는 게 아니라. 내가 반대한다고 안 갈 거야?"

"……반대할 거예요?"

애정은 울먹이는 얼굴로 그리 물었다. 울면 두고 갈 거라는 말이 생각난 건지 그녀는 다시 입술을 꾹 깨물었다. 그러다 눈물이 툭 떨어지자 손바닥으로 빠르게 눈가를 꾹꾹 누르고는 울지 않은 척 태훈을 바라봤다. 여전히 웃을 상황이 아닌데 그 순간 저도 모르게 헛웃음이 터져 나왔다.

붙잡고 싶은 마음이야 당연했지만, 태훈은 반대할 수 없었다. 시즌 중에 많은 시간을 함께 보내주지 못하는 태훈을 이해해 주고 응원까지 해준 애정에게 어떻게 안 된다는 말을 할 수 있겠는가. 무엇보다 애정에게 좋은 기회였다. 지금의 태훈에게는 그 어느 때보다 긴 시간이지만, 실상은 그리 길지 않은 1년이라는 기간까지 정해져 있으니 더더욱 반대할 수가 없었다.

"반대는 안 해. 다만, 화는 나. 그걸 왜 이제 얘기하냐 이거야. 진작 말했으면 너랑 좀 더."

같이 있었을 거 아니야.

삼켜낸 뒷말이 소리가 되어 나오지 않았다. 애정을 우선시하지 않았던 지난 시간이 아까웠다. 진우와 가까워지기 위해 운동에 시간을 쏟아부을 것이 아니라 애정과 더 많은 시간을 보냈어야 했다.

"그만 울어. 반대 안 한다니까?"

"그거 때문에 우는 거 아니에요."

"그럼?"

"1년 동안 오빠 마음이 변하면 어떻게 해요."

함께 있지 못할 1년을 슬퍼하는 거라 생각했는데, 참 쓸데없는 걱정을 하고 있었다. 저 조그만 머릿속에 대체 무슨 생각을 저렇게 많이 담고 있는 걸까?

"김애정."

그의 부름에도 애정은 고개를 들지 않았다. 태훈이 애정의 두 뺨에 손을 가져다 대고는 억지로 고개를 들게 했다. 눈이 마주쳤다. 금방이라도 울 것 같은 커다란 두 눈이 태훈을 담아내고 있었다.

"쓸데없는 걱정에 에너지 쏟지 마. 잠은 또 얼마나 안 잔 거야? 눈 밑에 다크써클 봐라."

그가 엄지로 눈가를 살짝 쓸어내리자 애정은 간지러운 듯 몸을 움츠리면서도 태훈의 손에 더 깊게 얼굴을 기댔다.

"진짜 갔다 와도 돼요?"

1년이다. 딱 1년. 태훈은 재차 그 사실을 되뇌었다. 속 좁게 반대할 수는 없었다.

"그래."

애정의 얼굴이 다시 울상이 됐다. 혹 반대하면 어쩌나 싶어서 혼자 마음 고생한 것이 그 얼굴에 모두 드러나 있었다. 코끝을 살짝 찡그린 애정이 맞은편의 자리에서 일어나 태훈의 옆으로 자리를 옮겼다. 그의 팔에 팔짱을 끼고는 매달리듯 그를 올려다봤다.

"마음 변하면 안 돼요. 전화도 매일 할 거예요."

어련할까. 애정의 말에 태훈이 작게 웃음을 터트렸다.

열흘 뒤에는 해솔의 결혼식이 있었다. 도형이 올해 안에 해솔을 데려갈 거라고 말을 했었는데 겨울이 가기 전에 식을 올리기로 했다. 태훈은 해솔의 결혼과 관련된 일정만 제외하고는 잡아둔 나머지 일정을 모두 취소하기로 마음먹었다. 스키장도 가지 않을 것이다. 진우와 함께하기로 한 운동도 당분간은 진우 홀로 해야 할 것 같았다.

"뭐 하고 싶어?"

태훈치고는 꽤 다정한 음성으로 그녀에게 물었다.

"보름 동안 너 하고 싶다는 거 다 해줄게."

흐트러진 머리카락을 귀 뒤로 넘겨주며 덧붙인 그의 말에 애정의 눈이 예쁘게 반으로 접혔다. 그는 남은 보름간 최대한 애정과 붙어 있을 생각이었다. 지금 마음 같아서는, 정말 한시도 떨어져 있고 싶지 않았다.

"한시도 안 떨어지기는. 이건 뭐 전보다 얼굴 보기가 더 힘든데."

기가 차다는 얼굴로 홀로 중얼거린 태훈은 손에 들고 있던 수건을 세탁 바구니에 넣었다. 말이 넣은 것인지 거의 던진 것이나 다름없는 행동이었다. 돌아선 그는 침대에 걸터앉아 정면에 놓인 탁상 캘린더를 물끄러미 응시했다.

해솔의 결혼식과 애정이 떠나는 날에 붉은색의 동그라미가 그려져 있었다. 오늘따라 그 날짜가 유독 선명하게 눈에 들어왔다. 결혼식이 코앞으로 다가온 만큼 애정이 떠나는 날 역시 얼마 남지 않은 상황이었다. 하지만 그는 이전보다 애정의 얼굴을 보기가 더 힘들었다.

자신이 시간을 비우면 뭘 하나. 애정이 너무 바쁜 것을. 그리 생각한 태훈은 힘없이 침대 위로 풀썩 누워버렸다. 파리에 가는 일을 재작년부터 준비해 왔다지만 막상 날짜가 다가오니 애정이 준비해야 할 것들은 한둘이 아니었다. 통화는 매일 하고 있었고 틈틈이 얼굴을 보긴 했지만 그건 아주 짧은 시간에 불과했다. 온종일 붙어 있으리라 생각했던 태훈의 계획은 단 하루도 이루어지지 않았다.

"오늘도 바쁜가 보네."

1년 전만 해도 신출귀몰하게 나타나서 온종일 태훈 곁을 맴돌던 애정이었는데. 새삼 그때가 그리워질 지경이었다. 애정은 곁에 없고, 아침부터 지금까지 휴대전화는 잠잠했다. 이럴 줄 알았으면 진우와 함께 운동이나 갈 걸 그랬나, 하는 생각을 하며 눈을 감았다.

추운 밖의 날씨와 다르게 방 안의 온도가 훈훈한 탓에 졸음이 쏟아져 내렸다. 낮잠을 즐겨 자는 편은 아니었지만 할 일도 없으니 오늘은 잠이나 자자는 결론을 내리자 어쩐지 정말 꿈쩍도 하기 싫어졌다. 내일은 헬스장에 나가 웨이트 트레이닝이나 해야겠다고 생각하며 점차 멀어져가는 의식을 완전히 놓으려는 순간이었다. 휴대전화 진동 소리가 들려왔다. 꿈쩍하기 싫었던 것이 거짓말이라도 되는 것처럼 태훈은 빠르게 반응해 휴대전화를 손에 쥐었다. 애정에게 걸려온 전화였다.

[오빠.]

전화를 받자마자 신이 난 애정의 목소리가 그를 미소 짓게 하였다. 태훈은 전화 한 통에 좋아진 기분을 내색하지 않으며 괜스레 퉁명스럽게 물었다.

"왜?"

[어디에요?]

"집이야."

[밖에 나가봤어요?]

그는 대답 대신 커튼이 처진 창가를 바라봤다. 오늘은 조깅도 쉰 덕분에 집 밖으로는 한 걸음도 나선 적이 없었다.

[안 나갔나 보네. 창문 열어봐요. 지금 눈 와요.]

자리에서 일어나 창가로 다가선 그는 커튼을 거둬냈다. 정말로 눈이 내리고 있었다. 올해의 첫눈이었다. 하지만 태훈을 웃게 한 것은 첫눈이 아닌 그 풍경 속에 서 있는 한 사람이었다.

"오빠!"

휴대전화에서 들려오는 목소리가 동시에 창문 밖에서도 들려왔다. 담장에서 몇 걸음 떨어진 곳에 서서 손을 흔들어대는 애정의 모습에 이번에는 감추지 못한 기쁨이 그의 얼굴에 그대로 드러났다. 태훈은 전화를 끊고 곧장 집 밖으로 나서 대문을 열어주었다.

"어떻게 왔어?"

"오빠 보고 싶어서요. 저 이제 바쁜 일 다 끝났어요."

태훈에게로 조금 더 가까이 다가서는 애정의 걸음이 평소보다 무거워 보였다. 그는 뒤늦게 양손에 들린 짐을 발견했다. 커다란 봉투를 대신 손에 든 그는 안의 내용물을 확인하고는 의아한 얼굴을 했다. 봉투 안에 든 것은 식료품이었다.

"이건 다 뭐야?"

"오늘 집에 혼자 있다고 했잖아요. 맛있는 거 해줄게요."

어제저녁, 애정과 통화를 할 때 태훈이 그리 말을 했었다. 그의 고모가 욕실에서 넘어져 병원에 입원했다는 소식에 아버지는 부산에 내려갔고 해솔은 요즘 결혼식 준비로 한창 바빠 얼굴 볼 틈이 없었다. 집안일을 해주시는 아주머니는 해솔이 따로 부탁한 일이 있어 오전에만 집안일을 봐주고 자리를 비운 상태였다. 덕분에 태훈은 애정이 오지 않았다면 남은 시간을 집에서 혼자 보내야 했다.

"나가서 사 먹지, 뭐 하러."

며칠 뒤에 떠날 애정에게 이런 일을 시키고 싶지 않았다. 맛있는 걸 매일 사줘도 모자를 판에 번거롭게 자신이 먹을 요리까지 만들게 하다니.

그냥 나가 먹자고 하려는데, 눈치 빠른 애정은 재빨리 그의 팔에 팔짱을 끼고는 대문 안쪽으로 걸음을 옮기려 했다.

"해주고 싶어서 그래요. 나 하고 싶은 거 다 하게 해준다면서요."

끌려갈 정도의 강한 힘도 아니고 그냥 살짝 끌어당긴다는 느낌이 들 정도의 힘이었지만 태훈은 순순히 그녀를 따라 걸음을 옮겼다. 애정이 하고 싶은 일이라고 말한 이상 말릴 수가 없었다. 두 사람은 결국 함께 부엌으로 들어섰다. 식탁 앞에 자리를 잡은 태훈은 앞치마를 매고 요리를 하는 애정의 모습을 가만히 바라보고 있었다.

'진짜 칼만 잡으면 다른 사람이네.'

지난번 실습실에서 봤던 모습과 같았다. 저런 진지한 얼굴을 보여줄 때면 애정이 조금 낯설게 느껴지기도 하지만 좋아하는 일을 열심히 하는 모습이 그의 눈에 예뻐 보이지 않을 리 없었다.

애정은 쌀을 씻어 담가둔 뒤 채소를 꺼내어 씻었다. 양파와 고추, 피망을 작게 썰어두고 해산물도 미리 손질하기 시작했다. 부엌에는 한동안 도마 위를 두드리는 칼 소리와 시원하게 쏟아져 내리는 물소리만이 들려왔다. 태훈은 이제 아예 턱을 괸 채로 애정의 모습을 감상하듯 바라보고 있었다. 정말 한시도 눈을 떼지 않았다.

'목이 긴 편이네.'

애정은 오늘 흰 셔츠를 입고 머리를 하나로 틀어 올려 묶었다. 목이 훤히 드러난 모습이 오늘따라 예뻐 보였다. 지금 보니 손가락도 길다. 실습하다 생긴 상처가 몇 개 남아 있지만 손톱이 깔끔하게 다듬어진 가는 손 역시 예쁘기 그지없었다.

애정을 바라보는 그의 입매가 절로 느슨해졌다. 이제 뭘 해도 예뻐 보이니 진짜 큰일이었다. 오가는 대화 없이, 함께 있는 것만으로도 행복감을 느낄 수 있다는 것을 애정이 아니었다면 그는 영영 알지 못했을지도 모른다. 그녀와 함께 있는 시간이 어느 순간부터 태훈에게 안정감을 주고 있었다. 편안했다. 마치 함께 있는 것이 당연한 것처럼.

그 순간 애정의 손이 멈췄다. 도마 위를 두드리던 소리가 사라지자 태훈은 뭔가 문제가 생긴 건가 싶어 정면을 주시했다. 고개를 든 그녀는 태훈을 바라보며 입을 살짝 삐죽였다.

"이건 좀 안 좋은 거 같아요."

"뭐가?"

"오빠랑 같이 있고 싶어서 거기 앉아 있으라고 한 건데, 오빠가 계속 쳐다보고 있으니까 긴장돼요. 딴짓 할 줄 알았는데 오늘따라 왜 그렇게 봐요?"

긴장한 것이라고 치기에는 조금 전 채소를 썰어내던 칼질이 보통이 아니었는데. 칼을 내려놓은 애정이 손을 들어 오른쪽을 가리켰다.

"저쪽 보고 있어요."

애정이 가리킨 곳에는 커다란 양문형 냉장고가 있었다. 태훈이 냉장고를 한 번 쳐다보고는 웃음을 터트렸다.

"넌 매번 내 얼굴 집요할 정도로 쳐다보면서 왜 나는 못 보게 해?"

"제가 쳐다보는 건 괜찮아요."

"어째서?"

"오빠는 저한테 좀 설렐 필요가 있어요."

애정이 자신을 쳐다볼 때보다 지금 보고 있는 애정의 모습이 그를 더 설레게 한다는 것을 그녀는 모르는 모양이었다. 그는 작게 웃음을 흘렸다. 그런 애정이 귀여워 당장 일어나서 꼭 안아주고 싶은 것을 참으며 알겠다고 고개를 끄덕였다. 하지만 그는 처음부터 냉장고와 마주 보고 있을 생각이 없었고 다시 태연하게 애정을 바라보고 있었다. 집요한 시선에 애정이 뒤를 돌아보자 태훈이 먼저 웃어 보였다. 그 얼굴에 애정은 하려던 말을 잊은 것처럼 마주 웃어주었다.

재료 준비를 모두 마친 애정은 팬에 올리브유를 두르고 고기와 다진 마늘을 넣어 볶았다. 불려둔 쌀을 넣어 중불에서 쌀이 투명해질 때까지 볶다가 채소와 오징어, 새우를 비롯한 해산물을 넣었다. 그리고 카레를 풀어둔 물을 중간, 중간 넣어주었다. 어느덧 맛있는 냄새가 부엌 안에 가득 들어찼다. 쌀을 팬에 얇게 펴서 바닥은 눌어붙게 하고 위는 질척이지 않게 만들어서 완성된 요리를 식탁 위에 가져다 놓았다. 애정이 만든 요리는 볶음밥 같았지만 그 색이 특이했다.

"이게 뭐야?"

"해물빠에야요. 스페인식 볶음밥이에요."

접시에 태훈이 먹을 만큼의 밥을 덜어 앞에 놓아주고는 기대에 찬 눈빛으로 태훈을 바라봤다. 그가 밥을 한 숟갈 떠서 입에 넣고는 맛있다며 칭찬을 하자 애정의 얼굴에 미소가 번졌다.

"원래는 향신료인 사프란을 넣어야 하는데 오빠 취향은 아닐 거 같아서 카레로 대신했어요."

태훈은 숟가락을 내려놓고 애정이 먹을 밥을 대신 접시에 담아 건네주었다. 컵에 물을 따라 접시 옆에 놓아주고 식탁 위에 놓인 반찬 중 애정이 좋아하는 것들을 그녀의 앞으로 옮겨 놓았다.

"얼른 먹어."

"밥 다 먹고 오빠 방 구경해도 돼요?"

"내 방? 이미 봤잖아."

"그땐 오빠 간호하느라 들어갔던 거잖아요. 자세히 못 봤단 말이에요."

안 될 게 뭐가 있겠는가. 태훈은 고개를 끄덕였다. 꽤 많은 양을 만들었지만 태훈은 애정이 만든 음식을 남김없이 모두 먹었고 커피를 한 잔 마시며 대화를 좀 더 나눈 뒤 그의 방으로 들어섰다.

방 구경이라고 해봐야 볼 게 없었다. 여자들이 좋아할 만한 아기자기하고 예쁜 장식품 같은 건 없었고 중학교 시절부터 받아온 트로피나 메달들이 한쪽 장식장에 줄줄이 놓여 있었다. 장식장의 중앙에는 사인한 야구공 하나와 애정이 선물한 글러브, 그리고 야구용품들이 잘 정리되어 있었다. 특별할 것 하나 없는 평범한 방의 모습인데도 애정은 뭐가 그리 신기한 건지 한참을 둘러봤다.

"오빠."

"왜?"

"앨범은 없어요?"

태훈이 책장에서 두꺼운 앨범 하나를 꺼내었다. 침대에 걸터앉은 애정은 앨범을 넘겨보기 시작했고 태훈은 그런 애정을 바라보고 있었다.

초등학교 시절부터 야구를 시작한 그는 교복을 입은 사진을 제외하고는 늘 야구부 유니폼을 입고 있었다. 매번 운동하다 찍은 사진들이 대부분인 건지 항상 흙투성이에 자잘한 상처나 밴드를 달고 살았다.

앨범을 한 장씩 넘길 때마다 애정의 얼굴에 작은 미소가 피어올랐다. 애정이 모르는 태훈의 시간이 그곳에 모두 모여 있었다. 그녀는 이제 그의 고등학생 시절 사진을 보고 있었다. 장난기 가득한 모습들이 대부분이었는데, 많은 사진 중 시선을 확 잡아끈 사진이 한 장 있었다. 아마 시합에서 우승한 뒤 찍은 사진이었을 것이다. 꾸밈없이 기쁜 감정을 모두 드러낸 채로 환하게 웃고 있는 태훈이 사진 속에 있었다.

"저 이거 가질래요."

가지면 안 돼요? 라고 물은 것도 아니고 달라고 조른 것도 아니다. 애정은 이미 손에 쥔 사진을 가지겠다고 결정을 내렸다. 태훈이 뺏을까 싶은지 주도면밀하게 가방 안의 다이어리를 꺼내어 구겨지지 않도록 사진을 그 사이에 끼워 넣고는 지퍼까지 닫았다.

"아, 맞다. 저 오빠한테 줄 선물 있어요."

애정이 보고 있던 앨범을 잠시 내려두고는 가방의 지퍼를 다시 열어 작은 쇼핑백 하나를 꺼내었다. 그 쇼핑백 안에서 또 작은 케이스가 나왔다. 케이스에서 애정이 꺼내어 든 것은 반지였다.

"오빠 액세서리 싫어하는 거 알아요. 저도 요리하느라 손에 반지는 잘 안 껴서 다른 거 할까 생각했는데, 그래도 오빠랑 나눠 낀다고 생각하니까 반지가 제일 좋겠더라고요."

"……."

"안 끼던 거 끼고 있으려면 불편해할 테니까 손에 끼고 있기 싫으면 줄에 걸어서 목걸이처럼 하고 있거나, 그것도 싫으면 휴대폰 줄에 달아서 가지고 다녀요. 음, 그것도 싫으면……."

딱히 생각나는 다른 방법이 없었다. 그냥 지금 말한 것 중에 하나로 했으면 좋겠는데 태훈에게서 돌아오는 답이 없자 애정은 막무가내로 밀어붙였다.

"아무튼, 매일 가지고 다닐 수 있게 어디에든 달아요. 이거라도 달아놓고 가야겠어요."

"뭐?"

"생각 같아서는 부적을 하나 써서 붙여놓고 싶은데."

들릴 듯 말 듯 작게 덧붙인 말에 태훈이 애정의 뺨을 살짝 꼬집고는 웃음기 섞인 음성으로 물었다.

"이미 어디 붙여놓은 거 아니야?"

배시시 웃어 보인 애정은 태훈의 손에 반지를 끼워주었다. 사이즈는 또 언제 알아간 건지 손가락에 딱 맞았다. 꽃 선물에, 반지에. 보통 이런 건 남자가 여자에게 하는 선물일 텐데 태훈은 모두 애정에게 받기만 했다.

"이런 건 내가 줘야지."

"누가 주면 어때요. 받는 사람이 좋아하고, 주는 사람이 이렇게 기뻐하면 되는 거지."

애정은 여전히 누군가를 사랑하고, 그 사랑을 표현하는 일에 조금의 망설임도 없었다. 그런 애정이 사랑스러워 태훈이 쪽 소리가 나게 그녀의 입술에 입을 맞췄다. 입술이 잠시 떨어지는 순간, 그녀가 눈앞에서 예쁘게 웃어 보이자 어쩐지 조금도 떨어지고 싶지 않은 기분이 들었다. 그는 다시금 애정을 끌어당겨 입을 맞추었다. 두 사람의 몸이 천천히 한 방향으로 기울어졌다. 침대 시트에 애정의 등이 닿고 그의 커다란 손이 그녀의 목덜미를 감쌌다. 몇 번이나 입을 맞추다 잠시 떨어지는 틈이 생기면 그 사이로 웃음이 흩어졌다.

"김애정."

애정이 침대에 누운 채로 태훈을 올려다봤다. 그의 표정이 어쩐지 조금 울 것 같기도 해서 애정이 손을 들어 태훈의 뺨을 매만졌다. 파리행을 준비하며 고작 며칠간 제대로 얼굴을 보지 못하는 것조차 이토록 서운해지고 보고 싶었는데, 애정이 가면 홀로 버려야 할 1년이 지금 이 순간이 되어서야 막막하게 느껴졌다. 마음 같아서는 가지 말라고 붙잡고 싶었다. 자신이 이렇게 속이 좁은 놈이었나, 애처럼 뭐 하는 짓인가 싶은 생각이 들었지만 그래도 어쩔 수 없었다. 애정은 태훈에게 그만큼 없어서는 안 될 존재가 되어 있었다.

그가 천천히 고개를 숙였다. 귓가에 숨결이 닿을 듯 말 듯 흩어졌고 이내 낮은 음성으로 애정을 향해 속삭이듯 말했다.

"내가 진짜 너."

좋아하나 보다.

삼켜낸 뒷말 대신 그는 애정의 입술 위에 다시 한 번 입을 맞췄다. 반지가 끼워진 그의 커다란 손이 애정의 손을 맞잡았다. 함께 있는 이 순간이 무척이나 소중했다.

해솔의 결혼식 날이 밝았다. 여동생의 결혼식이다 보니 태훈도 준비할 것이 많아 아침부터 분주하게 움직여야 했다. 그는 식장에서 아버지의 곁에 서서 하객들에게 인사를 하고 손님을 맞았다. 조금 이르게 도착한 애정은 태훈과 먼저 인사를 나눈 뒤 신부대기실로 향했다. 웨딩드레스를 입은 해솔에게 축하 인사를 전하고 함께 사진까지 찍은 뒤에야 하객석에 자리를 잡고 앉았다. 식이 시작될 무렵, 식장으로 들어선 태훈 역시 애정의 옆에 자리를 잡고 앉았다.

"오빠 정장 입은 건 많이 못 봤는데. 되게 멋있어요."

애정은 칭찬을 먼저 건네고는 태훈의 어깨를 툭툭 두어 번 털어주었다.

"근데 나 없는 1년 동안은 그런 옷 입지 마요."

"뭐?"

"운동복만 입어요."

정장을 입을 일이 거의 없긴 했지만, 그래도 운동복만 입으라니. 애정의 말도 안 되는 억지에 태훈은 작게 웃음을 터트렸다. 하객들은 모두 착석했고, 곧 식이 시작되었다. 부모님이 앉는 자리에는 양쪽 모두 부친만이 자리를 잡고 있었다. 해솔도 도형도 모두 어린 시절 어머니를 잃었다. 조금 쓸쓸해 보이긴 했지만 두 사람 모두 그만큼 아버지에 대한 마음이 각별할 것이다. 그걸 드러내듯 부모님께 인사를 올릴 때 해솔은 눈물을 참지 못했다.

마음이 이상했다. 어리기만 했던 해솔이 누군가의 아내가 되고, 가정을 이룬다고 생각하니 그게 신기하면서도 어딘가 조금 섭섭한 기분이 들었다. 태훈도 어린 나이에 어머니를 잃었지만 해솔은 그보다 더 어렸다. 엄마는 이제 다시 못 오는 거냐며, 엄마가 보고 싶다고 태훈에게 매달려 울던 모습이 그 순간 떠올랐다. 저도 모르게 눈시울이 시큰해지는 것 같아 태훈이 고개를 돌리려는 순간, 손가락 사이사이로 얽혀드는 온기가 있었다. 애정은 정면을 바라보며 그의 손을 잡아주었다. 아마 지금 태훈이 느낄 감정을 이해하고 그를 위로한 행동이었을 것이다. 태훈의 입가에 다시금 옅은 미소가 자리 잡았다.

식은 곧 축가로 이어졌다. 마이크를 잡은 사람은 해솔의 직장 부하였다. 회식 때마다 해솔을 몇 번 데려다주는 걸 본 적이 있어 태훈과도 안면이 있었다.

'대리라고 했지. 신지혁이라고 했던 거 같은데.'

제대로 기억한 건지 사회자가 신지혁이라는 이름을 소개했다. 일도 잘하고 성격도 착하다는 말은 들었는데 해솔 때문에 고생을 많이 하는 것 같아 어쩐지 조금 측은한 마음마저 들었다. 아마 저 축가도 해솔의 강요 아닌 강요로 나서게 되었을 것이 분명했다.

"노래는 잘하네."

지혁은 결혼식 축가로 가장 많이 부른다는 유명한 발라드곡을 불렀다.

축가를 시작하기 전, 사회자가 지혁을 소개하며 청소년가요제에서 상을 탄 적이 있다는 쓸데없는 설명을 덧붙였었는데 그 말이 허언이 아닌 모양이었다. 음정도 안정되어 있었고 목소리도 듣기 좋았다. 잔잔한 멜로디에 가사가 예쁜 사랑 노래가 클라이맥스로 향해가고 있던 순간이었다. 갑자기 멜로디의 분위기가 바뀌었다. 진지한 얼굴로 노래를 부르던 지혁이 선글라스를 끼더니만 템포가 빠른 곡이 흘러나오기 시작한 것이다. 지혁은 그 음악에 맞춰 요즘 한창 유행하는 춤을 췄다. 그리고 음악이 끝난 뒤 아주 익숙한 동요가 흘러나왔다.

—날 따라 해봐요, 이렇게.

하객 석 여기저기서 웃음이 터져 나왔다. 해솔은 돌처럼 굳어져 있다가 곧 '너 죽는다.' 라는 눈빛으로 지혁을 바라봤다. 하지만 지혁은 눈 하나 깜짝하지 않았다. 되레 하객들의 박수까지 유도했고 결국 해솔은 웨딩드레스를 입은 채로 지혁의 춤을 따라 춰야만 했다. 그것도 각기 다른 춤을 세 번이나 말이다.

"뭐 하는 짓이야, 저게."

태훈은 자연스럽게 오늘 결혼식의 주인공이자 여동생의 신랑이 된 도형에게로 시선을 옮겼다. 이런 상황을 유쾌하게 생각하지 않을 도형이 이 상황을 보고도 유독 조용한 것이 이상했다. 그는 서너 걸음 떨어진 곳에서 가만히 그 모습을 바라보다 짧게 미소 지어 보였다. 도형은 이미 이 상황에 대해 알고 있던 모양이었다. 저 축가를 부른 놈과 도형이 친한 것이다. 태훈은 어처구니가 없다는 얼굴을 했다.

"서도형 저건 첫날부터 주해솔한테 무슨 소리를 들으려고."

태훈은 웨딩 카에 올라타자마자 두 사람이 다툰다는 것에 자신의 전 재산을 걸 수 있었다. 춤이 끝나고 흘러나오던 노래도 끝이 났다. 결혼 진심으로 축하드린다는 지혁의 인사를 끝으로 축가는 마무리 되었다. 애정은 신이 난 얼굴로 태훈의 팔을 붙들고는 작게 웃음을 터트렸다.

"요즘은 축가 저렇게 하나 봐요. 재밌어요."

"넌 꿈도 꾸지 마."

태훈의 단호한 목소리에 애정이 그를 올려다봤다. 그는 축가를 마치고 다시 하객 석으로 돌아가는 지혁을 보고 있었다.

"난 저런 거 안 할 거야. 결혼식은 엄숙한 분위기로 진중하게 할 거라고."

그리 말한 태훈은 뒤늦게 애정이 너무 조용하다는 것을 깨닫고는 고개를 돌려 그녀의 얼굴을 확인했다. 조금 놀란 기색을 담아낸 얼굴을 보고 그가 곤란하다는 듯 미간을 좁혔다.

"왜? 설마 너, 저런 거 하고 싶었어?"

애정은 곧 웃으며 고개를 가로저었다. 그가 무의식중에 한 말이 그녀에게는 행복을 가져다 줬다. 태훈은 자신의 결혼 이야기를 하면서 그 미래에 당연하다는 듯이 애정을 끼워 넣고 있었다. 그가 꿈꾸고 있는 미래에 애정이 있는 것이다.

"난 저런 거 안 해도 그냥 오빠랑 반지 하나씩만 나눠껴도 좋아요. 사실 물만 떠놓고 해도 그 맞은편에 오빠가 있는 거라면 다 좋을 거 같아요."

"너 그렇게 데려갔다가 네 오빠들한테 무슨 소리를 들으려고."

애정은 아무렴 어떠냐는 얼굴로 태훈의 어깨에 머리를 기댔다. 그리고 아직 맞잡고 있는 손을 내려다봤다. 태훈은 시계가 아닌 다른 액세서리를 싫어했다. 그래서 처음 반지를 선물했을 때 그가 손에는 끼지 않을 것이라고 생각했다. 목걸이 줄을 사서 목에 거는 방법이나 휴대폰 줄에 걸고 다니는 방법을 떠올린 것도 그 때문이었다. 하지만 지금 보니 모두 불필요한 고민이었다는 것을 깨달았다.

태훈은 반지를 손에서 빼지 않았다. 지금도 그의 손에는 애정의 손에 끼워진 반지와 같은 반지가 자리를 잡고 있었다. 그건 하나의 약속과도 같았다. 변하지 않을 것이라는 약속. 지금도, 앞으로도, 혹여 몸이 멀리 떨어져 있더라도, 두 사람은 같은 마음일 것이고 그 마음은 늘 함께일 것이다.

결혼식이 끝나고 닷새 뒤, 태훈은 애정을 배웅하기 위해 공항으로 향했다. 태훈 홀로 나온 자리가 아니라서 애정과 많은 대화를 나눌 수는 없었다. 그 자리에는 애정의 가족들도 있었고 오랜만에 얼굴을 보는 해준도 있었다.

"그새 좀 늙은 거 아니에요?"

"뭐 인마?"

"역시 나이는 못 속이나 봐요."

해준은 그의 속을 긁어놓으려 했지만 태훈은 발끈하지 않고 끝내 웃음으로 상황을 넘기며 태연하게 반응했다. 이제는 그런 해준의 행동이 귀여운 수준으로 느껴졌다. 말은 삐딱하게 해도 그의 본성이 나쁘지 않다는 것을 충분히 알았기 때문이었다.

태훈은 조금 멀찌감치 떨어져서 가족들에 인사를 하는 애정을 가만히 바라보고 있었다. 막상 1년간 헤어지게 될 순간이 오자 마음은 되레 고요해졌다. 곁으로 다가선 해준이 그런 태훈의 팔을 툭 건드리고는 애정이 서 있는 곳을 눈짓으로 가리켰다.

"왜 이렇게 떨어져 있어요? 가서 인사하지."

"놔둬. 가족들이랑 좀 더 대화하고 얼굴 보게."

"배려하는 척은. 그럼 아예 오지를 말지 그랬어요."

"너 못 본 새에 성격 더 나빠진 거 같다?"

"제가 실연을 좀 당해서요."

태훈이 픽 웃어 보이고는 해준의 등을 퍽 소리가 나게 손바닥으로 때렸다. 몸이 휘청거릴 정도로 강한 힘에 해준이 인상을 구기고는 태훈을 바라봤다.

"고맙다. 그래도 애정이랑 잘 지내줘서."

버럭 성질을 내려 했지만 이어진 말에 해준의 입이 잠시 꾹 다물어졌다. 딱히 형한테 그런 소리 듣고 싶어서 친구로 지내기로 한 건 아니라는 대답이 들려왔다. 그래도 이제 꼬박꼬박 형이라고 부르는 걸 보니 태훈이 그렇게 싫지는 않은 모양이었다.

그는 다시 애정이 서 있는 곳으로 시선을 돌렸다. 담담해 보이던 그녀의 두 눈에 눈물이 살짝 차올랐다. 태훈은 마치 눈에 새기듯이, 한순간도 애정에게서 시선을 떼어내지 않았다.

"조심히 다녀와. 도착하면 전화하고."

마지막 인사를 건네는 진태의 음성이 들려왔다. 이제 정말 가야 할 시간이었다. 애정은 가족들에게 손을 흔들어 인사를 하고는 주변을 두리번거렸다. 태훈을 찾는 것이다. 곧 두 사람의 시선이 마주쳤다. 애정이 살며시 웃자, 그도 따라 웃었다. 매우 조용하고 짧은 인사였다. 잘 가라는 인사도, 다녀오겠다는 말도 없이 그저 서로의 눈을 보고 마주 웃어준 것이 마지막이었다.

출국 게이트로 걸음을 옮기는 애정의 모습이 곧 시야에서 사라졌다. 1년 365일, 그의 곁에 붙어 있을 것만 같던 순정 스토커가 아주 먼 곳으로 떠나 버렸다.

❖

애정이 떠난 겨울은 생각보다 더욱 느리게 흘러갔다. 태훈은 홀로 새해를 맞았고, 그녀를 만나기 전의 겨울에 늘 그래 왔듯이 비시즌에도 체력을 단련하는 일에 집중했다. 몸은 그 어느 때보다 바쁘게 움직였지만, 하루하루가 유독 길게 느껴졌다. 애정을 곁에 둔 것은 고작 1년에 가까운 시간이었는데 여태껏 쌓아온 태훈의 생활이 송두리째 바뀌어 버린 느낌이었다. 그런데 그런 변화가 나쁘지 않다 느껴졌다. 태훈은 문득 떠오르는 애정과의 기억에 미소 지었고, 그걸로 하루를 견뎌내고는 했다.

[음, 좀 바쁘긴 한데. 못 버틸 정도는 아니에요. 괜찮으니까 걱정할 거 없어요.]

애정이 파리로 떠나고 석 달 정도 시간이 지났을 때였다. 아닌 척해도 목소리에 지친 기색이 드러나 있어 그는 통화하는 도중 힘들지 않냐고 물은 적이 있었다. 애정은 웃으며 못 버틸 정도는 아니라며 괜찮다고 답했다. 하지만 역시 일이 힘든 건지 그녀는 시간이 지날수록 태훈이 건 전화를 받지 못할 때가 많았다. 나중에 연락이 닿으면 너무 깊이 잠이 들어 전화를 받지 못했다며 미안해했다. 그 지친 음성에 태훈이 되레 미안해질 정도였다.

그게 몇 번 반복되다 보니 태훈은 혹여 지쳐 잠든 애정이 자신의 전화 때문에 깰까 싶어 어느 순간 전화를 하는 일이 망설여졌다. 조금씩 횟수가 줄었고, 결국 두 사람이 제대로 통화를 할 수 있는 것은 일주일에 한두 번에 불과했다. 아예 일주일 내내 못하게 되는 일도 있었다. 그렇다고 서로의 마음이 변할까 불안한 것은 아니었다. 그저 보고 싶었고, 목소리가 듣고 싶었고, 괜찮은지 걱정이 됐을 뿐이다. 시간이 지날수록 마음은 더 애틋해졌다.

"건강 챙기면서 일해. 고모부 가게라며 그렇게 막 굴려? 봐주는 것도 없이?"

[고모부가 평소에는 되게 다정하고 자상한데, 조리실 딱 들어가면 다른 사람 되거든요. 엄청 엄해요. 그편이 저한테 더 도움되니까 처음부터 딱 엄하게 해달라고 제가 말하기도 했고요.]

"손에 상처 더 늘어난 건 아니지?"

[오빠 곧 시즌 시작하잖아요.]

"말 돌리는 거 봐라."

[괜찮다니까요. 예전에는 안 그랬는데 요즘 들어서 오빠는 쓸데없는 걱정을 너무 많이 해요.]

"너 걱정하는 게 왜 쓸데없는 거야?"

태훈의 타박 섞인 질문에 애정이 작게 웃는 소리가 들려왔다.

[시합은 다 챙겨보지는 못해도 챙겨볼 수 있는 건 최대한 챙겨볼 거니까 열심히 해요.]

통화는 대부분 그런 식이었다. 서로의 안부를 묻고, 소소한 일상 이야기에 웃다가, 서로의 시간을 배려하며 아쉬운 마음을 뒤로하고 전화를 끊었다. 애정과의 통화를 마치면 태훈은 항상 까만 어둠이 들어찬 액정을 쓸쓸한 얼굴로 매만지고는 했다. 아쉬운 마음을 대신한 행동이었다.

끝나지 않을 것 같던 겨울이 끝나고, 짧은 봄이 왔다. 시즌에 들어선 태훈은 이전보다 더욱 바쁜 일정을 보냈다. 애정도 태훈도 자신의 분야에서 열심히 노력하며 하루하루를 보냈고 다시 만날 날을 고대했다. 그는 달력을 한 장씩 넘길 때마다 아직 한참 뒤에 남아 있는 12월의 달력을 들춰보고는 했다. 그렇게 몇 달을 더 견뎠다. 긴 여름이 끝나고, 또다시 짧은 가을이 오고 어느덧 시즌이 마무리됐다. 작년 우승팀이었던 그의 팀은 올해 한국시리즈에서 패해 준우승에 머물렀다. 아쉬운 마음이 들지 않는 건 아니었지만 같은 팀의 선수들이 올해 유독 부상이 많았던지라 그것도 나름 좋은 성적을 낸 것이었다. 그는 가벼운 마음으로 다음 시즌을 기약했다. 11월도 이제 중반을 넘어 끝을 향해 달려갔다. 태훈이 그렇게도 기다렸던 겨울이 시작되고 있었다.

"아까웠어요. 7차전까지 갔는데."

"그래도 개인 성적은 작년보다 더 좋았잖아요."

태훈은 오랜만에 진우와 진서를 만났다. 태훈의 팀이 준우승한 것을 축하하는 자리였다. 진태는 결혼기념일 여행으로 함께하지 못해 아쉬운 마음을 전화로 대신 전했다.

"형 이제 시즌도 끝났으니 오늘은 마음 놓고 마셔도 되는 거죠?"

진서의 말에 태훈이 두어 번 고개를 끄덕였다. 오랜만에 얼굴을 보기도 했고, 두 사람은 태훈이 선발로 나오는 경기에 몇 차례 직관까지 와서 그를 응원해 줬다. 오늘 이 자리에 모인 것도 태훈을 위한 것이었기에 그는 빼지 않고 술잔을 받았다.

"그래. 어차피 오늘은 아버지도 안 계셔서 나 혼자니까 오랜만에 진탕 마셔야겠다."

세 사람은 곧 술잔을 기울였다. 태훈도 주량이 센 편이었지만 진우와 진서도 주량이 만만치 않았다. 꽤 많은 양의 술병을 비워내고도 누구 하나 먼저 일어설 기미를 보이지 않았다. 추가로 주문한 과일 안주가 나오고 진우가 잠시 화장실을 간다며 자리를 비웠을 때였다.

"애정이랑은 통화했어요?"

"어. 이틀 전에."

"와, 그래도 형이랑은 꼬박꼬박 통화하네. 난 애정이 목소리 들은 게 벌써 3주는 된 것 같은데. 그것도 바쁘다고 뚝 끊더라고요. 손은 좀 괜찮대요?"

"손?"

"손가락 골절된 거요."

방울토마토 하나를 입에 넣은 진서가 그걸 다 먹을 때까지도 태훈에게서 돌아오는 답이 없었다. 그는 뒤늦게 의아한 얼굴로 태훈을 바라봤다.

"무거운 거 옮기다가 벽이랑 물건 사이에 손 끼어서 골절됐다면서요. 그거 때문에 진우가 고모부한테 전화해서 애한테 왜 그렇게 무거운 걸 들게 하느냐고 한소리 해서 고모한테 팔불출 소리 들었는데. 지금쯤이면 깁스는 풀었……."

거기까지 말한 진서는 말끝을 흐렸다. 뭔가 이상하다는 것을 뒤늦게 깨달았다.

"설마…… 못 들었어요?

못 들었다. 태훈이 애정과 마지막으로 통화한 것은 이틀 전이었다. 하지만 애정은 그에게 손가락 골절에 대해서는 한마디도 하지 않았다. 진서의 말을 정리하자면 이미 3주 전에 일어난 일임에도 말이다.

"형 걱정할까 봐 얘기 안 한 모양이네요."

태훈의 기세가 흉흉해진 걸 느낀 진서가 분위기를 풀어보려 했지만 굳어진 태훈의 얼굴에는 조금의 변화도 일어나지 않았다.

"애정이 원래 엄살쟁인데. 형한테는 안 그러는 거 보면 진짜 신기해요."

"왜 나한테는 안 그러는데?"

"형도 다치면 애정이한테 말 안 하잖아요. 똑같은 거죠."

태훈 역시 시즌 중에 한 차례 부상이 있었다. 심각한 것은 아니었지만 그래도 애정이 걱정할 게 분명해 말을 하지 않았다. 그걸 빗대어 말하고 나서야 태훈의 기세가 조금 누그러졌다. 물론 걱정을 한가득 담은 얼굴은 여전했지만 말이다.

진우가 자리로 돌아오고 또 한동안 술잔이 오갔다. 태훈은 술을 마시며 틈틈이 휴대전화를 확인했다. 손가락을 다쳤다는 말을 듣고 신경이 안 쓰일 리 없으니 애정에게 전화를 하고 싶은 것이다. 그걸 알아챈 진서가 조용히 소리 없이 웃었다.

"그러지 말고 걱정되면 전화해 봐요."

"됐어. 일할 텐데."

그는 여전히 얼굴에 걱정을 한가득 담고 있으면서도 애써 휴대전화에서 시선을 떼어냈다. 진서가 그런 태훈을 대신해 애정에게 전화를 해주려 휴대전화를 손에 들었다. 한참을 톡톡— 소리를 내며 액정을 두드리던 그는 파리와의 시차를 검색하다 조금 미묘한 표정으로 고개를 기울였다. 그리고 곧 조용히 휴대전화를 손에서 내려놓았다.

진우는 어느새 잠들어 있었다. 셋 중 가장 빠른 속도로 술을 마신다 싶더니 먼저 취한 모양이었다. 주사는 없어 곤히 잠들긴 했지만 테이블에 엎드린 채로 오랜 시간을 버티기에는 불편할 것이다. 그만 집으로 가야 할 것 같아 태훈이 돌아가자는 말을 하려는 찰나였다.

"형. 많이 마신 거 같은데, 오늘 그냥 이 근처에서 자고 가요."

"대리 부르면 돼."

"어차피 오늘 집에 가도 혼자라면서요. 피곤할 텐데 여기 옆에 호텔에서 자고 가요. 제 친구 놈 일하는 곳인데, 제가 전화해 놓을게요."

진서의 말대로 집에 가봐야 혼자였다. 거기다 술을 마신 가게가 집과 꽤 거리가 있다는 것을 깨닫고 나니 돌아가는 길이 귀찮아진 것이 사실이었다. 결국 진서의 말대로 호텔에서 하루 묵기로 한 태훈은 두 사람과 헤어져 호텔로 들어섰다.

체크인한 태훈은 직원의 안내를 받아 방으로 들어섰다. 가장 먼저 샤워부터 하고 나온 그는 밀려드는 갈증에 생수병을 하나 꺼내어 목을 축였다. 최근에는 주변이 조용하면 애정의 생각밖에 들지 않아 습관처럼 TV 리모컨을 찾고는 했다. 아무 채널이나 적당히 틀어놓은 뒤 고개를 뒤로 젖히고 눈을 감았다. 익숙하지 않은 소음이 귓가에 전해지다 점점 아득히 멀어져 가는 느낌이 들었다.

몸은 피곤한데 이상하게 잠이 오지 않을 것 같은 밤이었다. 얼마 지나지 않아 다시 눈을 뜬 태훈은 걸음을 옮겨 창문 앞에 섰다. 진서의 친구가 일한다는 호텔은 시설이 꽤 좋은 호텔이었고 야경이 한눈에 내려다보였다. 색색의 불빛들을 내려다보다 문득 애정의 얼굴을 떠올렸다. 깨닫고 보니 하루의 일과를 시작하려 할 때도, 하루를 끝 내려 할 때도, 그는 애정을 떠올리고 있었다.

"중증이네."

저도 모르게 실없는 웃음이 새어 나왔다. 오늘따라 유독 더 보고 싶은데 이상하게 애정의 얼굴이 잘 떠오르질 않았다. 술 때문이다.

"이럴 줄 알았으면 나도 사진 한 장 달라고 할걸."

태훈이 고교 시절 찍었던 사진을 애정이 챙겨간 이유를 이제야 알 것 같았다. 지금 느끼는 감정을 그때 미리 알았다면 지난날 찍은 사진을 줄게 아니라, 애정과 함께 사진을 찍어서 주었을 것이다. 그게 또 미안했다. 진작 알아주지 못해서.

작게 한숨을 내쉰 태훈이 걸음을 돌리려는 순간이었다. 어디선가 진동 소리가 들려왔다. 진서가 전화한 건가 싶어 태훈은 지친 얼굴로 전화를 받았다.

"여보세요."

[오빠!]

예상치 못한 음성이 들려왔다. 전화를 건 사람이 애정인 것을 단번에 알아챈 태훈은 휴대전화를 반대편 귀로 옮겨 받았다. 잠기운이 확 달아났 다. 한국은 지금 새벽 1시가 다 된 시간이지만 파리는 아직 오후일 테고 애정이 일하고 있을 시간이었다. 그는 기쁜 내색을 감추지 못한 채 바닥 에 주저앉았다.

"너 이 시간에 웬일이야?"

[오빠 목소리 듣고 싶어서요.]

"일은?"

[땡땡이?]

능청스러운 답에 태훈이 작게 웃음을 터트렸다. 잠시 목소리를 들은 것뿐인데 밀려들던 그리움이 더 커졌다. 오늘따라 정말 애정이 너무 보고 싶었다. 시즌이 끝났으니 파리에 다녀올까, 라는 생각이 들 정도로 지금 당장 애정을 만나고 싶었다. 하지만 그는 애써 그런 감정들을 내색하지 않으려 했다. 함께 있어주지 못하는 점에 대해 애정이 늘 미안해했기 때 문이었다.

"김애정."

[네.]

"잘 지내지?"

[그럼요.]

"아픈 곳은 없고? 너 또 길에서 넘어지고 다니는 거 아니야?"

[안 그래요. 두 다리로 멀쩡하게 잘 걸어 다니고 있어요.]

"손가락 다쳤다며."

이어지던 대화가 뚝 끊겼다. 잠시의 침묵이 흘렀고 애정의 한숨 소리가 귓가에 전해졌다.

[아무튼, 무슨 말을 못 하겠어. 누가 말했어요? 진우 오빠? 진서 오빠?]

"그게 중요해?"

[그냥 일하다 좀 다친 거예요. 별거 아니에요.]

"그게 왜 별거 아니야? 네가 다쳤다는데."

속이 상했다. 애정이 다쳤다는 말에 속이 상하고, 당장 가서 얼굴을 볼 수 없다는 사실에 또 한 번 속이 상했다. 태훈은 자신이 이런 감정을 느끼게 될 날이 오리라고는 생각지 못했다. 애정이 정말 단단히 마음에 박혀 버린 모양이었다. 빼낼 수 없을 정도로 깊이.

"손은 안 아파?"

[괜찮아요. 깁스도 풀었고 정말 멀쩡해요.]

"조심 좀 하지, 인마."

타박하듯 말했지만 목소리가 저도 모르게 떨렸다. 잠시 대화가 끊어진 사이, 애정이 조심스럽게 그를 향해 물었다.

[오빠, 울어요?]

"울긴, 누가!"

그리 소리쳤지만 목소리는 여전히 살짝 떨리고 있었다. 코끝이 찡한 게 정말 애정의 말대로 눈물이 나올 것 같았다. 서른다섯이나 먹은 주태훈이 애인과 통화하며 보고 싶다고 울다니. 누가 들어도 믿지 못할 것이다.

"김애정."

이름을 부르고 나니 또 한 번 울컥하는 감정이 들었다. 눈시울까지 시큰해지는 느낌이었다. 아, 진짜 울 것 같았다. 그게 착각이 아니라는 것을 증명하듯 시야가 흐려졌다가 다시 또렷해졌다. 바닥에 떨어진 물방울이 눈에 들어왔다.

[오늘따라 이름 엄청 부르네요. 또 왜요?]

"언제 와?"

1년 다 되어가잖아. 꽉 채우고 올 거야?

내뱉지 못한 말이 목구멍에 콱 걸렸다.

"보고 싶어."

그는 술기운을 빌려 투정을 부리듯 애정을 향해 말했다. 자신의 목소리가 들리지 않아 애정이 답이 없다고 생각한 건지 태훈은 조금 전보다 더 커진 목소리로 다시 한 번 자신의 진심을 전했다.

"인마, 너 보고 싶다고."

[저도요.]

속삭이는 작은 음성에 따스함이 묻어났다. 그런 애정의 목소리를 조금이라도 더 가깝게 듣고 싶어 통화음량을 크게 키우려는 순간이었다.

[그러니까 얼른 문 열어요. 으, 춥다.]

"……문?"

[응. 문이요. 빨리.]

태훈의 시선이 닫혀 있는 호텔 방 문에 닿았다. 설마.

[저 지금 1204호 앞이에요.]

그대로 휴대전화를 든 손이 아래로 향했다. 전화는 아무렇게나 바닥에 던져졌고 태훈은 곧장 문을 열었다.

"너……."

시간이 멈춘 것만 같았다. 무슨 말을 해야 좋을지 알 수 없었다. 파리에 있어야 할 애정이 휴대전화를 한 손에 든 채로 그의 눈앞에 서 있었다. 하얀 목도리에 반쯤 파묻혔던 얼굴이 쏙 위로 향하더니만 태훈을 향해 미소 지었다. 긴 머리는 단발로 잘랐다. 끝이 구불거리는 걸 보니 파마를 한 모양이었다. 그 외에는 변한 것이 하나도 없었다. 태훈이 기억하는 애정의 모습이 그대로 남아 있었다.

"여기 호텔 엄청 좋네요. 야경이 되게 멋있……."

말끝을 흐린 애정이 손을 들었다. 그의 눈가에 미묘하게 다른 체온이 닿았다.

"오빠 진짜 울었어요? 왜……."

애정의 말은 또 한 번 끝을 맺지 못했다. 손목이 잡혔고 그가 서 있는 방향으로 몸이 확 기울어졌다. 쾅— 닫히는 문소리를 들었을 때 그녀는 이미 호텔 방 안에 들어선 뒤였다. 태훈이 그녀에게 깊게 입을 맞췄다. 목도리는 바닥으로 떨어졌고 커다란 손이 그녀의 목덜미를 감쌌다. 입술을 빨아들이고 벌어진 틈으로 혀를 얽어 넣었다. 촉— 맞닿는 소리가 조용한 방 안에 울려 퍼졌다. 그간 참아낸 그리움을 대변하듯 두 사람은 오랜 시간 서로에게 맞닿아 있었다.

"하아."

떨어진 입술 새로 가쁜 호흡이 흩어졌다. 태훈은 애정의 목덜미에 얼굴을 묻으며 그곳에 다시금 입을 맞췄다.

"언제 왔어?"

"오늘요. 저녁 비행기로 몰래 들어왔는데 그래도 아빠한테 먼저 인사 드려야 할 거 같아서 얼굴 뵙고 왔어요. 진서 오빠한테 문자 보냈더니 오빠랑 같이 있다더라고요. 여기도 진서 오빠가 알려줬어요."

다시 고개를 든 태훈은 소중한 것을 대하듯 애정의 뺨을 매만지고 시선을 맞췄다.

"왜 몰래 들어와? 마중 나갔을 텐데."

"오빠 놀라게 해주려고 그랬죠."

이번에는 애정이 태훈의 두 뺨에 손을 가져다 댔다. 가만히 얼굴을 바라보다 배시시 웃어 보이는 그녀를 마주하고 나서야 태훈도 웃을 수 있었다. 애정이다. 정말 애정이 돌아왔다. 그 사실이 견딜 수 없이 좋았다. 태훈은 곧 그녀의 허리를 붙잡아 번쩍 들어 올렸다. 애정은 자연스럽게 두 다리를 벌려 그의 허리를 감고 목에 팔을 둘렀다.

"근데 김진서는 뭘 믿고 널 여기로 보내? 너 한국 떠나기 전만 해도 외박은 절대 안 된다더니."

"나 오빠 아니면 평생 혼자 살 거라고 했어요. 이번에는 진서 오빠가 아니라 진우 오빠가 술에 취해 있으면서도 외박은 안 된다고 옆에서 중얼거리더라고요."

"그래서? 다시 갈 거야?"

"자정 넘어서 집에서 나왔으니까 다시 자정되기 전에만 집에 가면 될 거 같아요. 그럼 외박 아닌 거 아닌가?"

이상한 계산법이었지만 아무렴 어떠한가. 능청스러운 대답에 태훈은 그녀의 목에 다시 입술을 묻은 채로 웃었다.

"간지러워요."

현관에서 소파가 있는 곳으로, 또다시 침실로, 서서히 걸음을 옮기는 동안 두 사람의 입술은 쉴 새 없이 닿았다가 떨어지기를 반복했다. 맞닿는 체온만으로도 행복했다. 네가 여기 있다는 것을, 지금 내 곁에 있다는 것을 알려주는 것만 같아서.

"보고 싶었어."

그는 아이라도 된 것처럼 애정에게 매달렸다. 귓가에 속삭이듯 전해져 오는 태훈의 음성에 애정은 고개를 끄덕였다. 흩어지는 웃음에 행복감이 묻어났다.

어슴푸레한 새벽빛이 창을 통해 들어설 때까지 두 사람은 서로의 이야기에 귀를 기울이며 대화를 나눴다. 빛이 들어설 무렵 잠들어, 해가 중천에 뜨고 나서야 잠에서 깬 태훈은 눈도 뜨지 못한 상태에서 손을 뻗어 옆을 더듬거렸다. 온기를 잃은 시트만이 손에 잡혔다. 화들짝 놀라 몸을 일으켜 세우고는 주변을 둘러봤다. 혹시 애정이 너무 보고 싶은 마음에 꿈을 꾼 건가 싶었지만 그는 곧 평온한 얼굴로 한 곳을 바라봤다. 셔츠 하나만 입고 창가 앞의 바닥에 아무렇게나 앉아 있는 애정의 모습이 눈에 들어왔다. 창을 통해 들어서는 햇살이 그녀의 위로 눈부시게 쏟아져 내리고 있었다.

"뭐 해?"

애정의 뒤에 앉은 그는 두 팔을 뻗어 그녀를 품에 안고 어깨에 얼굴을 묻었다. 턱을 기댄 채 가만히 얼굴을 바라보고 있자 고개를 돌린 그녀가 배시시 웃어 보이고는 휴대전화를 든 손을 위로 올렸다. 곧 찰칵— 사진을 찍는 소리가 귓가에 울려 퍼졌다.

"파리 가고 나서 얼마나 후회했는지 몰라요. 오빠 사진을 챙겨갈 게 아니라 같이 찍은 사진을 가져갔어야 했는데. 바보 같았어."

태훈 역시 애정을 떠올리며 같은 생각을 했다. 그는 짧게 미소 짓고는 애정을 안은 팔에 힘을 주었다. 애정에게서 전해져 오는 온기 때문인지 몸이 나른해졌다. 그게 좋아 태훈은 아예 눈을 감아 버렸다. 하지만 얼마 못 가 애정이 그의 팔을 풀어내고는 몸을 돌렸다. 서로 마주 보게 된 상태에서 초롱초롱 눈을 빛내는 모습에 그는 조금 의아한 기색을 드러내며 고개를 기울였다.

"왜?"

"오빠 어제⋯⋯."

"어제 뭐?"

"진짜 나 보고 싶어서 울었어요?"

애정의 질문에 그는 웃지도, 울지도 못하는 얼굴을 했다. 괜스레 큼— 소리를 내며 목을 가다듬고는 고개를 돌렸는데 테이블 위에 반쯤 마시다 놔둔 생수병이 눈에 들어왔다.

"울긴 누가. 물 마시다가 물이 눈가에 튄 거야."

애정은 그 말을 믿지 않았다. 입가에 그려진 행복한 미소가 그것을 여과 없이 드러내고 있었다. 그는 다시 한 번 아니라고 말하려다 관두었다. 아무렴 어떤가. 진짜 보고 싶어 운 것을. 애정이 이리 좋아하는 것을 보니 엉엉 소리를 내 울었다고 생각해도 아무 상관이 없을 것 같았다.

"이제 보니 우리 오빠 울보네."

"뭐, 인마?"

그녀의 작은 손이 그의 뺨을 어루만졌다. 그리고 촉— 입술이 닿았다.

"이제 어디 안 갈 거니까 울지 마요. 평생 옆에 딱 붙어 있을 거니까."

그리 말하며 애정은 작은 손으로 태훈의 엉덩이를 두어 번 두드리기까지 했다. 태훈은 잠시 기가 차다는 얼굴을 했지만 곧 입매가 느슨하게 풀어진 얼굴로 그녀를 바라보았다.

"이리 와."

손을 뻗으면 닿을 거리였지만 그 짧은 거리마저 떨어져 있기 싫은 건지 태훈은 그녀를 자신의 허벅지 위에 앉혔다. 그리고 입을 맞췄다. 촉—부드럽게 맞닿는 체온은 이제 그의 것과 조금도 다르지 않았다. 지금 이 순간의 넘치는 마음을 어쩌지 못하는 사람처럼, 태훈은 애정에게 몇 번이나 입 맞췄다. 그리고 속삭였다.

"다신 어디 가지 마."

그는 애정을 안아 들고 다시 침대로 향했다. 따스한 햇볕이 창을 통해 쏟아졌고, 그 빛 속에서 행복하게 웃어 보이는 두 사람의 손에는 여전히 같은 반지가 끼워져 있었다.

애정이 아니었다면 느끼지 못했을 행복감. 맞닿는 체온이 주는 안도감. 사랑에 빠지지 않았다면 절대 몰랐을 감정들. 시작은 모두 애정이 먼저였지만, 태훈은 인정할 수밖에 없었다.

이제 네가 없으면 안 되는 것은, 바로 나였다.

"야, 주태훈 얼굴 핀 거 봐라."

"운동복 입은 것만 보다가 턱시도 입은 거 보니까 사람이 달라 보이네. 옷이 날개다, 날개."

주변이 소란스러워졌다. 하객 한 사람, 한 사람에게 와주셔서 감사하다는 인사를 건네던 태훈의 얼굴이 그 순간 미묘하게 구겨졌다. 하지만 이내 입꼬리가 슬쩍 올라가 있는 그 얼굴에는 반가움이 묻어나 있었다.

"니들 좀 조용히 할 수 없냐?"

태훈의 곁으로 모여든 친구들이 저마다 결혼 축하한다는 인사를 건네었다. 태훈 역시 와줘서 고맙다는 말을 전했다. 워낙 어릴 때부터 함께 했던 친구들이기도 하고, 민건과 그를 제외하고는 다들 일찌감치 가정을 꾸린 터라 늘 결혼하라는 말을 입에 달고 살았던 친구들이었다. 좋지 않은 점도 있지만 그래도 좋은 점들이 더 많다는 말을 자주 했었다.

"너 진짜 애정 씨한테 잘해라. 애정 씨 아니었으면 너 평생 야구만 하다 유민건이랑 노후 생활 보냈을 거야."

"이제 유민건 보내자. 저 새끼 저러다 진짜 독거노인 될라."

"난 민건이보다 태훈이 이 자식이 더 늦게 갈 줄 알았거든."

"여기 있는 사람 중에 그렇게 생각 안 한 사람이 있었겠냐? 주태훈이 유민건 뒤통수 친 거지. 저 새끼 어제 술 먹고 울더라. 네가 자기 버렸다고."

농담인 걸 알면서도 이어진 이야기에 태훈의 이마에 자그마한 핏대가 올라섰다. 그는 이를 악물고 웃었다.

"니들 내 결혼식 날 관 짜고 싶냐?"

"에이, 이 좋은 날 왜 흉흉한 기세를 뿜고 그래? 표정 풀어."

아무래도 축하를 해주러 온 게 아니라 태훈을 약 올리러 온 것 같았다. 그 뒤로도 태훈의 속을 긁어내는 덕담은 10분가량 이어졌다. 식은 아직 시작도 하지 않았는데 그는 벌써 피곤한 얼굴을 했다.

"애정 씨는? 인사하고 와야겠다."

태훈의 곁에 서 있던 친구들은 다들 약속이라도 한 것처럼 우르르 멀어져 신부대기실로 향했다. 그제야 주변이 조용해졌다. 그는 다시 결혼식장을 찾아준 이들에게 감사 인사를 전했고 식이 시작될 무렵, 애정을 보기 위해 잠시 신부대기실에 다녀올 생각으로 걸음을 돌렸다.

'저것들은 저기서 또 뭘 하는 거야?'

신부대기실로 향하는 길에 민건과 석영이 대화를 하는 모습이 눈에 들어왔다. 민건이 뭐라 말을 하자 석영이 눈살을 찌푸렸다. 그리고 태훈의 눈치를 보는 것처럼 뒤로 시선을 돌린 석영이 그와 눈이 마주치자 화들짝 놀라는 얼굴을 했다. 태훈은 저런 얼굴을 알고 있다. 뭔가를 꾸미고 있을 때, 그것도 아주 안 좋은 방향의 뭔가를 작당하고 있을 때 나오는 얼굴이었다. 태훈이 두 사람에게 성큼 다가섰다.

"니들. 내 결혼식에서 뭔가 할 생각 같은 거 하지도 마."

"우리가 뭘?"

"우리라니. 난 좀 빼주라."

석영이 질색하며 민건의 곁에서 두어 걸음 떨어졌다. 딱 보니 견적이 나왔다. 유민건이 뭔가를 꾸미려 했고 석영은 엮이고 싶지 않아 발을 빼는 것이다. 태훈이 이를 악물고 웃었다.

"유민건 특히 너, 아무것도 하지 마."

"내가 뭘?"

"뭐가 됐든. 하지 마."

"야, 요즘 누가 틀에 박힌 결혼식 하냐? 자고로 추억을 많이 남겨야……."

민건이 말끝을 흐렸다. 뚜벅— 한 걸음 더 가까이 다가선 태훈이 흉흉한 기세를 감추지 않은 얼굴로 자신을 바라봤기 때문이었다.

"너와 관련된 추억은 네가 SNS에 나랑 양념치킨 시켜 먹은 사실을 동네방네 알린 거로 충분하니까, 그 이상은 아무것도 하지 마."

곁에 서 있던 석영이 양념치킨 이야기는 대체 뭐냐며 흥미를 보였지만 두 사람 모두 그 일에 대해서는 입을 다물었다. 태훈은 시간을 확인하고 멈췄던 걸음을 옮겨 신부대기실로 향했다. 멀어져 가는 그의 모습을 바라보던 민건은 곧 사악한 얼굴을 했다.

"하자. 난 꼭 해야겠어. 이럴 때 아니면 주태훈 당황한 얼굴을 언제 또 보겠냐?"

"미친놈아. 넌 다른 일에는 안 그러면서 유독 태훈이한테는 장난 심하더라?"

"저 새끼가 나한테 한 짓을 생각해 봐. 고등학생 때 수학 여행 가서 나 다리에 깁스했던 거 생각 안 나냐?"

석영은 울고 싶은 얼굴로 웃었다. 오래전 일임에도 단번에 기억이 났기 때문이었다. 수학 여행 장기자랑에 쓰일 소품 중 귀신 분장을 할 수 있는 소품들이 있었다. 태훈이 그걸 들고 화장실을 다녀오겠다는 민건을 따라가 그를 놀라게 한 적이 있었다. 숙소 밖에서 들려온 엄청난 비명소리에 모두가 놀라 창밖을 내다봤을 정도였다. 그 사건으로 민건은 다리에 깁스를 했다. 그리고 태훈은 그 대가로 유민건의 수발을 들었다. 거기까지는 그래도 추억으로 봐줄만 했다. 민건은 3주간 깁스를 했고, 그 기간에 수발을 들던 태훈이 도중에 열이 받아 민건과 싸우다 계단에서 구르는 사건이 발생했다. 결국 똑같이 깁스를 한 것으로 사건은 마무리됐다. 거기까지 떠올리니 아름다운 추억이라고 하기에는 조금 무리가 있었다. 그 외에도 말 못 할 일들이 많았지만 석영은 더는 떠올리고 싶지 않다는 얼굴로 고개를 가로저었다.

"아무튼, 내가 장담한다. 지금 생각하고 있는 거 진짜 하면 나중에 네 결혼식 날 너 울면서 나오게 될 거다."

"내 결혼식에는 니들 올 필요 없어. 난 가족들만 불러서 조용히 식 올릴 거야."

"놀고 있네."

"내가 도형이한테 부탁해서 그 노래 음원도 받아왔거든. 아무튼 넌 축가 부르는 척만 해. 내가 중간에 자연스럽게 마이크 건네받을 테니까."

해솔의 결혼식에는 민건도 왔었다. 그 결혼식에서 유독 기억에 남은 것이 축가였고, 그는 그때 지혁이 했던 축가를 따라 할 생각이었다. 물론 그때와 다른 점이 한 가지 있었다. 오늘은 춤을 따라 추는 사람이 웨딩드레스를 입은 신부가 아닌 턱시도를 입은 신랑이라는 것이었다. 그는 태훈을 춤추게 할 생각이었다. 석영은 그 오랜 시간 동안 태훈과 친구로 지내오면서 그가 춤을 추는 모습을 단 한 번도 본 적이 없었다. 주태훈이 춤이라니. 생각만 해도 기가 막혀 헛웃음이 터져 나왔다.

"난 몰라. 시키는 대로 하기야 하겠지만, 뒷일은 네가 책임져라."

석영은 기대감에 찬 민건의 얼굴을 확인하고는 작게 고개를 가로저었다. 말려봐야 듣지 않을 기세라 결국 포기했지만, 파란이 일어날 것이 분명했다.

'어쩔 수 없지.'

주태훈이 뿌린 대로 거두는 것을.

신부대기실로 향한 태훈은 입구에 서서 웨딩드레스를 입은 애정의 모습을 가만히 바라보고 있었다. 느슨하게 풀어진 입매에 도무지 힘이 들어가질 않았다. 불가항력이었다. 그는 자신이 어떤 얼굴을 하고 있는지도 모른 채, 그렇게 애정만을 바라보고 있었다.

"표정 관리 좀 해."

해솔이 헛웃음을 터트리고는 태훈의 등을 쫙 소리가 나게 한 대 때렸다. 평소라면 발끈하며 화를 내고도 남았을 태훈이 오늘은 조용했다. 저렇게 좋을까. 해솔이 작게 웃음을 터트렸다.

"곧 식 시작될 거야. 오빠도 오래 있지 말고 나와."

함께 사진을 찍던 애정의 친구들이 먼저 신부대기실을 빠져나가고 해솔도 자리를 비우자 어느새 그 공간에는 두 사람만이 남게 되었다. 애정의 곁에 앉은 그는 손을 잡아주었다. 따스한 온기가 전해졌다. 손이 차갑지 않은 걸 보면 그리 긴장이 되지는 않는 모양이었다.

"긴장 안 돼?"

"얼른 시작했으면 좋겠는데요?"

손에 든 부케도, 하얀 웨딩드레스도 모두 아름다웠다. 그중 가장 아름다운 것은 행복감에 물든 애정의 얼굴이었다. 마음이 들뜨고, 설레었다. 웨딩드레스가 원래 이런 옷인 건가 하는 생각이 들었다. 잠시도 시선을 뗄 수가 없었다.

"너무 좋은 거 있죠."

"뭐가?"

"가만 생각해 보니까 저 진짜 인생 역전한 거 같아서요."

애정이 눈가에 살짝 눈물이 차올랐다. 그는 기억하지 못하겠지만 애정은 태훈과 처음 만난 날을 떠올리고 있었다. 그리고 그의 곁을 서성였던 날들, 함께 했던 날들을 하나씩 떠올리고는 다시금 그와 시선을 맞췄다.

"그렇잖아요. 몇 년 전만 해도 이런 건 꿈도 못 꿨는데. 몇 번 마주치고, 인사도 했지만 오빠 내 이름도 잘 기억 못 했고, 그저 지나가는 팬 중에 하나였잖아요."

"……."

"근데 그런 제가 오빠랑 결혼해요. 바로 오늘이요."

말도 참 예쁘게 한다. 역전은 애정이 했다는데, 우승은 태훈이 한 기분이었다. 승리자는 다른 누구도 아닌 그였다. 그것을 증명하듯 태훈의 입가에 짙은 미소가 그려졌다.

"김애정."

애정이 그를 올려다봤다.

"고맙다. 나랑 결혼해 줘서."

그녀의 두 눈이 예쁘게 반으로 접혔다. 그는 오늘만큼은 세상 어디를 뒤져도 자신보다 행복한 사람은 없을 것이라 생각했다. 물론 그런 태훈의 생각은 한 시간을 버티지 못하고 깨져 버렸지만 말이다.

눈가에 작게 경련이 일어나고 비틀리듯 위로 올라간 입매는 제자리를 찾을 생각을 하지 않았다. 조용하고 엄숙해야 할 예식장에 어디선가 한 번 보았던 풍경이 펼쳐졌다. 참으로 정다운 목소리로 흘러나오는 음악은 태훈을 울지도, 웃지도 못하게 만들었다.

[날 따라 해봐요, 이렇게.]

'저 미친놈이, 기어코.'

마음 같아서는 당장 손에 들고 있는 마이크를 빼앗아 민건을 응징하고 싶었지만, 많은 하객이 모인 자리에서 제 성질대로 할 수는 없었다. 태훈은 평소 어른들이 있는 자리에서는 상당히 예의 바른 사람이었고, 민건도 그걸 알고 있기에 이런 일을 벌인 것이었다.

[날 따라 해봐요, 이렇게.]

노래는 태훈이 춤을 출 때까지 반복됐다. 결국 태훈은 턱시도를 입은 채 중앙으로 나섰다. 처음에 반대했던 석영은 태훈이 정말 민건의 춤을 따라 추자 어깨까지 들썩이며 웃었다. 나중에는 아예 웃다 못해 다리에 힘이 풀려 자리에 주저앉았다. 애정 역시 부케로 얼굴을 가렸지만 웃음을 참지 못하는 것이 눈에 보였다. 태훈은 결국 민건이 춘 세 가지의 춤을 따라 췄다. 다 추고 나니 처음 느꼈던 분노는 조금씩 사그라지고, 어이가 없을 정도의 허탈감만이 남게 되었다. 애정이 즐거워하며 웃는 모습을 보고 나니 그나마 희미하게 남아 있던 분노마저 완전하게 사라져 버렸다.

결혼식을 마치고 하객들에게 다시 인사를 하고, 편한 옷으로 갈아입은 태훈은 신혼 여행을 떠나기 위해 웨딩 카 앞에 섰다. 가족과 친구들이 그를 배웅하기 위해 그 자리에 모여 있었다. 태훈은 가장 먼저 민건에게로 다가섰다.

"축가 고맙다. 너 결혼할 때 보자."

"아까 석영이한테도 말했지만, 난 가족들만 불러서 조용하게 식 올릴 거야."

"내가 네 가족이나 다름없는데 당연히 날 불러야지."

태훈의 팔이 민건의 어깨에 둘러졌다. 말이 두른 것이지 거센 힘이 목을 조르는 것만 같았다. 태훈은 이를 꽉 악문 채로 웃으며 말했다.

"꼭 불러라."

저럴 줄 알았다. 그 모습을 곁에서 본 석영이 우스갯소리로 중얼거렸다.

"해외에서 해라. 주태훈 참석 못 하게 어디 저 멀리 오지에서 해."

석영의 말에 그 자리에 모여 있는 모두가 저마다 웃음을 터트렸다. 그리고 다시금 진심을 담아 결혼 축하 인사를 전했다. 잠시 자리를 비웠던 애정이 웨딩 카를 세워둔 쪽으로 다가섰다. 그 자리에 모인 모든 이들에게 잘 다녀오겠다는 인사를 건넨 뒤에야 두 사람은 서로를 바라봤다. 태훈이 손을 내밀었고 그녀가 그 손을 잡았다. 두 사람의 손에는 예전과는 다르지만 더 깊은 약속의 의미가 담긴 반지가 끼워져 있었다.

"가자."

태훈의 말에 애정이 행복한 얼굴로 눈을 접으며 웃었다. 아름다운 12월의 어느 날. 두 사람이 함께 걷게 될, 새로운 인생의 시작이었다.

THE ☆ END

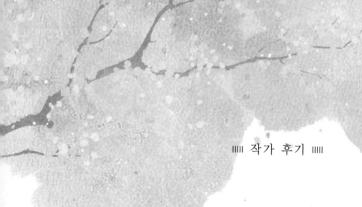

안녕하세요. 이노입니다. 〈제멋대로 순정〉에 이어 〈애정역전〉으로 다시 인사드리게 됐습니다.

애정역전은 여주 애정이에 대한 호불호가 많이 갈렸던 글입니다. 누군가에게는 상대방을 배려하지 않는 제멋대로의 애정 표현이기도 했고, 누군가에게는 사랑을 쟁취하기 위한 용기 있는 표현이기도 했습니다. 엉뚱하고 자기중심적인 방법이긴 했지만, 사랑을 표현하고 마음을 쟁취하는 일에 있어서 조금의 망설임도 없이 직진하는 애정이 조금 부럽기도 했습니다. 누군가의 마음을 얻기 위해 용기를 내는 것도, 자신의 마음을 표현하는 일도, 나이를 먹을수록 어려워지는 일 중 하나가 아닌가 싶습니다.

후기를 쓰는 것이 아쉬운 마음이 들 만큼 본편부터 에필로그까지 정말 즐겁게 작업한 글입니다. 읽으시는 분들께 부디 작은 즐거움을 드릴 수 있는 글이 되기를 바랍니다.

이번 글에도 짧은 'Hidden track'이 있습니다. 후기 뒤에 이어질 히든 트랙까지 재미있게 봐주시길 바라며 저는 아쉬운 마음 뒤로하고 다시 새로운 글로 인사드리겠습니다. 늘 건강하시고 행복하세요. 감사합니다.

이노 올림.

Hidden track 1 당신에게 반하는 순간

재가루를 뿌려놓기라도 한 것처럼 우중충한 먹색 하늘에서 성난 천둥소리가 조금씩 울려 퍼졌다. 금방이라도 빗줄기를 퍼부을 것 같은 날씨 때문인지 골목에는 인적마저 드물었다. 평소와 달리 스산해 보이기까지 한 모습이었다.

그 조용한 골목에 성난 천둥소리가 다시 한 차례 울렸다가 사라진 순간이었다. 침묵에 휩싸인 골목에서 흐느껴 우는 소리가 들려왔다. 골목 끝에 다다른 지점에서 들려오는 소리였다.

교복을 입은 채 담벼락 앞에 쭈그려 앉아 있는 애정은 벌써 두 시간째 그 상태로 울고 있었다. 어디로 향하는 건지 알지도 못한 채 그저 발길 닿는 대로 걸음을 옮기던 그녀는 더는 걸을 힘조차 없어지자 누구의 집인지도 모를 담 앞에 쭈그려 앉았다. 그리고 울었다.

"흐흑, 할머니. 흑."

아직 열여덟 살밖에 되지 않은 애정의 앳된 얼굴은 흘러내린 눈물로 엉망이 되어 있었고, 추운 날씨로 인해 손등은 빨개져 있었다. 한눈에 보기에도 무척 안쓰러워 보이는 모습으로 작은 어깨를 연신 들썩이며 울고 있었다. 조용한 골목에 우는 소리가 새어나갈 것 같아 아랫입술을 꾹 깨물어봤지만 소용없었다. 애정은 참지 못하고 엉엉 소리 내어 울었다. 길을 잃은 아이라도 되는 것처럼 무방비한 모습이었다. 하지만 너무 운 탓에 힘이 빠진 건지 울음소리는 점차 작아져 갔다. 다시 고개를 숙인 애정은 아무것도 없는 바닥을 내려다보며 숨죽여 울었다.

"야, 너 뭐야."

조용했던 골목에 애정의 흐느낌 소리가 아닌 다른 이의 목소리가 들려온 것은 그때였다. 머리 위에서 떨어진 낮은 음성을 들었음에도 애정의 울음은 그치지 않았다. 그저 힐끗 시선을 움직였을 뿐이다. 그녀의 시야 끝에 말을 건 사람의 것으로 추정되는 운동화 하나가 눈에 들어왔다.

"너 뭔데 여기서 이러고 있냐니까."

재차 건네어진 말에도 고개를 들지 않은 애정은 그저 손을 휘휘 내저었다. 신경 쓰지 말고 가라는 표시였는데 상대방은 꿈쩍도 하지 않았다. 기가 차다는 반응을 담은 웃음이 머리 위에서 떨어졌을 뿐이다.

"이 조그만 게 묻는 말에 대답은 안 하고 어디서 손을 내저어? 그것도 남의 집 앞에서."

애정은 짜증스런 표정으로 손을 들어 눈 위를 꾹 눌렀다. 묻어난 눈물은 차가운 바람에 금세 말라 버렸다. 그녀는 뒤늦게 시선을 들어 상대방의 얼굴을 확인했다. 흉흉한 기세를 드러내고 있는 태훈이 그곳에 서 있었다.

눈치를 보던 애정은 코끝을 찡그리고는 쭈그려 앉은 자세 그대로 오리

걸음을 해서 자리를 옮겼다. 담벼락 끝쪽이니 여기서 우는 건 괜찮겠지, 하고 생각했는데 태훈에게는 전혀 괜찮지 않은 모양이었다. 그는 다시 걸음을 옮겨 애정의 앞에 섰다.

"초상났냐?"

그래, 났다 이 새끼야.

애정이 차마 대답은 못 하고 다시금 밀려드는 서러움과 슬픔에 눈물을 뚝뚝 흘렸다. 그런 애정의 반응에 태훈의 얼굴에 잠시 당황한 기색이 드러났다. 그는 곧 애정의 앞에 무릎을 굽히고 앉았다.

"야."

애정은 고개를 숙인 채 꿈쩍도 하지 않았다. 태훈이 검지로 쿡— 애정의 팔을 찔렀다.

"야, 고개 좀 들어봐."

"왜요!"

혼자 울고 싶은데 왜 이리 귀찮게 군단 말인가. 고개를 든 애정의 시야에 야구 모자를 푹 눌러쓴 얼굴이 가장 먼저 눈에 들어왔다. 눈높이가 맞춰진 덕분인지 커다랗게만 보이던 모습이 이제는 무섭지 않았다. 눈이 퉁퉁 부어 시야가 조금 흐린 탓에 얼굴이 명확하게는 보이지 않았지만, 조금 더 눈에 힘을 주어 바라보니 남자답게 잘생긴 얼굴이라는 것을 알 수 있었다.

반면 조금 전까지의 흉흉했던 기세와 다르게 태훈은 잠시 굳어져 있었다. 그녀의 얼굴을 확인한 그는 처음에 놀란 기색을, 그다음에는 미간을 좁히고, 끝내 쯧— 혀를 찼다.

"안 춥냐?"

그리 말하며 태훈은 외투를 벗어 애정의 어깨를 덮어줬다. 체격 차 때문에 옷이 워낙에 커서 이불이라도 뒤집어쓴 것 같은 꼴에 태훈이 작게 웃음을 터트렸다. 애정이 왜 웃느냐며 우는 얼굴로 짜증을 냈다.

"그래서? 넌 왜 우는데?"

"무슨 상관이에요? 얼른 가던 길 가요."

"말하는 거 봐라. 여기 우리 집이야. 이렇게 계속 울고 있으면 이상한 소문 날 거 아니야."

애정이 주변을 둘러보고 다시 태훈의 얼굴을 바라봤다. 근처에는 담이 높은 집이 이곳밖에 없었다. 내부에서 밖이 훤히 보이는 곳에서는 울고 싶지 않았다. 거기다 애정은 더 이상 한 걸음도 움직일 수가 없었다.

그녀는 아랫입술을 꾹 깨물고는 울음을 삼켜냈다. 하지만 흐느낌 소리는 여지없이 새어 나왔다. 작은 한숨 소리가 정면에서 들려왔다.

"누구한테라도 털어놔야 속 좀 풀리지 않겠냐? 그렇게 끙끙 앓지 말고."

추운 날씨였다. 그런데도 태훈은 자리를 뜨지 않았고 애정을 쫓아내지도 않았다. 처음과는 다르게 그저 애정이 괜찮아지기를, 먼저 입을 열기를 기다렸다. 그리고 15분 뒤, 그의 기다림을 알아주듯이 애정이 입을 열었다.

"할머니가."

"그래, 할머니가?"

"흐흑, 돌아가셨어요."

애정은 다시 소리를 내어 엉엉 울었고 태훈의 얼굴에는 당혹감이 드러났다. 할머니가 돌아가셨다. 갑작스러운 부고였다. 애정의 집안은 사촌까지 통틀어 딸이 그녀 하나뿐이라 유독 사랑을 많이 받고 자랐다. 특히 할머니가 애정을 많이 아꼈다. 시골에 계셨지만 애정은 자주 할머니를 찾아갔고, 할머니도 애정을 보기 위해 서울에 자주 올라오시고는 했다. 서러움과 슬픔, 그리고 미안함에 터져 나온 눈물이 쉴 새 없이 흘러내렸다.

그 모습을 지켜보던 태훈이 갑자기 주머니를 뒤적이다가 낮게 욕을 뱉어냈다. 눈물을 닦을 수 있는 것을 건네어 주려 했지만 그런 게 있을 턱이 없었다. 포켓 티슈나 손수건을 가지고 다닐 만큼 꼼꼼한 성격이 아니었다. 그는 결국 손을 들어 애정의 얼굴을 닦아줬다. 투박하고 거친 손이 애정의 부드러운 뺨에 닿았다. 나름 위로의 행동이었지만 그는 자신보다 한참 작은 애정의 체격을 생각 못 한 데다 우느라 힘이 빠진 그녀의 상태를 고려하지 못했다. 힘 조절을 하지 않았고 결국 애정의 몸이 뒤로 훅 떠밀렸다. 그대로 바닥에 엉덩방아를 찧은 애정이 더욱 서럽게 울었다.

"왜 밀어요? 흑."

"민 거 아니야."

애정을 다시 일으켜주고 멋쩍은 얼굴로 손을 거둬낸 태훈은 시간을 한 차례 확인했다. 그리고 애정의 모습을 확인했다. 교복을 입고 여기서 이렇게 울고 있는 걸 보면 아무래도 부고 소식을 오늘 받은 거라 짐작했다.

"장례식장에 가야지, 여기서 이러고 있으면 어떻게 해?"

"제가, 흑. 할머니한테 화를 냈어요. 그러면 안 되는 거였는데. 흐흑. 할머니는 나 걱정해서 한 말인데. 흑. 잘못했다고 말하려고 했는데."

"왜 화를 냈는데?"

"흐흑."

"야, 그만 좀 울어."

"눈물이 나는데 어떻게 해요!"

"참으면 되잖아, 참으면!"

어처구니가 없다. 참아서 안 나올 눈물이면 자신이 여기서 이러고 있겠는가.

"오빠 몇 살이에요?"

"스물아홉."

얼굴은 그렇게 안 보이는데 생각보다 나이가 많다. 애정은 눈물을 그치지 못한 상태로 소리쳤다.

"그 나이 먹고 우는 여자 달랠 줄도 모르고! 연애 한 번도 못 해봤죠?"

"뭐?"

흉흉한 기세를 한껏 드러낸 얼굴에 애정은 울먹이는 얼굴로 다시 고개를 숙였다. 작은 어깨가 쉴 새 없이 들썩였다. 그 측은한 모습에 태훈은 다시금 안쓰러운 얼굴을 했다.

"야, 속 시원하게 말해봐. 다 들어줄 테니까. 나 입 엄청 무거워."

"……."

"왜 화를 냈어? 이렇게 우는 거 보니까 할머니 엄청 좋아하는 거 같은데."

애정은 잠시 말이 없었다. 그리고 다시 고개를 들었고 천천히 말을 이었다.

"친한 친구들이 있었는데, 그 친구들이 저보고 지갑이래요."

"뭐? 지갑?"

"물주요. 흑. 진짜 좋아했는데, 뭐 바라는 거 없이 막 해주고 싶은 거 있잖아요. 나한테 걔들은 그런 친구였는데, 그게 호구취급 한 거였대요. 걔들은 날 한 번도 친구라고 생각 안 했대요."

거기까지 말한 애정이 잠시 입술을 꾹 깨물었다. 애정과 친하게 지내는 친구 세 명이 있었다. 애정이 없는 사이 그들끼리 나누던 그 대화를 하필 애정이 듣게 되었고 세 명이 편을 먹고 애정과 싸우게 됐다. 그게 바로 이틀 전 일이었다.

처음으로 학교에서 친구라 생각했던 이들과 머리채를 붙잡은 채로 싸웠고, 처음으로 진로 상담 외의 일로 부모님을 학교에 모셔와야 했고, 처음으로 목 놓아 엉엉 울었던 날이었다. 한창 예민할 시기의 나이에 그 모든 일은 상처가 되었다.

그리고 다음 날, 할머니가 애정을 보기 위해 시골에서 서울로 올라왔다. 친구들과 싸워 학교에 부모님 호출을 당했다는 사실을 알게 된 할머니는 친구들과는 사이좋게 지내야 한다고, 싸우는 게 아니라며 애정을 타일렀다. 하지만 애정은 그런 할머니를 원망했다. 할머니는 아무것도 모른다며 화를 내고 집을 나섰다. 그리고 후회했다.

"할머니한테 화를 낼 일이 아니었는데, 흑. 친구들도 원망스럽고, 아무도 내 마음 몰라주는 거 같아서. 흐흑, 죄송하다고 말하려고 했는데."

학교에서 수업을 받는 내내 마음에 걸려 집에 가면 꼭 잘못했다고 말해야지, 하고 생각했다. 점심시간이 끝나고 5교시 수업이 시작될 때, 선생님이 애정을 따로 호출했다. 짐을 싸고 나오라는 말에 애정은 영문을 모른 채 가방을 챙겨 교실을 나섰고 할머니의 부고 소식을 듣게 됐다.

하루걸러 날씨의 변화가 크고 기온 차가 큰 이맘때쯤에는 노인분들이 쓰러지는 일이 많았다. 그 때문에 애정은 할머니에게 전화를 자주 했었다. 이렇게 기온 차가 큰 날은 특히 조심해야 한다고, 추운 날은 외출하지 마시고 집에 꼭 계시라고. 그리 말했었는데 애정을 만나러 왔다가 시골로 내려가던 할머니가 쓰러지신 것이다. 그리고 돌아가셨다. 얼굴에 붙여놓은 밴드 안의 상처가 아물기도 전이었다.

거기까지 이야기를 들은 태훈은 다시금 작게 한숨을 내쉬었다. 그리고 손을 뻗어 애정을 일으켜 세우려 했다. 다리에 힘이 풀린 건지 제대로 서지도 못하는 애정을 보고 그는 부축하듯 그녀의 몸을 붙들었다.

"일어나. 데려다줄 테니까."

"흐흑."

"그만 울고. 할머니 장례 끝나고 갈 거야? 발인도 안 볼 거냐고."

"할머니가 저 미워하면 어떻게 해요. 흐흑."

"참도 그러겠다. 내려가는 길에도 네 걱정뿐이었을 거라고 내가 장담해. 가서 사과드려. 그리고 같이 있어야지. 너 이러고 있으면 가족들도 지금 걱정하고 너 찾고 있을 거 아니야. 전화는?"

"꺼놨어요."

지금 애정의 가족들이 어떤 상황일지 충분히 짐작됐다. 아마 난리가 났을 거다.

"너 나중에 딱 너 같은 딸 낳아라."

태훈은 차를 세워둔 곳으로 애정을 데리고 갔다. 보조석 문을 열어줬는데 애정이 갑자기 다리에 힘을 주고 버티기 시작했다.

"왜?"

"뭘 믿고 이 차를 타요."

그제야 태훈은 애정이 자신을 수상한 사람 취급하는 걸 깨달았다. 우는 와중에도 참 똑 부러진다. 작게 웃어 보인 그가 휴대전화를 꺼내어 인터넷에서 자신의 이름을 검색했다.

"자, 봐."

"오빠 유명한 사람이에요?"

"프로야구선수야. 얼른 타."

애정은 조금 미심쩍은 얼굴을 하면서도 포털 사이트에 뜬 그의 정보를 확인하고는 차에 올라탔다. 태훈은 히터를 틀고 좌석의 열선을 켜주었다.

그리고 애정이 진정될 때까지 잠시 기다렸다. 흐느낌 소리가 작아져 가다 이내 완전하게 사라졌다.

"다 울었냐? 너 고집 장난 아니지? 딱 보니까 알겠다. 완전 질기게 우네."

"그러는 오빠는 오지랖 넓죠? 그냥 지나치면 될 걸 자기 시간 버리면서 얼굴도 처음 본 사람을 데려다준다고 하고."

도와줘도 뭐라고 한다. 태훈이 기가 차다는 얼굴을 하며 차를 출발시켰다.

"집 근처에 수상한 사람 돌아다니는 거에 예민해서 그래."

"왜요?"

"그거까지는 알 거 없고. 장례식장 어디야?"

"세훈병원 장례식장 1호실이요."

주소를 검색하지 않아도 위치를 알고 있을 정도로 큰 병원이었다. 태훈의 차는 곧 골목을 벗어나 큰 도로에 진입했다.

애정은 조용히 앉아 있었다. 이제는 울지 않았지만, 표정 없는 그 얼굴이 안쓰러워 괜스레 입안이 썼다. 그는 차마 울고 있는 애정을 지나칠 수가 없었다. 할머니가 돌아가셔서 운다는 말에 더욱 발걸음이 떨어지질 않았다. 태훈이 열네 살, 여동생인 해솔이 열세 살일 때 어머니가 갑작스러운 사고로 돌아가셨다. 동생인 해솔은 초등학교를 졸업하기도 전이었다. 태훈 역시 많지 않은 나이였지만, 장남이었기에 아버지와 동생에게 힘이 되어야 한다는 생각에 남들 앞에서는 울지 못하고 장례식을 마친 뒤, 홀로 저렇게 운 적이 있었다. 아마 야구부 훈련이 끝나고 혼자 남은 운동장에서 울었던 것 같다. 그때 자신의 모습과 당시에 탈진하도록 울었던 해솔이 떠올라 더더욱 애정을 지나칠 수가 없었다.

"오빠."

"왜?"

"할머니가 저 정말 안 미워할까요?"

태훈이 운전을 하다말고 애정의 모습을 힐끗 응시했다. 조금 진정이 된 모습이었다.

"그래. 아마 지금도 널 가장 보고 싶어 할 거야. 그러니까 앞으로 할머니 자주 찾아뵙고 그래. 그리고."

태훈이 잠시 말을 끊었다. 애정의 시선이 뺨에 닿는 걸 알아챘으면서도 태훈은 정면만을 바라보고 있었다. 누군가를 위로하는 일에 서툴렀기에 이런 이야기를 하는 것 자체가 낯설었지만 그래도 말해주고 싶었다.

"네가 말한 그 친구들은 어차피 평생 이어지지 않을 관계야. 친구 사이에 계산이 들어가면 그때부터는 어그러지기 시작하거든. 그런 친구는 백 있어 봐야 소용없어. 내가 슬플 때, 필요할 때, 부르면 달려와 줄 수 있는 친구 하나만 있어도 성공한 삶이야. 그런 친구 없어?"

애정이 잠시 생각에 잠겼다. 단번에 떠오르는 얼굴이 있었다. 아주 오래된 친구로 애정에게는 없어서 안 될 친구가 있었다.

"있어요."

"그럼 됐어. 그런 사람한테 잘해."

애정이 작게 고개를 끄덕였다. 차는 곧 장례식장 앞에 도착했고 그는 애정이 먼저 내리겠다는 말을 할 때까지 조용히 기다려 주었다. 20분의 시간이 더 흐르고 나서야 애정은 덮고 있던 태훈의 옷을 건네었다.

"고마웠어요."

"됐으니까 다음부터는 우리 집 앞에서 울지 마."

무거워진 분위기를 풀기 위해 한 말이라는 걸 알 수 있었다. 일부러 퉁명스럽게 말을 하는 것이 티가 났다. 애정이 작게 웃어 보이고는 차에서 내려 손을 흔들었다. 태훈은 애정처럼 손을 흔들어주거나 창문을 내려 인사를 해주지 않았지만, 그녀가 장례식장 안으로 들어서 모습을 감출 때까지 그곳을 떠나지 않고 기다려 주었다.

겨울이 막 시작될 무렵의 추운 계절이었다. 그는 기억하지 못했지만, 애정이 기억하고 있는 태훈과의 첫 만남이었다.

겨울방학이 시작되었다. 보충수업이 있었고, 학원도 따로 등록해 놓은 것이 있어 애정은 학교에 다닐 때만큼이나 바쁜 나날을 보내고 있었다. 그녀는 빠르게 안정을 찾았고 보통 때와 다름없는 일상을 보내고 있었다.

할머니의 장례식을 마친 뒤, 애정은 할머니를 모신 곳에 자주 찾아갔고 소소한 이야기들을 하고는 했다. 그날 역시 할머니를 뵈러 갔던 애정은 학원 수업까지 중간에 시간이 남아 오랜만에 해준을 만나 함께 점심을 먹었다. 그리고 근처의 카페로 향했다. 날이 추운 탓인지 실내에 사람이 넘쳐 두 사람은 밖의 테라스로 향했다. 날이 춥긴 해도 시끄러운 것보다는 나을 것 같았다.

"넌 진로 아예 정한 거야? 호텔조리학과 쪽으로?"

"응."

수능이 끝났으니 곧 고3이 될 애정과 해준은 벌써 수험생이 된 거나 다름이 없었다. 대부분의 학생들이 그러하듯 두 사람의 대화 주제 역시 입시에 맞춰져 있었다. 한참 대화를 하던 두 사람이 동시에 말을 멈추고는 약속이라도 한 것처럼 우측으로 시선을 돌렸다.

"사고 났나 봐."

주변이 소란스러웠다. 길을 가던 사람들 역시 한곳을 주시하고 있었다. 오토바이가 정차해 있던 차를 박았다. 큰 사고는 아닌 것 같았지만 한 눈에 봐도 비싸 보이는 차를 들이받았다.

"와, 저 차 비싼데."

"진짜? 어떻게 해."

애정은 차에 대해 잘 몰랐지만 해준의 말로 저 사고가 꽤 큰 문제가 되리라는 것을 짐작했다. 오토바이를 탄 사람은 학생 같아 보였다. 피자 가게 상호가 붙은 오토바이를 보니 아르바이트를 하다 사고를 낸 모양이었다. 저래서는 몇 달 치 아르바이트비를 다 토해내도 변상이 안 될 것 같았다.

"이 새끼가."

역시나. 차 주인도 열이 받은 모양이다. 예상했던 시나리오라 놀랍지 않았지만, 애정의 두 눈은 점차 커다래졌다. 흉흉한 기세를 내뿜으며 차에서 내린 남자의 얼굴이 낯익다.

"어?"

태훈이었다. 모자를 푹 눌러썼지만 애정은 그를 한눈에 알아봤다. 문득 태훈에 대한 기억이 떠오를 때면 한번 찾아가 볼까 생각했지만 실행에 옮기지는 않았다. 이런 곳에서 보게 되리라고는 생각지 못했기에 그녀의 얼굴에 놀란 기색이 드러났다.

"다쳤어?"

"네?"

"아픈 곳 있냐고."

"아니요."

그 대답을 듣고 나서야 태훈은 일단 차를 한 번 확인하고, 오토바이를 한 번 확인한 뒤 어려 보이는 남학생의 얼굴을 다시 마주했다. 그녀는 턱을 괸 채로 상황을 지켜봤다. 비싼 차니 화가 날 만도 했다. 차는 거의 새 것 같았다. 하지만 이어진 말은 그녀가 예상했던 것과는 한참 달랐다.

"너, 누가 헬멧도 안 쓰고 오토바이 타래?"

"네?"

"학생이지? 딱 보니까 학생 맞는 거 같은데. 그러다 사고 나면 머리 깨 져. 알아? 저세상 가고 싶어?"

긴장한 듯 굳어져 있던 남학생의 안색이 하얗게 질려갔다. 무려 30분 간의 설교가 이어졌다. 설교의 중점은 헬멧을 쓰지 않았을 때 사고가 나 면 어떻게 되는가였다. 한참의 설교 끝에 태훈은 운전석 문을 열었다. 당 황한 남학생이 그를 붙들었다.

"저기 차는 어떻게."

뒤를 힐끗 확인한 태훈이 무덤덤하게 반응했다. 흠집이 좀 나긴 했지 만, 그의 성격상 신경이 쓰일 정도는 아니었다.

"좀 긁혔는데 뭐?"

"네?"

"변상할 돈 있어?"

"한 번에는 안 되겠지만, 조금씩이라도……."

"됐으니까 그 돈으로 헬멧 사서 써."

그리 말하고 돌아서려던 태훈은 다시 생각해도 화가 나는 건지 운전석 문을 쾅 닫았다. 그리고 재차 소리쳤다.

"헬멧!"

그의 외침에 남학생이 움찔거리며 뒤로 물러났다. 한숨을 내쉰 그는 마음을 가라앉히려는 건지 숨을 길게 내쉬었다. 사고가 났을 때, 정차되 어 있던 차에는 태훈이 타 있는 상태였고 뒤에서 오토바이가 와서 박은 걸 보고 꽤 놀란 모양이었다.

"조금씩이라도 갚는다고 생각한 거 보니까 그래도 인성은 된 놈인데. 변상 못 한 만큼 나중에 착한 일 해. 노인분들 짐 들어드리거나, 임산부한테 자리 양보하거나 그런 거."

"……."

"왜 대답이 없어? 알았어?"

"네."

하얗게 질려 있던 남학생의 얼굴에 그제야 안도의 기색이 보였다. 태훈은 차에 올라탔고 얼마 지나지 않아 그의 차는 시야에서 모습을 감췄다. 카페 테라스에서 그 모습을 모두 지켜보고 있던 애정이 작게 웃음을 터트렸다. 요즘 들어 잘 웃지 않던 애정이 즐겁게 웃는 얼굴에 맞은편에 앉아 있던 해준은 의아하다는 얼굴을 했다.

"갑자기 뭐가 그렇게 웃겨?"

"아니. 그냥."

제대로 된 대답을 건네지 않고 말끝을 흐린 애정은 그와의 첫 만남을 떠올렸다. 말로 다 깎아 먹어서 그렇지 좋은 사람이다. 애정은 잘 티가 나지 않지만 자세히 보면 알 수 있는 태훈의 다정함과 착한 인품에 조용히 미소 지으며 조금 전까지 그가 서 있던 곳을 바라봤다. 계절은 추운 겨울이었지만, 지금 이 순간 태훈을 떠올리는 애정의 얼굴은 봄날과도 같았다. 무한한 애정의 시작이었다.

Hidden track 2 그날 밤의 진실

열여덟 살에 처음 태훈을 만나 그에게 반한 애정이 본격적으로 그의 곁을 맴돌기 시작한 곳은 고등학교를 졸업한 뒤의 일이었다. 그전까지는 태훈의 경기를 TV 중계로 챙겨보거나, 아버지를 통해 그의 소식을 몇 번 듣거나, 그가 나올 모임에 열심히 참석하는 것이 전부였다. 그녀는 대학에 입학하고 난 뒤 어느 순간부터 직접 야구장을 찾았고 태훈과 일정한 거리를 유지하며 그의 근처를 맴돌았다. 태훈에 대해 좀 더 정확하게 파악하고 그의 마음을 얻기 위해서였다. 애정 나름의 계략을 세우는 중이었다.

"근데 진짜 야구밖에 모르는구나."

빼곡하게 무언가가 적힌 노트를 내려다보던 애정이 기가 차다는 얼굴로 헛웃음을 터트렸다. 그녀는 꽤 오랜 시간 동안 태훈을 지켜봤다. 노트에는 그것을 토대로 기록한 내용이 적혀 있었는데 많은 페이지를 차지한 내용은 두 줄 정도로 요약할 수 있을 만큼 단순했고 반복되는 내용이었다.

태훈의 생활 방식은 정말 무섭도록 단순했다. 한눈에 보일 정도였다. 집, 훈련장, 헬스장, 집, 훈련장, 헬스장. 그렇게 세 번 정도를 반복했을 때 중간에 한 번 친구들과의 모임을 가졌다. 그 모임에는 같은 야구선수인 유민건이 포함되어 있었는데 민건은 태훈이 지인 중에서도 가장 많이 만나고 가깝게 지내는 사이였다.

애정은 침대에 걸터앉아 노트에 메모해둔 기록들을 내려다보다 뒤로 풀썩 쓰러져 버렸다. 입술 새로 작게 한숨이 새어 나왔다.

'어쩌다 이렇게 야구밖에 모르는 남자를 좋아하게 됐을까.'

그리 생각한 애정은 작게 웃고 말았다. 이유를 알아서 뭐 하겠는가. 어차피 바뀌지 않는 마음인 것을.

처음에는 그저 좋은 사람이라 생각했다. 한 번 머릿속에 각인되고 나니 계속 시선이 갔고 애정은 저도 모르게 태훈을 쫓고 있었다. 카페 테라스에서 우연히 그를 본 뒤로 애정은 다른 장소에서 태훈을 몇 번 더 마주치게 되었다.

그는 애정이 생각한 것보다 더 유명한 프로야구선수였고, 아버지 지인분의 아들이기도 했다. 사업 관련 모임에는 자주 나오지 않았지만 그가 꼭 참석하려 노력하는 자리가 있었다. 자선 모임이나 노인분들을 돕는 봉사활동 같은 모임에 그의 아버지와 함께 모습을 드러냈다. 예의 바르게 인사를 하고, 묵묵히 제 할 일을 하고 돌아갈 뿐, 누군가와 친분을 쌓거나 남을 도왔다는 것을 생색내려 하지 않았다. 정말 진실된 마음으로 자신보다 어려운 사람들을 돕기 위해 그 자리에 온 것이라는 걸 알 수 있었다. 애정은 그런 모습을 보고 태훈에게 또 한 번 반했다.

"그럼 뭐 해. 이렇게 야구밖에 모르고 난 아예 기억도 못 하는데."

한 번은 두 사람의 아버지가 모인 자리에서 태훈과 애정이 인사를 할 상황이 생겼었다. 하지만 그는 애정을 기억하지 못했다. 서운하지 않았다고 하면 거짓말이겠지만, 그래도 상관없었다. 그에 대해 알아갈수록 애정은 태훈이 점점 더 좋아졌다. 지켜볼수록 좋은 사람이었고 자꾸만 시선이 갔다. 그게 첫사랑이라는 것을 깨닫는 데는 그리 오래 걸리지 않았다. 하지만 애정의 첫사랑에는 아주 큰 장벽이 있었다. 바로 야구였다.

애정은 그와 가까워지고 싶었고 그의 관심을 끌고 싶었지만 태훈은 단순하리만큼 야구 바보였다. 정말 야구밖에 몰랐다. 주변에서 괜찮다고 입을 모으는 여자의 고백에도 꿈쩍 안 했다. 그런 상황이다 보니 한참 어린 애정에게는 정말 관심조차 없었다. 집 앞에서 마주친 일이야 기억을 하지 못한다 해도 그 뒤에 또 한 차례 인사했음에도 그는 애정을 또다시 기억하지 못했다. 아예 머릿속에 담을 생각이 없는 모양이었다. 애정은 자신의 짝사랑이 꽤 길어지리라는 것을 그 순간 짐작했다.

힘없이 고개를 돌린 애정은 손에서 놓친 노트를 물끄러미 바라봤다. 노트는 하도 사용한 탓에 모서리가 닳아 있을 정도였다. 그 오랜 시간을 지켜봤는데 태훈은 이제 고작 자신의 이름을 기억해 주는 것이 전부였다. 아니. 이름이나 제대로 기억할까? 잠시 우울한 기색을 얼굴에 드러냈던 애정이 고개를 두어 번 가로젓고는 몸을 벌떡 일으켜 세웠다.

"아니. 이렇게 포기할 거였으면 시작도 안 했어. 신경 쓸 때까지 계속 어슬렁거릴 거야."

애정은 곧장 외출 준비를 했고 방을 나서기 전 휴대전화를 꺼내어 들었다. 민건의 SNS를 확인하기 위해서였다.

"오빠 소식은 없네. 일단 헬스장으로 가야겠다."

태훈은 비시즌에도 웨이트 트레이닝을 게을리하지 않아 헬스장에 자주 모습을 드러냈다. 그 때문에 애정은 그 헬스장에 거의 매일 출근 도장을 찍고 있었다. 알면 알수록 태훈에 대한 마음은 점점 커져만 갔고 그녀는 그의 주변을 맴돌며 점차 자신의 존재를 그에게 각인시켰다. 그가 가는 곳이면 시간이 날 때마다 찾아갔고 자신의 존재가 확실하게 각인되도록 모습을 드러냈다. 태훈은 결국 그녀의 존재를 각인했다. 순정을 가장한 스토커로.

"스토커 아니라니까."

헬스장에서 얼굴을 보고, 민건과 밥을 먹는 그의 모습을 지켜보았다. 태훈도 자신을 봤으니 이만하면 됐다 싶어 그만 돌아가려던 애정은 민건의 SNS에 새로 올라온 소식을 보고 학교 운동장을 찾았다.

태훈은 친구들과 갑작스럽게 잡힌 시합을 시작하려 하고 있었다. 그동안 긴가민가하며 애정에 대해 경계를 하고 있던 태훈은 운동장을 찾은 그녀를 확인하고는 애정을 스토커라 결론 내렸다. 그의 그런 반응을 애정은 신경 쓰지 않았다. 아무렴 어떠랴. 타인에게 관심 두지 않는 태훈에게 일단 자신의 존재를 확실하게 각인시키는 것이 중요했다. 태훈은 겉으로 보기에는 차갑고 성격이 나빠 보이지만 정이 많고 마음이 약해 일단 한 번 맺은 관계는 잘 끊어내지 못하는 성격이었다. 애정은 그 점을 파고들기로 했다.

"술 마시나 보네."

시합이 끝난 건지 민건의 SNS에 새로운 소식이 올라왔다. 애정이 있는 곳과 그다지 멀지 않은 곳에서 술을 마시는 모양이었다. 일단 학원 수업이 있어 그걸 마치는 대로 태훈의 얼굴을 한 번 더 보고 집에 돌아갈 생각이었다. 태훈도 애정도, 그때까지는 이후에 일어날 일에 대해 상상하지 못했다. 애정에게 두 번 다시 오지 않을 기회가 생긴 날이었다. 그녀는 훗날 그날의 일에 대해 이리 말했다. 신이 자신을 가엾게 여겨 기회를 준 거라고.

애정이 수업을 마치고 태훈에게로 향했을 때, 그는 이미 술에 취해 있는 상태였다. 평소와 달리 조금 느슨하게 풀린 얼굴에 옷차림도 약간 흐트러져 있었다. 근처에만 가도 술 냄새가 진동할 정도로 태훈은 많은 술을 마신 상태였다. 머리가 어지러워 잠시 찬 공기를 쐬러 밖에 나온 태훈은 주변에 있던 벤치에 앉았고 애정은 물을 한 병 사서는 그에게 다가섰다. 아무렇지 않게 생수를 내미는 모습에 태훈이 미간을 좁혔다.

"이 스토커가. 너 여기 또 어떻게 알고 왔어?"

"스토커 아니라니까요."

태훈이 기가 차다는 웃음을 지었다. 애정은 그게 보이지 않는 건지 담담한 얼굴로 그의 옆에 자리를 잡고 앉았다.

"스토커 아니면 뭔데?"

"좋아해요."

"그래서?"

"무슨 대답이 그래요?"

"난 지금 연애할 생각도 없고, 특히나 너 같은 어린애랑은 절대 연애 안 해."

"저 성인인데요."

"그래도 나한테는 애야."

애정이 입을 삐죽 내밀었다. 차라리 성격이 안 맞는다고 하면 고치면 되는 거고 마음에 안 드는 점을 말해주면 바꾸면 되는 건데 나이가 문제라니. 그건 애정이 어쩔 수 없는 부분이 아닌가. 그녀는 시무룩한 얼굴을 했다가 곧 다시 의지를 다지고는 태훈을 바라봤다.

"오빠 연애 한 번도 못 해봤죠?"

"누가 그래?"

"딱 보니까 그런데요, 뭘. 운동밖에 모르고. 그 나이 먹도록 연애를 못 했으니 키스도 못 해봤을 거야. 그러다 마법사 되는 거 아니에요?"

애정은 일부러 그를 자극했다. 그게 통한 건지 태훈의 기세가 흉흉해 졌다.

"내가 뭘 못 해봐? 마법사?"

"수상하게 왜 발끈해요? 아니면 증명해 봐요."

"뭘?"

애정이 검지로 자신의 입술 위를 툭툭 두드렸다. 태훈이 영문을 모르 겠다는 얼굴을 했다.

"해봤다면 해봐요. 내가 확인할 테니까."

두 사람 사이에 싸늘한 침묵이 내려앉았다. 태훈은 뭐 이런 게 다 있나 싶어 짧게 웃음을 터트렸다가 이내 애정의 어깨를 붙들었다. 그리고 점차 얼굴이 가까워졌다.

'진짜 하는 건가? 그냥 해본 말인데?'

애정이 놀라 굳어져 있다가 눈을 질끈 감았다. 하지만 아무런 일도 일 어나지 않았다. 슬쩍 눈을 뜨니 태훈의 얼굴이 코앞에서 멈춰 있었다. 그 의 입술 끝이 슬쩍 위로 올라갔다.

"넘어갈 줄 알았냐?"

"……."

"이게 누굴 놀려? 건방지게."

태훈이 검지로 애정의 이마를 툭 밀어냈다. 손을 들어 이마를 매만지던 애정의 시선이 슬쩍 태훈의 어깨너머로 이동했다. 주변이 뭔가 소란스럽다 싶었는데 태훈의 일행 몇 명이 가게 밖으로 나와 있었다. 애정은 몸을 일으켜 세웠고 태훈은 그녀가 건넨 생수를 따서 목을 축였다.

실패다. 주태훈이 세워둔 철벽은 보통 철벽이 아니었다. 저렇게 취한 상태에서도 행동에는 흐트러짐이 없었다. 아무래도 오늘은 이만 돌아가야 할 것 같았다. 술에 취한 태훈이 운전할 수는 없을 것 같아 주변을 한 차례 둘러본 애정은 곧 그의 정면에 섰다.

"택시 잡아줄까요?"

"귀찮게 굴지 말고 가."

"운전 안 할 거죠?"

당연히 안 할 거다. 그래도 혹시나 해서 걱정되는 마음에 물은 건데 그는 무슨 말 같지도 않은 소리를 하는 거냐며 화를 냈다. 순식간에 벌떡 몸을 일으켜 세운 그가 앞으로 걸음을 옮기려다 보도블록에 발이 걸린 건지 그대로 넘어져 버렸다.

"괜찮아요?"

애정이 깜짝 놀라 그를 부축하려 했지만 태훈은 그 손을 뿌리쳤다. 얼굴을 바닥에 박은 건지 입술 끝에 상처가 남았다.

"오빠, 여기 다쳤어요."

"아, 씨발."

넘어진 게 창피한 모양이었다. 태훈은 그대로 자리에서 일어나더니만 택시를 잡아타고 그곳을 벗어났다. 친구들에게는 돌아간다는 인사조차 하지 않았다. 애정은 조금 전 태훈이 넘어진 자리를 물끄러미 내려다봤다.

"술 진짜 많이 마셨나 보네."

태훈이 걱정되긴 했지만, 집에는 잘 찾아갈 것이다. 애정은 잠시 그 자리를 지키고 있다가 커피라도 하나 사 먹어야겠다 싶어 편의점으로 들어섰다. 캔 커피 하나를 사서 편의점을 나선 그녀가 따뜻한 커피를 한 모금 마시고 걸음을 옮기려는 순간이었다.

"와, 주태훈 이 새끼 그새 사라졌네. 다른 사람도 아니고 주태훈이 길거리에서 당당하게 키스하는 모습을 볼 줄이야."

남자는 혼잣말을 중얼거리며 헛웃음을 터트렸다. 조금 전, 가게 밖으로 나왔던 일행 중 한 명이었다. 아마 태훈과 애정의 모습을 보고 오해를 한 모양이었다.

'안 했어요. 하기는커녕 스치지도 않았는데.'

아마 내일 태훈의 앞에서 저 얘기를 꺼냈다가는 역풍을 맞을 것이 분명했다. 안됐다는 얼굴로 남자의 얼굴을 바라보던 애정은 시간이 늦었다는 것을 깨닫고는 버스를 타고 집으로 향했다. 그리고 다음 날 눈을 뜨자마자 숙취해소제 하나를 사서 태훈이 조깅하는 코스에서 그를 기다렸다.

술을 워낙 마신 탓에 하루쯤은 쉬지 않을까 했는데 주태훈은 역시 주태훈다웠다. 조깅을 하러 나온 모습에 애정은 질렸다는 얼굴을 하면서도 그에게 다가섰다. 태훈은 귀신이라도 본 것처럼 놀란 얼굴을 했다가 곧 버럭 소리를 질렀다.

"넌 왜 또 여기 있어?"

살벌한 얼굴이었다. 하지만 저런 얼굴도 이제 하도 많이 본 탓에 무섭지 않았다.

"오빠 어제 잘 들어갔나 보러 왔어요."

"뭐?"

"속은 괜찮아요?"

애정이 코트 주머니에서 숙취 해소제 하나를 꺼내어 앞으로 내민 순간이었다.

"너 진짜 내 주위에 사람 심어놨냐?"

"사람 살 돈 없어요."

"그런데 내가 술 마신 걸 네가 어떻게 알아?"

어떻게 알고 있긴. 가게 앞으로 찾아가지 않았던가. 함께 대화까지 했다. 애정은 잠시 가늠하듯 태훈의 얼굴을 바라봤다.

'설마 기억을 못 해? 필름이 끊겼어?'

그 짧은 시간에 많은 생각이 머릿속을 헤집었다. 그리고 혼란스러웠던 머릿속에 가장 중요한 한 가지 기억이 떠올랐다. 두 사람이 키스했다고 오해한 태훈의 친구 석영의 말이 몇 차례나 머릿속을 헤집어 놨다. 태훈이 기억하지 못하는 거라면 이건 애정에게 굉장히 유리한 상황이었다. 애정은 모험을 하기로 했다.

"치료 좀 제대로 하지. 그러고 나왔어요?"

그는 미간을 좁혔다. 태훈에게 한 걸음 더 가깝게 다가선 애정은 뒤꿈치를 살짝 들어 까치발을 하고는 그에게로 손을 내밀었다.

"여기. 입술 터졌잖아요."

태훈이 인상을 찌푸리며 애정의 손을 치워내고는 제 손으로 입술을 만져보았다. 그녀는 가방 안에서 작은 손거울을 꺼내어 태훈에게 상처를 보여주었다.

"뭐야, 이거 왜 이래?"

넘어져서 생긴 상처였지만 그는 역시 기억하지 못했다. 애정은 이제 확신했다. 필름이 끊겼다. 그리고 이건 기회다. 신이 준 기회.

"어제 너무 격했나 봐요."

태훈이 영문을 알 수 없다는 얼굴을 하고 있자 애정이 다시금 배시시 웃어 보였다.

"어제 오빠가 저한테 키스했잖아요."

"내가 뭘 해?"

"키스요."

"누구랑? 너랑?"

"네."

"이게 어디서 얼굴색 하나 안 변하고 거짓말을."

"진짜인데."

"진짜는 무슨. 저리 안 가!"

태훈이 화를 내듯 소리쳤지만 애정은 조금도 물러서지 않았다. 걸음을 돌려 집으로 향하는 그의 등 뒤에 대고 크게 소리치기까지 했다.

"진짜라니까요!"

"아오, 진짜. 저 스토커."

애정은 태훈의 모습이 시야에서 완전하게 사라진 뒤에도 자리를 뜨지 못했다. 심장이 쉴 새 없이 빠르게 뛰어댔다. 아마 어제 두 사람의 모습을 보고 오해한 친구가 오늘 전화를 할 것이다. 그럼 애정의 거짓말에 무게가 실릴 것이 분명했고 태훈은 애정의 말을 믿을 것이 분명했다. 그 무엇도 기억하지 못하고 있으니까. 그런 애정의 예상은 조금도 빗나가지 않았다.

"찍어요."

그녀는 결국 원하는 대로 태훈과 마주 앉아 그날의 일에 대해 이야기할 수 있었다. 결과물은 약속이행각서였다. 두 사람 사이에 계약 관계가 성립되었다. 애정이 그렇게도 원하던 관계의 시작이 맺어진 것이다.

못됐다는 소리를 들어도 할 말이 없었다. 방법이 틀렸다고 해도 애정은 태훈을 포기할 수 없었다. 야구밖에 모르는 이 남자에게 중요한 사람이 되고 싶었다. 자신이 얼마만큼 태훈을 좋아하는지 하나, 하나 알려주고 싶었다.

"그래도 난 여전히, 이게 대체 무슨 의미가 있는 건지 모르겠는데."

약속이행각서에 사인을 한 날, 태훈은 그리 말했다. 하지만 애정의 생각은 달랐다. 시작부터 같지 않은 마음이라 해도 괜찮았다. 자신이 바꿀 것이다. 그것이 긴 기다림이라도 상관없었다. 그에게 아무것도 아닌 사람이 되는 것보다는 이편이 백배는 나았다.

"적어도 저한텐 큰 의미가 있어요."

"무슨 의미?"

"앞으로가 무궁무진하게 달라질 수 있으니까요."

달라질 것이다. 애정은 확신했다. 사랑은 많은 것을 변하게 만든다. 사람의 인생을 송두리째 바꿀 수도 있는 것이 바로 사랑이었다. 그 어떤 감정보다 위대하기에, 애정은 자신이 지닌 마음의 힘을 믿기로 했다.

"좋아해요, 오빠."

온 마음을 다해 표현해야지. 애정은 지금 세상에서 가장 행복한 말을 전하고 있었다.

★ 마침 ★